致1999年的自己

陈琛 著

长江出版传媒 | 长江文艺出版社

北京长江新世纪文化传媒有限公司
www.cjxinshiji.com
出品

目　录
CONTENTS

01
十五岁　·001

02
十万个为什么　·007

03
新朋友　·018

04
新开始　·030

05
班委竞选　·038

06
慈善和施舍　·047

07
家　人　·054

08
够不到的手　·063

09
你们这些大人　·070

10
回首又见她　·078

11
夜月明　·086

12
英雄狗熊　·094

13
离家出走　·102

14

心里的人　　·111

15

人生无意气　　·120

16

云何言少年　　·128

17

长假前　　·136

18

一双名牌鞋　　·143

19

世纪末的信　　·152

20

不相知　　·158

21

篇篇情　　·164

22

世界末日　　·173

23

你要幸福下去啊　　·181

24

抉　择　　·189

25

退　让　　·196

26

从前，有过一段爱恋　　·204

27

眼角眉梢　　·213

28
公平原则　·227

29
扬　帆　·240

30
素质教育　·249

31
转身错过　·262

32
东边日出西边雨　·274

33
人争一口气　·284

34
小孙老师　·292

35
秘　密　·300

36
Oh, Captain!　·310

37
少年不惧　·318

38
一夜长大　·327

39
假装快乐　·337

40
只爱陌生人　·346

41
重点平行　·353

42

原始较量　·362

43

当时的月亮　·371

44

假　装　·380

45

夕阳西下　·390

46

再见吧再见　·396

47

AB 面　·407

48

三好学生　·419

49

成人仪式　·428

50

加油，肖涵　·439

番外

二十年后的偶遇　·450

只是这人生　·455

同学少年　·461

再见十五岁　·468

后记　·476

01
十　五　岁

回忆是一种感情，而感情是一组组散落的画面。有些画面灰蒙蒙的，只有一个轮廓；有些画面有一两处的彩色，脱颖而出；而有些画面，闭上眼，可以触摸到里面每一个细节。

过了三十岁，某些画面突然在钱佳玥脑海里进出的概率越来越高。

一开始，是"家乡"。钱佳玥回忆里的上海，不是外滩的万国建筑博览，不是陆家嘴的高楼大厦，也不是梧桐区遮天蔽日的洋气绿荫——这些在她上大学前，也只是常常在电视上看到，偶尔坐公交车路过。异国他乡的岁月里，钱佳玥脑海里经常浮现的上海，是工人新村门口的黑板报，是卡门家早餐店里热气腾腾的粢饭糕，是模范院里那棵夏天供人乘凉的大树。

再后来，具体到了"家"。绕过模范院的大树，走上后楼梯到二楼，第二间就是钱佳玥的家。推门进去，是客厅，摆着沙发、五斗橱，以及五斗橱上家家户户都有的黄色座钟。而到处都铺着陈秀娥钩出来的各种白色镶花罩布。钱佳玥曾经很嫌弃自己妈妈的品位，直到前两周她在曼哈顿韩国城边的一个手工店里，看到雷同的款式竟然要价 79.99 美元，她才重新评估了陈秀娥的价值。

客厅的右手边，就是钱佳玥的房间。画面里应该是夏天。天气热得慵懒，鸿运扇摇头晃脑呼啦啦地吹。那时候的钱佳玥，身高已经长得差不多了，脸上还挂着婴儿肥，梳着两条麻花辫，为了漂亮不肯戴眼镜，宁愿看书时把眼睛眯成两条线。回忆的画面里，她正趴在铺了席子的床上，一手拿着雪糕，一手翻着眼前的金庸小说。看到情节紧张处，少女屏住呼吸，手上的雪糕化了，哩哩啦啦沿着手臂往下流。钱佳玥赶紧把书一合，一面手忙脚乱地抽纸巾，一面心疼地伸舌头舔吮那半截雪糕。

就在这时，本来应该在厨房里准备晚饭的外婆廖冬梅，突然举着一封信跑进了画面，廖冬梅激动地喊："宝宝，你的录取通知书来了！二中的录取通知书来了！"

三十三岁的钱佳玥终于意识到，这沓画面不只是"家乡"，不只是"家"，也不只是"青春"。它们非常具体地指向了某一段回忆，某一种情感，某一个让那个钱佳玥成为这个钱佳玥的转折期。

那是 1999 年的夏天。

画面里，十五岁的钱佳玥连滚带爬地跑到廖冬梅面前，抢过廖冬梅手里的通知书。通知书的画面是模糊的，但钱佳玥认认真真一个字一个字看着。看完一遍不够，又仔仔细细从头看一遍。然后她兴奋得红了脸，对外婆大喊了一声："我去告诉肖涵哥哥！"说罢她就一蹦三跳地跑了出去。

肖涵哥哥。三十三岁的钱佳玥笑了起来，因为这个现在听起来是多么羞耻的称呼。上海小朋友的叫人习惯，一律是名字加上称呼，比如"晨晨姐姐""肖涵哥哥""君君妹妹""毛头弟弟"；叫同学的家长，则更为麻烦一点儿，没有"叔叔""阿姨"，一律是"某某爸爸""某某妈妈"。外地的朋友听起来，总觉得是在卖嗲撒娇，其实细究一下，这种叫人方式反而理性无比。你并不是我真正的哥哥弟弟，你只是某某；你也不是什么叔叔阿姨，你只是某某的爸爸妈妈。

但钱佳玥叫"肖涵哥哥"，却是一直叫得无比亲切。每一声"肖涵哥哥"叫出口，都在心里荡出一个温柔的涟漪，在嘴角开出一朵娇艳的花。顺着花的茎蔓往根牵扯，就要回到五岁，肖涵刚刚搬进工人新村的那天。

新村是九厂的职工宿舍，在20世纪六七十年代是上海滩声名赫赫的第一工人新村，而新村里条件最好的楼，就是钱佳玥家住的模范楼。

钱佳玥的外公是九厂的老劳模。新村刚刚建成时，廖冬梅夫妇带着三个孩子，是第一批敲锣打鼓披着大红彩带住进来的。那个年代，苏州河边一排接一排"滚地龙"，多少人的背脊一辈子被压得没有挺起来过。从棚户区搬到红瓦砖房，用上独立煤卫，是廖冬梅一生的骄傲。

廖冬梅从一个战火中逃难到上海的小孤女，到参加扫盲班成为光荣的工人，再到九厂工会主席，她的一生，心永远留在那个火红的年代。每晚7点，她都会在沙发椅上坐好，认真观看《新闻联播》，这是她雷打不动的节目。钱佳玥被从江西送回上海后，很快就养成了坐在外婆旁边一起看新闻的习惯。

但那一天，廖冬梅没有开电视。她满含热泪，蹲到钱佳玥面前，动情地对外孙女说："宝宝，我们九厂出来一个英雄！"当时正上幼儿园小班的钱佳玥问："英雄是什么？"外婆含着泪："英雄啊，英雄就是黄继光、董存瑞，就是赖宁啊！肖友光就是我们九厂的英雄啊，是要被历史记住的啊！"

英雄就是烈士。烈士的家属也是英雄。肖涵母子就是这样，被特批了一套模范楼的房子，住到了钱佳玥家隔壁。

肖涵母子搬家那天，好像全楼的人都出动了，出出进进，不断有家具从厂里的卡车上卸下来，然后被吊进二楼的窗户里。钱佳玥站在模范院大树的荫头下，两手不安地贴在大腿两边，低头看树底下忙碌的蚂蚁。她的身边，廖冬梅正拉着一个穿黑外套的漂亮阿姨说话，两人一边说一边呜呜地哭。钱佳玥本能地觉得，自己如果哭不出来，就不要看着她们。但忽然，那个阿姨喊了一声："涵涵，你过来。"

阿姨的声音虽带着些哭腔，但好听、清亮，钱佳玥不由自主地抬头望了她一眼。就这一抬眼，她看到一团红云一闪，从卡车上跳下来一个比自己高半个头的男孩。那个男孩儿脸方方正正，和幼儿园那些顽劣的男孩儿不同，脸上有一股庄严。他的眼睛大而乌黑，皮肤白白净净，穿着一件半新半旧的红毛衣。

廖冬梅很激动,蹲在了男孩儿面前,问:"你就是肖涵?"男孩儿点了点头,钱佳玥在心里把"肖涵"两个字默念了一遍。廖冬梅握住男孩儿的手,用力捏了又捏,涕泪交加:"肖涵,你记住,你爸爸永远是我们九厂的英雄。"肖涵抿了抿嘴,下意识看了一眼身边的关爱萍,见妈妈眼眶又红了,立刻接口:"谢谢。我一定好好学习,争取长大后做一个像爸爸一样的人。"廖冬梅又惊又喜,先是连连朝关爱萍夸赞:"爱萍,你这个儿子以后一定有出息。"然后拉过钱佳玥,把她推到肖涵面前,"宝宝,肖涵哥哥虽然只比你大半岁,但你看他多老练、多优秀啊!你以后一定要好好向他学习!"

肖涵望着面前的钱佳玥,眼角眉梢舒展起来,明媚地开出了花。钱佳玥脸一下红了,躲到廖冬梅身后。但是,"肖涵哥哥"这四个字,从此种进了钱佳玥的心里,生根发芽,沿着岁月的骨缝肌理,绵延生长。

廖冬梅慧眼识人,一点儿没看错。钱佳玥和肖涵自幼儿园至小学都在一个学校,她看着肖涵分毫不差地沿着"有出息"的路径一路狂奔。幼儿园时,肖涵作为代表给视察学校工作的市领导献花;进了小学,肖涵从班长当到大队委员,而且,成绩永远是年级第一。每到升旗仪式,钱佳玥总习惯性仰望台上发言的肖涵。那个金光闪闪的人啊,是她的肖涵哥哥呀。她只要这样仰望着他,就满心欢喜。

只是,天有不测风云。小学升初中时,肖涵不出意外地考到了市重点中学二中,继续他的辉煌人生;而钱佳玥,因为最后一道应用题角度算错5度,滑档落到了区重点中学一中。

钱佳玥得知这一消息后，哭得撕心裂肺。于是，十一岁的钱佳玥痛定思痛，一笔一画在日记本上写："四年后，中考一定要考上二中。"后面一口气写了三十多个感叹号。

四年，一千多个日日夜夜，习题接着习题，考卷叠着考卷，终于得偿所愿。三十三岁的钱佳玥望着十五岁的自己，一边举着二中录取通知书，一边高喊着"肖涵哥哥"夺门而出，露出了释然的微笑……

傻乎乎的小姑娘，去哭吧，笑吧，就像你将经历的那样。最后，你会成为一个很棒的大人呀。

02
十万个为什么

1999 年 8 月 15 日，二中开学前分班考试。

钱佳玥躺在床上翻来覆去地难以入睡，才五点半就翻身起床，打开台灯，摸出中考前整理的模拟考卷开始看错题。

据卡门说，分班考试的内容范围远超中考，数学可能还涉及奥数，复习了也没用。但卡门还说，二中收了 12 个班，只有 3 个是重点班。按照往年惯例，这 3 个班大多数名额都会被二中直升上来的学生占据。去年，只有 20 个中考进来的学生考进了重点班。

"只有 20 个？"钱佳玥刚听到这个数字时，发出了惨绝人寰的哀嚎。

"对，前年才 18 个。"卡门推了推眼镜，坚定地点了点头。

卡门是钱佳玥的初中同班同学，本名叫柳婉晴。从名字可以推断，卡门的妈妈是一个有着琼瑶一样胸怀的女子，对女儿寄予厚望，只可惜卡门并没有因此长成琼瑶剧女主角的相貌。1.58 米的身高，120 多斤的体重，鼻子上架着一副黑框眼镜，梳着两根细细的麻花辫，额头上还有一层青春痘。如果仔细看，五官还是清秀的。但残酷的青春期，同学们只会肤浅地看表面和轮廓。

于是，有一个听起来像大美女的名字的胖女孩柳婉晴，成了初中那些调皮男生直接的调侃对象。起初有人以"美人"谐音，给她起绰号叫"霉人"；一个学期后，又改叫她"卡门"，意思是她胖得走路都会卡住门。钱佳玥是从小被工会主席教育出来的"社会主义接班人"，坚决和这种嘲笑欺负同学的坏风气做斗争。到了初二，全班就她坚持叫柳婉晴的本名了。

有一天，卡门跟她说："钱佳玥，你以后也叫我卡门吧，我把英文名字改成 Carmen 了。"钱佳玥很气愤："你不要理他们，他们下次再这样笑你，我就去告诉蒋老师！"卡门说："钱佳玥，谢谢你啊，不过我想通了，真的没什么的。我看书上说，别人笑你，你越当回事，他们就越笑。我自己不当回事，他们觉得没意思了，也就不笑了。不是有句话说，'人生在世，就是常常被别人笑笑，偶尔笑笑别人'吗？"

钱佳玥听后两眼放光，很喜欢这段话，就拉着她问："你看的哪本书？谁写的啊？"卡门推推眼镜，一本正经："我在《当代歌坛》上看到的。"

《当代歌坛》并不是一个体面的、可以出现在作文里的出处，于是钱佳玥后来将这段话的出处改成了"西方有位哲人曾经说过"。

卡门和钱佳玥放弃了本校直升的机会，凭实力考上了二中。

卡门猜到了钱佳玥的心思，安慰她："已经和肖涵一个学校了，别太纠结是不是一个班。"钱佳玥不作声，心想还有20个名额呢，为什么就不能有她钱佳玥呢？为什么她不能和肖涵哥哥再并肩站在一起呢？更何况，肖涵特地把自己整理的复习笔记复印了一份给她，半点儿没有藏私。

"佳玥，我们一起加油，争取都考进重点班。"肖涵一脸真挚的微笑。

"嗯！"钱佳玥拼命点头，紧紧地把那一摞复印的笔记抱在怀里。她知道，肖涵肯定能考上重点班，他只是在用照顾她面子的方式勉励她。钱佳玥脸庞发烫，心潮澎湃。

想到这里，钱佳玥一骨碌爬起来，坐到书桌前，再次翻开肖涵的笔记。心想：肖涵哥哥的字写得真好啊，端正大气；肖涵哥哥的笔记整理得好清晰啊，竟然还有目录。钱佳玥正看得出神时，陈秀娥径直推开房门，大呼小叫："起来啦起来啦，今天要分班考试啦！"

钱佳玥生气："妈，你又不敲门就进来！"

陈秀娥没料到钱佳玥已经起床了，一愣，随即满脸堆笑："我们宝宝这么自觉的啊！我早上帮你去买早饭了呀！刚刚买回来，大饼还是热的！"

今天一早，钱康开夜班出租车刚刚回来，就看到连头上的卷发棒都没来得及拆的陈秀娥一边急急忙忙往外跑，还一边喊"老公，我帮宝宝买早饭，你等我回来吃一点儿再睡觉"。钱康看着她身上的碎花睡裙和趿在脚上的塑料红拖鞋，无奈地摇了摇头。

只是，等陈秀娥从小菜场满载而归的时候，钱康已经吃完泡饭睡觉了。于是陈秀娥把所有精力集中在了女儿钱佳玥身上。

"两个大饼，一根油条，宝宝你吃下去，门门功课都是100分，一定能考上重点班！"陈秀娥眉飞色舞。"宝宝吃不下那么多！"廖冬梅嫌弃地瞥了陈秀娥一眼。"滑稽伐？她还没吃呢你怎么知道吃不下啊！"陈秀娥喊了起来，随即又和风细雨地鼓励钱佳玥，"宝宝啊，吃完肯定100分！好兆头哦！"廖冬梅又咕哝了一句"十三点"。

陈秀娥这个"十三点"是经过亲妈廖主席长期认证的。

陈秀娥上面一个哥哥，下面一个弟弟，兄弟俩都是读书的材料，最终也都拿到了美国的硕士和博士——当然这是后话。唯独陈秀娥，满分5分的考试，常常就拿个2分回家，还好意思天天往外跑，一会儿唱歌一会儿跳舞，到处凑热闹。廖冬梅不服，拿着钢尺追着女儿屁股后面打："你再考2分！你真戆大！你把陈家的脸都丢光了！"

陈秀娥不服："你从小嫌鄙我不会读书，现在我女儿读书读那么好，不光考进市重点，还要进重点班咪！"廖冬梅"喊"一声："还好宝宝不像你！这叫三代不出舅家门，宝宝像两个舅舅。"

钱佳玥听到这里，知道母女俩的日常斗嘴又要开始了，赶紧灭火："妈，大饼太干了，你去帮我转杯牛奶！"到底还是女儿考试最重要，陈秀娥立刻眯眼笑："我现在就去转，马上就拿过来！宝宝你慢慢吃，多吃点儿！"

于是，那天早上，钱佳玥吃下了两个大饼、一根油条还有一大杯牛奶。一开始她只觉得胃顶，直到她坐在二中考场里，开始审语文作文题目，胃里一下子一阵一阵翻滚起来。钱佳玥强忍着痛，努力看作文题——

一股暖流适时地从胃里长驱直出反到了喉咙口。钱佳玥赶紧举手："报告！老师，我要上厕所。"

钱佳玥在厕所水槽那里吐空了半个胃。她沮丧地想：文言文那么难，阅读分析是篇讲化学的，作文题目还那么怪，100分吐掉一半，不及格正好。连语文都不及格，还怎么考进重点班？还怎么跟肖涵哥哥做同学？一张分班考卷，就把钱佳玥的自信打击得七零八落，她一边洗脸，一边落泪，一瞬间想：反正也进不了重点班了，要不要借着不舒服的由头，干脆别考了？以后对肖涵哥哥说起来，就可以归咎于那顿早饭，而不是因为自己的能力问题。

正当钱佳玥犹豫的时候，忽然听到有个声音在喊："同学，同学！"

钱佳玥没料到厕所里还有人，紧张地四处张望，最后找到一个关着门的隔间，敲了敲，问："有人在里面吗？你是在叫我吗？"果然是那个声音："是啊是啊，同学！你那个，你能帮我去买包卫生巾吗？我给你钱。"钱佳玥想了想："不用买，我书包里就有，我去拿一下，你等我。"那个声音欢快起来："太好了！江湖救急啊！"

钱佳玥就是这样认识的陈末。

陈末走出来的时候，钱佳玥眼前一亮。陈末身材高挑，1.68米，一头自然卷的头发高高扎了个马尾。皮肤又白又亮，大眼睛高鼻梁，不笑的时候有种生人勿近的高冷；笑起来说"谢谢"的时候，又是一派天真飒爽，仿佛明媚的春风拂面。钱佳玥被她笑得有点不好意思，视线往下移，看到陈末穿了条牛仔短裤，但是短裤上破了两个洞，露出两块白底，短裤边也是破的须。

钱佳玥有点儿愣，指了指陈末的裤子，想问那两个洞。但陈末误会了，以为是裤子脏了，立刻把上身宽大的 T 恤拉了出来，用下摆遮住裤子："现在看不出来了吧？"钱佳玥顺着她说："看不出，看不出。"

钱佳玥很惋惜：这么漂亮的女孩子，家境不好，裤子都是破的。不过转念又想：家境不好怕什么呢？肖涵哥哥家境也不好，他不是照样那么优秀吗？英雄不怕出身低。想到这里，钱佳玥就不免为自己刚才想借病逃避考试的小心思惭愧起来——同学们一个个那么努力，克服逆境，钱佳玥你就这样当缩头乌龟吗？

但钱佳玥实在是误会了陈末。陈末和"努力""克服困难"从来都没什么关系。今天她本来都不高兴来考分班考，只想待在家里看《永不瞑目》的重播。因为昨晚陈彭宇霸占着电视看了一宿新闻，导致陈末没看上。而今天她赖在家里的计划也泡汤了，陈彭宇竟然知道今天二中要考分班考，一遍遍催着她出门，还开车将她送到校门口，亲眼看着她进了学校。

计划被打乱，陈末的心情很糟糕。刚才在车上，仗着司机在场，她一路顶撞陈彭宇。当陈彭宇说："好不容易托刘伯伯送你进了二中，你给我争点儿气！"陈末就回："二中是你要我上的，又不是我自己要上的。你让刘伯伯把我踢出去算了。"陈彭宇说："你进了高中就收收心好好念书，不要一天到晚再跟一些不三不四学习不好的混在一起！"陈末就回："陈总，我现在进了二中，我才是那个不三不四学习不好的，你别搞错了！"果然，陈彭宇被顶得嘴角抽搐，但爆发边缘，他看了前排的司机一眼，阴沉着脸，生生忍了下去。

陈末撑完老爸下车,心情无比舒畅。虽然能预料到晚上回家会面临急风暴雨,但管他呢!反正晚上总要被问起来分班考考得怎么样,一顿臭骂一定逃不过,还不如早上让自己爽一把。而让她更爽的事情发生了。语文作文题是关于毕业后是否出国留学,竟然是教训老爸!这是什么样的神仙学校出的神仙题目啊?陈末一时大喜,文思如泉涌。她心里不禁想:难道这是吉兆?二中和自己还挺合拍的?但正在奋笔疾书时,陈末忽然感受到了异样,算算日子,叫了声"糟糕",就冲到了厕所。

唉,果然还是和二中八字不合,第一天,就有"血光之灾"。

其实这种情况,对陈末来说也不是第一次。算好日子早做准备这种事太麻烦了,陈末信奉兵来将挡,水来土掩,大不了外套腰上一扎,自己再出去买。但没想到这次,竟然遇到了救星钱佳玥。更神奇的是,钱佳玥还说,自己只是每个随身包里都会备着卫生用品。

"好学生"的世界,真神奇啊!陈末不得不感叹。"谢谢你啊。"陈末真心说。"不客气。"钱佳玥笑了笑,走了两步又回头,还握住了陈末的手:"我们两个都要加油!不管遇到什么困难都不要放弃,在二中绽放自己的光芒!"

陈末有点儿愣。她不知道钱佳玥给自己安了一个"逆境成才"的人设,只觉得中学生优秀作文选的最后一段在自己面前成精了,附身在了面前的麻花辫女孩儿身上。陈末下意识挣脱了钱佳玥的手,跌跌撞撞逃出了厕所。钱佳玥有点儿懊悔:不应该交浅言深,刚见面就点出别人的困境,伤害了同学的自尊心。

吃晚饭时,陈秀娥一边给三个孩子夹菜,一边得意地嘱咐肖涵:

"肖涵，以后我们钱佳玥和你就是同学了！你当哥哥的，要多帮助她啊！""没问题，以后在二中，佳玥的事就是我自己的事。我们能当同学，我也很高兴。"肖涵看了钱佳玥一眼，笑着问，"今天分班考，你觉得难吗？"

钱佳玥苦着脸，叹了口气："数学难，英语也很难。听力太快了，有好几道我都没听懂。语文作文也不知道该怎么写。"廖冬梅说："哟，那还能考上重点班吗？"钱佳玥有些惭愧，低头不说话。陈秀娥瞪了廖冬梅一眼："干吗啦，考上二中已经很好了呀！宝宝，不要给自己那么大压力，重点班考不上也没关系的！"

陈秀娥自以为对女儿温柔体贴，没想到马屁拍在马脚上。钱佳玥脸色一变，瞪着她问："你为什么觉得我一定考不上啊？"陈秀娥愣了一愣，慌起来："我没说过呀……"钱佳玥把一天考试受挫的委屈都发泄出来："你就是看不起我！你就是觉得我考不进重点班！"

陈秀娥百口莫辩，廖冬梅还要火上浇油："宝宝不像你这么不思进取。我们宝宝对自己高标准严要求，这点像舅舅！"陈秀娥十分委屈，环视一周桌上，丈夫钱康出车还没回来；看来看去能帮自己的只剩毛头，于是递了个眼色。

毛头比钱佳玥和肖涵小三岁，和肖涵一样，被工会主席廖冬梅视为需照顾对象，从小每天被招呼到家里吃晚饭。肖涵当然是需要照顾的。自从九厂大下岗开始，肖涵的妈妈关爱萍就不得不每天打两份工——早上去东方书报亭，下午五点结束后，再去一户人家做晚饭收拾家务，干三小时钟点工。肖涵放学后的晚饭问题，就被廖冬梅以"来我们家一起，反正毛头也在，让三个小孩儿在一起"解决了。

而毛头被廖冬梅认定为"需要照顾"的历史更悠久。毛头的爷爷奶奶爸爸妈妈原来也都是九厂职工，毛头爷爷也是老劳模，比钱佳玥家晚了半年搬进模范院的底楼一户。毛头爸爸和妈妈在这里结的婚，毛头也出生在这里。20世纪90年代，"北京人在纽约，上海人在东京"，不甘心一辈子当工人的毛头妈妈杨敏在1991年年底终于一路辗转东渡扶桑，从此却再也没有回来。毛头爸爸张启明感情上深受打击之余，恰逢九厂效益不好发不了工资。在别人都想尽办法不下岗时，他非常有先见之明地跟厂里谈留职停薪，全国各地跑上下游帮厂里收三角债。如此三年后，有商业嗅觉的他放弃了铁饭碗，变成了跑单帮的个体户。由此，张启明在时代的变革处，和老同事老邻居们在经济收入上拉开了几个身位，两年前，他豪掷几十万，在工人新村对面的高档商品房小区——锦绣花园，买下了让所有同事都羡慕的三室两厅两卫。

陈秀娥问他："张启明啊，你们全家一共就两个人呀，要三个房间两个厕所的啊？"张启明说："你不懂了伐？还有一个是书房呀！"陈秀娥"嘿嘿"笑："书房？你个《新民晚报》都不看的人，还书房？当我们第一天认识你啊？装什么有文化啦，帮帮忙咯！"

但即使新家如此优越，毛头还是喜欢待在钱佳玥家。毛头小学三年级时，一直照顾他的奶奶因病去世，妈妈跑了，爸爸在外面做生意，廖冬梅看着小毛头直喊"作孽"。此后，毛头就胸口挂着钥匙，跟着比他大两届的肖涵、钱佳玥上下学，在钱佳玥家做作业吃晚饭看电视，直到睡觉才回楼下铺开被子。就算是这两年，毛头已经初中，张启明给的生活费越来越多，连家都已经搬到了对面的锦绣花园，他还是愿意待在钱佳玥家。

毛头喜欢钱佳玥家。喜欢根正苗红开口讲大道理的廖冬梅，喜欢"十三点"的干妈陈秀娥，喜欢老实本分的出租车司机钱康，也喜欢肖涵和钱佳玥这两个哥哥姐姐。他把这儿当自己家，日常插科打诨，拍全家老小马屁。这是毛头自问能对这个家庭做出的回馈。

此时，见陈秀娥一个眼神甩来，毛头立刻翎子接住，出来解围："佳玥姐姐，干妈的意思是，考不上没关系，考上了更好。这叫下有托底，上不封顶！对吧？"陈秀娥很满意，连连点头："我就是这个意思！"一块红烧肉立刻被夹到毛头碗里。

毛头得意，看了一眼还闷闷不乐的钱佳玥，讨好地拿过一双干净筷子，把五花肉的肥肉夹了下来，瘦肉放进了钱佳玥碗里："佳玥姐姐，这块好，给你吃。"钱佳玥横了这个小屁孩儿一眼，把肉扔回了毛头碗里："没胃口，早上吃吐了，现在就想吃清淡的。"

肖涵看出钱佳玥的沮丧，出口安慰："其实这次分班考挺难的，我也觉得挺难的，数学都不知道能不能及格呢。"钱佳玥不可置信地看着肖涵——肖涵哥哥数学也有可能不及格？肖涵继续微笑："所以啊，你觉得没考好，大家可能都没考好。重要的不是最后考几分，而是排名，对不对？你不一定排名就比别人低。"希望突然来临，钱佳玥眼前一亮，越想越觉得肖涵说得有道理。

廖冬梅清了清嗓子，总结发言："不管考不考得上，都要胜不骄，败不馁……""好了好了！"陈秀娥打断，"不要作大报告了，鱼蒸过头了！"廖冬梅一拍桌子，赶紧去厨房。

晚上躺床上，钱佳玥眼睛累了，但脑子信马由缰，不断狂奔：肖涵哥哥说的话，是不是在安慰自己？他真的有可能也没考好吗？我真的能考上重点班吗？我真的有自己想象的那么优秀吗？为什么考上了二中，反而觉得和肖涵越来越远了呢？

青春的时候，脑海中总有许许多多问题，关于世界的，关于自己的。钱佳玥曾经以为，只有自己是这样的。优秀如肖涵，没心没肺如毛头，或者干脆长大成人，一定就不会有这么多的困惑。

其实当然不是的。

比如肖涵，他一直想不明白，为什么爸爸用生命保护的机器、换来的荣誉，就这样被扫进了历史的尘埃？比如毛头，也偷偷在心里问，为什么别的孩子都有家，而自己的"家"，却从来不亮灯，也从来不温暖？比如陈秀娥，永远想不明白，自己到底哪里比不上别人？自己妈偏心了一辈子，而女儿也从来不站在自己这边。即使如廖冬梅，也有不愿意仔细去想的事——九厂为什么就这么没了？两个儿子那么有出息，定居大洋彼岸，为什么自己心里越来越空落落的？

十万个为什么。无法和别人分享。有时候不一定找到了答案，只是习惯了困惑。

03
新　朋　友

钱佳玥分班考果然还是没考好。

军训前一天，分班发榜，陈末紧赶慢赶到了学校，一眼就在人堆里看到了一脸沮丧的钱佳玥。布告栏前的钱佳玥，脸上写满了"落寞"两个字，眼睛直愣愣的，感觉都要哭出来了。旁边有个胖胖的戴眼镜女生正在安慰她。

"喂！"陈末上去拍了她肩一下，"你怎么了？钱被偷了？"钱佳玥勉强挤出一个笑容来："不是，我没考上重点班。"陈末看她有些可怜，就安慰她："没考上就没考上呗。起点太高不好，没上升空间，只有下降空间！"

旁边的胖女生"扑哧"笑了："你说话真好玩。"钱佳玥强打精神给陈末介绍："这是我初中同学——柳婉晴，我们现在还在一个班。""你叫我 Carmen 好了，我喜欢别人叫我英文名字。"卡门扭捏道。陈末"哦"了一声，自我介绍："你好，我叫陈末。"卡门接着问："那你们怎么认识的啊？"

钱佳玥回想了下厕所遭遇，觉得直说好像很尴尬，正在想措辞，只听陈末快人快语："哦，我们是卫生巾之交。"卡门瞪大了眼睛："卫生巾之交？""是啊，她借我卫生巾，我们就认识了。"陈末讲得很坦然，但钱佳玥偷瞄着身边来来往往的新同学，恨不得上前捂陈末的嘴："你轻一点儿，别说……别说那个词。"陈末愣了一下："哪个词？"钱佳玥一时不知道如何接口，卡门赶紧打圆场："我们在五班，你哪个班呀？"

陈末这才想起来自己还没看分班，于是慌忙挤进人堆里。好半天，眼睛里含着笑跑了出来："巧不巧，我也在五班！"

五班的班主任兼数学任课老师，叫周围，是一个清清瘦瘦的中年男人，中等个子，喜欢穿洗得有些发白的短袖衬衫，手上总是拎一个泡着胖大海的茶杯，怎么看都是一个很平常的上海爷叔。只有讲起数学题目来，一双眼睛才炯炯有神。但这点，钱佳玥她们和他第一次见面时都没看出来，而周围那个"杀手"的外号，她们暂时也还没有听说。

进了班级后，这个其貌不扬的爷叔，在讲台上用上海普通话笃笃定定地把第二天军训的要点说了一下。在其他班主任还在口若悬河时，他抿了一口胖大海泡的水，笑眯眯问："你们还有什么问题吗？"

全班鸦雀无声，面面相觑，不知道这是不是新班主任的某种试探和考验。

周围满意地点点头，快速收起桌上的东西："没有问题我们就结束了，下课下课，明天早上不要迟到。"全班欢呼起来。在别的班羡慕嫉妒恨的目光中，五班一众在走廊里呼啸而过。

"时间还早，要不要去西宫玩？"卡门兴奋地问钱佳玥和陈末。陈末一脸疑惑："西宫是什么地方？"钱佳玥好奇："你初中不是这个区的吗？"陈末摇头："不是啊，我刚刚搬来，我爸爸调动工作我们家才搬过来的。"

钱佳玥本来心情不好，不想逛，但听到陈末这样说，倒产生了必须带她见见世面尽尽地主之谊的责任感。于是她反过来邀请陈末："去吧去吧，西宫很好玩的，什么都有的！我们去拍大头贴吧！"

西宫，全称沪西工人文化宫，在 20 世纪 60 年代，是上海最红火的工人活动场地。在钱佳玥父母辈心目中，西宫可以跳舞、看电影、打桌球，那一千多平方米的人工湖，是劈情操谈朋友的圣地；在廖冬梅他们这些退休工人眼里，西宫是花鸟市场、俱乐部，还有摄影戏曲集邮书法，只要天气好，到处有人吹拉弹唱，热闹得不得了；而在钱佳玥他们这辈儿看来，西宫是小时候的游乐场，长大后的小商品中心，三两个同学一起去买包买鞋买衣服、买贺卡买贴纸买明星照片……西宫，是那个年代的迪士尼。

二中离西宫不远，三个女生叽叽喳喳一路过去，先去四楼拍了大头贴，又去逛了人工湖，然后在钱佳玥的坚持下，由她请客去实惠点心店吃了豆花儿。三个人在盛夏吃得大汗淋漓，陈末开心地说："西宫真好玩。你们请我吃点心，我请你们去我家吃冷饮吧！"

钱佳玥本想着照顾陈末家境，才坚持要请客，现在再去陈末家叨扰，似乎违背了自己的本意。可是转念又想，不肯去别人家，陈末心里会有想法吗？会不会觉得新同学看不起她呢？钱佳玥的内心戏加了一场又一场，终于同意了。于是，三辆自行车，前奔后窜，东拐西拐，最后停在了一个高档小区门口。

钱佳玥望着二十几层高的楼，吃惊地看着陈末："你家住这里？"陈末兴冲冲地停好车："是呀，快上去吧。"

陈末家好新，好大，窗户看出去，是苏州河。钱佳玥的家，和工人新村里大多数人家一样，家具熙熙攘攘，都是不同年代早一件晚一件添置出来的，连角落缝隙里都塞满了杂七杂八的东西。但陈末家不一样，家具是成套的，茶几上只干干净净摆放着一个花瓶，举目望去，偌大的客厅干净得像杂志上的样板房。钱佳玥坐在真皮沙发上，惊讶地发现陈末家电视播放的频道竟然是 CNN。而卡门此时正在陈末房间里，望着一整柜架的 CD、磁带、DVD，弹眼落睛。陈末从厨房拿出三杯哈根达斯，把脑袋伸进房间，大方地对卡门说："你有喜欢的可以借走听啊。"

光亮的客厅，温润的实木地板，45 英寸的大电视机，环绕的立体声音响。钱佳玥觉得陈末家的一切都在闪闪发光，但是，却绕得她有点儿晕。

吃完冰激凌后，她嗫嚅了半天，终于鼓足勇气问："陈末，你家那么有钱，那你，那你为什么要穿破的裤子？"陈末吃到一半的嘴停下来，迷茫地望着钱佳玥："什么破的裤子？"钱佳玥面红耳赤，不知道该不该解释。陈末忽然反应过来了，立刻笑得前俯后仰："钱佳玥，所以你一直觉得我家里很穷是不是？怪不得你一定要请我吃东西，不肯让我付钱！哈哈哈，钱佳玥，你太可爱了，我喜欢你！"

钱佳玥被夸奖得有点儿蒙。她隐约想，可能陈末家里大人，也像廖冬梅一样，教育孩子要艰苦朴素吧。

卡门无奈地问："你没看到陈末穿的鞋是阿迪达斯的吗？"钱佳玥摇摇头："没看到啊，我为什么要去看人家穿什么鞋？"

卡门追问："那车呢？自行车是捷安特新款，你总看到了吧？"钱佳玥很茫然："捷安特是什么牌子？我不知道啊。这跟她穿破裤子有什么关系？"

卡门生无可恋："小姐，时尚啊，时尚你懂不懂？"

钱佳玥斟酌了一下自己的表达，怯怯地说："但时尚不是为了好看吗？裤子都破了两个洞了，边儿都没缝好，好看吗？"卡门没有回答，钱佳玥也没有追问。她心里默默想，陈末的审美真是特别。

第二天，钱佳玥就领教了，陈末身上特别的可不光是审美。

八月的上海，35度的天，长袖的线衫线裤，敢怒不敢言的高一新生。二中的几个操场，星星点点排布着12个班级方阵，每个方阵都在大太阳底下"一二三四"地学着正步、齐步。钱佳玥有些头晕眼花，但仍一板一眼地跟着训练，身边的陈末早已憋着满脸的不耐烦，出工不出力了。

教官看了看时间，终于宣布："大家休息15分钟。"

全班如蒙大赦，快速向树荫底下挪去。可此时，一个亢奋的声音传了过来："五班的同学们，我们再加练一会儿！我们打起精神来，争做第一！"陈末一脸惊讶，拉着钱佳玥认真地问："她是不是神经病啊？"钱佳玥回头，看了一眼威风凛凛的代班长——裴冬妮。

裴冬妮比钱佳玥还矮一点儿，脸胖胖圆圆的，梳着两条麻花辫，说话中气十足。据说她原先是另一个区重点初中的大队委主席，昨天班会结束后，她主动拦下周围，一番慷慨陈词，毛遂自荐担任代理班长一职。周围笑眯眯地听完，点着头就同意了。这当然是后来卡门八卦给钱佳玥她们听的。

陈末见钱佳玥不回答，于是自问自答："她脑子肯定坏掉了！"钱佳玥还没想好要不要附和，只听陈末已经高声喊了起来："凭什么再练啊？教官让我们休息！"裴冬妮愣了一愣，没料到有人会公开质疑自己的权威，只得扯着嗓子更高声地说："我们五班虽然不是重点班，但我们也要有争做第一的精气神！军训就是展现我们班风采的时候！大家看，一班他们还没练完，我们怎么能先休息？我们一定要样样输给别人吗？"

于是全班的目光顺着她的手势，都望向同在一个操场的一班。

只见一班的教官也已经坐在一边，肖涵正站在队伍的前面，为他们班示范走正步的分解姿势。钱佳玥本来就一直在偷瞄肖涵，这时看到全班都望过去，明明知道不关自己的事，脸还是没来由地红了。陈末也看到了肖涵，嘴巴里"喊"了一声，继续跟裴冬妮戗："人家神经病，我们也当神经病啊！"

这次声音太响，连旁边的一班也都听到了。五班"哄"一声全笑了，一班的尖子生们面若冰霜，纷纷朝陈末、钱佳玥这边投来愤怒的眼神。钱佳玥只见肖涵眉头皱了一皱，也朝她们这边望过来。她的脸更红了，头立刻低下去，恨不得找个地缝钻进去。

裴冬妮下不来台，有些气急败坏："你这个同学怎么这样呢？这是为班级荣誉努力的时候，你怎么净说一些怪话，你叫什么名字？我等下找你好好谈谈。"陈末满不在乎地说："我叫陈末，耳东陈，末了的末。教官已经让我们解散了，所以我现在要去上厕所，你想找我谈，可以跟我去厕所。"她一边说，一边解下了头绳重新扎了个辫子，然后朝教学楼大步流星地走去。

裴冬妮被气得胸口起伏，眼泪都要出来了，指着陈末背影"你你你"了半天。一旁的小教官赶快走过来打圆场："这样这样，同学们有的要喝水，有的要上厕所，我们休息15分钟，15分钟后回来，让班长带着大家继续练，好不好？"

同学们就此一哄而散。卡门也过来拉钱佳玥走，但钱佳玥看着裴冬妮气得发抖的嘴唇，觉得老大不忍。她心里觉得陈末过分了，裴冬妮也是为了班级荣誉，也是好意，陈末怎么可以这样说她呢？还说肖涵他们班是神经病？于是她让卡门等一会儿，跑过去安慰裴冬妮："你别生气了，陈末是太着急上厕所了，她不是故意的，她也是有班级荣誉感的。"

裴冬妮恶狠狠盯着钱佳玥："你认识那个陈末是吧？我前面就看到你们俩不好好训练，叽叽咕咕在队伍里说话。你告诉她，今天的事情我一定会告诉周老师的，你让她等着！"说完，也一甩辫子走了。大家都走了，只剩下百口莫辩的钱佳玥呆在原地，迎面撞上肖涵同情的目光。

"告诉老师？你让她告诉好了，小儿科吗不是？"陈末在厕所外面碰到钱佳玥，立刻嗤笑裴冬妮的威胁。钱佳玥着急："陈末，你这样是不对的，裴冬妮她也是为了我们五班的荣誉，要不，要不你去跟她道个歉吧。"陈末从小和陈彭宇对辩，哪里把这些放在眼里："我道歉？凭什么啊？班级荣誉是一回事情，她指手画脚是另一回事情，这两者是没有关系的。首先，她有什么资格来指手画脚？她命令我们吗？她用什么身份命令我们？如果不是命令，我凭什么就一定要听她的？再说了，听她的话就一定能为班级争荣誉啦？傻练就能出成绩啦？劳逸结合她懂吗？这么热的天儿有人中暑了怎么办？……"

钱佳玥听陈末滔滔不绝，一时听愣了。廖冬梅也滔滔不绝，但一套一套张嘴就来的大道理，从来没让钱佳玥觉得这样有逻辑递进感。她是一个从善如流容易看到别人优点的人，正准备继续洗耳恭听陈末的道理，就看到陈末的脸上露出了古怪的笑容，兴奋地拍了自己一下就跑掉了。

果然，到了集合的时候，裴冬妮已经把周围找来了。新学校新老师，所有人心里都没底。虽然周围的脸色看着还是很放松，但大家都不敢说话，默默归队，认定陈末这次惹麻烦了。裴冬妮红扑扑的脸上有大仇得报的得意，左看右看不见陈末，便把队伍里的钱佳玥叫了出来："钱佳玥，跟你在一起的那个陈末呢？怎么还没回来？"钱佳玥心突突跳，正不知道怎么回答，只见陈末慢悠悠、东倒西歪地从教学楼朝操场走过来，整个人无精打采。

陈末走到周围面前，病恹恹地喊了一声："报告。"一抬头，脸色煞白，满脸虚汗。周围变了脸色，紧张地问："怎么了？你是不是不舒服？"陈末虚弱地点点头："大概天气太热了，"然后指着裴冬妮，"她又不让我们解散，一定要继续练，我就觉得头晕眼花很不舒服，还有点儿想吐。"陈末演得太逼真，连钱佳玥都恍惚起来，两分钟前还生龙活虎的陈末怎么成了现在这样。

周围也没看裴冬妮，立刻招手叫钱佳玥："来来来，钱佳玥，你扶着她，我带你们去医务室，不要中暑了！"钱佳玥赶紧上去扶住陈末，跟着周围去了医务室。

校医让陈末躺下，拿出听诊器听了半天，最后问陈末："你觉得哪里不舒服？"陈末虚弱开口："现在已经好很多了，我想再躺一会儿。"周围放下心来，让钱佳玥陪着观察，自己跟校医叮嘱了两句，先离开了。

钱佳玥望着双目紧闭的陈末，心里很焦急，一会儿摸摸她的额头，一会儿捏捏她的手，轻声细语问："陈末，你要不要喝水啊？我去帮你倒点儿水好不好？"只见陈末睁开眼睛，狡黠地笑了笑。钱佳玥见张老师背着身在电脑上翻纸牌，轻声说："你吓死我了，我以为你真的中暑了！"

陈末笑起来，轻声说："在这里吹空调多好，傻子才在外面晒太阳呢。"

钱佳玥问："你怎么能装得那么像？我看你脸上出了好多虚汗。"

陈末得意地从口袋里掏出一瓶风油精，晃了晃。

钱佳玥一脸疑惑，只见陈末拿起来放在嘴上，比了一个喝的动作。

钱佳玥大惊失色，差点儿跳起来喊："你喝啦？"被陈末拉住后，还是着急地说，"这个不能喝，是外用的呀！"

陈末笑："没事的，我骗老爸演冒冷汗时，经常喝，分量我心里有数。"

钱佳玥这下对陈末彻底拜服了。

从这天后，陈末军训时就会受到教官的特殊照顾，毕竟是易中暑体质。连带着五班全班都受惠，教官动不动就让大家休息一会儿，去喝点儿水，上个厕所，树荫下待会儿。当然，裴冬妮那赶超一班的计划也没法儿实现了。最后队列操比赛时，五班拿了第六，第一果然还是一班。肖涵在前面喊口令的姿势，在钱佳玥看来，简直英俊挺拔到了极点。

军训表彰大会上，肖涵作为全体高一新生代表发言。礼堂里密密麻麻五百人，只有肖涵一个人的声音钻到了钱佳玥的心里，她正听得如痴如醉，旁边的陈末拍了拍她。

"你认识他？"陈末问。

钱佳玥点点头。

"你们什么关系？"陈末好奇地问。

钱佳玥着急分辩："我们是邻居，从小一起长大的，他是肖涵哥哥。"

陈末又问一遍："真没有其他关系？"

钱佳玥心里小鹿乱撞，但终究不好意思承认什么，更着急分辩："什么其他关系呀？没有！"

陈末舒一口气："我差点儿以为那是你男朋友呢。"

钱佳玥一愣，一边拉住想要八卦的卡门，一边脸色绯红地解释："你别乱说，我没有，我怎么会……我们就是邻居。"

陈末见状，放心地瘫坐到位子上，舒了一口气："那就好办了。

我讨厌他。"

钱佳玥有点儿呆。她怎么都没想到，这个世界上竟然有人会不喜欢肖涵。那可是肖涵呀！是英雄的儿子呀！是永远的年级第一名，大队长，学生会主席呀！那可是在她心里天神一样的肖涵哥哥呀！

钱佳玥压抑住自己的惊愕，问："为什么呀？你又不认识他。"

陈末撇了撇嘴："也不能说是讨厌吧，反正这号人，跟我就不是一个世界的。你看你这个邻居，长得就一副一本正经样儿，你再听他说话，就是个学生会干部腔，假得要命。开口闭口大道理，其实心里都是些小算盘，跟《笑傲江湖》里的岳不群一样。我就看不惯这种道貌岸然的人。"

钱佳玥正要为肖涵分辩，只见裴冬妮回过头，脸色严肃地朝她们望过来，对着窃窃私语的两人做了一个嘘声的手势。

陈末眼角一挑，等裴冬妮回过头去，继续压低声音对钱佳玥说："看到了吧，裴冬妮也是这种人，一丘之貉，假得要死。那个肖涵要是你男朋友，我可不愿意再跟你一块玩了，我跟这路人八字不合。还好你不是，谢天谢地。"

肖涵假得要死吗？陈末哪里看出他假了呢？就因为他带着一班拿了队列操比赛第一名？就因为他在重点班？就因为他作为学生代表发言了？钱佳玥看着台上的肖涵，试图找到答案。

当然，陈末不喜欢肖涵也没什么，反正肖涵也不喜欢陈末。钱佳玥心里想。

陈末军训第一天装病之后，晚上钱佳玥、肖涵和毛头玩的时候，已经被肖涵教育了。

"你跟你们班那个刺头女生很熟吗？"肖涵问。

"是我新认识的朋友，她人很好的，还请我们去她家玩了。"钱佳玥一脸雀跃地说，迫不及待地跟肖涵分享了陈末是怎么喝了风油精装中暑，然后把裴冬妮气得半死的。

毛头听得哈哈大笑，但是肖涵皱了皱眉头："佳玥，你太单纯了，别和这样的人走太近了。我不在你们班，但都听到了，她到处挑事跟人吵架，最后你跟着一起挨骂。她自以为叛逆有个性，没关系，荒废的是她自己的前途，但你不一样，你是要好好读书考大学的，别跟她在一块浪费时间。二中的普通班去年考得也很好，更何况你们班主任周围是传奇老师，以前只带重点班的，你要好好把握时间和机会。"

15岁的钱佳玥第一次觉得，人和人的关系好复杂。为什么别人只看一眼，就可以知道谁是哪种人，而自己什么都看不明白呢？

04
新 开 始

军训结束，意味着高中生涯正式开始了。

整个军训过程，周围总是笑眯眯的，对什么队列操成绩一概不放在心上，既没有对裴冬妮这样的积极分子展现春天般的温暖，也没有对陈末这样的刺头有秋风扫落叶的冷酷。他左手一杯胖大海，右手插在裤子口袋里，时不时伸出来推推鼻子上的眼镜，说话慢条斯理，不管对象是谁，他的嘴角都挂着一丝笑。用陈末的话说，总给人一种下一秒就要跨上自行车去菜场买菜的感觉。

但卡门打听来的八卦不同。卡门说，周围嘴角的笑，那都是看凡夫俗子的蔑笑，不屑的笑，看孙猴子在掌心撒尿时如来佛祖的笑。"周老师敢跟校长拍桌子吧，"卡门一边吃话梅一边说，"他还顶过市教育局来的巡察组！"

巡察组的段子是这样的。据说，数年前，上海大抓素质教育，教育局巡察组到处视察。改造到二中，座谈会上，巡视员大谈"世界上没有教不好的学生，只有不会教的老师"，周围当时就在下面发出了响亮的嗤笑。

"这位老师，你有什么意见？"领导很光火。

校长按都按不住，周围施施然站起来："这位同志，我觉得你说这种话是不负责任的。什么叫只有教不好的老师？你教得好教不好的标准是什么？上大学吗？考一本吗？那如果所有学生都考到了一本，还有一本存在的必要吗？孔老夫子，叫圣人了吧，有教无类是他说的吧，他有多少学生？弟子三千。好了，这三千弟子都成才了吗？没有吧，据我所知，也就七十二贤人嘛！七十二除以三千是多少？我是数学老师我算给你听，2.4%，3% 都不到。他都不敢说没有教不好的学生，我看你就不要夸这个海口了吧。"

陈末听了这个段子哈哈大笑，原来菜场阿叔也自带撑天撑地的属性，怪不得没有为难自己，她立刻把周围引为知己；但钱佳玥听了则很担心，想到分班考那张 62 分的数学考卷，觉得自己就属于剩下 97% 被周围放弃的那部分了。

所以，当被周围叫到办公室谈话时，钱佳玥觉得自己是被叫去宣判死刑了。

"钱佳玥啊，听说你以前在初中也担任了学生干部，我想问问你，你有没有兴趣出来竞选我们班班委啊？"周围吹了吹茶叶，笑眯眯地看着钱佳玥。钱佳玥本来被分班考试打击得像筛子一样的自尊，瞬间又被点燃了。"我愿意为同学服务！"她用了廖冬梅教的标准答案。

"好好，"周围笑得更欣慰了，"我们班委选举，是公开透明的，就这周五班会课。你看看，你回去准备一个竞选演讲，大概两三分钟，到时候我们讲一讲，最后同学们选一选，你看好吧？另外，我看你跟陈末蛮要好的，裴冬妮说陈末上课讲话太多，影响他们学习，我想让陈末和刘剑锋换个座位，你跟陈末坐，怎么样？你也帮助帮助她。"

钱佳玥兴奋得脸都红了，被数学 62 分、物理 68 分打击的自尊又回来了——这个才是她呀！这个被老师信任的好干部，这个专门帮助差生的好学生，终于又回来了！钱佳玥的头抬起来了，胸前的团徽校徽都闪亮了，一口答应："当然可以，没问题！"

就这样，开学第二天，陈末被前一排的裴冬妮赶去和钱佳玥坐。虽然这个结果让陈末很开心，但她和裴冬妮的梁子却越结越深了。

钱佳玥有些忧愁地和卡门陈末商量："我从来没做过什么竞选演讲，特别紧张，不知道该说什么。"陈末疑惑地问："卡门说你初中是班长，你怎么会没有竞选演讲过呢？"钱佳玥嗫嚅："初中时候，是老师指定的。"卡门帮腔："以前我们初中所有的老师，都非常喜欢钱佳玥。"

钱佳玥有些心虚地看着若有所思的陈末，她很害怕陈末也就此把自己归入"道貌岸然"的那一拨人里。虽然那拨人里有自己喜欢的肖涵，但她也不想陈末疏远自己。

没想到陈末想了一会儿说："竞选演说，就是想说什么说什么呗。你别紧张，真选不上也没什么，不丢人，大不了我陪你一起选，你选上了我给你当陪衬，你选不上也不是唯一一落选的。"卡门激动地一拍陈末："陈末，够义气！"

那时谁都没有想到，差生陈末也有可能被选上。

为了这个竞选演讲，廖冬梅和陈秀娥又吵了起来。廖冬梅把几十年当工会主席的经验倾囊相授："宝宝，个人是在集体里的，所以最重要的是，我们个人目标要跟集体目标联系在一起。比如说，你们学校现在在争创什么？那个什么素质教育示范学校，那你就要想，如果你是班长，你会怎么样带领你们班级，为这个目标做出贡献，你能起到什么模范带头作用……"

陈秀娥正在嗑瓜子，听到这里忍不住插话："哦哟，算了，你这个老皇历了！宝宝，我跟你说，你不要听她的！现在不是让老师领导选你，晓得伐？现在是要争取让同学们选，同学们要什么啊？你问问你爸爸，他们车队领导说什么他们爱听啊？最要紧什么啊？发钞票、发奖金呀……"钱康加入进来："你妈妈说得对，中秋节发月饼，过年发点儿大米、超市购物卡……"

廖冬梅很生气，把碗一放："小市民！一天到晚只会盯着眼前一亩三分田！我说的哪里过时了？个人的前途，怎么能和集体的目标分开来谈呢！往大了说，个人的命运，就是和国家民族的复兴联系在一起的；往小了说……"

在他们还在争执不休的时候，钱佳玥悄悄放下碗，回到了自己的房间。她摊开面前的本子，在"竞选演讲"四个字下面，又画了重重的两条横线，但下面一片空白，她还是一点儿思路都没有，倒有十二分的不安。

自从进入二中以后，她常常有这样的不安，从前十五年从未有过的不安。

从前的她，也是信心满满的。从小到大都是班长、团支部书记，认认真真，永远能考年级前三名。她的作文常常被老师选为范文，全年级传看。她还是被老师和家长公认能考进重点高中重点大学的好学生。当然，她也是那个永远跟在肖涵身后的小影子。然而现在她是谁，她并不知道。

她数学只能考 62 分，而班上的常无忌可以考 98 分，还一脸懵懂地说"这个不难啊"。她英语听力都听不明白，而班上的许优可以和英语老师一唱一和用标准的美音通篇背诵 *Youth*。裴冬妮现在才是老师们面前的红人，每节课下课围着老师问问题，被陈末起外号叫"QQ"（question queen，问题女王）。连卡门和陈末，都迅速地在新的集体中找到了定位——卡门是那本行走的《当代歌坛》，即时的八卦播报中心；陈末是那个酷酷的漂亮女生，全世界都不在她眼里，大家却都暗暗羡慕她。而她钱佳玥呢？她现在到底是谁？

连仰慕肖涵的专利她都失去了。那天午休时，她去找肖涵，迎面碰上了他们班的赵婷婷。卡门说过赵婷婷，说她和肖涵是初中同学，所有人都知道她喜欢肖涵。赵婷婷很高，比陈末还高，过了一米七。那天在一班门口，她几乎是眼睛向下看钱佳玥的。赵婷婷皮肤很白，眼睛有种高傲的细长，身姿优雅，只有鼻子上的几片小雀斑还有点儿人间烟火。

她似笑非笑地看着肖涵和钱佳玥讲话，然后轻飘飘说："你就是肖涵的那个邻居吧？没考上重点班吗？很正常，我们重点班很难考的。不过考进二中就不错了，好好加油吧。"然后问肖涵："胡老师那里你还去不去？她说让正副班长一起去的。"肖涵抱歉地朝钱佳玥笑了笑，说："我回家再找你。"

望着肖涵和赵婷婷离开的背影，钱佳玥已经忘了尴尬。她觉得有种不可名状的委屈，她甚至觉得，冥冥中让她考进二中，只是为了让她明白，自己和肖涵之间隔得有多远。

钱佳玥在百转纠结的时候，陈末却在经历狂风暴雨。

陈彭宇因为陈末分班考试时三科不及格，脸阴了好几天了，父女俩冷战至今。

苍天不开眼啊！陈彭宇常常胸闷。他自问一世英雄，作为地主家的后代，他少年时期的日子并不好过，哪怕他天资聪颖，一目十行，也是永远的狗崽子。上山下乡，分到最穷最苦的西部山沟沟，他只手只脚能够打拼到今天这个地步，靠的是什么？是自己的韧性和不服输。

插队落户时，去山上担石料，前面的人昏倒，几百斤的石料压在他一个人肩上，他只要动一动，他是逃得过，跟在他后面的十几个人统得死。他就是扛得住！事后扁担烂在肩膀的血肉里，拔出来的时候揭掉一大块肉，立了三等功。恢复高考时，村支书给他穿小鞋，别人都可以放假复习，他不可以。他每天干八小时体力活，然后在煤油灯下复习，一天只睡两小时。没东西吃，肚子饿，灌一肚子凉水和观音土。他是怎么奋斗过来的？再看看陈末这个女儿，有半分像自己吗？创造那么好的环境给她，吃饱穿暖，想什么有什么。然而呢？连读书这一点点小事都做不好。读书难吗？在陈彭宇看来一点儿不难。以后走上社会，过山过水难的事多了去了，谁能像在学校里那样，周围人都盼着你好，都对着你笑？连念书都念不好，以后还能有什么出息？

因此，在听到陈末大言不惭地说，自己要陪着钱佳玥竞选班委时，陈彭宇忍不住发出了"嘿嘿"的冷笑声："你还选班委？你快别给我丢人了！你们班要是选上一个三科不及格的人当班委，那也是你们班、你们学校的耻辱。"

陈末脸色一变，她冷冷看着陈彭宇，心里满是愤恨。本来，陪钱佳玥竞选是义气，选不上她根本不会放在心上，然而她爸爸的这副嘴脸太可恶。从小到大，陈彭宇对陈末永远是这样冷嘲热讽。他看不起她，他是她爸爸，竟然看不起她！

陈末也冷笑一声："我们学校的耻辱？我看是你的耻辱吧，陈总！丢脸就丢脸，我怕什么？反正我不要面子，谁要面子谁丢脸！"她把饭碗用力一放，冲进房间，将房门砸上。

"反了你了！"陈彭宇霍地站起来，准备跟上去教训女儿，被老婆赵榕芳一把拉住："女儿都那么大了，你还想怎么样啊？你还以为她是小孩子，你张嘴就骂抬腿就踢啊！她都高中生了！"

"高中生怎么了？"陈彭宇也大声，"她这个样子还念高中？我看那个学校真是倒了霉了！你看看她那个样子，吊儿郎当，做什么事都没耐性，一天到晚穿得破破烂烂，听的什么乱七八糟妖魔鬼怪的歌！你这个当妈的反省一下，有没有教育好女儿！"

陈末本来就背靠着门在生气，听到这里一开门："跟我妈有什么关系！你少欺负人啊！你现在谈教育啦，你从小到大教育过我吗？不是打就是骂，要么就忙得几个月看不到人，你还好意思谈教育！

你那个样子要是能教育好孩子，黑猩猩都会！成绩不好打一顿，成绩就好啦？可不黑猩猩也会嘛！"

赵榕芳看着父女俩吵得不可开交的样子，看了看家里放着速效救心丸的药箱，无奈坐了下来。

也难为陈彭宇那么信誓旦旦地认为陈末不像自己，也难为陈末咬牙切齿地认为自己有个世界上最讨人厌的爸爸。这父女俩的样子，在赵榕芳看来，简直一模一样。

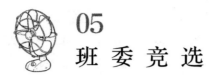

05
班 委 竞 选

　　早晨6点45分，钱佳玥站在楼梯口，探出一点点头，望向肖涵家门口。

　　肖涵家门口贴着一张倒"福"，是两年前过年时贴的，旧了，胶水已经脱落，有一角在空气中逍遥地飘荡着。钱佳玥看看手表，又不放心地跑去窗口，看到楼下肖涵的车还停着，又踱步回来。

　　小学时，每天早上，她都会开开心心背着书包去敲肖涵家家门。"肖涵哥哥，我们一起上学"，说得大大方方很有底气。但十五岁，总感觉不一样了。钱佳玥能想象到，肖涵依旧会和小时候一样笑，点头说"好啊，以后一起上学"。但她和小时候不一样了啊，她怎么可以继续大大方方心无城府地跑去敲门呢？

　　只有创造"偶遇"了。

　　军训第一天，她六点半就在楼梯口等着肖涵，但来往的邻居很多，有人看到会问两声"小姑娘，上学去了啊"，她就红了脸，头也不敢回地跑下楼，一溜烟地骑上车走了。第二天，她6点50分下楼，左等右等也不见肖涵，她跑去楼下一看，肖涵的自行车都不见了。第三天，钱康出车晚，他非要开车送钱佳玥上学，钱佳玥发了场莫名其妙的脾气，也只好跟着走了。后来又有一天，廖冬梅一边给她梳头，一边唠叨了几句误了时间，最后，钱佳玥连嘴巴里的泡饭都还没咽下去，就一路奔追出去，却只看到了肖涵下楼的背影。其实她奋力骑两下是可以追上肖涵的车的，但她就是犹豫。她一路远远跟着前面那辆车，一直骑到了二中校门口。

今天不能再错过了。钱佳玥下定决心。

果然，听到"哐当"一声，门开了。钱佳玥调整呼吸和笑容，装作不经意地回头一望，喊了一声："肖涵哥哥。"肖涵愣了一愣，露出明朗的笑容："佳玥，那么巧。"钱佳玥维持僵硬的笑容："是呀，好巧啊，我们一起走吧。"她侧一侧身，让肖涵走到自己前边。

谢天谢地，第一步做得不错！她松了一大口气，暗暗给自己鼓劲，全然不顾自己脸涨得通红这个事实。

但更重要的是第二步。开锁的时候，钱佳玥借着头发遮住了脸，心一狠，用前几天在台灯下模拟过无数遍的语气，装作不经意地问："肖涵哥哥，那天在你们班门口跟你一起走的女生是谁啊？"

钱佳玥问得太心虚，所以语速快了一点儿。糟糕。钱佳玥满脸通红，赶快骑上车，装作看前方，不看肖涵。

"哪天？"肖涵愣了一愣，"哦，你说赵婷婷吗？"钱佳玥的脖子僵住了，她很想此刻回头去看看肖涵提到赵婷婷时的面部表情，但她转不动头。"我同学啊，我们初中就是一个班的。"肖涵也骑上车了，朝钱佳玥笑笑，"走吧，再不走就迟到了。"

钱佳玥抓紧最后的机会，赶忙问："我听同学说，她好像很喜欢你哟。"她焦急地望着肖涵的背影，心快要跳出嗓子眼——不知道会不会等来一个自己想要的答案。

肖涵回过头，一只脚踏在地上，用手肘支住自行车，带着笑却皱着眉头，仿佛听到了一个很愚蠢的问题。他伸出手来拍了一下钱佳玥的头："你太八卦了！"钱佳玥拿出鱼死网破的决心："那你喜不喜欢她？"肖涵笑了，嘴角的弧度正好露出整齐的上牙："我怎么会做那么无聊的事情！"

钱佳玥瞬间觉得心上的大石头终于落地了，整个人轻快得简直想大声唱出歌来。她一会儿骑到肖涵前边，一会儿跟在他后面，有一搭没一搭地说着不着边际的话。

终于，到了学校门口，钱佳玥快活地说："肖涵哥哥，我今天要竞选班委。"肖涵竖了一个大拇指："加油啊，小姑娘！"

吃午饭的时候，趁陈末去上厕所，钱佳玥偷偷对卡门说："我今天问过肖涵哥哥了。"卡门停下了对鸡翅的追逐，一脸夸张地用手边的语文书蒙住嘴："天啊，你表白了啊！"钱佳玥"啪啪啪"一顿打："你乱讲什么！我问他那个赵婷婷的事！"然后一五一十把早上对话的经过都复述了一遍。卡门八卦的神情渐渐消失了，叹了口气，摇摇头，继续低头扒拉鸡翅。

"怎么了？难道不是好事吗？"钱佳玥有些糊涂。

卡门推了推眼镜，说："好事？你听他说那句话——'我怎么会做那么无聊的事'。这叫什么话？一般人的反应都是，'我怎么可能喜欢她这种无聊的人'，对吧？但他说的不是无聊的人，是无聊的事。什么事情无聊啊？我猜你那个肖涵哥哥是在说，我怎么可能做这么无聊的事。他这不是在否定赵婷婷，他是否定所有人，包括你。"卡门的食指朝钱佳玥一指，让钱佳玥的心突突直跳。

正在这时，陈末甩着湿漉漉的手回来了，一边坐一边问："你们在聊什么啊？那么严肃？"

因为陈末对肖涵的评价，钱佳玥不想让陈末知道自己的心思，一时想不到借口岔开话题，就愣在那里。倒是卡门接上了话，拿手指着钱佳玥："喏，下午选班委，她紧张死了。"

搁在平时，陈末绝对大手一挥："选个班委有什么了不起！选不上又不会少块肉！"但今天不一样，因为和陈彭宇的争执，她觉得这也是赌上自己荣誉的一战。她郑重其事地对钱佳玥说："钱佳玥，你要相信自己，我们一定都会被选上的！"

班会上，十几个候选人的名字按照姓氏的拼音，在黑板上排成了一排。

陈末是第一个。

"我竞选班委的原因很简单，"陈末斗志昂扬，"我要让同学们体会到高中生活好玩的地方。谁说二中只有书呆子？我们可以做的事情有很多，'海阔凭鱼跃，天高任鸟飞'啊！我们三年宝贵的青春，一定要浪费在填鸭一样的题海里，浪费在练习没用的正步上面吗？！"

最后一句话引起了全班的骚动。陈末心里明白，自己竞选班委的成功与否，最大的障碍不是成绩渣，而是军训时的"光辉事迹"。一个不为班级荣誉考虑的人哦！这个大帽子怎么摘啊？不如干脆自己提出来咯。

钱佳玥并不明白陈末的这个策略，听到她自曝其短，为她捏了一把汗。没料到，陈末讲完后，竟然有起哄声和稀稀拉拉的鼓掌声。

只有裴冬妮脸色铁青，她憋着一口气，在轮到她时，她滔滔不绝地说完自己准备的稿子后，眉毛一挑，大义凛然地说："我不像有些同学，不会宣扬大家什么享乐什么好玩！高中我们是来念书的，学海无涯苦作舟，不经历风雨，怎么见彩虹！我们五班的精神，就应该是排除万难、奋发进取的拼搏精神！"

钱佳玥听得心惊肉跳，轻声对陈末说："她好像在讲你哦。"陈末"嘁"了一声："只会说空话，歌词都背出来了。"

钱佳玥的"钱"排在倒数第三个。之前她觉得是好事，可以不用那么早上台，但现在却觉得很糟糕。因为轮到她上台时，下课铃声响了，大家归心似箭，根本不想再听人叨叨了。

"所以……所以我会贯彻我们二中争创素质教育的宗旨，为我们五班……做我能够做的所有贡献。"钱佳玥的声音越来越低，她说完灰溜溜地走下讲台，觉得自己这篇一半"廖冬梅"一半"陈秀娥"的演讲稿真是糟透了。虽然陈末给她竖了一个大拇指，但她脑子里仍一片空白。

窃窃私语的交流声、沙沙沙的动笔声、折纸声、唱票声……钱佳玥的头在这些此起彼伏的声响里低了下去，她不敢看黑板上的那些"正"字。忽然，她的胳膊被陈末捏住了，陈末高兴地摇着她："选上了！我们都选上了！"

钱佳玥慌乱地抬头，只见自己、裴冬妮、陈末的名字都被圈了出来，只不过裴冬妮是最高票——42票；而自己则是最低票——28票。陈末竟然比钱佳玥还高了10票！

这个事实证明，五班的同学是有多样包容性的。一方面，他们能够选出裴冬妮和陈末这样"光谱的两端"；另一方面，五班的同学也是看热闹不怕事大，非要把这俩人凑在一起看好戏。而钱佳玥，就是一个附赠的礼包，有些人随便勾到了她的名字，有些人想起来她似乎在军训冲突中扮演过什么角色，有些人觉得她长相还蛮斯文的。

28票，虽然是最低得票，但是，钱佳玥还是当选了。低空飞过。

随着周围一声"下课"，大家像插了翅膀一样纷纷往外冲，只留下8个班委。周围把人聚到他面前，笑眯眯地说："这样，裴冬妮和孙文钰票数最高，就当正副班长。"裴冬妮兴奋得脸红扑扑的，眼里也闪着光。

"其他人嘛，"周围喝了一口胖大海，"说说自己都想担任什么职务吧。尤其是你啊，钱佳玥——"

钱佳玥心里一惊，傻愣愣看着周围。"虽然同学们选了你吧，但我从你的竞选演讲里，根本没有听到你介绍自己啊。你想为同学服务我知道，但你是谁呀？你喜欢什么呀？你能做什么呀？你都没说啊。"

"我……"钱佳玥嗫嚅，"老师需要我做什么，我就做什么。"

周围看着她，笑了。但钱佳玥却觉得，那目光中有严厉，也有失望。

最后，许优成了学习委员，陈末成了文体委员，而钱佳玥成了大家都不愿意担任的生活委员。

钱佳玥回家后，廖冬梅和陈秀娥听说了消息，开始了一问一答："生活委员是干吗的啊？""生活委员嘛，就是收班会费的呀。不过选上了，也蛮好，都是为同学服务嘛。"

毛头附和："佳玥姐姐就是厉害，进了二中都能当选班委！"钱佳玥用眼神剜了他一眼。

肖涵也跟着鼓励："二中都是各个初中的优秀学生，能在新班级立刻选上班委，已经很厉害了。"钱佳玥尴尬地笑了笑，心里想，肖涵哥哥，你可是重点班班长，是学生会主席啊，你真的觉得我这样已经很厉害了吗？

陈末觉得自己已经很厉害了。她在饭桌上滔滔不绝地讲自己当选的经过，夸张地一再重复"38"这个数字。赵榕芳温柔地看着女儿，不断往她盘子里夹糖醋排骨，还向假装看晚报的陈彭宇讨表扬："女儿一进高中就当班干部了，你怎么不表扬几句？"

陈彭宇从鼻孔里"哼"一声："所以我说，选举这种制度就是不负责任的，什么阿猫阿狗都能选上。"

陈末得意地笑："我是高票当选，实至名归！"

陈彭宇冷笑："高票当选？你是投机取巧，哗众取宠！讲点儿花哨的话骗骗人，他们想听什么你就讲什么。这个叫民主选举？笑掉我大牙了！"

陈末的脸色变了，那一瞬间，她突然明白——这不过是陈彭宇的负隅顽抗，叫自己老爸承认错误，那怎么可能？

生平第一次，陈末没有顶杠，只是笑了笑，把糖醋小排放进嘴里：

"随便你怎么说，反正我当选了。"

新班委走马上任，裴冬妮还在兴致勃勃地征集五班班规时，钱佳玥这个生活委员倒是接到了一个任务——让班级贫困生申请"自强奖学金"。

"自强奖学金"是二中一个校友个人捐赠的奖学金项目，专门奖励那些家境贫困的学生，每个年级都有一至两个名额。周围把钱佳玥叫到办公室，把申请表递给她，然后给了她一个名字——刘剑锋。

刘剑锋是钱佳玥刚开学时候的同桌，后来和陈末换座位坐在了裴冬妮后边。刘剑锋中等个子，皮肤黝黑，不怎么说话，很好相处。连钱佳玥这么愚钝的人，都从他破旧的书包和永远洗不白的帆布鞋上，看出了他家境一般。

但是钱佳玥拿到申请表后的第一反应不是去找刘剑锋，而是想到了肖涵。奖学金一学期一千块啊！

肖涵妈妈下岗后，开始去东方书报亭上班，每天起早贪黑。肖涵虽然在钱佳玥心目中和天神一样，但是他家经济的拮据，钱佳玥一直是看在眼里的。肖涵的参考书都是表哥剩下的旧书，因为每学期开学前，钱佳玥都会和肖涵一起用橡皮把之前的答案擦掉。

一千块钱，肖涵哥哥可以买个文曲星，可以买很多英语磁带，可以换辆好点儿的自行车！钱佳玥越想越开心，立刻去找肖涵。

肖涵正在操场上打篮球，气喘吁吁地跑到场边。不料他听完钱佳玥的话，笑容渐渐凝固在脸上。

"我不要申请。"他冷冷地说，然后不再多说一句话，就跑回去打球了。

"我不要申请。"

肖涵撞倒了对面的后卫,投出一个三分球。

"我是英雄的儿子,我是班长、学生会主席,我是别人作文里的'主角'。"有一个声音萦绕在他心头。

"我不是贫困生。我不要接受别人的可怜和同情!我不需要!"

肖涵撞开对手,抢过篮板,扣篮得分。

06
慈善和施舍

钱佳玥并不知道自己怎么得罪了肖涵，整个下午神思恍惚，上课心不在焉。教政治的是教导主任吴春华，她戴着一副大黑框眼镜，看人时镜片上面的缝隙会折射出两道光来。这两道光这次精准地射在了钱佳玥身上："钱佳玥，你来先念一下第二题，再回答一下。"

钱佳玥面红耳赤，慌忙站起来，不知所措地翻着书找那所谓的第二题。"第九页。"吴春华的眉头出现了一个"川"字，胖胖的脸颊似乎因为生气肿胀了起来。陈末也看出了钱佳玥的不对劲，用手给她指着第二题，钱佳玥才开始念，念完题回答得也是磕磕巴巴、云里雾里的。

吴春华不满地盯着钱佳玥看了一会儿，敲打全班："刚开学，注意力都去哪里啦？别以为政治不是主课就可以不认真！我把话放在这里，你们高三加政治的概率不会小！坐下吧。"

钱佳玥的脸火烫，她从来没被老师这样当着全班批评过，就像她从来没看到过肖涵那样冷的脸色。她努力调整呼吸，用手抠着膝盖，努力不让自己哭出来。陈末望了她一眼，满不在乎地说："灭绝师太，更年期，你别理她。打死我高三都不加她的政治！"钱佳玥勉强笑了笑。

下一堂上的是劳技课，赤裸裸体现了性别刻板印象。女生学织绒线，男生学焊电路板。陈末拿着两根针听老师讲着"平针，上针，下针……"，几近崩溃，她只得"碎碎念"地抱怨着"歧视"。钱佳玥终于下定决心"请教"她："陈末，你说，我让肖涵哥哥去申请'自强奖学金'，有什么不对吗？"

"自强奖学金？"陈末疑惑地问，"我们学校有这个奖学金？"

"就是学校给成绩优秀、家里需要帮助的同学的奖学金，一个学期一千块呢！"

"哦，贫困生奖学金。"陈末一个洞眼没插准，绒线倒被她弄得滚落了，她一边弯着腰捡绒线，一边对钱佳玥说，"我以前初中，贫困生奖学金得奖名单都是要公示的，可能你邻居不喜欢？"

"自强奖学金"，听起来多顺耳；而"贫困生奖学金"几个字却刺耳得令钱佳玥心头一颤。

她忽然明白过来的那一瞬，整颗心像被人揉成了一团。天啊，自己到底做了些什么啊！钱佳玥的眼泪聚满眼眶——她怎么会想让金光闪闪的肖涵出现在贫困生的名单上？自责、懊恼，一下子像龙卷风一样包裹住了钱佳玥，她努力屏住眼泪，不想让陈末看出自己的异样，但是手却不听使唤地一直颤抖，根本捏不住针。

肖涵在篮球场上拼到虚脱，但还是没有躲开这件事。下午下课后，赵婷婷就过来给他塞了一张"自强奖学金"申请表。肖涵讨厌赵婷婷那种"我懂，我不会说出去"的自以为是的笑容。毕竟赵婷婷不是钱佳玥，肖涵不可能跟她说什么，只能标准地笑着，点了点头："我考虑下申不申请。"

　　赵婷婷并没有要走的意思："你放学有空，我们一起合一下下周末慈善日的安排吧。"她捋了捋头发，眨着丹凤眼。肖涵压根儿没看赵婷婷，一边把申请表随手一团扔进书包，一边笑："当然可以。"

　　慈善日是二中的传统项目，每年九月，高一全年级参加。前年是给流动献血站发广告，去年是替儿童基金会街头募捐，今年由于报业集团捐了报纸，于是要义卖报纸，义卖所得全部捐给孤儿院。

　　卖报纸可不是简单的活儿，报纸越来越厚，越来越沉，每人分到 50 份，瘦弱点儿的女生拿在手里几乎走不动道。而且，不能傻坐着等生意，不能几个人聚一块竞争，每个人只能各自扛着一摞报纸沿街卖，倒是真能体会一下《卖报歌》的歌词。但卖报纸还不是最辛苦的。

　　"最烦的是分报纸，"关爱萍对肖涵说，"报纸送来都是按照版面一摞一摞的，先得组合成一份一份的报纸。你们几个人一起分？"

　　肖涵的脚泡在洗脚水里："就班干部和小组长，大概十几个吧。"

　　关爱萍一边铺床一边说："50 个人，每人 50 份，那就是 2500 份，你们十几个人分，一个小时不知道够不够。分报纸有诀窍，我教你，你先看看有几个版，然后按照流水线操作，不要一个人分……"

　　肖涵不喜欢听他妈妈说这些。他心目中的妈妈，戴着洁白的女工帽，在大礼堂里接过"三八红旗手"的红旗，接过无数"先进工作者"的奖状。没有憔悴，没有风尘，只有坚强和骄傲。"妈，好了，"肖涵一边擦脚一边对关爱萍说，"我们自己会计划的。"

关爱萍不说话了。她四十出头的年纪，岁月还没完全覆盖住她年轻时作为厂花的风采，只有额头上出现了浅浅的几道皱纹。自从九厂倒闭大家下岗后，她去街道找过两份工作，在东方书报亭的这份工作已经干了三年。肖涵上高中后，关爱萍迫切地感受到了大学学费的压力，于是又找了份晚上给人做饭的活儿。她每天早上五点离开家，晚上九点回到家，然后做家务，准备肖涵第二天的早晚饭。连轴转的辛劳，让她保持着和年轻时一样纤细的身材，同时也让她意识到沉重的生活只得靠倔强来顶。

儿子长大了，再不是那个可以任由自己搂在怀里想亲就亲的小人儿了，也不是那个冒着鼻涕泡说要找"爸爸"的不懂事的孩子了。他在想什么？关爱萍看着台灯下肖涵笔直的背影，觉得有点儿心酸。肖涵太懂事了。这份懂事让关爱萍欣慰，又让她觉得有点儿疏远。

五班慈善义卖的地点，是新村附近的公交车站。这让廖冬梅和陈秀娥都很高兴。陈秀娥开心地说："宝宝，你放心，叫外婆带人去捧你们场！你外婆做了几十年工会工作，新村里招招手，就不止五十个人，到时候包你把报纸都卖光！"

廖冬梅一脸大义凛然："我不能利用自己的影响，假公济私中饱私囊。"

陈秀娥白眼一翻："哦哟！还中饱私囊！宝宝他们是在做慈善好吧？给那个谁？"钱佳玥补充："孤儿院。""对对，孤儿院！

做慈善啊！饱什么私囊？"陈秀娥据理力争。

陈末就没那么好的运气了。陈彭宇听到他们周六要义卖报纸，只从鼻孔里"哼"一声："形式主义。你们学校不教你们好好学习，一天到晚搞这种形式主义。"陈末只好顶一句："这是慈善！你这种冷血的人不会懂的！"

上海马上要进入金秋十月，空气中退去了夏日的暑气，云渐渐高了，天儿也变得湛蓝。周六早上七点半，钱佳玥在肖涵家门口磨蹭了一下又一下，最后还是决定自己走。

自从申请表事件发生后，她几次三番想跟肖涵说声"对不起"，但每次遇到肖涵，肖涵都表现出一副根本不记得的样子，语气、表情都和从前没有半分差别。但钱佳玥心里总觉得，好像不一样了，他们之间多了一丝冷淡。她很不安，又疑心是自己多虑，怕自己一厢情愿的莽撞又冒犯了肖涵。

所以今天肖涵出门的时候，没有遇到钱佳玥，而是遇到了匆匆赶来的毛头。毛头兴冲冲地抱着篮球，一见面就大喊："肖涵哥哥，我们打盘游戏，等下去打球！"

肖涵家就是毛头的娱乐中心。即使高档公寓的房子再大再漂亮，小毛头还是管不住脚地往新村跑。游戏机、DVD、卡带、碟片、海报、电脑，什么都往肖涵家搬。上了初中功课紧了，毛头还是风雨无阻地跑来找肖涵和钱佳玥。

肖涵抱歉地说："毛头，我上礼拜忘记说了，这周六早上学校搞报纸义卖，你自己到房间里等我吧。等我中午回来，我们再去打球。"

毛头急了，一把拉住肖涵："不行，今天我约了人打比赛的！

我说好要带个高手去的，你就帮帮我吧！"

肖涵笑起来："毛头，学校的活动我不能不去啊。"

毛头眼珠一转："你说你们搞什么？卖报纸？那这样，我把你的报纸买下来不就好了嘛。"说着，他从背包里掏出皮夹，抽出三张老人头。

肖涵的脸有点儿僵。三张百元大钞在他面前颤颤巍巍地晃着。他推开毛头的手："不是钱的事，毛头，我是班长，我不能缺席的。"

毛头不依："哥哥，这次你就帮帮我，我牛都吹出去了，说今天一定打得他们满地找牙的！这样，我再多给你三百，当劳务费，行不行？"

肖涵冷了脸。毛头从小跟他一起长大，他当然知道毛头没心没肺的性格，但他还是觉得不痛快。

毛头不管，再次拉住他："那这样，我那双新的耐克鞋，也给你，好吧？你一定要去！你今天必须跟我走！"

肖涵忍不住了，一把甩开毛头，对着比自己矮半个头的小弟说："毛头，你不要用钱来压我。"

"我不是用钱压你，我就是让你跟我去打篮球啊！"毛头的脸也涨红起来，说着把球往地上使劲一砸，"学校什么破事你都当真！我每次都帮你！你要电脑我就把电脑搬给你！你要电子词典我就故意把词典落在你家！现在我要你帮忙，你就不帮我！"

肖涵的气血往上涌，从口袋里掏出钥匙来，冷冷地往地上一扔："你去，你现在就把你放在我们家的东西都拿走。我不要你的电脑，我不要你的文曲星，我不要你的游戏机，我什么都不要。我从小管你，我妈管你，不是为了你那点儿破东西和几个臭钱。你现在都拿走，统统拿走。"

毛头望着肖涵愤愤离开的背影，心里升起巨大的愤懑和委屈，无处发泄。他抬起一脚，篮球在空中划出一个弧度，砸向肖涵家房门。哐当一声，防盗门发出巨大的轰鸣。

很多年后，青春在人们心里只留下了一个美好的、朦胧的轮廓，轻盈的、没有负担的美好轮廓。

钱佳玥翻看中学时候的日记，每一天，好像都有很多挣扎，每一天，都有很多困惑——关于自己的，关于世界的，关于自己和这个世界的。她想：是不是别人也是一样呢？

07
家　　人

　　赵榕芳早上去敲陈末的门时，陈末还在呼呼大睡，枕头下边压着还在垂死挣扎的闹钟。

　　赵榕芳轻推她："末末，你不是说要去卖报纸吗？"陈末在被子里弓成一只虾状，她翻了个身，哼哼唧唧表达着不满。赵榕芳还想叫的时候，陈彭宇冷着脸进来："叫什么叫？皇帝不急太监急！"

　　陈末刚出生时，陈彭宇是下定决心要好好栽培她的。陈末开口早，不到两岁就可以背唐诗，三四岁就会做加减法，陈彭宇单位的人都夸她聪明伶俐，前途不可估量。陈彭宇对她寄予厚望。唐诗宋词天文地理，自己满肚子的学问，统统倾囊相授。一个拼命教，一个乖乖学，父女关系和谐到上了小学。

　　在陈彭宇的记忆里，分水岭大概是陈末小学二年级那个暑假。那时全国流行魔方，陈彭宇处里来了一个小年轻，清华毕业。一个魔方到他手里，三下五除二就被复原了。原来魔方是检验智商的利器，陈彭宇兴冲冲地拿了一个回家给陈末。

第二天下午，他接到赵榕芳的电话："我们末末把魔方拼好了！"陈彭宇从昏睡状态中瞬间激动得精神起来："复原了几面？""六面都好了！"

无师自通，果然是天才啊！陈彭宇当天心情大好，见谁都笑眯眯，清华男很识趣地到处散播总工程师女儿是神童的事迹。同事们也纷纷凑趣，表示陈末前途不可估量，陈工家真是虎父无犬女。

陈彭宇心情澎湃地回到家，果然发现那个被自己翻乱的魔方已经被复原了，整整齐齐地摆在了餐桌上。陈彭宇满意地一边掂量着魔方，一边笑眯眯地冲陈末招手："来来来，末末，给爸爸演示一下，你是怎么复原的。"陈末一边瞥着《新白娘子传奇》，一边心不在焉地说："我不会。"

陈彭宇大惊："这前面不是你拼好的吗？"陈末点点头："是我弄的。"陈彭宇放下心来，将魔方打乱，慈眉善目地对女儿招手："白天怎么弄的，现在就再弄一次，给爸爸看看。"

陈末不情不愿地望了一眼赵榕芳，皱着眉，从陈彭宇手中接过了魔方。她拿着魔方左右翻转，良久，伸出指甲尖，小心翼翼地把魔方上的颜色贴纸撕了一张下来。一张，两张，越撕越熟练，撕完后大刀阔斧地往上贴，最后，红绿蓝白几个颜色面果然贴得整整齐齐。

陈彭宇的天才女儿梦，就从那一刻破灭了。他的失望、痛心，是无法言说的，是陈末脸上的耳光印子和被打断的拖把柄都无法传达的。

此后，陈末就离陈彭宇的期望越来越远——从班级前三，落到前十，从前十到中游，从中游再到倒数。陈彭宇心中的恨铁不成钢，狰狞地展现在每一次他见到陈末时的脸上。

"不要叫她，让她睡！"陈彭宇冷冷命令赵榕芳，"一点儿时间观念都没有，没出息！"

等陈末一觉醒来，已经是八点半。她"噌"一下从床上跃起，大呼小叫地满口喊"妈"。赵榕芳心疼女儿，央求陈彭宇："小赵不是来了吗？你让小赵送送末末，让女儿太太平平吃完早饭。"陈彭宇从报纸后面发出一声冷笑："哼，公司给我派车，是让我上班的。"陈末不甘示弱："我才不要他送。"说罢她将一个鸡蛋塞进嘴里，脸不洗牙不刷，风驰电掣地跑了出去。

陈末一路赶到集合点，停下自行车，只见地上堆着高高的几摞报纸。裴冬妮、钱佳玥、许优几人正在忙碌着。裴冬妮端着架子："陈末，你怎么又迟到！"陈末白了一眼没理她。她走到钱佳玥身边，只见钱佳玥正熟练地往厚厚一摞报纸里塞 B 刊。钱佳玥用食指压着嘴唇，指指裴冬妮："嘘，陈末，没关系，你的那份我帮你也分好啦。"

九点半，人陆陆续续到齐了。周围向学生们强调安全须知，大家早已按捺不住，跃跃欲试。只等周围一声"解散"，众人就以中午冲刺去饭堂的速度赶到了各小组分到的报纸堆前。

"哎呀，这么重啊！""这里面有谢霆锋砸吉他的照片地！好帅啊！"叽叽喳喳，一班人以小卖部集合点为圆心呈圆形散开。

钱佳玥卖报纸是用话语的数量取胜的，她只要捕捉到一个路人的眼神，立刻开启唐僧模式："先生，我们是二中的学生，这次和报社合作，慈善义卖报纸，所有的卖报所得都会捐给孤儿院的。您要不要买一份？一块钱，周末的报纸有文化副刊，很划算的……"她仿佛记得所有的宣传资料，滔滔不绝，哪怕对方听完第二句就已经开始掏钱，钱佳玥仍会坚持把剩下所有的讲完。

卡门则灵活一点。面对不同的对象，她的广告做得不同。年纪大的，直接倚小卖小，"爷爷奶奶叔叔阿姨"喊得非常恳切；遇到年轻人，则抽出有谢霆锋那版，"看，今天有谢霆锋"；碰到背着书包去补课的小朋友，则不断强调："同学，我们这是慈善义卖，是做好事的。"

陈末的策略很简单——找个好地点，她要跟同学们拉开一段距离，不能在同一个地方卖，否则竞争太激烈，但又必须有人流。她一下子想到了来时路过的那个车站。

但那个车站不在周围划出来的地理范围，钱佳玥和卡门都不愿意跟她一起去。钱佳玥劝她："陈末，你也别去了，周老师问起来怎么办？50 份卖起来很快的。"陈末挥着手："啊呀，你不去你就别管了。"那个车站是个大站，貌似还是个终点站，有不少人，比她们分到的那个小路口人多多了。

陈末捧着报纸，兴冲冲地到了车站。人确实很多，也没其他同学跟她竞争，但她那时却不懂得"规模效应"这个词。

一群学生在卖报纸，人人都晓得是学校搞的活动；而冷不丁一个小女孩儿推销，引起的只有路人的警惕。

"要不要报纸？今天的报纸！"陈末一个个问过去，等车的人纷纷露出了狐疑的目光。修养好的说声"不用，谢谢"，修养不好的直接给冷脸和白眼。

陈末没有受过这种气，但别人不买，总不能拿枪逼着别人买。她暗自发了会儿脾气，看了看时间，给自己打气：陈末，你行的，再试一次！

"要不要买报纸？今天刚出来的报纸！"陈末堆着笑走到几个四五十岁的中年人面前，对方的视线统统集中到她身后。一瞬间，陈末只听到公交车进站的刹车声，眼前的人突然不管不顾地推开自己冲了过去。这一推，陈末一个趔趄，怀里的报纸纷纷坠地，散作一摊，好几份上面还被人踩了几个脚印。

陈彭宇眯着眼睛正在街对面看着这一切。小赵回过头来："陈总，要不要我去帮帮忙？"陈彭宇一瞪眼睛："这点儿事需要帮什么忙？"他手里拿着两个肉包，已经凉了，是赵榕芳叮嘱他带来的，但他不准备拿去给陈末。

呵，自作聪明，跑来什么车站！陈彭宇心想。他用嘲讽的语气对司机小赵说："你看着吧，这下她要发小姐脾气了。肯定是报纸一扔不要了，说不定自己掏点儿钱，回到班里吹牛说把报纸卖完了。"

但出乎他的意料，陈末蹲在地上，大张双臂，护着一地的报纸。等到人流散开后，她一份一份地把报纸捡起，蹲到角落里，左右比较着两份报纸，然后用手掌搓着报纸，试图把上面的脚印搓掉。

陈彭宇就这样静静地看着陈末。那个远远蹲在那里的半大不小的孩子，倔强地、耐心地，一份份数着，一张张整理着。最后，她竟然站起来长长舒了一口气，抱着整理好的报纸，又回到了车站的人流里。陈彭宇有点儿触动，但表面上依旧不动声色，对小赵说："开车。"

等陈末回来的时候，钱佳玥的报纸早就卖完了。确切地说，她是最早卖完的人，捎带着卡门沾光，成了第二名。

刚刚开卖不到20分钟，钱佳玥正和卡门抱怨人流少，只见廖冬梅气宇轩昂地带着新村几十个老头儿老太太浩浩荡荡地杀来了。

"这是做好事，给孤儿院的，"廖冬梅大义凛然地说，"小朋友做好人好事，我们退休工人也要做贡献呀！"陈秀娥一边笑着捧她："主席主席，你说得都对，肯定都对！"一边对着廖冬梅一翘大拇指，眉飞色舞地跟钱佳玥私语："不要太起劲咯！你前脚刚走，她后脚就开始在小区里兜来兜去，拿出电话本一个个打电话，一家家去敲门。'老王啊，我外孙女学校搞慈善活动，你要跟我一起去吧？'劲道粗咯！"钱佳玥望向外婆，只见廖冬梅还在做工作："你买过了，你可以给你女儿带一份啊，做好事不怕多啊，这是给孤儿院的！"

风卷残云间，钱佳玥和卡门就卖光了剩下的报纸。廖冬梅打听完肖涵他们班卖报纸的区域，兴冲冲地表示要再揪一批人去帮肖涵。望着他们走远的背影，卡门笑叹："钱佳玥，你果然有主场优势啊！"

等廖冬梅一行看到肖涵的时候，肖涵已经把报纸卖得差不多了。陈秀娥一大方，收光了剩下的五张。

"涵涵，你跟毛头吵架啦？"陈秀娥问肖涵。肖涵脸色一变，没有说话。陈秀娥看了他一眼，继续讲："我去买菜时看到毛头在楼门口站着，看上去一肚皮气。我问他：'毛头，你来找涵涵玩儿啊？'他说：'什么啊？我'张'字倒过来写也不找他。'哎，涵涵我跟你说，毛头现在在我家，你等下一起来吃中饭。你们俩从小一起长大的，有什么事情啦，弄得像真的一样的！"

肖涵一直低着头，听到陈秀娥转述毛头的话，脸上不免露出苦笑。听到陈秀娥叫吃饭，赶紧推："不用了，佳玥妈妈，我妈已经帮我把中饭放冰箱里了。"陈秀娥皱眉："冰箱里的有什么好吃啦？我黄鳝都买好了！"肖涵坚辞："不用了，真的不用了。"

开学之后，肖涵去陈秀娥家吃饭的频率越来越低了。以前，关爱萍倒三班，毛头爹妈不在，廖冬梅家相当于也是毛头和肖涵的家，陈秀娥也是看着这两个男孩儿长大的。但陈秀娥心里，一直更偏心有什么就说什么、看起来更活络的小毛头。肖涵心思太沉、自尊心太强，跟要把贞节牌坊顶在头顶的关爱萍一模一样，陈秀娥是吃不消的。于是，她也没有坚持。

闹哄哄的"慈善日"就这样结束了。清点成绩，五班的2500份报纸只剩了200余份。陈末偷偷扔掉了卖不掉的两份有脚印的报纸，自己垫了几块钱，也算是圆满完成任务。学生们嘻嘻哈哈，既觉得自己做了一件有意义的事，又有了一种"微服私访"体验民间疾苦的充实感。

只有肖涵和别人的感受不同。他回到家，坐在客厅里想，今天自己所做的分报纸、卖报纸的事，其实就是妈妈关爱萍每天的工作，心里五味杂陈。第二天一早，四点半，天蒙蒙发亮。肖涵听到客厅里传来了锅碗瓢盆的声音。他知道，关爱萍日复一日的工作又开始了。肖涵已经习惯了一个人做作业，一个人吃晚饭，一个人等关爱萍回来。

这是他第一次这么早跟着关爱萍一起醒来。

防盗门传来锁门的声响，紧接着是关爱萍招牌的小碎步声。肖涵走到窗前，往下望，只见关爱萍在星光曙光交汇的朦胧里，将一个装了午饭的白色塑料袋放进了车前的车筐，跨上自行车离开。

一年后，语文月考卷子上有篇阅读题——作者写自己小学时候，学校要做慈善活动，他回家找妈妈要钱。妈妈欲言又止，但还是把钱给了他。第二次，第三次，到了第四次，妈妈说不想给钱了。"但是，那是给穷人的！"作者很生气，重复着老师说过的话。他妈妈终于说："可是孩子啊，我们就是穷人。"

肖涵想，这个作者当时的感受，是不是类似于自己那天，在清晨的薄雾中看着关爱萍离开？作者没有写他后来的反应，但肖涵记得自己的。当他再也看不见关爱萍后，他坐到书桌前，从书包里摸出那张皱成一团的奖学金申请表。晨光昏暗，肖涵打开台灯，然后端端正正地在申请人那栏里写下"肖涵"两个字。

而同一天早上，当肖涵背着那张"沉甸甸"的申请书出门上学时，毛头正鬼鬼祟祟躲在花坛后面。他手上拿着一个大包，里面塞满了游戏机、卡带、DVD 和碟片。其实那天从肖涵家把这些拿出来时，他就后悔了。他当时拿得很慢，故意搞出乒乒乓乓声，希望肖涵哥哥能够折返回来，这样他可以再耍耍无赖。但肖涵竟然真的走了。那他毛头不要面子的吗？他只好拎着东西走了，路上碰到干妈陈秀娥的时候，还放话以后再来找肖涵自己的"张"字倒过来写。

但是，毛头回家练了一晚，"张"字倒过来好难写啊。毛头看着那一包东西，越看越后悔，干脆开始写起了别的字。他扔掉了无数张"对不起",最后留下一行歪歪扭扭的"I am sorry"。那一刻，毛头终于知道学英语的意义了。无论是"我爱你"还是"对不起"，用英语说永远不会肉麻。

此时，毛头目睹肖涵骑车走远后，快速把手上的袋子放到了肖涵家门口，还附上了那句写有"I am sorry"的字条，然后拔腿狂奔而去。

他一边跑一边想：都睡了一觉了，肖涵哥哥应该不会那么小气，还跟自己计较吧？我叫他哥哥叫了那么多年了！

08
够不到的手

那是一个冬日的早晨。路边的梧桐树叶落尽，七七八八的枝丫高高竖立，缝隙中透出一点儿太阳光晕。钱佳玥戴着厚手套，耳朵也被绒线帽捂着，所以听到的声音都是闷闷的，一张嘴，一团白色在眼前弥漫开来。

她在公交站台，身边坐着肖涵。肖涵背着身，遮住了一半的车牌，他穿着一件洗得发旧、有点儿松垮的红毛衣。"肖涵哥哥。"钱佳玥叫了他一声。她想起来，他们是在一起等车，要去一个她一下想不起来的地方。

忽然，公交车来了，伴随着巨大的刹车声，停在了离车站十米开外的前方。肖涵站起来，朝着公交车奔去。钱佳玥也急了，快步追了上去，大喊："肖涵哥哥，等等我！"眼看公交车的门就要关闭了，肖涵一个箭步从后门冲了上去。他似乎听到了钱佳玥的喊声，停下来，一只手拉住车内的扶手，半个身子探到车外，朝着钱佳玥的方向看过去。

太阳升起来了，阳光照在肖涵棱角分明的脸上，他眼睛的黑白更加分明。他沉下肩，伸出手，似乎要搭钱佳玥上车。钱佳玥一边拼命奔跑，一边气喘吁吁地摘掉了白手套，眼看就要牵住肖涵的手……她的梦醒了。

睡眼惺忪中，眼前的冬日车站和肖涵都不见了，只有廖冬梅一边往围裙上擦手，一边在门口喊她："宝宝，快点儿，上课迟到了！"

钱佳玥三口并两口地吃着泡饭，瞥了一眼墙上的时钟，发现已经快6点40分。心里盘算着：肖涵哥哥应该已经出门了。前几周，她用各种借口等着肖涵一起上学，有几次还真的成功了。可上周，陈末忽然说，她每天骑车上学时都路过新村门口，不如两个人一起上学。钱佳玥立刻兴奋地一口答应。

十几岁的时候，女生的友情都体现在一些很奇怪的地方。比如一起吃饭，一起上学，一起上厕所，去大礼堂占位子也要座挨着座。关系上的亲密一定要通过连体婴这种形式才能体现出来。

而陈末在这方面一直酷酷的，她和这种小女生游戏格格不入。刚开学的时候，当她听到钱佳玥、卡门问她要不要一起上厕所，立刻脸色很古怪："哦，不用，我不上厕所，你们去吧。"上午第四节课的最后十分钟，陈末会和男生一样，从课桌里掏出饭碗和饭票，预备好冲刺姿势，只等老师吐出"下课"两个字。

她的速度很快，又坐在第三排，比后排的男生更有优势，通常都能前三个冲出教室。当然，如果老师拖堂，陈末会带头，在课桌下用饭勺敲饭碗，以示抗议。通常她一带头，几个男生就会跟上，"哐哐哐哐"，此起彼伏，颇有声势地向老师施压。钱佳玥和卡门不行，她们俩总要你等我我等你，慢悠悠地一边说话一边晃到食堂。等她俩到了食堂，就看到一边是望不到头的长队，一边是已经买好饭冲她们笑笑的陈末。

因为这样，钱佳玥总是有些失落，觉得陈末和自己还不够亲近。

钱佳玥喜欢陈末，喜欢她光洁的额头，自然卷的长发，翘翘的鼻子，两块小雀斑显得可爱又阳光。陈末笑起来从不扭捏，完全不顾虑形象和别人的眼光；陈末生气起来也从不遮掩，还会撑各科老师说怪话。当然，她更会帮钱佳玥出头。

有次裴冬妮找钱佳玥，非让她代表班级参加街道的演讲比赛。钱佳玥不想去，因为马上要数学测验了，她一课一练的单元测验卷还没做完。但裴冬妮理直气壮，说了一大通让钱佳玥无法辩驳的理由，似乎这是天上掉下来砸到钱佳玥的馅饼。这时，本来趴在课桌上睡觉的陈末伸了个懒腰，白了裴冬妮一眼："说得倒好听，干吗非叫钱佳玥去？你还是班长呢，你自己去啊，我们班的荣誉都给你！"一句话就把裴冬妮气走了，让钱佳玥好生佩服。

钱佳玥喜欢陈末，这种爱慕，清澈单纯，没有一丝一毫的嫉妒和杂质。

所以，当陈末说要来找她一起上学时，钱佳玥满心欢喜。唯一的顾虑就是肖涵。毕竟，陈末明确表示过不喜欢肖涵，肖涵也让她少跟陈末接触。钱佳玥夹在这两个人中间，十分为难。

但她也是努力过的。和陈末约好的第一天，她又假装在楼道里巧遇肖涵，两个人说说笑笑地走到小区门口，看到了陈末。于是，三个人一起上学便成顺理成章的事了。可那两个人都脸色僵硬、表情扭曲。陈末一路不说话，肖涵也不说话，气氛尴尬到极点。最后，肖涵借口要早点儿去班级里带早读，快蹬了几下自行车离开了。陈末不高兴地问钱佳玥："你一直和肖不群一起上学啊？"钱佳玥赶紧辩解："没有没有，今天碰巧。"她惴惴不安，害怕陈末说以后不来找她上学了，还好陈末最后什么也没说。

真奇怪，自己那么喜欢的两个人，为什么不能也成为朋友呢？钱佳玥想不通。但是，十几岁的她，心里有不能重色轻友的义气，于是她从此再也不煞费苦心地去"偶遇"肖涵，而是专心和陈末一起上学。当然，果真也没再在楼道里见过肖涵。

钱佳玥快速吃完了泡饭和油条，推着车慌慌张张地走到新村门口时，果真见到了已经站在晨光里的陈末。两个女孩儿相视而笑。陈末表演着双脱手骑车的绝技，两个人说说笑笑间骑到了二中。

但是，校门口有两排执勤学生，陈末被站在门口的教导主任吴春华拦住了。

"你校徽团徽呢？"吴春华板着脸，问陈末。

陈末和钱佳玥都朝陈末胸口望去，果然没有校徽。"校徽我不知道，团徽我没有，我又不是团员。"陈末满不在乎道。

她的口气显然激怒了吴春华，吴春华推了推黑框眼镜，皱起眉来更仔细地开始打量陈末。"你这个头发……"吴春华用右手扒拉着陈末的自然卷，"校规里面不许烫发，你知道吗？小小年纪，不把心思放在学习上，一天到晚想些不三不四的事！"

校门口的人很多，大家的目光纷纷落在陈末和她的头发上。陈末火了："我干什么了就不三不四了！"钱佳玥赶紧拉住她，对吴春华解释："吴老师，陈末的头发是自然卷，是天生的，不是烫的。"吴春华转过脸，意味深长地看了钱佳玥一眼，牵了下嘴角："哦？天生的？我倒要去问问你们周老师。"接着，她很嫌弃地努努嘴，一边放两人进去，一边大声对执勤的学生说："高一五班学生不戴校徽，扣一分。"

　　陈末恨得牙痒痒，一边奋力推着车去车棚，一边对钱佳玥说："这个灭绝师太，总有一天我要她好看！"

　　陈末在校门口感到屈辱的时候，肖涵也感受到了。"自强奖学金"评选结果出来了。出结果之前，肖涵内心其实隐隐有些期待选不上他——自己尽力了却评不上，似乎对自己对别人都是一个好的交代。

　　但事与愿违，评选结果写在大红纸上，还要在校门口公示两周。肖涵每次经过校门口橱窗，那几个龙飞凤舞的大字，总刺激着他的神经，使得他不自觉握紧车把，背挺得更直。他觉得别人都在看他，班上总有人在窃窃私语，而他只能更面无表情，更疾步行走。

　　进入高中后，肖涵觉得和以前完全不同了。有一种无声无息的压力，从四面八方铺天盖地地把他包围起来。他很清楚三年以后，就要面临一场决定自己命运的考试。

　　别人可以失败，但他不可以，他人生的字典里已经没有"失败"二字了，他能做的只有背水一战。他像一台机器，精准而正确地做着所有应该做的事情——做优等生、当班干部、和老师搞好关系、和同学维持表面友好。这是他的面具，也是他的战袍。

肖友光的遗像摆在客厅的角落里，上了初中后，肖涵就很少会去那前面念叨点儿有的没的了。但照片上的眼睛仿佛一直看着他，无处不在地看着他。肖涵无数次地想象，终有一天，当他拿到交大的录取通知书的时候，他会把通知书展开放到肖友光的遗照前，底气十足地对他说一句："爸，我做到了。"这一天必须到来。

周六午饭后，毛头又来敲肖涵的门了。为了修补上次两人吵架的裂痕，毛头最近恨不得把家里的玩具都搬到肖涵家来。

肖涵小时候很可怜毛头，觉得这个小弟弟比自己还少一个妈妈。但当张启明做生意发财后，肖涵的心态慢慢发生了变化。他意识到毛头和他之前的权力关系有了些微妙的改变，偶尔，他甚至会有些小小的嫉妒。有段时间，他刻意疏远毛头，可是毛头依旧热情洋溢地跑到他家来。毛头那样真诚，那样依恋这个从小一起长大的哥哥，掏心掏肺地想要把一切都分享给他。肖涵感到羞愧，他很害怕自己配不上毛头真诚的感情。

这次，毛头刚进门，就笑眯眯掏出了两张最新的游戏机卡："肖涵哥，一起打两盘，打通关！"肖涵狐疑地看了一下两盘卡："你爸不是不让你打游戏，还把你游戏卡都扔了吗？""所以这是我新买的啊！"毛头大咧咧说，一边说，一边已经翻出了游戏机，插上了卡带。"别了，"肖涵抗拒，"你爸要是知道我带着你打游戏，肯定得骂人。""怕什么？他又不在！长假第一天啊，放松放松嘛！来来来，一起打！"毛头一边说，一边把另一个游戏手柄塞给了肖涵。"行吧，"肖涵看了眼墙上的闹钟，"最多打到4点，我妈4点回家。"

自从上次和毛头吵完架，两人之间一直别别扭扭，肖涵还是想挽回自己这个哥哥的形象。游戏开始了，上下左右，ABAB，一关接一关，两人都忘了时间，只有热气在头顶蒸腾。但就在这时，铁门传来声响——似乎有人回来了。肖涵和毛头都像被雷劈中一样愣住，两人竖起耳朵，果然听到关爱萍的声音从门外传来，紧接着，就是丁零当啷的钥匙声。

　　毛头一下从沙发弹起，手忙脚乱地关着游戏机，一边退出游戏卡，一边一叠声喊着"肖涵哥哥快快快！"莫名其妙的，肖涵的神经也紧绷起来，隐隐约约觉得自己也做了什么坏事，需要帮着一起毁尸灭迹。于是两个人一个收游戏机，一个关电视，差点撞个满怀。正在这时，门口又传来了张启明低低的笑声。毛头顿时吓呆了，可怜巴巴望着肖涵，肖涵没考虑太多，抓着毛头向卧室飞奔而去。实在是做贼心虚，一个躲到了床底下，一个钻进了大衣柜里。

09
你们这些大人

　　肖涵手脚冰凉，晕晕乎乎，只觉得头顶上的床垫一沉，显然两个人都坐到了床上。张启明嬉皮笑脸的声音钻进来："你头颈上有东西，我帮你拿掉。我上次送你那根项链不是蛮好看的嘛，白金的，你不要，否则戴上去多漂亮。"

　　肖涵忍不住，气血往头顶涌，正准备钻出去质问他们。忽然，他觉得床垫往上弹了一点儿。接着，关爱萍凛然的声音传来："张启明，我跟你说过很多次了！你再这样，我觉得我们不用试下去了！"然后，床垫彻底回弹了，张启明慌乱的声音传来："萍萍，你不要生气啊，我不好我不好！刚刚不算数，当没发生过，统统揩掉！你不要生气呀，我不好我不好，我请自己吃耳光好伐？"

　　"噼噼啪啪"的清脆声，并不响，张启明一边用空掌心在自己脸上左一下，右一下，一边紧盯关爱萍的背影。果然，关爱萍转过身来，恼怒的神色还挂在眉间，但嘴巴里多了点儿无可奈何："你这个人……怎么这个样子的！好了呀，不要打了呀！走了，天都黑了，一起去找涵涵跟毛头。"

张启明一口气松下来，知道警报解除，快活地跟在关爱萍后面："走走走，找涵涵跟小赤佬，晚上我请客！涵涵不是喜欢吃外国大饼吗？我们去吃电视上做广告的那个，必客客！你不生气了咯？对呀，生气了老得快，笑一笑十年少……"

张启明的大嗓门掠过肖涵房门，掠过客房，掠过大门，掠过走廊，直到消失……但总有一丝余音，"嗡嗡嗡"地回荡在肖涵耳边。他愣在那里，一动都不想动——妈妈跟张启明？虽然听上去关爱萍并没有完全接受张启明，但只要一想到关爱萍开始跟别的男人交往，肖涵心里就怒不可遏。更何况是张启明！那个没文化的暴发户！那个低俗得只有钱的暴发户！

肖涵心里尚在天人交战，只见眼前遮着的床单被掀开，面前出现了毛头的脸。毛头蹲在地上，一脸错愕，直直盯着肖涵："哥哥，刚刚，刚刚……刚刚你听到了吗？是不是我做梦了啊？"

没听到肖涵的回答，毛头从口袋里掏出那两盘游戏卡，盯着想了半天："老张说我一直打游戏要把脑子打坏掉的，好像是真的，已经打出幻觉来了——而且还是很奇怪的幻觉。"

那天晚上，肖涵和毛头对找了他们一大圈的父母谎称，他们俩去西宫打了会儿桌球。接着，肖涵冷若冰霜地拒绝了几人一起出去吃饭的提议。当关爱萍端出蛋炒饭的时候，发现张启明已经在肖涵面前讨了很多次没趣了。毛头、肖涵都只顾低头吃饭，四个人各怀心事，空气里满是尴尬。

肖涵家整顿饭鸦雀无声，隔壁钱佳玥家却是火星四射。廖冬梅一拍桌子，碗里的肉饼蒸蛋跳了一下。她气势满满地对陈秀娥说："你这是偷窃你知道吗？性质很恶劣，这是品质问题！"

陈秀娥百口莫辩："你神经病啊？你自己的表找不到了就诬赖我啊？我什么时候拿过你的手表？我今天连你的房间都没进去过！"

"你到现在还不悔改，还要矢口否认！"廖冬梅越想越生气，"上礼拜，是你问我借的表吧？对，我没借给你，但我不借是有理由的。你们以前插队落户小姐妹聚会，这是好事，这是同志间联络感情。但你倒好，贪慕虚荣，非要充场面、扎台型，戴块欧米茄去，这是干吗？这是蓄意破坏同志之间的关系，你知道吗？我是为你好啊……"

陈秀娥摆着双手，气哼哼地说："我们不谈这件事情了好伐，不谈了。那是你的表，你儿子给你从美国带回来的表，你想借就借，不想借就不借，我哪里敢有意见啊？但你不要来说我了好伐？我就跟你提了一句，你已经说了我一个多礼拜了吧！现在倒好，还要冤枉我偷哇！"

廖冬梅也气愤地站起来："不是你？不是你是谁啊？我那块表好好地放在箱子里，我还锁起来的，今天一看没了呀！这个家里除了你还会有谁啊？宝宝啊？钱康啊？就只有你！我自己的小孩儿我知道的，就是你！从小偷我的钱去买糖，跟人换弹珠，你哥哥弟弟都知道买书读书，就你……"

陈秀娥再也忍不住了，终于在钱佳玥面前"鬃毛一甩"，把碗一扔，站起来："好了呀，怎么又说到小时候去了啊？反正你儿子在你心里千好万好，我从小就是一个小偷，好了伐！就该把我发配到江西去改造思想，我活该，我认了，好了伐！我看你脑子真的坏掉了，你藏你的东西不要藏太好咯，会给我知道在哪里的啊？像防国民党特务一样防着我，我能拿得到的啊？自己东西找不到了就来怪我，我看你就是脑子坏掉了！老年痴呆！"

陈秀娥和廖冬梅的争吵，钱佳玥从小到大已经见了无数次了。这次，果不其然，陈秀娥又气鼓鼓地跑回房间，把门摔上了。

这是规定动作的序幕，过一会儿，就要钱康在门口千哄万哄，陈秀娥才肯再出来。如果钱康不在家，陈秀娥就会在房间里等到钱康收车回家，然后声泪俱下地痛诉。钱佳玥小学高年级的时候试过去哄陈秀娥，也能奏效，但老实说，太累了，就跟唱戏一样，三请四请，看对方唱念做打，只试过两次，钱佳玥就放弃配合演这场大戏了。从此之后，钱佳玥对爸爸钱康心里多了许多怜悯。

在钱佳玥心目中，家里三个人中最能让她亲近的，当然是外婆廖冬梅。这不光是因为廖冬梅从小带大的她，更是因为廖冬梅有一种体面的光辉，是符合十几岁孩子势利的内心的。在新村里，谁不认识廖主席呢？

"你就是廖主席的外孙女啊？听说你读书很好哇！"连跟着外婆出去菜市场，卖菜的都会高看她一眼。钱佳玥喜欢这种感觉，喜欢大家对外婆的尊敬，对外婆的亲切，喜欢外婆嘴里那一套套正正板板的话语。

对于爸爸钱康，钱佳玥心里很同情。钱康是江西人，在皮鞋厂倒闭后，跟着回城的陈秀娥到了大上海。按习惯，上海人要叫他"乡下人"的，但陈家不是，廖主席思想觉悟那么高，怎么会这样看待自己出身贫下中农的女婿呢？

在廖冬梅为钱佳玥搭建的世界观里，农民兄弟是比工人更淳朴的一群人。因此，就算钱佳玥跟着爸爸去江西爷爷家，她都不会端着所谓大都市小姐的架子。在她眼里，农村的一切都是淳朴的、原野的、动人的。而她爸爸——钱康，这样一个淳朴憨厚、老实勤奋的男人，一直被作妖的陈秀娥各种欺压。

钱佳玥对陈秀娥的情感非常复杂。陈秀娥和钱康是在钱佳玥上小学时才回到上海，因此钱佳玥对妈妈的感情，或许从根子上就是疏离的。陈秀娥爱漂亮、喜欢热闹、动不动就作、公主心，还势利虚荣，这都让钱佳玥从心底不喜欢陈秀娥。但从前她并没有明确自己的意识，直到她认识陈末，在陈末家看到陈末的妈妈——赵榕芳。

如果有个赵榕芳这样的妈妈，该多幸福啊。钱佳玥由衷地羡慕。

赵榕芳在三甲医院的药房工作，她总是将家里收拾得一尘不染、干干净净。她自己也干干净净，审美高级。不像陈秀娥，一大把年纪了还装小姑娘，穿红穿绿穿蕾丝。赵榕芳永远穿一些款式简单而材质高级的衣物，她的头发不是艳俗的大波浪，而是平滑整洁地梳一个髻，露出光滑修长的脖子。她说话温柔，笑起来温柔，对待女儿的同学们也慢声细气，还会倾听大家讲话。而陈秀娥呢？笑起来恨不得掀翻屋顶，别人说话她插嘴，没事就看叽叽喳喳的滑稽戏，打嗝放屁，不光在家里穿着睡衣，戴着一脑袋的卷发棒，甚至会以这身装扮走出家门，去买报纸买菜、跟邻居聊天。钱佳玥才不要跟她站在一起，窘都窘死了，更恨不得找个地缝钻一钻。

还有谈吐修养呢！赵榕芳会看时尚杂志、名人传记，会给陈末买整套的《在北大听讲座》，会带着陈末听音乐会、看话剧，会给钱佳玥、卡门讲营养学和美国最新的研究。陈秀娥会什么呢？作为新村最大的"喇叭"，天天只会叨叨张家长李家短，电视剧里演了什么，卖棉毛衫裤时又碰到了什么刁蛮的顾客，自己怎么挖坑让别人掏钱。唯一的文化熏陶，是《新民晚报》上的"蔷薇花下"，还有席绢、琼瑶的小说。

为什么自己会有这样一个妈妈？钱佳玥忍不住想。她一再告诫自己"儿不嫌母丑"，但又忍不住地为自己辩护：我又不是嫌她穷嫌她丑。于是，钱佳玥默默开始抗争——从不穿陈秀娥为她挑的衣服裙子，不用陈秀娥给她买的洗面奶，连卫生巾牌子都要跟妈妈反着来。

所以，钱佳玥虽然不相信陈秀娥会去偷廖冬梅的表，但是她在心里已经为陈秀娥的蒙冤找了很多理由。比如，不懂"瓜田李下"，如果真的一直身正，外婆怎么会想到她的头上呢？比如，明明可以好好沟通，为什么要意气用事乱发脾气呢？还说外婆"脑子坏掉了""老年痴呆"，做小辈的怎么可以这样呢？而且就算和外婆闹矛盾，但和钱康没关系啊，为什么每次都要折磨爸爸？真是仗势欺人啊。

很多年后，钱佳玥回想，自己温顺乖巧的外表下，青春期所有的叛逆，都给了陈秀娥。她的叛逆不像陈末那样轰轰烈烈，而是默默地、悄悄地、静静地流过延绵多年的十几岁。青春期的叛逆都是"弑父"，只有在心里"杀死"权威的家长，才会真正长大。而倒霉的陈秀娥，其实并没有做错什么，只是成了那个代价。

肖涵无法"弑父"，因为他的爸爸已经死了。好几个夜晚，肖涵借着月光站在肖友光的遗像前，心潮起伏。

自己该怎么对爸爸说，妈妈跟别的男人在一起了。

肖涵认为，关爱萍是不可能真的看上张启明的。自己的爸爸，肖友光，是工农兵大学生，是廖冬梅口中那个令全厂姑娘芳心暗许的帅气车间主任，是最正直、最勤奋的让所有同事都服气的青年标兵，是奋不顾身抢救工厂设备的烈士。而张启明呢？他算什么？关爱萍就算要找新的伴侣，也不应该……不，妈妈为什么一定要找人替代爸爸？

肖涵的思维进入了一个螺旋，怎么转，都转不到让他心安坦然的位置上。他一半的脑子在和另一半打架，连上课都会经常放空走神。

但毫无疑问地，在肖涵心里，以前那个完美的、慈爱的、坚强的、正直的妈妈形象，就这样裂开了一条口子。肖涵努力想装作没有看到那条口子，但那条口子像一张大开着的嘴，无论哪个方向，都会朝肖涵露出阴森森的白牙来。

肖涵在家里更沉默了。本来母子相聚的时间，就只有睡觉前的几个小时，但肖涵现在一面对关爱萍，就浑身紧绷。

有时候，他明知妈妈就站在他的背后，他都不肯出一声，不肯回头看一眼。有时候，他渴望关爱萍能跟他谈谈，像以前那样谈谈自己爸爸年轻的时候，这样，他就可以说，妈，我爸那么优秀，你为什么要抛弃他？他想质问关爱萍，张启明到底好在哪里？他有钱吗？我也可以有钱的，我以后一定会有钱的，我发誓我会有钱的！

你不要不要不要跟别人在一起。

但关爱萍什么都没说，肖涵也什么都没说。母子俩就在静默的气氛中，度过了一天又一天。

这一天，关爱萍回家后，又站在了肖涵背后。肖涵笔下唰唰不停地写，其实并不知道自己在写什么。但今天，关爱萍并没有因为看到儿子专心做功课就默默离开，而是说："涵涵，明天是周五，你下课和我一起去高叔叔家好吗？"

肖涵皱着眉问："哪个高叔叔？"

关爱萍说："就是我在做饭的那家高叔叔。他们听说你很优秀，想见见你，让你给他家孩子说说学习，树立个榜样，让你明天去吃晚饭。"

肖涵本来想脱口而出说"不去"，他并不想和把自己妈妈当保姆的人发生什么联系。但转念一想：如果关爱萍丢了这份工作，岂不是更离不开张启明了吗？

于是他平复了一下内心，张了张嘴，吐出一个"好"来。

10
回首又见她

　　二中的金牌数学老师周围，不带重点班一二三班，去带五班这个普通班，这让二中直升上来的学生一直议论纷纷。各种坊间传言，比如，周围上次得罪了巡察组，所以被校长穿了小鞋；比如，五班有个周围的侄子，周围为了照顾亲戚，主动请缨带普通班。但是，到了临近"十一"的"希望杯"数学竞赛的选拔考，大家都渐渐达成共识——周围是为了常无忌。

　　分班摸底考，周围出了套堪比竞赛的数学考卷，让钱佳玥这样普通资质的学生不负希望地考出了 62 分的"佳绩"。肖涵，不过勉强及格，考了 69 分。但常无忌，考出了 100 分这样逆天的分数。周围得知后不敢相信，把常无忌的考卷翻来覆去看了三遍，给最后一道大题硬生生扣掉 2 分步骤分，破除了这个满分神话。

　　但周围心里是真舒畅，笑得眼角旁的皱纹能夹死苍蝇，喝茶喝出来的黄板牙呼哧着香烟，吐出一个又一个舒心的圈儿。他伸了个懒腰，揉着肚子，在教研办公室跷着二郎腿："这个学生我要了，给我放到一班来！"那时候，他还是指定的重中之重班级——一班班主任。

但周围的提议遭到了教导主任吴春华的强烈反对——常无忌的外语、语文分数都低，物理、化学也不怎么好，政治甚至考出28分这种反向逆天的分数。算三科五科，不管怎么算，他的总分都不够上重点班。

周围大火，跟吴春华在校长面前拍了桌子，被吴春华一一驳回："高考就考你数学一门吗？我们二中可不吃偏科这套！"周围更加生气："常无忌是要参加高考的普通学生吗？这是要走竞赛的苗子！"

两人不欢而散。最终，常无忌还是去了普通班，周围也去了五班当班主任，而一班这些原来的天之骄子，顿时觉得矮了几分。

肖涵的这种感觉，在竞赛选拔赛后更强烈了。选拔赛是自愿报名的，考试选在午休时间，位置在阶梯大教室。到了12点，人已经坐得八分满了，肖涵举目望去，几乎都是重点班的熟面孔。

学好数理化，走遍天下都不怕。理科生是一种虚荣，一种和智商画了等号的傲人虚荣。那时，哪怕是在宣称"人文见长"的二中，除非文科特别优异，否则高三分班去学了政治、历史，总有矮人一头的感觉。相反，如果是理科竞赛队的，那简直就是戴上了天使的光环，整个人"blingbling"在响。所以，尖子生们一个个铆足了劲，三个重点班来了一大半。

12点10分，周围和一班班主任田野准备发考卷。近百人的教室鸦雀无声，大家都在彼此打量，然后是唰唰唰传卷子的声响。肖涵很紧张，捏着笔的手有些抖，人也有些走神。肖涵按照自己的习惯，先匆匆把考卷上的题都浏览了一遍，他脑子里有很多抽屉，每个抽屉上贴着不同的标签，他现在要做的，就是把每道题扔到合适的抽屉里。

但这次他很慌，很多题都摸不着头绪，自从他上高中后，那种笃定的心态就慢慢不见了。上次分班考，大家分数都很接近，他虽然是年级第一，但第二和他只差了0.5分，第十和他也只差了2分。排名表上无数的并列，加上69分的数学成绩，都让他有一种恐慌和紧迫感。虽然他并不喜欢数学竞赛，但他很恐慌——万一自己落选，或许意味着，那个肖涵时代，也即将落幕。再接着，他更分神了。他想到了关爱萍和张启明。他忽然觉得，自己认定会到来的未来，其实未必会来。

肖涵烦乱地翻着卷子，想先从自己最有把握的题开始做，把能拿的分先确保拿上——可是，到底哪道题真的有把握？他的草稿纸从来都规规整整地按顺序标着编号，方便自己回过头检查，但这次，开始乱了。正在他心猿意马时，只听见周围轻笑的声音："这么快交卷，考不上当心两记头挞！"肖涵抬头望去，只见常无忌一只手抓着自己的鸟窝头，一只手插在校裤口袋里，无所谓地朝周围笑着，走出了教室。

这对其余留在教室里的人都是一记重创，肖涵明显感觉，四周下笔的节奏都开始乱了。

铃声响起时，肖涵木然地跟着大家往前传卷子。他忽然想：原来自己不一定是最厉害的，自己也不一定是注定成功的。这个念头冒出来的一瞬间，肖涵的心像被一只大手重重捏了一下。面对赵婷婷投过来的探询的眼神，他这次连敷衍的笑容都做不出来了。

但祸不单行。肖涵还没厘清自己该如何自处的问题，下课后，又必须去关爱萍第二份工的人家吃饭了。肖涵从小明星待遇，被各路人马观摩，本来对这种事处变不惊，但今天忽然气闷，理书包的时候重手重脚，心想：我又不是猴子！

肖涵推着自行车到校门口时，看到钱佳玥、卡门和陈末推着车，三个女孩站在那里叽叽喳喳。陈末眼睛含着笑，整个脸红扑扑的，大大咧咧，像男孩儿似的靠在车垫上，听着卡门和钱佳玥在争些什么。肖涵下意识地停住了。他不想这样出去遇见她们，于是在海报栏前装模作样看了好一会儿，等到她们离开，才继续往外骑。

关爱萍已经在那里等肖涵很久了，见到肖涵，不免就叮咛待会儿要有礼貌等"老三样"。肖涵"嗯嗯啊啊"地敷衍，不一会儿，两人到了一个有门卫的高档小区。关爱萍和保安认识，两人站住聊了会儿天气，而肖涵站在一边，看着进进出出的私家车。

小区的绿化很好，如果是今天以前，肖涵大概会豪情万丈地想：我以后一定要住这样的房子。但今天，心情低落的他，只觉得耳边呼啸而过的私家车很吵，二十多层的高楼有压迫感。他们停好车，肖涵抢过关爱萍手上提着的两塑料袋子菜，一言不发地跟着关爱萍钻进了一幢高楼。

男女主人开门见到肖涵，异常热情，一迭声地盛赞："啊呀，一直听你妈妈说你，啊呀，真的是优秀啊。"

肖涵如关爱萍叮嘱的一样，礼貌地笑着，喊人，被让到沙发上后，不卑不亢地稍稍喝了一些饮料，吃了两口水果。女主人很开心，一双眼睛上下打量肖涵："你看看，还一表人才，跟电影明星一样，关阿姨啊，你有福气啊！"

但肖涵并不觉得关爱萍有什么福气。都当阿姨了，有什么福气？他一边回答着男女主人的各种问题，一边看着关爱萍娴熟地戴上围裙，进了厨房。他心里很难过，很难过看到一个戴着围裙进到别人家厨房的妈妈。

这家的小孩儿才上小学三年级，有一种被娇惯坏的任性和天真。十来岁的小孩儿，对父母不满地翻着白眼，自然也不怎么待见肖涵。刚说两句，就跑去看电视了，再一会儿，干脆钻到房间里不见人了，被老爸打了一顿拖了出来。

肖涵太知道这样的父母要什么了——筋脉俱损的令狐冲，听风清扬讲一晚上，就能一跃成为绝世高手。重要的是风清扬吗？不是的，重要的是自己孩子是令狐冲。你如果不能三句话就把他拉上正轨，只能证明你不是风清扬。而自己的孩子，永远是那个有待三句话点醒的令狐冲。

肖涵也知道该怎么跟这种不可一世的小屁孩儿交流。只要在吃喝玩乐上有一样能拿住他，他就能听你的了。他瞥到男孩儿房间里的《灌篮高手》海报，他本来能跟小孩儿谈篮球，但他不。他看着关爱萍穿着围裙把菜端进端出，看着男女主人一口一个"关阿姨"，看着那个小孩儿不耐烦地命令着"阿姨"做这个那个，他渐渐有了一股报复的心思。尤其是，当关爱萍做完一桌菜，自己却待在厨房吃饭，也没有人提出异议时，肖涵决定开始报复。

"军军，你现在还小，听肖涵哥哥的话，要好好读书，这样以后长大才有出息。"肖涵一本正经地说。女主人万分赞同地点着头，这种自己重复过八百遍的教导主任训导，她以为从肖涵嘴里说出来，她儿子就会被击中。

军军咕哝着："我不喜欢读书，读书不好玩。""学海无涯苦作舟，不进则退，现在不吃苦，将来就要吃苦。"肖涵又说了一句让男主人非常认可的大道理。

男主人赶紧在旁边补充："你听到了伐？人家读书好的哥哥也是这么说的！"

"哎呀，你们烦死了！"肖涵的一番话，更让小孩儿确信，读书一点儿都不好玩，是桩苦差。

"你妈妈说，上学期你期末考试没考好，只有30多名。你看，班级里有30多个小朋友都可以做得比你好，你为什么做不到呢？"肖涵最后用上了终极杀招——别人家的孩子。"我从小就对自己要求很高，做不完作业绝对不看电视，再冷的冬天也早上5点起床背单词，把整本英语书都背下来了，老师抽课文不管抽哪一段，我都能立刻背出来。初中时有次考试我没考好，一整个暑假都没有出过房门，把接下来一学期的课全都自学了，最后重新考了全班第一。你应该像我一样，对自己要求高一点儿。"

军军爸妈越听越激动了，眼露金光，仿佛提前看到了希望——这简直就是他们心目中的儿子啊！但肖涵忍着笑，看着军军抽搐的脸部肌肉和一脸嫌弃的表情，知道这孩子，有生之年都不会想要做一个"好学生"了。

一顿饭吃得七零八落。出门时，已经快 10 点了。肖涵推着车，跟在关爱萍身后，看着路灯下关爱萍的影子被拉得越来越长，忽然说："妈，你能不能不要去那家人家里做事了？我不喜欢那家人。"

关爱萍想了一想，说："喜欢不喜欢，不是我们挑的。有什么工作，就要做好，你妈妈是很顶真的人。"

"但我不喜欢你去做伺候人的事。"肖涵委屈地说道。

关爱萍停下自行车，有些诧异地回过头望着儿子。肖涵从来没有这样过。即使是肖友光刚刚去世他还很小的时候，他都像个小大人一样，仿佛永远懂事，仿佛从来不会发脾气、闹委屈。

"都是劳动，我劳动赚钱，我踏实，我光荣。"关爱萍说。

"那你不是……"一瞬间，肖涵差点儿说出口，那你不是和张启明在一起？为什么还要这样委屈自己？但理智立刻回归，肖涵觉得羞愧：他竟然会想到让关爱萍去靠张启明。

"我不是什么？"关爱萍不懂，追问。

肖涵不知道怎么接口，正在这时，他忽然看到一个人蹲坐在路边的花坛边，而那个人的身影，似乎很熟悉。肖涵为了转移话题，于是指着那个身影："那个好像是我同学。"

"不会吧？这么晚了，她一个人在干吗？"关爱萍的注意力被成功转移。

他们推着车走近，果然，一张被路灯照得白皙透明的熟悉的侧脸出现在肖涵眼前。

"陈末？"肖涵迟疑地喊。

陈末抬头，脸上眼泪纵横，一双小鹿一样的眼睛闪过了惊讶。

"这么晚你一个人在外面干吗？干吗蹲在地上？"肖涵看到陈末的眼泪，心里一动，但继续装作波澜不惊地问。

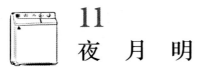

11
夜 月 明

肖涵还在犹疑要不要去管这桩闲事，陈末却拔腿跑开。肖涵情急下叫了一声："别跑了，我骑车，追得上你！"陈末没回头，脚步却停下了。人行道的缝隙里还积攒着白天的雨水，陈末的背影半明半暗地倒映在那里。

关爱萍小声问："你们班的同学啊？"肖涵说："不是，钱佳玥班里的，好像她们同桌。"关爱萍"哦"了一声，觉得更有义务要管上一管，于是她停了车，走到陈末身边。

陈末努力背过脸不想让关爱萍看，但她脸上红肿的手印还是被关爱萍收进了眼里。关爱萍紧张起来："小姑娘，你是不是碰到坏人了？你别怕啊，阿姨是钱佳玥的邻居，我送你回家。"

陈末本来凛然的脸，听到"回家"两个字，瞬间委屈地涨红了。她抿着嘴，倔强而艰难地说："我不回家，我没家！"关爱萍听了这话，放下一半心——所以并没有坏人，就是跟家里人闹别扭了，于是细声细气地对陈末说："小姑娘，这么晚一个人在外面很危险的，你爸爸妈妈要担心的。"陈末不声响，那表情拒人于千里之外，分明是说谁要你多管闲事。

肖涵有点儿不耐烦了——好心好意要帮她，还要看她臭脸？于是他也把车一停，来拉关爱萍："妈，走了，回家了，人家嫌你烦，你还管什么闲事？你明天还要上班的！"关爱萍一惊，上下打量肖涵，口气里是责怪："这是你同学！这么晚出点儿事情怎么办？你现在怎么变成这个样子了！"

关爱萍生气了。她觉得儿子变了。刚才在军军家，他就花里胡哨地不说实话，接着又嫌弃自己的工作，现在还对同学这么冷漠。儿子怎么变得这么自私？关爱萍越想越生气，继而，有一点儿对自己的愤怒和伤心——自己怎么把孩子教成了这个样子？于是，她板着脸，严肃地对肖涵说："我明天是要上班的，所以，肖涵，你负责，把同学送回家。你要是送不好，你自己也别回家了！"

肖涵看着关爱萍愤而离去的背影，有种百口难辩的感觉。他向来扮演着负责能干的老大哥角色，懂事宽厚，对所有人有求必应，成全了自己在历任班主任口中的"任劳任怨，有领导能力"的形象。他热脸贴冷屁股帮助过那么多差生，被人崇拜嫉妒佩服猜忌都不是一天两天了，早就安之若素。但不知道为什么，自从军训时在操场上看到陈末撒泼，他就觉得自己特别难以忍受眼前这个女生的胡搅蛮缠。

于是，当关爱萍的背影真的彻底消失不见的时候，肖涵长叹一口气，强压着怒火对陈末说："走吧，送你回家。"

关爱萍不在，陈末自在了不少。她立刻给了肖涵一个白眼："谁要你送我回家？自作多情！管得着吗你！"

肖涵本来想立刻驳回去再损她几句，但看着陈末红肿的右脸颊和哭肿的双眼，却不期然心软了，于是话出口变成了："我确实管不着。"

陈末刚刚在家里和陈彭宇爆发了一场世纪大战，她收藏的海报、磁带全部被陈彭宇撕碎扔掉了，还挨了一个耳光，到现在还在耳鸣。一肚子气正没地方撒，本来想借机跟肖涵吵一架，但听他说出"我确实管不着"后，反而愣了一愣。月色很好，肖涵穿着校服西装，剑眉星目地站在陈末面前，一脸诚恳。陈末心里一瞬间有些异样，她来不及体会那种异样是什么，但这种不舒服让她本能地拔腿就跑。

见到陈末拔腿，肖涵也立刻骑上了车。于是，一个人在前面跑，一个人在后面追，中间总保持着二十米的距离。两个人都不说话，似乎这是一场让人专心致志、兴致勃勃的游戏。路上偶尔经过几个下班晚的路人，朝他们投来惊讶的目光。

终于，十几分钟后，陈末气喘吁吁地停下来。她掉头朝肖涵走过来，然后径直在他自行车后的书包架上一坐，摇着手宣布："我跑不动了。"肖涵看着她的样子，突然觉得特别滑稽，忍不住"扑哧"笑了出来。陈末有些恼，一巴掌打在肖涵背上："笑什么笑，有什么好笑！"肖涵不管，看着陈末生气的样子，觉得更好笑了，于是笑得更大声。

肖涵从来没有见过这么晚的上海。马上到十月了，夜风还不凉，可以说已经很舒爽了。路边的两排梧桐树，在月影下婆娑着发出沙沙声，空气中隐隐约约飘来一点儿香味，让肖涵恍然：原来已经到了桂花开的季节。他推着车，慢慢走在夜色里，感到陈末在后座晃晃悠悠地坐着，觉得时光变得很悠长。

"肖涵，我真羡慕你。"陈末坐在后座，悠悠然开口，"我要是也没有爸爸，多好。"

肖涵愣了一愣。

陈末晃荡着脚，意识到自己说错话了，问："你生气啦？"

肖涵想了想，说："没，还没想好要不要生气。从来没人跟我说过这么没心没肺的话。"他回头看了陈末一眼，促狭地笑起来，"不过我现在真理解你爸干吗要打你了。"

"我认真的，肖涵。"陈末不管不顾继续说，"你爸爸在你心目中永远都是完美的。不像我爸，我一天比一天认识到，他有多自私多冷酷。他就是个暴君，想要掌控一切！"

肖涵望着她气鼓鼓的样子，又好气又好笑："陈末，你这个人真的没心肝啊，怎么这种话都能说出来？我爸再不完美，我都希望他活着啊！"说到这里，他突然有些伤感，"我爸如果活着，我就不会是现在这个样子。我也可以跟你一样没心没肺，考试考不好有人骂，逃课打游戏有人找，我也可以跟你一样，不开心了闹闹脾气就离家出走……"肖涵哽咽起来，深呼吸一口，"你不知道我多羡慕你们。"

这些话肖涵从来没有对人说过。哪怕是在关爱萍面前，他都是一夜长大，从一个五岁小孩儿变成了让人放心的、处处熨帖的懂事孩子。他不想让关爱萍伤心，也不想让人同情。

肖涵觉得自己眼眶热了，但他不敢停下，他不想让陈末发现自己的狼狈，于是他推车走得更快。

良久，背后才传来陈末的声音："肖涵，你小时候你爸爸有没有跟你玩过这个游戏？他把手掌放在你头顶上面一点点的地方，然后骗你说，你跳一跳就能够到的。于是你就跳了，在你要够到的那一刻，他又把手提高了，于是你又够不到了。我爸特别喜欢跟我玩这个游戏，每次都玩得我哇哇大哭才算结束。后来我想，我跟他的关系，永远就是这个游戏，我永远永远不可能够得到他那只手。他永远有办法让我觉得，我不好，我不配做他女儿。

"你爸妈有没有不要过你？我有。我六岁时，那天我记得特别清楚。那个礼拜天，我爸说我马上要上学了，应该带我开开眼界，说要带我去自然博物馆。那个礼拜我特别高兴，从礼拜一盼到礼拜六。结果到了博物馆，他就开始滔滔不绝讲，这个是什么恐龙，那个是什么年代的什么东西。是，他是天才，什么都知道，一路上我们屁股后面跟了好多人，别人都以为他是导游。我也听得挺开心啊，小孩儿嘛，就这里看看那里摸摸。忽然，他就站那里，脸一板说：'来，我考考你，我刚才都说了什么？'

"这我哪记得住啊？我才六岁啊，就是现在我也记不住这个啊！我就嗯嗯啊啊乱扯了一通。他暴跳如雷，在那么多人面前，骂我'白痴''低能'，我整个人当时都吓傻了。然后你猜怎么样？"

肖涵好奇地回头："怎么样？"

陈末冷笑一声："他说：'你这种人怎么配做我的孩子？'然

后我那时候不是吓哭了抱着他吗？他就一甩袖子，把我推开，自己扬长而去。博物馆那么多人，他就这样走了，把一个六岁的小孩儿就扔在那里了。我记得我当时也没有哭，整个脑袋里想的都是，完了，我爸不要我了，我以后要像他说的那样在街上要饭了。"

"你爸还让你要饭？"肖涵觉得匪夷所思。

"是啊，从小他就说啊。我要是什么事情没做好，他就说，'这个都不会，以后只能去要饭了'。"陈末学陈彭宇的口气，脸上那种嫌弃鄙夷的表情也丝丝入扣，"所以我小时候真的以为自己会去要饭的你知道吗？"

肖涵忍不住问："那后来呢？他回去找你了吗？"

"我不知道他找没找。我妈跟我说他回去找了，抽了支烟，想了想，又回去找我了，结果我不在，他还着急了。"陈末撇着嘴道。

"那你跑到哪里去了？"肖涵好奇，六岁的小朋友不应该坐在地上哇哇乱哭吗？

"我去找哪里有要饭的碗了呀。"陈末一本正经，"我以后只能要饭了，不得找只碗吗？谋生工具啊！"

肖涵看着她认真的样子，啼笑皆非："陈末，你可真行啊！"

陈末凭着她惊人的记忆力，最后在入口找到了一个保安，认真地要求一个碗，因为自己以后要要饭了。保安大惊，出动了广播，两个小时后，已经在外面找了一大圈的陈彭宇再次回到自然博物馆时，被保安擒获了。

"回去吧。"当载着陈末围着她家转第三圈后，肖涵说，"你爸现在又该疯了，以为你又上哪儿要饭去了，你可以出现了。"他看了看手表，已经快 11 点半了。

"他活该。"陈末一板脸，"谁让他把我的东西都扔掉了？！"

"你还是仗着你爸在乎你。"肖涵瞥她一眼，无奈地摇头笑。

绕到 12 点的时候，陈末终于在肖涵的护送下，不情不愿地回了家。虽然做好了要饭的准备，陈末大小姐还是没忘记带钱包和钥匙包。开了防盗门要进去前，陈末忽然回过头，对肖涵说："肖涵，你爸一定特别特别爱你，比我爸对我的爱多得多得多得多。"

肖涵愣了一愣，夜风这时，忽然温暖了起来。他看着陈末一跳一跳地按了电梯，良久，高处的某一层的走廊灯终于亮了起来。肖涵就这么站着，看着那盏灯，又一点点地暗了下去。

钱佳玥第二天在小区门口见到陈末时，觉得她脸色很奇怪，好像没睡好，整个脸浮肿。

"陈末，你没休息好吗？"钱佳玥关切地问。"没有。"陈末脸色不自然，"咳，昨天又跟我爸吵架了。"

钱佳玥知道陈末总是跟她爸吵架，也就没放在心上。正在这时，肖涵忽然骑车从小区里出来。钱佳玥心想：完了完了，又撞上了。没想到这次，肖涵看到她俩，不再是不痛不痒地点点头，而是停下来，问："一起走吗？"

钱佳玥紧张地望着陈末，只见陈末板着脸："那就一起走咯。"

钱佳玥又惊又喜，眼睛不住地在两个一脸严肃的人身上望来望去。她是真的开心，一路上叽叽喳喳地说着从卡门那里搜罗来的八卦。

但那天晚上，钱佳玥又做梦了。

还是冬日清冷的阳光，还是在车站，还是那辆入站的公交车。

她拼命往前跑，喊着："肖涵哥哥，等等我！"眼看肖涵伸出的手就在面前了，忽然，另一个模糊的身影从自己身边掠过，搭上了那只手，上了车。

公交车绝尘而去，她没有办法追上了。

12
英 雄 狗 熊

　　窗外传来一声响亮的鸟叫，让毛头吃了一惊。他想：这不是乌鸦吧？晦气啊！好在教室里唰唰的落笔声和翻卷声，彼此交响，不一会儿就产生了一种让人安心的节奏。毛头望着面前的考卷，摸了摸自己的校服口袋。

　　他偷偷瞥了一眼讲台上的地理老师——只见"地中海"低垂着头，蛤蟆镜快贴到了面前的报纸上，晃荡着二郎腿，若有所思地点着头，闪闪发光的脑袋跟着节奏反着光。毛头根据经验迅速得出结论：现在是安全的。他熟练地从上衣口袋里慢慢夹出一张纸，在课桌下面铺开。

　　"CCBCC, ACCCC。"毛头一边重复，一边在心里咦了一声："怎么这么多 C，'眼镜'那小子做得到底对不对啊！"说时迟，那时快，教室后门"砰"一下被推开了，蒋老师一步蹿到毛头身边，右手像火钳一样夹住了毛头的手，"噌"一下把那张答案抽在了手里。

"张扬！"蒋老师阴森的声音响起来，"我盯你不是一天两天了，总算被我抓到了！"毛头不是第一次作弊被抓，心里只是沉了一沉，也没太大反应，听到蒋老师说之后那句话，脑子才"轰"一下炸开了。

"周杰群、王浩、彭铮、张韬，你们几个都出来！干的好事！"

毛头心里一颤：糟糕糟糕，这趟看来真的是被盯牢了。

蒋老师气势汹汹地把五个人带回办公室的时候，物理教研组其他老师起哄："哦哟，张扬，又是你啊？这次干吗了？"

"干吗？"蒋老师冷笑一声，"作弊！还团伙作弊，属于有组织犯罪。人才啊！"紧接着，蒋老师的眼睛金光闪闪，在五个人脸上滑过："你们谁先说啊？我现在给你们坦白从宽的机会。"

五人组站在壁角，你看我我看你。毛头虽然心虚，但作为大哥，必须梗着脖子摆出一副死猪不怕开水烫的样子。

蒋老师笑着坐到椅子上，跷好二郎腿，右手指关节敲了几下桌子，"噼里啪啦"，节奏绵长。等了两分钟，重重敲了一下桌子："好！讲义气的！你们都不肯讲，那么我来讲，好伐。"

蒋老师从桌子上的一堆考卷里抽出五张，"啪"一下扔到桌子上，愤然道："我盯你们不是一天两天了！说说看，上次物理考试，为什么错得一样！"

接着，蒋老师的脸又贴到毛头面前，右手把考卷卷起来拍毛头的头顶心，轻声轻气："你算聪明，是吧？知道不能抄得一模一样，这里抄错点儿，那里少抄点儿，对吧？抄到正好及格，最好混在里面混过去了，对吧？"随即脸色一变，吼起来，"你们当我白痴啊！你们几个货色几斤几两我不知道的啊！"

毛头心里紧张盘算：看来从上次物理考试就被盯牢了，那也就是这两个礼拜的事情。

没料到，蒋老师又从抽屉里扔出一沓卷子："以前考卷都还给你们了，我抓不到把柄。巧了，上学期你们数学陈老师有套卷子期末考试之前没来得及发，我借过来看了看。不看不知道，世界真奇妙。巧吧？上学期数学测验，你们的选择题和三道大题目，又一样的，错也错得一样。张扬，又是你聪明，第三道题不做，空着，混了个 72 分。"蒋老师竖起大拇指，"可以的！你不去偷鸡摸狗可惜了。"

看着五个人依旧不声响，蒋老师面色沉重地走到张韬面前，用手里的卷子重重抽在他脑袋上："你昏头啦！你跟着他们几个混啊！家长会时你妈妈对我千叮咛万嘱咐，叫我好好管你啊！他们几个是什么人啊？你照照镜子你跟他们一样伐？你有爸爸开公司啊？你爸爸妈妈全部心血放在你身上，你跟他们一起混！你对得起他们伐？我今天跟校长说开除他们，你说要一起开除你伐？"

毛头听到这里，心头一震，抬头望了蒋老师一眼。到底是十三岁的小朋友，顿时心头乌云密布：不会吧！真的要开除？腿肚子有点儿发软。

张韬"哇"一声哭出来："蒋老师，我错了，你不要开除我！我就是借答案给他们抄，你不要开除我！"

毛头一听，知道今天完了，"眼镜"肯定都要招了。他也不怪眼镜，谁想被开除呢？事到如今，《古惑仔》的 BMG 在他脑海中嘹亮地响起——"哪个叫作正义，哪个战无不胜，对错正邪却难定"。

"蒋老师，不关他们的事情。"毛头梗着脖子给自己壮胆，"都是我！"

"我就知道是你！"蒋老师的手指头指到了毛头的鼻子上，"你以为我真的不知道啊？三班早上考试，你就中午去问三班要题目，要到了题目，叫张韬做。其他题目，考卷发下来，叫张韬赶快做，做完上厕所，让彭铮把答案贴在厕所水箱背后，你们再分头去拿！"蒋老师兴奋了，对着办公室其他老师说，"有才伐？结棍伐？！小小年纪会这套。"

等大家笑够了，蒋老师笑眯眯地盯着五张快哭出来的脸，说："打电话，叫家长，我要问问你们的爸爸妈妈，这样长期有组织地作弊，叫你们退学，算不算冤枉你们。"

毛头不敢给张启明打电话。张启明的脾气他清楚，好起来，"宝贝儿子宝贝儿子"叫个不停；脸一板，不分青红皂白就是一顿打；隔一天后悔了，游戏机冰激凌饮料一样一样往家里拎。张启明对儿子没有要求："你太太平平给我混个高中毕业，大学我花钱让你老老实实上个三本，以后你想干吗就干吗。你好我好大家好！"

成绩好，成绩好又不稀奇。张启明公司里新招的几个不都是大学生？张启明觉得：人，读书要读的，也不能读太多，否则把自己读进去了。肖涵的老爸算是工农兵大学生了，思想好死了，为了点儿德国设备英勇救火，把自己救成了个烈士。就算当时不光荣，现在九厂一关，他又能干吗啊？

所以，张启明看着肖涵那么争气，奖状贴满墙壁，羡慕是有点儿羡慕的，但转头看看自己那个人小鬼大、贼眼乱转的儿子，觉得鹿死谁手，亦未可知。可是有一样，老娘老头子闭眼前，张启明是发过誓的，一定帮他们带好宝贝孙子，好好读书，不能走邪道。"你不要给我找麻烦！"张启明教训起毛头来，开口闭口就是这句。

现在，张启明不想找麻烦，麻烦找到了张启明。

张启明刚到火车站，前脚在候车大厅坐定，后脚大哥大就响起来了。他本来想说"人已经上火车了"，但听到"退学"两个字，拍着大腿就跳起来，对买票回来的销售主任匆匆交代了两句，自己打了辆的，朝学校狂奔而去。

到了老师办公室，已经过了下班时间。其他小孩儿都被领回家了，只有毛头一个人耷拉着脑袋立壁角，两只脚来回换着重心，垂头丧气。张启明看到这一幕，满心的怒火先去了一半。于是，他熟练地堆起假笑，对办公桌前的蒋老师寒暄起来："蒋老师，不好意思，我是跳了火车赶回来的，耽误你下班了，不好意思，不好意思。"

蒋有为对张启明本来就没什么好感。一个暴发户，有了几个臭钱，就硬是把儿子塞进来，年年给自己班的平均分拖后腿。

"作弊？"张启明愣了一愣。自己又不要儿子成绩多好，小赤佬还去作弊。

"不光自己作弊，还带领几个同学一起作弊，把我们班成绩挺好的数学课代表也拖下水了。"蒋有为很气愤，"还逃课、冒充家长签名、上课调皮捣蛋，这些都是小意思，我就不说了。"

"我回去好好教育他，一定好好教育！"张启明赶紧说。

蒋老师面皮牵了一牵："张扬爸爸，你说好好教育也不是第一次说了。张扬，上学期带头跟隔壁技校的学生打群架，已经背过一个处分了。这次作弊性质那么恶劣，再背一个处分，按照校规，是要退学的。"

"不能退学！"张启明急起来，"他现在初二，还是义务教育，怎么能退学呢？"

"我们学校退学，你可以去别的学校继续义务教育嘛，国家让你读书，总会有地方给你读的。"蒋老师慢悠悠说，"当然了，退学这个事情最后要教导主任通知你，我只是跟你提前打个招呼。老实说，你儿子这种人，我是教不了了。"

张启明心里把毛头一通暗骂，听到这句话，非常不爽："蒋老师，你话不能这么说，我儿子再不好，还是祖国的花朵，要拜托老师好好教的。你现在开口闭口，他这种人，他哪种人啦？"

"他做的事情，就不是一般小孩子会做的事情。"蒋有为终于火了，从办公桌里抽出一张画掼在张启明面前，"你看他画的什么？"

张启明定睛一看，一张白纸上画着一个灵堂，供的苹果生梨，最外面一个香炉上插着三根香。遗照上是蒋有为的脸。

张启明先是震惊，接着又想笑，看看画上的遗像，望望蒋有为，心想：没想到小赤佬还有点儿画画天赋嘛。但张启明脸上不能表现出来，他拿过纸，一把扔到毛头头顶心，痛心疾首道："小赤佬，看看你做的好事！"

蒋有为今天新仇旧恨一起算，并不打算放毛头一码。他又拿出一个本子，念道：某年某月某日，带同学逃课去网吧；某年某月某日，跟初三学生抢篮球场打架；某年某月某日，又带同学去网吧，半夜被同学妈妈堵在网吧；还有顶撞某某老师、某某老师、某某老师……如此种种，听得张启明脸色越来越沉。他晓得，看这个意思，蒋有为这次是真的想拿毛头开刀了。

蒋有为面色严肃："张扬爸爸，你儿子，我肯定是管不了了。刚才跟你讲的东西，我已经跟校长和教导主任都说过了。我知道，你也有点儿路子，跟教务处的王老师认识，你去问问他，反正我这里是不会收了。"

张启明心里恨，脸上难免流露出来："蒋老师，真的一点儿余地都没有？"

蒋有为指着毛头："张扬爸爸，不怕跟你直说，我是管不了了，也不想管了。明年初三了，留着他，我们班平均分要被拖掉多少？"

张启明最近生意本来就焦头烂额，有笔账收不回来，急火攻心，脱口而出："那是你们老师没水平！"

蒋有为一拍桌子："你们家长管不了，扔到学校里我们老师就管得了啦？"

张启明也拍了桌子："我看你们都是衣冠禽兽！"转头对毛头一声怒吼，"儿子，我们走！"

毛头匆忙地捡起书包，忐忑地跟在张启明屁股后面，一路跟到校门外，跟上了出租车。张启明一直阴着脸，到了家，也不说话，也不发脾气，只是一个人坐在沙发上阴着脸。

比起被退学，毛头看到张启明的这副样子，心里反而更惊慌。

书不读就不读了，毛头想得很开，但接连几天，张启明一脸阴郁，班也不上了，对毛头也不打不骂。每天待在家里，要么噼里啪啦翻名片夹，要么躲在阳台打电话。毛头心里，总有种大难临头的感觉。

13
离 家 出 走

　　毛头本来料定了，这次肯定又要一顿"竹笋炒肉"——每次家长会回来反正都要吃一顿，但这次大概要更厉害点儿，毕竟号称要退学了。为此，毛头偷偷把家里所有带角带尖的"凶器"都藏了起来，但竟然啥都没发生，这搞得毛头心里惴惴不安。

　　张启明的脸色，既没有平常暴风雨发作前的歇斯底里，也不像从前见到毛头就眉开眼笑，贼特兮兮儿子长儿子短。他用力瞪着三角眼，把眉心挤出一个"川"字，把嘴角抿出刚毅的线条来，话也不多了，每天只有"吃饭""好，睡觉了""起来了啊"这三句。他也不在客厅打电话了，有事没事就在阳台上，把玻璃门一关。

　　空气中有一种白色恐怖，于是毛头也夹紧尾巴做人，他轻易不出自己的房间，每次张启明一开门，他就立刻抓起本书来看，眼角还偷偷去瞄张启明的脸色。毛头就这样提心吊胆了整整三天。终于，这天张启明从楼下小饭馆买饭回来后，装作顺便地说了一句："毛头，你等下整理点儿衣服，我明天带你出去玩。"

毛头心里升腾起不祥的预感，脑子里红色警报乱拉，他咽口口水，也装作不经意地问："哦，去哪里啊？"

张启明说："到山东去。"

"山东？山东有什么好玩的？"毛头眼睛盯着菜，继续小心翼翼问。

张启明说："山东嘛，好玩的地方多了呀，什么泰山，什么青岛，多了。主要是，那里是孔孟之乡，孔孟之乡你晓得伐？带你去拜拜孔夫子，让你熏陶熏陶，不要一天到晚逃学打架！"

这倒说得有点儿道理，毛头的心放下一半，敢情老爸准备走温情路线来感化自己了。他轻快地夹了一块肥肉到自己碗里，随口问了一句："那我们去几天啊？"

张启明明显愣了一下，然后说："想玩几天玩几天，玩到煞根。"

毛头心里的疑惑又起来了，继续追问："那我要带几天的衣服？"

张启明眯起眼睛想了想，似乎在算又似乎在回忆，说："三天，三天差不多了。"

三天？三天就够了？毛头心里嘀咕。他又开始觉得此行异常可疑，但他是打"红警"的老手，知道声东击西的道理，也不追问，只是"嗯"了一声，沉下心上下打量张启明，只见他今天的脸色明显活泛了，三角眼梢又吊起来了，嘴巴吃东西"吧唧"着有滋有味，一伸胳膊就开了电视看股市行情。

毛头等他紧盯着电视时，忽然问："爸，那三天过了我衣服没了怎么办啊？"

"没关系的，他们那里发衣服的。"张启明想也不想就接了。

"他们那里？是哪里啊？"毛头的心跟着声调一起提起来了。

"哦。"张启明回过神来，但也没有慌乱，只是和蔼地说，"我是说，人家山东也有商店的，不够了去买好了，小意思嘛。衣服带太多，箱子太重了，行动起来不方便。"

小江湖碰到老江湖，话圆得毛头无话可说。毛头不说话了，几口把饭扒拉完，迅速进自己房间关了门。他脑袋里千丝万缕的念头——"他们那里"，一定是个地方；不肯讲什么地方，一定是个不能说给自己听的地方。这是要把自己卖了还是扔到孤儿院里去？扔孤儿院干吗要扔到山东去？怕扔在上海自己逃跑？老爸那么狠心？但证据就在眼前啊……

毛头想了差不多半个钟头，脑袋渐渐清晰起来：不管张启明要送他去哪里，他是肯定不能去的！所以，只能逃了。往后的岁月，老子要——行走江湖，浪迹天涯，孤身仗剑，策马奔腾！

九点张启明进毛头房间的时候，发现毛头已经把一个箱子都理好了。张启明"咦"起来："你带那么多东西干吗？不是跟你说只要三天的衣服就好了吗？你只小赤佬搬家啊？"

毛头脖子一梗："我不喜欢外面买的衣服，我就喜欢自己的衣服，你管得着吗？你再讲我就不去山东了。"

"好好好。"张启明立刻妥协，"随便你，你想带什么带什么。"

毛头附在门口，看见张启明跑到客厅，老酒杯杯，花生剥剥，还哼起了邓丽君的歌。他心里阵阵作痛：这真的是卖儿子的前奏啊！

毛头悲壮地对自己说："毛头，以后你就只能靠自己了。"

　　毛头看着已经全部理好的箱子，衣服、变形金刚都带了，红包里的压岁钱也都抽出来了，他将一堆空红包壳扔在了床上地下。毛头想了想，把厚厚一摞钱分成四份，一份藏在箱子最里面的口袋里，一份藏在自己的背包里，一份藏在外套内兜里，一份藏在两只鞋的鞋垫下面。

　　毛头看着满架子的游戏模型，心想带不走实在太可惜了，毕竟这些都是自己一样一样淘回来的，都是心血啊！于是，毛头又做了一个临走前的重要决定——分"遗产"！飞机模型、游戏机，还有不知真假的马拉多纳签名的足球，这些都是要给肖涵的；《灌篮高手》海报、日剧 DVD，还有他藏在书架最里面折好的那瓶幸运星，这些都是要留给钱佳玥的。

　　等毛头郑重地分割完"遗产"，他又学课战片里演的那样，蹑手蹑脚走到房门口，把耳朵贴在门上听了听。就这样来来回回，一直等到十点多，张启明大约是酒喝饱了，厕所里响起了抽水马桶声。再不到半小时，均匀的呼噜声从张启明房中传来。

　　是时候了！毛头握紧因为紧张而冰冷的拳头，背上背包，挎上两个大袋子，拖着一个沉重的箱子，给自己打气：生物课上说过，紧要关头，什么腺素会分泌的，掉了脑袋还能继续跑，女人能搬钢琴下十二层楼。这点儿东西，难不倒小爷我！

　　但生物课没讲给毛头听，肾上腺素可以支撑多久，即使讲了估计毛头也忘了。毛头走了不到 15 分钟，决定还是要靠出租车帮自己完成赠送"遗产"大业。

毛头一开始的计划是：把"遗产"悄悄放在肖涵和钱佳玥家门口，当然他也写好了"遗书"。写诀别信的时候他着实花费了些心血，先是斟字酌句不容易，再然后，神奇的是，自己每检查一遍，都能发现一两个错别字。到了最后，毛头发狠了，干脆就两句话"肖涵哥哥/钱佳玥姐姐：我走了，别想我。毛头。"

叫别人别想他，其实是希望对方记着他。十三岁的小孩儿还不明白这个道理。但是，当毛头真的把东西都放好时，忽然，望着外面乌漆墨黑的夜色，心里的豪情万丈去了十之八九。毛头这时，才真的开始心疼自己了。

毛头从小没妈，老爸又在外地做生意。毛头的童年，就是在新村这幢房子里，在爷爷家，在廖冬梅家，在关爱萍家度过的，就是在钱佳玥、肖涵的屁股后面跟大的。离开和张启明的那个"家"，毛头并没有感伤，但眼看着两脚要跨出新村的楼，想到再也见不到肖涵和钱佳玥了，毛头的脚却哆嗦起来了。终于，他一抹鼻涕想：我再去跟他们告个别吧。

钱佳玥这天晚上正在生闷气，生陈秀娥的气。

吃晚饭的时候，社会新闻恰好是关于一起入室盗窃案的。廖冬梅又不免开始提从前的光辉岁月，说现在的人心都坏掉了，不像他们那个时候，心里只有国家和集体。夜不闭户、路不拾遗，每个人都恨不得把自己掰成两半，贡献出去。

陈秀娥冷笑一声："你们那个时候是戆，还指望所有人一直戆下去啊！"

上次廖冬梅说自己手表被陈秀娥偷了，结果就压在自己枕头底下。即使后来找到了，廖冬梅还是骂了陈秀娥一顿"贪慕虚荣"。陈秀娥当然要反击，从诬蔑自己偷东西，到手表是她儿子买的，到廖冬梅从来重男轻女不把自己当回事，再到当年硬挤掉自己留厂的名额送自己去江西插队……陈秀娥和廖冬梅的这笔账不能算，一开个头，就延绵几十年，话里话外都是刺，心里堵得慌。

"什么叫戆？你这是什么态度！"廖冬梅肃然。

"我说错啦？"陈秀娥明知道什么话能让廖冬梅跳脚，就偏要挑那些话说，"喏，最戆的就是隔壁。"她指指肖涵家的方向。

"你在说什么啊？"廖冬梅果然生气了，"肖友光是英雄！"

"英雄？"陈秀娥的笑从鼻腔里出来，"他就是戆大！以为什么宝贝啊？什么德国机器啊？现在怎么样？前年砸锭不是一样砸掉了啊！他一条命换了什么回来啊？喏，换了老婆下岗，一天要打两份工，换了肖涵从小没爸爸，衣服书包统统捡别人用剩下来的！英雄来，帮帮忙咯！我看狗熊还差不多！"

廖冬梅想反驳，一张脸涨得通红，但是，她想到肖涵母子，那些话如鲠在喉，一句都说不出。

但是，钱佳玥忍不了。"啪！"她把筷子一摔，一下子站起来，眼睛里含满眼泪，声音哽咽着大喊："你胡说！肖涵的爸爸就是英雄！就是英雄！就是英雄！！"她双眼射着鄙夷的、仇恨的光芒，射得陈秀娥的心往回缩了一缩。

钱佳玥的心被怒火涨满了，以至于从来没有过的大喊也还不能够表达，于是，她又从来没有过地狠狠砸了房门，留下了一脸惊愕的廖冬梅和陈秀娥。

胡说什么！钱佳玥眼泪横流。如果肖友光不是英雄，那么肖涵是谁？如果肖涵不是英雄的儿子，不是那个顶天立地的肖涵哥哥，那她钱佳玥，又是谁？她不敢细想下去，所以一定是陈秀娥在胡说，在胡说！

十五岁的时候，钱佳玥在心底里从来没有怀疑过一丝一毫的"理应如此"的世界，就这样，忽然裂开了一条缝。她手忙脚乱地堵住那条缝，希望可以在天真烂漫的童年里，再多停留片刻。

毛头敲门，陈秀娥披着外衣去开门的时候，钱佳玥还没有睡。她正心乱如麻，眼前的数学和物理公式，在长时间的紧盯下，已经幻化成一条条蠕动的小虫。

"毛头，你怎么来了啊?！"钱佳玥只听到陈秀娥叽叽喳喳的声音，但不免提起了精神来听。

"什么？来告别啊，你傻掉啦？你爸爸呢?！"陈秀娥的声音更"哇啦哇啦"起来。钱佳玥听到这句，忍不住好奇，推门出去。不一会儿，廖冬梅也走了出来。

"不可能的，什么你爸爸要把你卖掉，你乱讲！"陈秀娥笑起来，"你爸爸缺这点儿钱啊？缺这点儿钱卖给我，我正好少个儿子。"

陈秀娥笑嘻嘻的态度有点儿激怒毛头。他的板寸根根上竖，散发着腾腾杀气："你不相信算了，我走了。"

"毛头别走。"钱佳玥一把拉住毛头，瞪了陈秀娥一眼，"你别听我妈的，她只会乱讲！"

毛头被钱佳玥一拉，刚刚硬气起来的心就软了下来。在毛头心里，要玩，总是要跟着肖涵；有委屈了，要吃东西了，总是要找钱佳玥。

他一直记得夏天的风扇下面，钱佳玥一勺一勺地喂他吃要化未化的光明牌冰砖。

毛头怀着诀别的心情，从给钱佳玥的"遗产"口袋里掏东西："佳玥姐姐，我的海报、DVD都给你。"掏到最后，掏出一瓶幸运星，毛头有些不好意思，也不再介绍了，直接塞到了钱佳玥怀里。

大家这才看出来，毛头并没有开玩笑，他是真的准备离家出走了。廖冬梅很生气，嘴里大骂张启明胡闹，指挥陈秀娥："你快点儿打电话，叫小三子过来！"在廖冬梅眼里，这个张家小三，长得再大，再有钱，都是自己一个电话马上就能叫来的。

毛头听说要把张启明叫来，浑身一哆嗦："干奶奶，不要叫我爸来，他来我走了！"

"走什么走？一个都不许走！"廖主席板起脸，一把拉毛头在身边坐下，"一个两个都不把我放在眼里！叫你爸来，有什么事当我面说清楚，他到底想干吗？把你带哪里去？不交代清楚，别想带你走！"

毛头找到靠山，心忽然定了一半，只是形式上还在折腾扭捏地要走。钱佳玥凑到他耳边说："我把肖涵哥哥也叫过来好吗？你不是还要跟他道别吗？"毛头双眼放光，点了点头。

跟钱佳玥不同，肖涵一本正经地在家做功课。竞赛选拔给他的打击颇大，但他不想和关爱萍多说，也没有别的人可说。大家都说全国教材的数学题难度比上海大，他几经辗转从已经毕业的学长那里搞来一套全国卷的数学辅导书，用橡皮擦掉答案正在重新做，突然听到刺耳的门铃"叮咚"响起，伴随着钱佳玥"肖涵哥哥"的叫声。

肖涵有些诧异，开了门，见到一脸紧张的钱佳玥。钱佳玥跑得急，有些喘："肖涵哥哥，毛头在我家，你快点儿去看，他要离家出走！"

肖涵正要跟了去，只听见关爱萍从房间里跑出来，急促的声音："毛头怎么啦？"

关爱萍的焦虑让肖涵本能地厌恶。

从前不会，他可以坦然接受他妈妈关心毛头，但现在，关爱萍焦急的脸让肖涵想起她和张启明那说不清道不明的关系。一瞬间，肖涵甚至想脱口而出："你那么关心你去，我不去了。"

但他到底忍住了。肖涵平复了一下心情，一脸平静地对关爱萍说："我先去看看，妈，你把睡衣换了再来。"

14
心 里 的 人

　　张启明把他那辆二手奔驰停好之后，是一边骂着"小王八蛋"一边上楼的。骂了一路，一想不对，好像把自己也骂进去了。

　　张启明最早是帮着九厂讨三角债的，天南海北跑过不少地方，后来因为脑子活络开始跑单帮，再到之后自己开公司。他见多识广，因此对我国各语系文化有比较透彻的了解，"王八"这两个字让他心里一抖，再开口便只能骂"小赤佬讨债鬼"了。

　　时钟已经快12点了，他轻手轻脚地刚敲了一下，陈家的门就开了。陈秀娥上挑着眉毛，似笑非笑地看着他："酒醒啦？"张启明一脸无奈，双手一摊："又没啥大事的咯，搞得这么严重干吗！"陈秀娥还是露出了惺惺相惜的革命同志感情，一边让他进来，一边在他耳边低语："三堂会审，你自己当心点儿。"

　　张启明眼睛一转，就有了主意。说到底，他不怕的，他教育自己的孩子，有什么错呢？晓之以理，动之以情，他又不是送毛头去火坑！

于是，张启明见到端坐的廖冬梅，先嬉皮笑脸："过房娘，这么晚了还不睡！都是被这只小赤佬搞的，没什么事情的，我就是带他去个新学校，搞得我像贩卖人口一样。"他一边说着，一边用眼角余光锁定了廖冬梅身边的毛头，突然长猿展臂想把毛头先搂住，没料到毛头活络，一下钻到肖涵背后去了。

张启明早就见到了肖涵旁边板着脸的关爱萍。他不怕廖冬梅，哄了几十年早有心得，但看到关爱萍，未免有点儿老鼠遇到猫的恐慌。于是他顺势举起另一只手，配合着伸出去落空了的手臂，伸了个大大的懒腰，一面装作意外地对着关爱萍说："咦，你们怎么也来了？这么晚了，明天涵涵还要上学的，睡太晚对孩子不好，早点儿回去休息！我们这里没事的，不要听小孩子乱讲。你们第一天认识毛头？他讲的话你们也要相信的？"

廖冬梅咳嗽一声："小三子，我问你，毛头说你要带他去山东，是不是真的？"张启明指着空凳子，笑嘻嘻："我坐下说好伐？你们都坐着我站着，感觉真的像审犯人一样。"不等答复，张启明一屁股坐定："山东，去旅游，有的，我火车票都买好了。我讲给你们听听，你们都还不知道，这个小赤佬在学校做了什么好事！前两天，我要去出差，都上火车了，老师一个电话打过来，叫我去学校。你们猜这次怎么样？直接要退学！"

张启明的眼睛从廖冬梅、关爱萍、陈秀娥、钱康的惊愕的脸上一一滑过，知道这下自己掌握主动权了。"退学啊，你们问问他在学校做了什么好事？组织作弊！不是一个人作弊呢，是带头组织一群同学一起作弊。他们还有分工，搞得跟犯罪团伙一样的。"张启明说起书来，抑扬顿挫，面部表情和手部动作都极其丰富，陈秀娥恨不得抓把瓜子来一边听一边剥。

"逃学！带头逃学，去网吧打游戏，被老师和其他同学家长堵了不是一次两次了。他们班主任叫他什么？害群之马。还有呢，不止这些呢。上学期打群架，初一的小朋友咯，跟初三的打，结棍吧？这个事情佳玥知道的呀，后来全校通报的——记过一次，留校察看。人家老师说得清楚的，身上背着一个大过，现在刚刚开学，又逃学、组织作弊，退学是数罪并罚。你们没看到我那天咯，在办公室被他们老师训得跟个猪头三一样！"

张启明说一样，毛头在肖涵后面缩一点儿，现在几乎想找个地缝钻进去了。

廖冬梅和关爱萍的脸都松动了，望着张启明的目光多了几分同情。只有陈秀娥叫起来："退学啊？真的退学啊？那不行的，初中是义务教育呀，退学之后毛头怎么办？"

张启明正等着这句，一拍大腿："就是说呀！这只小赤佬，我又不指望他跟涵涵佳玥一样，考大学光宗耀祖，对伐？我就希望他太太平平地把高中混完，能塞钱去个民办；实在不行不读高中，读个职校技校。但是初中是义务教育呀，初中你小祖宗总归要给我念完吧？"

"那真的退学了，还可以去其他中学吧？"廖冬梅犹豫着问。

"他这种被退学的小孩，哪个中学想要啊？"张启明愤愤地回答，一双透视眼看到肖涵身后，恨不得现在就把毛头拎过来打一顿，出出这几天的恶气。

"一下子找不到，就多找找，要不然大家都帮忙去问问，总归能想到办法。"关爱萍很诚恳地说。

张启明看到关爱萍的神色，心想"女人到底心软"，继而又想到，毛头如果有个妈，或许也不会这样无法无天。他叹口气："学校，倒不是不能找。但你们说说看，他现在这个死样子，要是还不学好，换个学校有什么用啊？一天到晚逃学、上网、作弊、找老师麻烦，你说我打也打了，骂也骂了，让我怎么办？不怕老邻居笑话，每年皮带起码打断三四根，有什么用啊？"

廖冬梅还是心疼毛头，伸手去拉毛头："毛头，跟你爸爸认个错，我们保证，以后肯定好好上学。"毛头犟头倔脑地不肯出来，张启明一抬手："算了，他这个小子的保证像放屁一样，我也不想听了。我反正打也打不动了，骂也骂不动了，在他们学校挨骂也挨够了……"

苦大仇深的当口，只有陈秀娥笑起来："你这个叫现世报，你小时候自己是一副什么鬼样子啊？叫我说一点儿没报错，老天有眼！"

气得张启明翻了几个大白眼，心想陈秀娥就是一点儿拎不清，这种时候，七杂八缠些什么乱七八糟的东西。还是钱康拦住了陈秀娥，没有让她继续说下去。

张启明清清嗓子，继续："山东，我是打算带毛头去的。一个，是带他换换环境，散散心；另外一个，我有个朋友跟我说，那里有个医生，姓杨的，好像对付这种情况有一套的。"

"医生？什么医生？"廖冬梅问。

"好像是治什么症什么症的，反正是看精神病的医生……"张启明话还没说完，就被陈秀娥打断："带毛头看精神病？我看你有精神病！哦，不听话点儿就是精神病啊？那我看你自己病史很长咪！"

"啊呀，你不懂不要瞎发表意见！你关掉关掉，没人要听你说话！"张启明终于对陈秀娥不耐烦了。

但廖冬梅这次倒和陈秀娥同一阵线："但这个毛头，怎么看都没有精神病啊，怎么能瞎看毛病呢？"

"我的妈吔。"张启明笑起来，"你不要听精神病这个名头吓人，不是的。我朋友说了，这个医生，他自己孩子打电脑游戏打上瘾了，他因为这个自己研究了一套方法出来，说对小孩子很管用的。而且你不要听什么精神病啊精神病啊，这个不是精神病，在国外，就是很正常的，叫心理咨询，很正常的。那个什么电视，里面那个爸爸，不就是什么心理医生吗？"

"《成长的烦恼》？"钱佳玥听到这里，也插了一句嘴。她渐渐也觉得，张启明的做法，也并非毫无道理。

"对对对！"张启明欣喜起来，"教育台一直放的嘛！我朋友自己是个老师咯，说这个杨医生到他们学校去做过讲座的，说现在这种电脑游戏啊，就是毛头打的这种，里面不知道设计了什么，是勾引着小孩子的，跟吸毒一样，会上瘾的。所以不是小孩子自己坏，一定要打游戏，是他们控制不住自己。就跟吸毒的人一样，他们自己戒不了毒的，一定要有人帮助他们。我听听，是有道理的呀！"

一双三角眼望出去，廖冬梅、钱康、关爱萍脸上纷纷露出了赞同的表情。

张启明觉得差不多了："不瞒你们说，这个医生我也是打听了很多很多地方才打听来的。天南海北的朋友我都找遍了。他们跟我说，有什么军训学校，什么封闭式学校，我一开始也动过心的，但想想总归不放心。但这个医生，是我朋友郑重推荐给我的。第一，我朋友自己是搞教育的，是老师呀；第二，那个医生，以前是正规医生；第三，虽然说现在他这套方法还在小范围试验，但是有报纸、电视台都已经去采访过了，都对人家评价很高的。最关键是什么，我问了一下，人家收费也不贵的，不是为了赚钱，真的就是帮助小孩子，帮助我们这种父母。所以我已经讲好了，明天带毛头去山东，大后天去看看那个医生。"

"我不去！"毛头大叫起来，"我不去！"

他头一露出来，张启明眼明手快，一下捏住他的耳朵，将他揪了出来，"啪啪啪"三下重击在头顶："小赤佬本事大了，玩离家出走啊？"

"我不去！"毛头继续喊，"小时候硬要说我多动症，给我吃药！还给我测智商，最好我是个笨蛋！现在又要说我精神有毛病，我看你才有毛病！"

张启明奋起一脚，皮鞋踹在毛头后腰屁股上，毛头一个趔趄，摔在地上。钱康上去抱住张启明："打孩子不能打，你好好跟他说嘛。"

"好好说？好好说有用吗？"张启明看到毛头，就气不打一处来，所有章法都乱了，"我带他看这个看那个，不是为他好啊？"

"根本不是为我好！"毛头摔在地上，转过脸，眼睛怒火涌动，"我多动症，我智商有问题，我精神有问题，你就没关系了！你就该玩玩，该潇潇洒洒了！我有毛病，你就开心了！你就是自私！"

张启明直接一个巴掌甩了上去。顿时鸡飞狗跳，拳脚相加，一个睾着脖子喊"打死我也不去"，一个追着打，嘴里喊"那我今天就打死你"。

钱康再想去拦，但看到张启明发了狠，也有点儿犹豫。毕竟是老子教训儿子，自己一个外人，仿佛没什么立场。一夫当关，万夫莫开。张启明虽然只有一米七出头，身材瘦弱，但是发起狠来，不是诚心拦的钱康根本拽不住。剩下一屋子女人，推推搡搡，鸡飞狗跳，惊叫满天，也拦不住刀削一般的一个接一个耳光。

毛头有些被扇晕了，眼前一切模糊起来。正在这时，张启明的手被铁钳一样的一双手箍住了。

张启明一回头，看到了肖涵。他被愤怒冲昏头脑，脱口而出："肖涵，你给我放开！"

肖涵虽然刚上高一，但个子已经蹿上了一米八。喜欢打篮球的年轻小伙子，血气方刚，轻松就钳住了张启明。肖涵不怕张启明，甚至有些能报仇的快感："我不放，除非你保证你不打毛头了。"

张启明气急攻心："我管儿子，不要你多事！你们都算老几，管我们家里的事！"

肖涵脱口而出，回吼："毛头是我弟弟！我就不许你打他！"

话一出口，张启明和肖涵都愣了一愣。张启明望到旁边关爱萍沉峻的脸色，忽然反应过来，心里大呼一声"不好"，手上力气陡然被抽走了。

关爱萍通红着眼睛，走到张启明和肖涵中间："张启明，我们确实不是你家里人，管不了你教训儿子。"

张启明口气软下去："爱萍，我不是这个意思。"

"我不知道你什么意思。"关爱萍铁青着脸，"但我跟你说，你这样当爸爸是不对的。你以为给点儿钱就能当爸爸了？毛头从小妈妈不在，你自己想想你花了多少时间在他身上？开心了亲亲抱抱，不高兴了就打打骂骂。孩子不好了你打就能打好，家长也太容易当了！打不好就往外面一送，你这个爸爸也太容易当了！爸爸有那么容易当吗？"

说到这里，关爱萍忽然停下了，哆嗦了几遍嘴唇，眼睛里的泪打转了两圈，扑簌落下："你知道，有的人多希望当个好爸爸，陪着儿子，却没有这个机会……"她说不下去了，掩面哭了起来。

这句话像一个雷，劈得肖涵的心颤了一下，随后，包在外面的壳四分五裂，哗啦哗啦剥落。他看着从没在自己面前哭过的关爱萍，此刻正匍匐在陈秀娥肩头，号啕大哭。那一刻，他深深地、深深地原谅了关爱萍。肖涵觉得很欣慰，又觉得很委屈，最后，也像个孩子一样，背过脸去擦了擦眼泪。

钱佳玥并不是很明白发生了什么事，为什么忽然之间，关爱萍和肖涵都开始哭了。但那时，她没有时间多想。钱佳玥扯了一大堆餐巾纸，让毛头仰头躺在自己腿上，替他塞住鼻血，擦干净脸。忽然，紧闭着眼的毛头，迷迷糊糊喊了一声"妈"。

钱佳玥的日记本里，后来记满了对那晚的不解和疑惑。她不明白，永远跟在自己和肖涵身后的小屁孩毛头，怎么就变成了要被退学的坏孩子；她不明白，张启明到底有没有做错；她不明白，网瘾到底是不是一种瘾；她更不明白，关爱萍说的那句话到底什么意思。

但廖冬梅说：你现在还小，很多事情不明白，长大就会懂了。于是，钱佳玥抱着乐观的心态望着未来，她觉得，自己最终会长成一个无所不知的大人。

15
人生无意气

　　肖涵自打进了二中后，一直睡得不踏实，心里总有种隐隐约约的焦虑。最开始，是摸底考试那半分之差；再接着，是重点班里弥漫的那种紧绷的竞争氛围。

　　初中上来的尖子生聚在一起，近一个月过去，慢慢分成了两派：一派是以学习委员孙恺为首的"天生学霸"，开口闭口"哎呀，我从来不复习""没什么解题思路好讲，这个题目就是这样做呀"。肖涵当然知道那些口口声声的"不做辅导书""不复习"只是一种迷惑人的战略，但有时候难免也要怀疑，是不是自己真的比别人差了那么远。

　　还有一派是以赵婷婷为首的"悬梁刺股"派，他们的书包里总是有层出不穷的、匪夷所思的各种参考书，还被包书纸包着，生怕被人偷看出到底是哪本"葵花宝典"。赵婷婷坐在肖涵斜对面，数学或物理课上，每当老师黑板上出完一道教材之外的题，赵婷婷总能飞速从书包里掏出一本被遮住封面的教辅，唰唰唰乱翻，然后定住，露出一个心满意足的微笑，然后再把书藏回去，挺直背脊，开始做题。每当看到这个场景，肖涵就有几分狂躁。

他以前是第一名？下次呢？以后呢？能再赢过这些人吗？

肖涵自己的学习节奏一下子有点儿被打乱了。他也开始搜罗各种教辅，也愿意晚上做题做到很晚，但在学校里始终装出一副云淡风轻的样子。但他晚上一闭眼，那些集合数论、速度加速度就会在眼前晃，像块巨石一样压得他梦里也一身汗。尤其是数学竞赛选拔考试结束后，肖涵的焦虑感更严重了。他脑子里绷着一根弦，那根弦越拉越紧，越扯越细。

可是昨晚，肖涵忽然睡了一个好觉，没有噩梦，也没有美梦，只是无意识。等他一睁眼，发现周身舒畅，但一个激灵——果然时间已经快 7 点，闹钟不知道什么时候被自己塞在被窝里了。

肖涵一跃而起，也来不及吃早饭，匆忙背起书包出门。到了小区门口一看，钱佳玥和陈末果然已经走了。

其实三个人从来没说好一起走。但是，或许是肖涵有心了，他总是不紧不慢抠着 6 点 45 分到楼下，这样就正好能看到两个女生。钱佳玥看到肖涵，向来手舞足蹈、热情洋溢，而陈末不同，她总是酷酷地朝肖涵点点头，露出似有若无的一点儿微笑，就算是打过了招呼。肖涵喜欢看陈末站在朝阳下的样子——扎一个高高的马尾，露出光洁的额头，眼角眉梢一副天不怕地不怕的神色。这个样子他从军训的操场上就记住了，却只是刚刚意识到，原来自己觉得陈末这个样子是可爱的。

所以今天没见到钱佳玥和陈末，肖涵心里有一点儿失望。他本来偷偷有些期望，她们会在这里等他，好让他知道，过去几天的"凑巧"，不是他肖涵单方面的凑巧。

但肖涵看了看手表，发现没时间处理自己波动的小情绪，赶紧跨上自行车，他可不想误了早自修时间。

没有了叽叽喳喳聊天的女孩儿，肖涵今天骑得飞快，眼看再拐过几个弯就能到学校了，肖涵忽然看见，背着书包的钱佳玥和陈末正停在前面一条巷子口。

那是两幢居民楼背对背留下的缝隙。没到上班时间，人不多，离大马路车站又远，只有偶尔过路的行人。肖涵倒是好奇，不知道她们两个在看什么。

车子骑得近了，肖涵忽然听到陈末朝巷子里嚷的声音："你有本事过来呀！我怕你？欺负小孩儿算什么本事！"钱佳玥在一旁紧拉着陈末的袖子，但挡不住陈末依旧大幅度地在挥手。

肖涵紧蹬了几下自行车，等他赶到，往里一望，见到几个流里流气的技校生正围着一个十岁左右的小胖墩，立刻也明白了是怎么回事。

"你们干吗?！"见到为首的一个人冲着陈末她们走去，肖涵赶紧大喝一声。

钱佳玥和陈末见到肖涵，脸上都露出欣喜的表情，陈末更是激动地指给肖涵看："你看，拗分！"

拗分是上海话，但这个行为见诸全国各地乃至世界各地。"分"

在上海话里指代钞票。比如，问你"分挺不挺"就是有没有钱。而"拗"这个字也很妙，它通常是把坚硬的东西弄弯，但钞票是不硬的，硬的只有被拗的人的骨头。拗这个动作，充分体现了这个行动成功的关键点——折辱。

肖涵不是没见过小混混，但他从小人长得高大，又不去小混混经常出没的地方，所以从未被拗。此刻，见到那三四个穿着职校校服走过来的男生，他心里只有佩服陈末的无知者无畏。

"朋友你什么学校的？"为首的一个黑黑瘦瘦的男生晃荡着身子，斜着眼睛问，突然一伸手想去抓钱佳玥胸前的校徽，被眼疾手快的陈末"啪"一下打掉。"黑皮"笑起来："哦哟，二中的小姑娘那么凶啊！"

肖涵看陈末还要说话，赶紧拉住陈末："别说了，走了，上学迟到了！"陈末看了一眼肖涵，眼神里全是不解和责怪。肖涵不为所动，继续对陈末讲："走了，上学了！"然后冲里面那个小胖墩喊，"你也走了啊，上学要迟到了！"

小胖墩愣了愣，眼泪还挂在脸上，捡起地上的书包，一扭一扭地跑了出来。"黑皮"一脚踢了胖墩屁股一下，笑嘻嘻："今天算了，下次再敢藏钱，一块钱一个耳光！给我跪在地上，歌倒过来唱！"

小胖墩跑走后，这四个人一个接一个从肖涵陈末身边走过，趾高气扬，"黑皮"还故意用肩膀撞了肖涵一下，但肖涵什么都没说，只看着四人扬长而去。

但陈末的气愤是真的。她望着四个人的背影，气鼓鼓地看了肖涵一眼，嘴里憋出了一句"软骨头"，然后骑上车飞蹬而去。钱佳玥其实颇受了些惊吓，也想走了，可似乎觉得陈末这样说肖涵很不好，需要自己安慰两句。肖涵依旧面无表情，对钱佳玥也说："快走了，上学迟到了。"似乎这是他唯一关心的事。

等钱佳玥气喘吁吁地赶到教室，在台上主持早自修的裴冬妮不无寒意地望了她一眼。钱佳玥低着头不看她，急匆匆走到陈末身边坐下。

"陈末，你那样说肖涵哥哥……"钱佳玥想了又想，还是决定跟陈末说道说道这件事。她本能地维护肖涵，觉得陈末有点儿不识好歹。

"钱佳玥！"裴冬妮终于在讲台上发火了，"迟到了还要说话，扰乱课堂纪律！"

"哟，你在上课啊？那要叫你裴老师了！"陈末憋了一路的火，终于找到了发泄的地方。全班开始哄笑。

裴冬妮拍着桌子："安静！安静！我在说很重要的事情！国庆长假放假，所以我们下周末还是要来上课！换课换成这样，大家看黑板！"

1999 年，第一次出现国庆长假。眼见周末被占用，全班发出阵阵哀嚎。但是，一想到可以连休七天，却又让人产生了无限遐思，似乎可以做很多很多事情。当然，到了最后才会明白，依旧什么都做不了。

等裴冬妮通知完，钱佳玥作为生活委员，就上台开始收午饭费了。收缴班费、午餐费、各种杂事，就是钱佳玥的主要工作职责。她每个月都会把每个人的午餐费点了又点，然后去教务处换回来花花绿绿一大沓的午餐券，再发到每个人手上。

二中的午餐券一开始是印在白底的卡纸上，只是每个月打印出来的月份不同。但很快，仿冒家长签字的能手们就发现了新的用武之地，开始在多余的餐券上改月份，这样就可以多领一顿饭。多领的不是饭，而是肉啊！多一对鸡翅，一块红烧排骨，伙食质量大大不同，让正在长身体的男生们乐此不疲。

学校也很快发现了这个漏洞，于是，之后每个月的午餐券开始用不同的底色，但钱佳玥撕餐券撕到最后一排，这也意味着，她要开始收下个月的午餐费了。

"下个月国庆放假，所以只有15天，午餐费一个人是30元，请小组长收一下，然后交给我。"钱佳玥慢悠悠地说。

一把一把的钱递过来，钱佳玥仔仔细细按票面大小整理好，塞进自己的透明塑料袋里。她有轻微的强迫症，塑料袋塞进课桌后，又不放心地再拿出来，重新点一遍，1440元，这才放心。

上午的数学课和英语课，钱佳玥都上得心不在焉。她还是想和陈末好好谈谈早上发生的事。她已经想清楚了，觉得陈末的仗义未免有冲动成分，而肖涵的不争其实也是在保护大家。想通了这点，她周身舒畅。

第三节体育课，有钱佳玥最不喜欢的八百米跑。钱佳玥决定让卡门评评道理，于是三个女生一边热身，一边还把早上的事情复盘了一下。

卡门说："我觉得肖涵做得有道理啊，难道真的跟他们打吗？好汉不吃眼前亏啊！"

陈末恨恨："不给他们一点儿教训，他们下次还会来的。是，这次我们躲过了，但下次他们再来，还是有人要倒霉的啊！"

钱佳玥辩解："但是这应该找警察啊，不是我们的责任。"

陈末沉吟了一下："我知道这不是我们的责任，也不是肖涵的责任。我只是有点儿失望。"

正在这时，体育老师掏出了秒表："来来来，不要说话了，两个一组排好，听我口哨！"

钱佳玥头皮发紧，又要催命了。

只听口哨一响，千军万马哗啦啦就从钱佳玥身边越过。开头的五十米，她和卡门还能勉强跟在队伍里，二百米开外，两个不及格专业户就成为远远落在后面的并排黑点。

钱佳玥呼吸急促，胸口痛，喉咙难受，觉得腿像灌了铅一样。再看看旁边的卡门，就更没有理由想再跑下去了。老天啊，为什么要跑八百米啊？

陈末一马当先，竟然跑进了3分20秒。她友情地慰问了一下"残废"的钱佳玥和卡门，就和许优一起去打羽毛球了。

可钱佳玥和卡门，虽然只跑出了4分20秒和4分35秒的"佳绩"，但一个剩下半节课都蹲在花坛旁边吐口水，另一个已经趴在石凳上不能动了。

"要了老命了。"卡门哀叹，"4分钟啊，怎么跑得进去啊！"

等钱佳玥回过魂来，仍是想到之前的话题："陈末说她失望，是什么意思呀？"

卡门瘫在葡萄架下，望了钱佳玥一眼，用手指点点她的脑袋："你呀。没有希望，哪里来的失望。"

卡门向来觉得，钱佳玥虽然是个老好人，但未免情商低得有恃无恐。她几次三番明示暗示钱佳玥，把自己暗恋肖涵的事情跟陈末讲一讲，但钱佳玥总是一脸羞涩地说："你乱说什么！"

好嘛，是她卡门乱说吗？在校门口看看他们俩每天来上学的互动就明白了啊。卡门觉得，钱佳玥固然是真傻，但陈末是装傻还是真傻，她还不能判断。她倒是想跟钱佳玥推心置腹，但看她整天一副"肖涵哥哥长""陈末短"的样子，满肚皮话还是憋回肚子里去吧。

等到上完这节抽筋扒皮的体育课，钱佳玥病恹恹地回到座位上时，发生了一件更能让她出一身汗的事。

她强迫症发作，下意识地又摸了一下桌洞里那个塑料袋，却发现手感有些不对，等拿出来把钱一数，立刻一身冷汗下来。

陈末只见钱佳玥脸色煞白，喉咙迸出哭腔："陈末，少了500块钱，怎么办？"

16
云何言少年

　　"什么？"陈末本来戴着耳机在听 Walkman，听到钱佳玥的哭诉，赶紧摘下耳机。

　　钱佳玥把钱统统倒了出来，纸币硬币摊了满桌。一眼看去，蓝色的四巨头就那么点儿，钱佳玥翻来覆去点了三遍，果然少了五张。

　　陈末安慰她："别急别急，课桌里再找找，会不会掉出来了？"

　　于是两个人手忙脚乱地把课本、辅导书、作业本都搬了出来，一本本翻过去，没有一本夹层里有那五张钞票。钱佳玥已经急哭了："我明明记得，我把塑料袋打了结的。"

　　不是掉了，那只有一种可能了。

　　陈末霍地站了起来，对着闹哄哄的教室喊："谁拿了午餐费？少了 500 块钱！"

　　教室一点点安静下来，大家交头接耳，诧异地望向这边。裴冬妮一脸严肃地走过来："少钱了？钱佳玥，你怎么那么不小心？"

陈末瞪她一眼："关钱佳玥什么事？钱，上体育课前，就好好地放在课桌里的，塑料袋打了结的。上完体育课回来，塑料袋还打着结，里面钱少了。还用说怎么回事吗？谁拿的现在还回来！"

"那也未必是我们班的同学吧？"有人小声抗议着。

"只有我们班的同学，知道钱佳玥今天收了生活费。"裴冬妮这时倒难得地跟陈末站在了一条战线上，"有没有人在上体育课时回过教室？"

听到裴冬妮这句话，陈末的脑海里电光石火间闪过一个人。她一下冲到了刘剑锋面前："我看到你前面鬼鬼祟祟地从教室里出来了！"

陈末刚跑完八百米，回教学楼上了个厕所，正好看到刘剑锋从五班后门出来，下了楼梯。

刘剑锋脸涨得通红，一会儿又变得煞白："我回教室拿点儿东西，不是我！你血口喷人！"

"不是你，你紧张什么？"陈末盯着刘剑锋，步步紧逼。

"你冤枉我，我当然紧张！"刘剑锋回避陈末的眼神，大声辩白着。

好事的同学或围了上来，或伸长脖子望着他们。

钱佳玥在一边，脑子刚刚回过神。她和直奔主题要抓贼的陈末不同，自从发现少了钱，她心里一直在盘算的是自己的小猪储蓄罐里，到底有没有500元。去年的压岁钱加今年省下来的零花钱，算来算去，差不多刚好500元。钱佳玥这才松了一口气：能赔得起，能赔得起。

吵吵闹闹，全班沸腾时，谁都没有注意到上课铃已经响了。教导主任兼五班政治老师吴春华就站在门口。

"上课了，还吵什么？！"吴春华把书往讲台上一扔，大喝道。

教室顿时安静了。所有人"哗"一下回到了座位上。

"陈末，又是你！"吴春华拍了一下讲台，"都上课了，还在吵什么？"

陈末这次半点儿都不觉得理亏，昂首道："我们班的午餐费丢了，我们在找呢！"

"午餐费丢了？"吴春华扬起眉毛，忽然觉得这件事比自己想象得严重，"怎么丢的呀？生活委员是谁啊？"

钱佳玥满脸通红地站起来，慢条斯理地把前因后果讲了一遍。

"偷午餐费？"吴春华震怒，"岂有此理！我们二中怎么会有这种学生！陈末，你说，是谁偷的？"

陈末此时的满怀情绪却被浇灭了，忽然对吴春华产生了强烈的逆反。找丢失的午餐费，本来是帮钱佳玥出头，是行侠仗义，但现在被吴春华一逼问，好像变成了出卖同学，卖友求荣。她低下头，不看吴春华。

"你说呀！"吴春华的眼睛在陈末前面待过的那片区域扫射，试图找到嫌疑人，"我刚才在教室外面就听到你在嚷，肯定是你肯定是你，肯定是谁呀？"

陈末倔起来："我不知道！"

吴春华冰冷的目光射向钱佳玥："钱佳玥，钱是你丢的，你说！"

钱佳玥打了一个哆嗦。她有些怕吴春华，确切地说，钱佳玥对所有老师和权威都有点儿害怕。"尊师重道"四个字，是廖冬梅从小刻在她脑子里的。

是不是刘剑锋？钱佳玥其实心里隐隐约约觉得是的。刚开学时，刘剑锋是她同桌，她知道他是贫困生，还申请过"自强奖学金"。但自从被卡门教育要懂得看人鞋子的牌子后，没事就低着头的钱佳玥忽然发现，刘剑锋这两周开始穿耐克了。再加上他被陈末追问时的表情，钱佳玥心里已经有七八分相信了。但此时，从小接受系统党政工作教育的乖乖女，心里却有一个微弱的声音，告诉她不应该讲出来。

"说呀！"吴春华又逼了一下。

钱佳玥咽了口口水，眼光偷偷往刘剑锋那里瞟了一眼。只见刘剑锋垂着头，身体随着吴春华的声音震了一震。

"我不知道。"钱佳玥小声说。

吴春华"哼"了一声，看着这对同桌冷笑："好好。"然后重重把讲台一拍，"你们班的班干部，全部给我站起来！"

教导主任的步子里现在有愤怒。这种愤怒不光来自有人偷钱，还来自自己不被放在眼里。

她走到学习委员许优跟前："你说，谁偷的？"

许优推了推眼镜，平静地说："我不知道，老师，我真的不知道。"

吴春华走到最后一排劳动委员杨鹏面前，抬起脸问"黑大个"："你说，刚才他们在说谁偷的？"

杨鹏摇头："我不知道。"

一个一个问下来，最后敲裴冬妮的桌子："好好，他们都不肯说，班长，你来说，谁偷的！"

裴冬妮的脸涨得通红。她动了动嘴唇，但看着全班望向她的目光，把口水咽了下去："吴老师，没有证据，我不敢说。"

吴春华这次真的气极了："好好好！你们班真是好！从班委到学生都是好样的！我去把你们周围叫来看看，他带的都是什么好学生！"

教室门被一摔，吴春华走了，但教室里静得还是一根针掉下来都能听见。

钱佳玥心里天人交战。她从来没有站在过被审问的位置，耳朵听到周围特有的不紧不慢的脚步声，紧张得都想吐了。

周围跟着气势汹汹的吴春华走进了教室。吴春华有了底气一样地喊："周老师，你看看你们班！"

周围看不出温度的目光在所有站着的班干部脸上一一滑过，看着一张张脸在自己面前低下去，不忘记喝一口胖大海："钱佳玥，午饭费少掉啦？"

钱佳玥委屈起来，哽咽着点头："少掉 500 块。"

"有没有人现在自己站出来，跟我说，是他不小心拿了啊？"周围问全班。

没有人回答。死一般的寂静。刘剑锋把头埋得更低了。

"搜！搜书包！"吴春华说，"我不相信这点儿钱还能藏到哪里去！不肯说，每个人的书包都翻给我看！"

周围看了一眼吴春华，笑嘻嘻："吴老师，你火气不要那么大！这样，这件事情我来处理，我下午数学课跟你对调，你下午再来上课。

这节我当班会课，我来教育他们，你看好不好？"随后像哄小孩一样，"吴老师，你的教导主任权威要放到最后关头，用在刀刃上的。我要是搞不定他们，再送到你这里，这样才合规矩，好不好啊？"

吴春华想找台阶下也很久了。现在争足了面子，却还是要给周围一记难堪："周老师，你带的好班，教的好学生！"

周围看到吴春华走了，脸渐渐板了起来。他把教室门关紧，拖了凳子坐在讲台前，一只手不停地转着水壶盖。

随后，一拍大腿站起来，在黑板上用粉笔龙飞凤舞写了几个大字——"亲亲得相首匿"。他叫了一声："语文课代表，这句话什么意思？"

语文课代表是卡门，卡门站起来一脸茫然："亲亲得首……周老师，上课没学过。"

周围点了一下头，做了个手势，让所有人坐下。

周围摇摇头，似乎想起来了往事，脸色深不可测："你们这些小朋友不懂了。"随后他望着陈末，"陈末，听说是你带头不肯说的。那我问你，今天如果你一个同学，你一个朋友，做了坏事。不是偷500块钱这种坏事，是去杀人放火了，警察来问你，你说不说？"

陈末站起来，愣了一愣，说不出话来。

"那比如不是你同学朋友，是你爸爸，杀人放火了，你说不说？"周围再问。

"那我肯定说！"陈末这次没有片刻犹豫，回答得中气十足。

全班笑起来。

"哦哟，爸爸倒不如同学要紧。"周围总算也露了一个笑脸出来。他顿了顿，又说，"那你说，偷拿班级午餐费，这件事情做得对不对？"

"不对。"陈末回答得斩钉截铁。

"好，那你说应该怎么办？"周围继续问。

"他应该自己站出来！"陈末愤愤。

"那他现在自己不站出来呢？"周围又问。

"那他就是孬种！不是英雄好汉！"陈末往刘剑锋的方向瞥了一眼。

"钱佳玥，你觉得呢？"周围又问起了钱佳玥。

"周老师，要不然……要不然这钱我赔吧。"又站起来的钱佳玥，怯怯地提出建议。

周围一口胖大海差点儿喷出来，赶快制止她："没让你赔钱，轮不到你赔。我问你，你觉得对这个同学，我们应该怎么处理啊？"

钱佳玥下定了决心，双耳激动地烫了起来："我觉得，我们应该再给他一个机会。"

"怎么再给他个机会法呢？"周围望着钱佳玥。

"让他自己把钱还回来。"钱佳玥脱口而出。

"好，就这么办！"周围一拍大腿站起来，"下课，吃中饭！"

全班都是错愕脸，只见扬长而去的周围又折道回来了，他把脑袋伸到到教室里："吃完中饭回来，如果钱佳玥还没看到那500块钱，我就要叫吴老师来处理了。"

五班这天下课下得特别早，但和平常不同的是，大家今天的行动都很慢——吃得慢、走得慢，各种慢悠悠。没有人再急着回教室里看电视，也没有人急着回去写作业。大家三三两两聚在食堂里，在林荫道上，在操场上，一直晃到预备铃响，才一堆一堆回到教室。

钱佳玥紧张得手心出汗，屏住呼吸往课桌里一看——五张百元大钞，端端正正地放在塑料袋上面。

"还回来了！"钱佳玥兴奋地大喊一声，抽出钱扬在空中。顿时，教室的四面八方，传来了此起彼伏的欢呼声。整个下午，同学们的脸上都挂着发自内心的笑容。

高一五班第一次的风波，就这样过去了。没有人知道周围写在黑板上的几个字是什么意思，也没有人知道正确答案到底是什么，更没有人想着回去问问父母，同学们都理所当然地默认，父母是没有办法理解的。

或许他们都是对的。毕竟连特级教师周围，也回答不好这道题。

17
长 假 前

一转眼这周上课已经上到了第六天，所有人都上得神形俱废。历史老师还强撑在课堂上滔滔不绝，但下面的学生，心都已经飞到了九霄云外。

"不人道啊不人道，一连上七天课，谁能受得了？"陈末把本子递过来，上面配了一个樱木花道大哭的动漫头像。

陈末表面上看着潇洒酷酷的，其实是个话痨。跟人熟了之后，可以滔滔不绝讲三天三夜。她从小看的杂书多，不像钱佳玥，课外书就只有《中小学生优秀作文选》和《解放日报》，金庸的小说也是中考完被卡门怂恿着看的。陈末阅读面可就广博了。一到下课，就开始绘声绘色，从《基督山伯爵》讲到《三个火枪手》，从《灌篮高手》讲到《银河英雄传说》。有一回还偷偷摸摸背了两本"三言二拍"到学校里来，特地指了两篇给钱佳玥看。钱佳玥从不知道传说中的名著会有少儿不宜情节，看得瞠目结舌、面红耳赤，差点儿把书扔在了地上。

陈末下课讲话讲得起劲，上课难免也要讲，被各科老师抓到过无数次。陈末无所谓，钱佳玥有所谓。从小好学生乖乖女做惯了，被点名叫起来的时候，钱佳玥经常脸涨得通红，想找地缝钻进去。但老实说，陈末讲的东西比什么中国有哪五条河、质壁分离是怎么回事、化学元素周期表都要有意思多了。钱佳玥也不忍心叫陈末闭嘴。于是，两人一合计，去西宫买了本谍报本。

其实就是本可以换活页纸的本子。前面半本，都是各科笔记，后面半本，用来通信交流。陈末经常洋洋洒洒地写一大堆，写完了，胳膊稍微一碰钱佳玥，钱佳玥就了然地偷偷接过来。上面经常画了各种花花绿绿的卡通形象和各种编排老师的话。钱佳玥一手捂住嘴，不敢笑，等老师目光似乎望向了远方，才在下面急急回应几句。

一本本子，买来一个多礼拜，就快用掉一半。活页纸换了，继续写，小女生间永远对这套乐此不疲。

她们还在本子上交流歌词。

钱佳玥从小听的是"一条大河波浪宽"。陈秀娥偶尔放放"美酒加咖啡""甜蜜蜜"，都要被廖冬梅一顿批判。初中时候，卡门是个不折不扣的追星族，但钱佳玥心里，是不屑卡门那些花花绿绿的磁带的，觉得"非正经女生所为也"。只有那个暑假，电视电台所有的地方都在放刘若英的《很爱很爱你》。

十五岁的时候，文艺女青年的心，仿佛做好了要受全世界的欺负的预备。"很爱很爱你，所以愿意，舍得让你，往更多幸福的地方飞去"。钱佳玥看着歌词，心里百转千回，一会儿带入自己和肖涵的关系中，一会儿又对大方弃妇感到发自内心的佩服和向往。于是，跟卡门逛新华书店时，也扭扭捏捏花了九块八买了盒磁带。夜深人静时，她才偷偷把英语磁带换出来，把刘若英放到 Walkman 里。

钱佳玥也诚心正意地把这首歌词抄在本子上给陈末看，换来陈末的嗤笑。

陈末在《很爱很爱你》的后面，用变色水笔，龙飞凤舞写道："你曾经对我说，你永远爱着我。爱情这东西我明白，但永远是什么？"

钱佳玥看得目瞪口呆。

陈末又把自己 Walkman 耳机塞到钱佳玥耳朵里，让她听一首粤语歌，节奏强烈，女声慷慨。对着磁带背面的繁体歌词，钱佳玥才明白，原来唱的是——

"多得他不再爱我。真的要多得他，去使我懂得，每一个故事结尾，无非别离，总是别离。"

那个女声叫王菲，陈末家抽屉里有两整排她的磁带。

"我最喜欢这段。"在陈末家玩的时候，陈末得意地对钱佳玥和卡门叫——"我最初抓紧他的双手，从来不爱自由。能让我永远地拥有，已觉真的富有。哪料这日抹掉眼泪也要靠我的手。即使他已爱我多久，仍会高飞远走。"

爱情是什么，书上没有教，父母和老师都刻意回避。很多年后钱佳玥想，听刘若英和听王菲长大的女孩儿，应该成为非常不同的大人了吧。

但其实这个不同从小时候就能知道。就像同样看《灌篮高手》，卡门喜欢流川枫，陈末喜欢樱木花道，而钱佳玥喜欢藤真。

于是看着陈末笔下那个惟妙惟肖的樱木，钱佳玥笨拙地画了一个看不出是谁的藤真来："忍一忍，休息也可以休息七天呢！"

七天长假，在1999年是新鲜事。但高中生，哪里有出去旅游的待遇？高考就像一把悬着的剑，把所有非分之想统统斩断。于是最大的盼望，无非是待在家里看国庆阅兵。

1999年，是国庆五十周年。大阅兵在媒体上已经一轮一轮预热了，语文老师凑热闹，已经摆明说看完阅兵写作文。陈末，作为一个家里装了"锅"的土豪，在CNN和凤凰卫视间随时切换无压力，大方邀请钱佳玥和卡门去她家看阅兵。

这个邀请，是在陈末和肖涵还没闹别扭时候提出的。一起上学的路上，陈末也叫了肖涵一起，而肖涵竟然也答应了，这让钱佳玥很兴奋。但后来，随着拗分事件，陈末和肖涵的关系又别扭了起来。接着的上学路上，陈末并不搭理肖涵，肖涵也没有要搭理陈末的意思，把钱佳玥夹在中间好为难。

肖涵这两天的日子并不好过。首先当然是和陈末的生分。拗分事件里，肖涵固执地认为自己并没有做错什么。他觉得陈末冲动得有点儿匪夷所思。路见不平固然是好事，但总要结合具体情况吧？

如果不是他及时出现，难道陈末打算带着钱佳玥两个去跟流氓打架？谈心那晚派生出的朦胧好感，在一次分歧面前原形毕露。肖涵不禁重新理智起来——悸动和骚动，果然大多数来自自己的想象。

更重要的，数学竞赛队的名单据说已经出来了，赵婷婷作为数学课代表，陆陆续续从各方打听来了不少消息。肖涵知道自己发挥不佳，也知道竞赛可能不适合自己。他隐隐约约有些自觉，自己其实并不是什么天生学霸，他也并不喜欢数学竞赛。但是，他始终还是希望，自己是最优秀的，想要的都能得到。

但该来的还是来了。

最后一节课是数学课。在黑板上留完作业，数学老师仿佛漫不经心地说了一句："上次那个数学竞赛的选拔结果成绩出来了，等一下请下面几个同学，到五楼多功能那个教室集合下。周围老师会跟大家讲讲今后的安排。"

一班大多数人都去了选拔考，所以大家都屏气聆听。

肖涵也在听，那短短六个名字，像放慢动作一样，从他的左耳进入，右耳出去，在他的脑海中画了一条漫长的弧线。那个弧线，最终蔓延开来，成为白茫茫的一片。等他回过神来，周围人都已经把书包理得差不多了。

赵婷婷回过头来，露出一副同病相怜的表情，仿佛在宽慰自己，也仿佛是劝慰肖涵："不去竞赛也好，听说特别占时间。而且我们学校历史名次都不高，就前年出过一个一等奖，保送了北大。那些二、三等奖也没什么用，还耽误高考复习……"

赵婷婷的嘴在肖涵面前一张一合，让肖涵有点儿不耐烦。他可不想跟赵婷婷同病相怜什么，于是赶紧收拾书包，逃出了教室。

但他也不想回家。回了家，关爱萍也不在，无非是一个人微波炉转饭、吃饭、做作业。

肖涵极度自律的生活，这天下午，有了一点儿裂缝。他一个人坐在篮球场角落的葡萄架底下，放空地望着前方。

很多年了，他都是那个出色的好学生。从来都是他选自己要干什么，从来没人选过他，从来没有人不要过他。这是一个开始，还是一个结束？

篮球场上本来有几个高二学生在打篮球。慢慢地，日头压了下来，变成了远方楼顶上的一个金黄色的圆圈。人少了，不一会儿散了。天渐渐黑了。门房刘师傅打着手电筒照过来："喂，谁啊？哪个班的？学校关门了，快点儿回家！"

肖涵这才背起书包，走出校门。

刚骑车出校门，就听到一声凄厉的叫声："真的没有啊！"

肖涵往旁边看去，只见一群人在那里，近一点儿发现，就是前两天看到的几个技校生。

"你们在干吗？！"肖涵忽然大吼了一声。这让他自己也吃了一惊，非常不符合他有些闲事不要管的人生准则。

那群人回头看了肖涵一眼，对蹲在一边的人说："明天！给你最后一个机会！明天啊！别想躲！知道你哪个班的，信不信把你做的那点儿事都捅出去？"

等那群人走后，肖涵走过去，看到了地上有点儿挂相的一个男生。那个男生看着眼熟，让肖涵记起来那天一起领"自强奖学金"的事。

"你是高一五班的？"肖涵问。

刘剑锋抬起头，看了一眼肖涵，赶紧把头埋下。

肖涵看到地上扔着一双鞋，有点儿好奇。于是下了车，问："你没事吧？他们要你明天干吗？"

刘剑锋不回答，站起身捡起书包和鞋，拔腿狂奔，不一会儿，身影就淹没在了夜色里。

18
一双名牌鞋

长假前的最后一天，一过午饭，每个人的屁股都坐不住了，归心似箭，尤其下午一连三节副课，更是没有人愿意认真听。熬着、挨着、等着，手表抬起来反复看，最终一声铃响，终于等来了解放。

陈末一下子从座位上跳了起来，拽着钱佳玥、卡门就往西宫狂奔而去。陈末认识了一个卖盗版碟的老板，专进一些外国乐队的盗版唱片，每月末的进货日，就是陈末心痒痒的时候。

陈末和卡门在唱片店里挑碟的时候，钱佳玥则背着硕大的书包在旁边的书店里看书。新概念作文大赛刚出来的时候，钱佳玥还在上初三，她以为《新概念》又是骗小朋友去念英语的，根本没仔细看。一夜之间，忽然好像火遍全上海，尤其是保送北大、复旦这个噱头一出，文青们都蠢蠢欲动。

学校订的《学生报》上，刊过几篇得奖作文，看得钱佳玥目瞪口呆。她从来没想过作文应该这样写。现在钱佳玥发现了得奖文集，她就立在书摊旁看了起来。

不知不觉，半个多小时过去了，书摊老板问她："小姑娘，你到底买不买？"

钱佳玥的零花钱，一直是每个月十块钱。她不吃零食，以前不买磁带碟片，小说上图书馆借阅，偶尔同学过生日请她，不过买点儿小玩意当礼物，年末买点儿贺卡送人，所以零花钱一直够用。但自从上了高中，她跟卡门、陈末越混越熟，渐渐发现十块钱根本不够花。买一盒磁带就九块八，两本好看点儿的本子就七八块，大头贴拍一次五块，一杯街客三块，看场电影五块。逛一圈西宫，口袋立马瘪下去了。她又不想动压岁钱，只剩囊中羞涩。于是，她识相地朝老板笑笑，把书放下。

"我买我买。"陈末非常豪迈，拍出一张50块钱。

她刚刚从隔壁音像店满载而归，还捎带了一张海报，上面有几个穿鼻环的外国人，把钱佳玥吓一跳。

"我正好也想看。"陈末把两本书往钱佳玥怀里一塞，"先借你，你看完还我。"

陈彭宇对陈末向来是严格的，但架不住赵榕芳手松。陈彭宇管得太狠，赵榕芳必然心疼偏袒。家就像一个跷跷板，默默地，每个人都熟悉了一种平衡，所以陈末每次跟陈彭宇吵完架，被打完骂完，都是她向赵榕芳撒娇要钱的好时机。从这点上来说，简直像一家三口的共谋。卡门脸上挂着"解放了"的欣喜，她初中时迷港台明星，也追过一阵日本的，最近又被带入韩流的坑，此时她正给钱佳玥展示五个头发花花绿绿的男的："H.O.T，帅不帅？帅不帅？帅死了！"钱佳玥无奈地看着陈末，陈末朝她耸耸肩。

卡门考进市重点高中，已经用尽了所有的脑细胞。经过一场摸底考，她幡然醒悟，自己跟别人比成绩是没有前途的。卡门是个聪明人，聪明人总是能很快地找到自己的定位，而她的定位就是——不负青春，好好释放初中几年受的闷气，成绩保持在二三十名就算了。60分万岁。

但再 60 分万岁，等大家背着书包准备各回各家的时候，卡门也想起来，自己走得太开心，数学和物理作业都忘记带了，于是她"呀"地惊叫了一下。

马上要从小路拐到学校时，钱佳玥忽然见到有一群人在角落里推推搡搡。她本来不想出声，否则陈末听到一定要管闲事，但里面有两个人的校服很眼熟，像是二中的，钱佳玥再仔细一看，立刻顾不得地叫了起来："肖涵哥哥！"

肖涵和刘剑锋二对四，其实并没有太落下风。但这时被钱佳玥一叫，反而乱了神，肚子上中了一脚。

还是卡门反应快，装模作样对着后面的空气喊："警察叔叔，他们就在这里，打架的就在这里！还在打呢！"

果然，也没有什么优势劣势了，平头那几个人呼啦啦都跑了，只留下了气喘吁吁的肖涵和刘剑锋。

钱佳玥从来没见过这么狼狈的肖涵。他的眉毛上破了皮，出了血，面目扭曲，校服上乌漆墨黑一大片。她情不自禁摔了车，然后她一把拉住肖涵："肖涵哥哥，你们怎么啦？"

"打架啊。"肖涵气喘吁吁，瞥了一眼陈末。陈末出现得那么巧，他心里其实是开心的。

本来打这个架也有一半是为了陈末。

肖涵昨天没跟关爱萍讲竞赛队落选的事，他给自己找的借口是没机会讲。但这次一休休七天，怎么盘都有充裕的时间去讲，他却开不了口。

从小到大，他都是只报喜，报忧这件事情让他很烦恼。于是本来没他什么事，他非要留下来帮着大家一起出黑板报。出完黑板报，又自告奋勇地再次做了一遍值日。直到实在没什么借口待在学校了，他才一步一挪地往外走。结果正好在校门口见到了五班的刘剑锋。他正畏畏缩缩地出校门。

肖涵认出了他，进而想到昨晚的事。他这个人是从来不管闲事的，对自己没用和无关的事，他一律不放心上。但今天，不知怎么的，他鬼使神差地就跟上了刘剑锋，想看看背后有什么名堂。

果然，刘剑锋刚刚出校门，就被那几个技校生围住了。他们似乎争论了几句，刘剑锋被围在中间，慢慢往校外的小路走去。

肖涵一脚踏在自行车上，内心斗争了下要不要继续跟过去。陈末那天鄙视的眼神和竞赛队落选的闷气，让他忽然脑袋一热，不自觉跟了上去。

刘剑锋从书包里掏出个塑料袋，递给带头的平头小黑皮。刘剑锋被打到一边，随后，他们似乎是让他跪，他不肯，几个人就踢他的脚关节。

"你们干什么？住手！"肖涵就这样脑子一热加入了战斗。

"肖涵哥哥，你也会打架啊！"钱佳玥睁着不可置信的眼睛，一时很难接受这个现实。

肖涵冷着脸，故意不看陈末："又不难。"

陈末看着肖涵脸上的伤，心里有种说不出的急躁，她只能吼刘剑锋："他们为什么找你麻烦啊？"

刘剑锋一副灰头土脸的样子，嘴唇破了，校服也被扯出了一个洞，看上去比肖涵更惨。他低着头，也不说话，忽然跟昨天一样，捡起书包就往外跑。

"他们还会来找你的。"肖涵朝他背影嚷了一句。

卡门突然看到地上有个袋子，捡起来看了一眼，问刘剑锋："这儿有个袋子，里面有一双鞋，是你的吗？"

刘剑锋抓着头发，气馁地走了回来，拿过卡门手中的袋子，狠狠扔在地上："都怪这双鞋！"

刘剑锋只有一双白球鞋，是表哥穿下来的旧鞋。军训的时候，他就觉得自己的鞋很碍眼。喜欢看 NBA 的他，有一个心愿，就是有双耐克鞋，跟别的男生一样，有双耐克鞋。

开学后不久，他在校门外被一群人围住，问他要不要买鞋。鞋是正品，但卖得很便宜，商场卖 700 多，他们只卖 250。"特殊渠道拿来的，便宜你。"小黑皮诱惑他。

刘剑锋没禁受住诱惑。对十五岁的他来说，有双名牌鞋，确实是最大的诱惑。穿上这双鞋，能跑，能跳，能投篮。所以他盘算了一下自己所有的积蓄，狠狠心压价："200 块，200 块我就要！"

那双鞋不是他的尺码，虽然大了一码，有点儿空荡荡，但刘剑锋还是很开心。他不敢把鞋带回家，就放在了学校里自己的小储物柜里。每次穿完，他都会仔仔细细抹干净了，才把鞋放回塑料袋里。

但两个星期后，黑皮他们又来找他，说他还欠他们钱。

"我不欠你们钱！"刘剑锋辩解。

"怎么不欠？700块的鞋，你才给200，还差500呢！"黑皮叫嚣着。

"你们胡说！"刘剑锋很生气，"说好200的！"

"我告诉你，这鞋是厂里偷来的，你要是不还钱，偷鞋这件事你也有份，懂不懂？"黑皮威胁他，还说他再不还钱，自己就到二中的教务处去要钱，也让大家知道知道，刘剑锋是怎么参与偷鞋的。

"他们骗你！"陈末生气地说，"哪里偷得来一双鞋！我看就是七浦路买的假货，专门来骗你！"

刘剑锋抓着头发，不言语。

500块钱的欠款是压在他心上的一块大石头。他想过把鞋还给黑皮，200块钱他也不要了，但黑皮说，穿过的鞋，没人再要了，必须还钱。

刘剑锋躲了一天又一天，延了一天又一天，上课也变得神情恍惚，连白头发都要急出来了。

"所以，所以，前两天我……"他看了看钱佳玥，懊恼地拍了一下自己的头。

钱佳玥心里"啊"了一声，原来是因为这个。"那要么，我们先借点儿钱给你吧？"钱佳玥始终记得自己那点儿压岁钱。

"别给他们钱。"肖涵说，"有了这一次，就会有下一次。看你好欺负，他们就会一直找你。你真的指望，给了钱他们就走了？不可能的。"

"那怎么办？"刘剑锋绝望地望着肖涵。

站在二十年后往回看，少年时候的烦恼真简单，真可笑。一双鞋，500块钱，或许跟成年人说一声，打个110就能解决的事情，在当时却如同天崩地裂一样可怕。怕老师知道，怕家长知道，我们的自尊无限大，我们的自卑无限大，想要凶神恶煞地面对外部的一切，但内核里，永远心惊胆战。

可长大以后其实不是一样的吗？每天每天，都有仿佛永远过不去的烦恼，觉得世界终结了，觉得人生没希望了，唯一能做的，可能就是咬咬牙，等自己再长大一点儿，等熬过这一关。而如果这个时候，身边有一个人，有一群人，结局可能就完全不同。

"别怕。"陈末女侠上身，一拍刘剑锋的肩膀，"我们保护你！以后一起走！"

刘剑锋的家住在苏州河边，最后的那片"滚地龙"里。他没有邀请肖涵他们进家，于是一群人只能远远地看着刘剑锋猫着腰，钻过了一片片晾晒的床单，钻进了一个黑乎乎的门洞里。而苏州河的另一边，高楼大厦正在拔地而起。肖涵出神地望着，心思飘得很远很远。

钱佳玥看着肖涵一脸的青紫，担心地问："肖涵哥哥，你回家后怎么跟你妈妈说啊？"

肖涵想笑，但牵扯了一下肌肉，只觉得痛，于是表情有点儿哭笑不得的难看："实话实说啊。我说不小心摔了一跤，我妈也不信啊。"

"啊？你就这样说啊？"钱佳玥为肖涵担心。

"是啊，又打架，竞赛队又没选上，让我妈对完美儿子的想象破灭一下吧。"肖涵想到这里，一颗心倒是真的放下来了。

"恭喜你啊，肖岸然。"陈末瞪着似笑非笑的眼睛，嘴角往上微微翘，"恭喜你终于不是别人家的孩子了。恭喜你终于自由了。"

肖涵看着陈末，有一抹笑慢慢地照亮了他的心底。但忽然，他反应过来："陈末，你刚才叫我什么？"

"肖岸然啊！"陈末赶紧骑到了肖涵前边，仿佛怕他追上来。

拉开距离后，陈末回头朝肖涵喊："道貌岸然，说的就是你！肖不群，肖岸然，都是你！"

肖涵追上去，一把拎走了陈末书包架上的书包，陈末大喊："还给我！"

钱佳玥见到他们嘻嘻哈哈的样子，也奋力往前骑，叫着："等等我！"只剩卡门望着面前远去的一男二女，感到了深深的无奈。

长假前的最后一天，张启明也带着毛头在办一件大事。

张启明满脸堆笑地站在教导主任面前："没问题没问题，我国庆就办这事，十月份，最晚十一月份，保证送到。"随后他一拍毛头的脑袋，"快点儿谢谢孙老师啊！孙老师再给你一次机会不容易的！"

孙老师喝了口茶："我们也是本着教书育人嘛。"

"对对对。"张启明再递上一包熊猫香烟。

走出学校，毛头还是有点儿不服气。

三十台电脑，捐一个新的电脑室！他朝张启明看看，心想：

冲头！

没料到，张启明忽然停下了脚步，摸住毛头的脑袋。

"毛头啊毛头。"张启明眼睛里似乎是含着泪水，似乎是一派深沉，"你帮我争点儿气，好不好？老话讲的，龙生龙，凤生凤，老鼠的儿子打地洞。你老爸这辈子混到今天，就算自己被人讲老鼠，也不希望你被人这样讲，懂吧？你千万啊，千千万万，给我争点儿气，好不好？你爷爷阿娘临走前，我答应过他们的啊。拜托啊。"

毛头愣住了。他觉得，今天的张启明跟平时完全不同。这番话，不像老子对儿子说的，反而有一点儿兄弟对兄弟的意思了。毛头心里一颤，觉得眼泪往上涌，随之涌上的，是一股义气。儿子对老子讲义气，真是怪了。但此时此刻，毛头就是这番感觉。他没有回答，直接跑开了，一边跑一边抹眼泪。

1999年的电脑，台式机，品牌的，一台要一万多，去电脑城组装，也要七八千。张启明一捐捐30台，真的是想想肉都痛。

看着毛头跑远的背影，他拿出了大哥大："喂，小李，上次新招进来的那个大学生小王，对对对，你问问他，知不知道哪里可以买那种二手电脑啊？不止一台哦，要三十台了。哎呀，不要什么品牌，可以开机嘛。好咪！对对，你问问他，等下我回公司我们再讲……"

19
世纪末的信

对于国庆去陈末家玩这件事，肖涵非常认真。他一丝不苟地按闹钟时间起床，一丝不苟地刷牙，一丝不苟地把上嘴唇几根尚未很硬的胡楂刮掉，然后一丝不苟地在被刮破的地方贴了个创可贴。

穿什么衣服，肖涵也想了很久。除了校服，这种天气，他只有两件格子衬衫，密集恐惧症一样的大格小格，都是关爱萍在陈秀娥上班的商场里买来的。陈秀娥说："这两件好，很年轻，很洋气的，儿子大了，你要买点儿登样的衣服了！"衣服本身大减价，隔壁老板娘看陈秀娥的面子，又给她打了八折。

但肖涵看到衬衫就倒吸一口冷气——原来关爱萍的审美已经被陈秀娥和张启明带跑那么远了。但他将不满憋在心里，面子上只是微笑。买都买了，怎么办？总不能浪费。天冷一点儿配在校服里边穿。

今天站在大衣橱的镜子前，肖涵把两件崭新的格子衬衫又试了一遍，最后还是默默换上了校服白衬衫。

钱佳玥起了个大早，也在为这场聚会精心打扮。自从上了中学后，周末她就很少跟在肖涵屁股后面出去玩了。今年暑假的时候，钱佳玥倒是跟着肖涵和毛头去打过几次球，肖涵还说教她。肖涵的胸口贴着她的背心，蒸腾的汗和男生的荷尔蒙混合在一起，萦绕在钱佳玥的脑袋边上。肖涵的手握着钱佳玥的手指，让她张开接球，但眼看着毛头把球扔过来了，钱佳玥却心一跳，眼一花，球直撞她的胸口。青春期，每天胸部都胀得痛，被打一下，还要强装笑容："没事没事，我没事。"

钱佳玥是那时候忽然意识到，他们和小时候不一样了。她想到肖涵会脸红了，浑身有点儿酸软，像密密麻麻的蚂蚁细细地在心里爬。在那以前，钱佳玥只想见到肖涵，但在那以后，她开始在意，肖涵看到的自己是什么样子的。

于是，这么难得的校外聚会，钱佳玥一早就起来了。一睁眼，她连厕所都没上，赶紧冲到镜子前，把昨晚央求廖冬梅编的两条麻花辫拆开来看。

说来奇怪，那个时候，全班女生的发型几乎是一样的。女生们不管脸型，都披着齐肩或再长一点儿的中长发。要么把上半部分的头发两边挑起来，扎一扎，以防散发；要么把上半部分的头发左右各挑一点儿起来，扎两个小辫。但不管怎样，头发是要披着的，披着才意味——已经变成了大人，变成了高中生。只有陈末不一样，扎一个高高的马尾，自然卷的头发在肩上一蹦一跳，让钱佳玥觉得格外时髦。

钱佳玥初中时一直是短发童花头。暑假里开窍后，开始不声不响留长发，留到现在，也能齐肩披着了。她心里的目标，是拷贝一下陈末的卷发。她想了几个卷发方案，一是偷偷用陈秀娥的卷发棒，但那个操作难度太大，动静也太大，被她放弃了。再有一个，就是卡门教她的，编一头麻花辫，睡一觉，第二天起床头发也会卷。

为了这个大计，她不顾廖冬梅狐疑的目光，央求外婆给她编马尾。陈秀娥在旁边看，一边看一边怪里怪气地笑，脱口唱起了"村里有个姑娘叫小芳"。但钱佳玥不管，晚上睡觉的时候，她觉得自己脑袋下面，躺着一朵向日葵，正在绽放。

但今天睁开眼一照镜子，钱佳玥颓了。头发上面没编到的地方贴着头皮，下面编过的地方像咬了一半的方便面。总而言之，就是一碗方便面扣到了脑袋上。

肖涵在楼下等到钱佳玥的时候，看到钱佳玥戴了顶冬天的绒线帽，他狐疑地看了看闷热的天空。当然，钱佳玥虽然低着头，也瞥到了肖涵嘴巴上的创可贴。

两人先去找了刘剑锋。三人一路骑，在陈末家小区门口见到了卡门。

这是比春游还开心的日子。陈末说，陈彭宇和赵榕芳一大早就要出门和老战友聚会，家里留给他们随便玩。

电铃按了五遍，陈末才开门。果然，一进门，陈末还是睡眼惺忪、蓬头垢面的样子。

但第一次来陈末家的肖涵和刘剑锋被震慑了。滚地龙、石库门、老弄堂，都不要谈了。20世纪90年代的上海，好一点儿的公房，不过两室一厅十几平，那个厅，就是小小一个，四五平。了不起的话，把一堵墙敲掉，小房间也当厅；再了不起，两套一买，把其中一套统统当厅。这样撑到头，也不过十几平。而陈末家的厅，看上去足足有二三十平。

"坐啊坐啊。"陈末睡眼惺忪地把一群人往沙发上让。卡门来过两三次，立马驾轻就熟地摸到了柜子里的各种零食盒，先拎了一包薯片出来吃。

肖涵和刘剑锋端坐在那里，有点儿不自然。直到电视一开，两个男生发现卫星收到了 NBC，在重播 NBA 上赛季的精彩片段和全明星赛。不一会儿，刘剑锋和肖涵开始争论，马刺和湖人到底谁发挥得更好。

到了 10 点，遥控器被女生们抢了回来——"开始了，阅兵开始了"！

天安门城楼，虽然经常出现在《新闻联播》上，但这一天，忽然让钱佳玥有了别样的感动。

"首都各界庆祝中华人民共和国成立五十周年大会，现在开始！"

巨大的"国庆"字样，忽然在镜头里翻成了黄底红字，随后，是五十声礼炮在电视机前也能感受到的惊天动地。占满屏幕的绿，占满屏幕的红，占满屏幕的领导人的挥手和笑脸。花海、密密麻麻的人、整齐划一的踢步和动作。

看完阅兵，大家开始打牌，卡门和陈末一队，肖涵和刘剑锋一队。钱佳玥算不来牌，于是负责发牌。输的人在脸上画乌龟，这是陈末跟《鹿鼎记》学来的。一开始比分咬得很紧，肖涵他们还略微领先，但到最后一盘，肖涵忽然算错牌，陈末她们反败为胜。陈末和卡门击掌庆贺，然后指着肖涵大笑："哈哈哈，肖乌龟！"

果然，陈末平时在本子上的练习都没有白费。寥寥几笔，她就在肖涵额头，画了一只龟壳着地、四仰八叉、惟妙惟肖的乌龟。大家都笑得在地上打滚，只有肖涵异常无奈。蹬鼻子上脸的陈末还一不做二不休，拿了照相机，记录下了这个珍贵的瞬间。

陈彭宇和赵榕芳下午回家时，陈末等人正在看日本动画片——《恐怖宠物店》。见到陈彭宇，大家都吓一跳，陈末赶紧关了电视。

"你们，不是说晚上才回来的吗？"陈末手足无措。

那是钱佳玥第一次见到陈彭宇。在陈末的口中，陈彭宇应该是一副凶神恶煞长满角的样子，但没想到，他是一个看上去精明能干且和蔼亲切的叔叔。他亲切地招呼钱佳玥等人坐下，一个个问了名字，还和肖涵、刘剑锋交换了各自对阅兵仪式的看法。

"以后多来玩。"陈彭宇笑眯眯，"你们都要多帮助陈末。"

临走，在赵榕芳的提醒下，肖涵到卫生间对着镜子洗掉了一脸的"乌龟"。

在钱佳玥的记忆里，去陈末家看国庆阅兵的那天也是快乐的，自己和肖涵前所未有地玩在了一起。但后来，她才发现，原来聚会结束后，卡门对自己说的那些话，都有深意。

"钱佳玥，你快点儿表白吧。"卡门认真地说。

钱佳玥望一眼骑在前面的肖涵的背影，脸红到了脖子根："你乱讲什么。"

卡门瞪她一眼："感情是要自己争取的，否则，什么时候变了你都不知道！你什么都不做，迟早要后悔！"

晚上，钱佳玥坐在书桌前，想到卡门的这句话和说话时的神情，总觉得心里像被堵住了一样。

那一晚，她翻来覆去睡不着。最后，一咬牙，开了台灯，在作文纸上写："一个很爱很爱你的故事。"她心里想，我写的是个小说，又不是真事。

故事里，一个叫芦苇的女孩儿，从五岁开始喜欢上一个叫磊的哥哥，十几年，心意坚决，没有改变，反而越来越热烈。当钱佳玥心情激荡地写完最后一个字，开始想一个现实问题——写了干吗呢？

要不要给肖涵哥哥看？就说，这是自己写的一篇小说？他会不会明白？钱佳玥捏着那四页纸，感觉像捏着一个即将爆炸的炸弹，慌忙一扔，扔进了自己的日记本里，赶忙用冰凉的钥匙锁好。

不管怎么说，自己还是迈出了第一步。钱佳玥摸着自己通红的脸，羞涩难耐。

20 不 相 知

明明觉得刚刚开学，明明日历上数数日子，"十一"结束还有好几个礼拜才到十一月中，但一转眼，国庆结束后大家的报应就轰轰烈烈地来了——期中考。

一到考试，钱佳玥就有一套特殊的迷信流程。

比如，考试前一晚，不能再多做题，只能看教材、整理笔记、把从前错过的题目订正。这当然很科学，但更重要的原因是这套方法是肖涵传授的，在钱佳玥这里便成了不可更改的迷信。

考试的时候，一定要用自己的幸运圆珠笔，所以前一晚要检查三遍笔袋。那支笔是很久以前，一个日本的乘客送给钱康的，上面印着漂亮的樱花，钱康就送给钱佳玥了。钱佳玥每次考试都用，换了笔芯继续用，而且只有大考才舍得拿出来用。钱佳玥就是用这支笔，通过中考，考上了二中。分班考时没用这支笔，果然就不行了！

最最关键，考试之后，不能对答案！千万千万不能对答案。从理性上，钱佳玥振振有词——考都考完了，还对什么对呢？没有任何帮助嘛，考卷发下来就知道了呀。但在心里，她迷信，自己写在卷子上的答案本来都是对的，但只要一对，莫名其妙就会变成错的。

期中考试都是随堂考。一考完试，呼啦啦一群人就围在一起讨论考试、对答案。钱佳玥就赶紧往外跑，跑得越远越好，这些ABCD数字公式，一个都不能跑到她的耳朵里。

所以考完英语，陈末只是伸了个懒腰，就不见了钱佳玥。心里寻思：跑八百米时没见她有这个身手啊！

可是，迷信是仪式，这个世界信奉的还是硬实力。高中第一次大考试，一班的赵婷婷，以高出五分的总分碾压了肖涵，成为年级第一。而这么多年，当惯了第一的肖涵，连年级前三都没进，只排在了第五。

"你怎么回事？"赵婷婷觉得自己和肖涵的交情与众不同，于是特地来敲打他，"下回努力啊！要不然，我把笔记给你看看？"

肖涵那时候年纪太小，并不明白赵婷婷释放出来的善意和诚意。他只觉得这个女生有居高临下的傲慢，似乎是想来看他笑话，于是他根本没有给任何回应，自顾自地理书包，连头都没有抬。最后赵婷婷只得讪讪地走开了。

掉出前三，这件原本会让肖涵非常惊恐的事情，真的发生了，似乎也没有那么让人绝望。就像他对关爱萍坦白，自己没有被选上竞赛队，还跟别人打架时，关爱萍的反应也没有他想象中那么恐怖。肖涵反复回想陈末的那句"恭喜你，肖涵，你终于不是别人家的孩子了"，真的觉得有一种如释重负的轻松。于是莫名其妙地，上台领考卷的时候，他还笑了。

但钱佳玥就没那么坦然了。排名出来时，她望着班级十五这个排名，深深、深深地失落了。

"不错了，前十五了！"陈末瞅瞅自己的三十九名，由衷地对钱佳玥说。

钱佳玥露出一个勉强的笑容。理智告诉她，根据分班考的成绩，她能考进前十五，已经是不错了，况且排三十九的陈末在旁边，自己非要说能考得更好，显得做作和欺负人。但是，在初中的时候，她也从来没出过前三名啊。

钱佳玥是抱着满腹的委屈回到家的。

一进家门，她发现气氛有点儿不对。陈秀娥做一休一，今天在家休息。此时，她正装模作样地在客厅里哼着歌，而钱佳玥的房门开着，露着条缝。

钱佳玥心里有种不祥的预感，她冲到自己的写字台前，抽屉果然半开着，自己的日记本锁开了，正慌乱地躺在一堆格子纸里。

"你偷看我日记！"钱佳玥怒火中烧，大叫了起来。

陈秀娥在客厅里苍白辩解："没有，没有！谁要看你日记！"

钱佳玥的脑子炸掉了，眼泪不受控制地往下流。她颤抖着双手，把日记本翻到后面，拿出那篇《一个很爱很爱你的故事》，脑子混乱，惊恐不定地想：她有没有看到？

这篇小说，这封情书，代表着钱佳玥所有的自尊和骄傲。而陈秀娥的偷窥，仿佛是践踏在钱佳玥脆弱自尊上的一只肮脏的脚，让她的心抽成了一团。这个秘密被这样发现是不可原谅的！

钱佳玥的泪水模糊了视线，一瞬间，强烈的耻辱感涌上心头，她对着客厅大喊："我讨厌你！我讨厌你！我讨厌死你了！"然后狠狠砸上了房门。

陈秀娥本来的一丝丝羞愧，被女儿的勃然大怒搞得也有一点儿愤怒了。她心里为自己辩解——我就是想关心关心自己女儿，有错吗？

正在这时，廖冬梅从厨房出来了。她敲着钱佳玥的门："宝宝，宝宝，怎么了啊？"然后用兴师问罪的口气问陈秀娥，"她怎么了啊？"

陈秀娥也憋着一肚子气："谁知道？青春期发毛病。"

钱佳玥一边哭，一边竖着耳朵在听外边的动静，这时突然打开门，吼道："你才发毛病！你偷看我日记，你不尊重人！"

廖冬梅立刻站在了钱佳玥的身边，开始数落陈秀娥："你怎么能偷看宝宝的日记？小孩子长大了，你要给她空间和尊重啊，她不想给你看，你就不要看，怎么这点儿道理都不懂呢？一天到晚在家里只会添乱，好好的前天把我的锅烧烂了……"

陈秀娥本来打算咬牙吞了这口气，听到廖冬梅又开始讲前天的事，顿时忍不住了："谁把你的锅烧烂了啊！你自己做的事都怪在我头上啊？你自己开了火忘关了，把锅烧焦了，就可以诬赖我的啊？"

廖冬梅声音也大起来："做错事情还要嘴硬！不是你是谁？我前天根本没动过那个锅！"

陈秀娥脑袋也炸了。她看着自己的老妈和自己的女儿站在一起，同仇敌忾，冤枉自己这个，冤枉自己那个，那些长久压抑在心里的情绪终于爆发了："好好好！你们一个两个都看我不顺眼！这个家根本没我的位子，我走好了伐？我走就好了！称了你们的心意！"

四十几岁的人玩离家出走，这件事没有了悲壮，只剩下荒唐。女人十几岁时哭，是楚楚可怜；六七十岁哭，是引人同情；四五十岁在大街上哭，简直是有了毛病。

陈秀娥一直走了老远老远，才敢发毛病。

几十年的委屈翻江倒海，在她的四肢里周游。

小时候，她是最不受宠的老二。廖冬梅说起大道理来一套一套，在陈秀娥看来，她就是个重男轻女的老封建。她十几岁时候的盼望，就是早点儿上班，早点儿变成工人，早点儿独立。本来一切都很顺利，进厂名额都安排好了，她喜滋滋地等着当工人，廖冬梅通知她，名额取消了，让她去江西插队落户。

"我不用去插队的呀！哥哥已经去四川了，我按政策可以进厂的啊！"陈秀娥非常委屈。

"年轻人，不要怕吃苦，去跟贫下中农锻炼学习，这个是伟大领袖号召的。"廖冬梅一脸又红又专的铁石心肠。

陈秀娥是哭着上的火车，她看着上海的烟囱在自己身后变成了一个小黑点，她以为自己这辈子都不可能再回来了。

很多年后她才明白，自己去插队，只是廖冬梅跟厂里的一个协议，这样弟弟就不用去农场，可以直接进厂了。后来恢复高考，弟弟第一年就考上了大学；再两年，哥哥也上了大学。毕业后，他们如鱼得水，没过几年，哥哥公派去美国，再没有回来。又过几年，弟弟、弟媳也去了美国，也没有回来。

　　只有陈秀娥在江西十年。她白天在田埂里弯着腰晒太阳，晚上看着天数星星，一颗大白兔奶糖捏在手里几个星期，不舍得吃。生下钱佳玥后，陈秀娥斗争了很久，终于还是不忍心粉雕玉琢的小人儿跟自己一起受苦。于是，陈秀娥一手抱着钱佳玥，一手拎着婴儿用品，站站坐坐十几个小时，把她送回了上海。

　　等到钱康下岗，他们俩回到上海时，一切都物是人非，又似曾相识——还是要仰廖冬梅的鼻息，住她的屋头，看她的脸色。而从前哭着喊着拉自己衣服不撒手的小孩儿，现在只是冷冷怯怯地旁观自己。

　　人生几十年，到底有什么意义呢？

　　陈秀娥这一场哭，哭得气壮山河、婉转流长，哭得岁月不知、人事不省。等到终于刹住车，天都已经黑透了。

21
篇 篇 情

　　钱康到家的时候，客厅里一片漆黑，没听见往常陈秀娥夸张做作的叫声："老公，你回来啦！"他有点儿纳闷，先是到自己房间张了一张，没有人，犹豫了一下，想去敲钱佳玥的门。

　　没想到廖冬梅却开了门，叫了他一声。钱康赶紧应下来："妈，你还没睡啊？"今天搭档有事，他多开了两个钟头的车，到家已经快十点了。往常这个时候，丈母娘早就睡了。

　　廖冬梅唉声叹气，如此这般把事情表了一下，最后皱着眉："你看这个秀娥，这么大年纪还玩离家出走！"钱康"唉唉"地应了。

　　钱佳玥在自己房间竖着耳朵听，心惊肉跳。前两个钟头，她还满肚子怨气在怪老妈，但天渐渐黑下来，时间分秒过去，没有听到那让人心烦的叽喳声，她渐渐也有点儿担心。于是，当听到钱康说："妈，你放心，我去找她，她跑不远的，你别担心了。"钱佳玥的一颗心才回到了肚子里。虽然陈末三番五次对她描绘上大学后离开家的自由生活，也让钱佳玥心向往之，但此时此刻，她还是一个需要父母存在才感到安心的小朋友。

钱康敲了敲门进来，钱佳玥强装镇定，觉得爸爸的目光刺在自己背脊上。钱康性格温和宽厚，从来不骂她，但今天，总是她把妈妈气走的。

"期中考试成绩下来了？"钱康走到女儿身边，望着她的侧脸。橘黄的台灯光照在钱佳玥脸上，晶莹剔透。忽然之间，钱康意识到，那个自己牵在手里的小姑娘都那么大了。

"嗯。"钱佳玥点了点头，依旧不敢看钱康，"不是很理想。"

"外婆跟我说了。"钱康宽慰女儿，"高中不像初中，你现在又到市重点了，考到十几名很不错了，不要给自己太大压力。"

听到钱康这样的安慰，钱佳玥鼻子有点儿酸，从前这个话，一直是陈秀娥说的。在这个家里，钱康和陈秀娥一直对她的成绩没有任何要求，钱佳玥一门心思地争上游，主要是因为廖冬梅的望孙成凤。两个那么优秀的儿子，天高海阔，几年不能见一面。当教授了，做工程师了，升职了，对她，又有什么意义呢？她只能看着钱佳玥："宝宝争气，像舅舅。"

初二有段时间，钱佳玥的数学成绩突然一落千丈，几次测验一直在 70 多分徘徊，还考出过不及格这样的"佳绩"。廖冬梅翻着她的考卷，虽然没说什么，但钱佳玥恨不得钻到地缝里。陈秀娥说："不及格就不及格，一次呀，有什么呀？下次好好考。"廖冬梅白她一眼："初二了，马上升初三了，要考高中了！"陈秀娥还是不着四六：

"考高中就考高中好咪！小孩儿又不是自己不努力，努力了还考不好，怪谁啊？高中考不上上技校，出来上班，不见得活不下去咯！"廖冬梅愤愤："你自己一副烂泥扶不上墙的样子，不要教坏宝宝！""我女儿吧！我亲生的，我会教坏她啊？"陈秀娥不服输。

钱佳玥虽然心里认同外婆，觉得自己不能和"2分笨蛋"陈秀娥同流合污，但听了那场争吵，心里忽然有种踏实的感觉。渐渐成绩也恢复了正常。

"同学里厉害的人多，不要老是跟别人比，做好自己就好了。"钱康继续宽慰她。

钱佳玥眼眶一热，但她仍装作在看英语书，依旧不跟钱康对视。

钱康站了一会儿，看女儿在专心看书，就往外走。临出房门想了想，终于说了想说的话："等下妈妈回来了，你就别跟她生气了。你妈妈也是想关心你，不是故意的，你别怪她。"

钱佳玥"嗯"了一声，算是回答。

窗外黑漆漆的，偶尔有几声犬吠。钱佳玥听着钱康的脚步在楼下小区的路灯下留下一串清脆，直到远去。

她把日记本打开，手捏着那封不算情书的情书。陈秀娥走后，钱佳玥仔细把信拿出来检查过，她之前夹在纸里的那根头发还在，由此断定陈秀娥还没来得及看小说，这让她大松了一口气。

陈秀娥想着要跟钱佳玥做"朋友"，这是她展示自己当妈与众不同的绝佳机会，但问题是——哪个十几岁的小孩儿想跟父母当朋友？怪都怪死了！而且陈秀娥这个大喇叭，说不定还要自说自话跑去跟肖涵和关爱萍嘀嘀咕咕。想到这里，钱佳玥心烦意乱。

钱佳玥把订正完的英语考卷推到一边，打开了收音机，调到101.7，《篇篇情》主持人的声音从耳机里传来。深夜里的电台节目，仿佛就像一扇窗。那些伤春悲秋的文章，那些爱恨情仇的歌曲，主持人的温暖和夜色的低沉，一声声刻到心里，仿佛是为了孤独青春里的每一个人，特意播放。

　　钱康追出去的时候，心里是焦急的。陈秀娥已经出门三个多小时了，炒股票的 BP 机也没带，不知道跑到哪里去了。他对自己这个老婆心里是有数的，饿死自己的事情她是不会做的。但是，保不齐想回家但是迷路了呢？在曹杨这块荡他不担心，但只要跑出苏州河的边界，陈秀娥就算是个乡下人。每次坐钱康的车去浦东去市区，她都要张大嘴巴："啊，上海现在是这个样子的啊？"

　　他的双腿不闲，从家附近开始找起，还跑了几家陈秀娥小姐妹的家，谎称来接她打麻将回家，但一无所获。就在钱康心里已经升起一丝不祥预感的时候，在最后一站小公园外，钱康终于看见了那个让他能舒一口气的身影。

　　陈秀娥的身影缩在角落里，半张脸在路灯里，半张脸在路灯外。路灯里的半张，一片肃穆安详，完全不像平日的样子。

　　"哎。"钱康走近她身边，笑起来，"晚饭也不吃，吃西北风肚子就饱了啊？"

　　陈秀娥看到他，原来还有几分端庄的脸，忽然一下子变了。"哇啦"一下大哭起来，眼泪鼻涕直往钱康身上蹭。

　　"我被欺负死了你知道伐？"陈秀娥的尖叫划破夜色，把远处另外几对谈恋爱的小年轻都吓走了。

钱康听她"嘚嘚嘚"说个没完，只能任她又哭又叫。末了，像哄孩子一样哄她："那你是不好，小孩儿的日记，你去翻它干吗呢？"

"我不翻？我不翻她日记，她跟我说什么了啊？"陈秀娥又一串眼泪落下来，"我自己肚子里掉出来的肉，现在对我一张脸板进板出，问问她什么，都一副你又不懂的，你烦死了的样子。我帮她整理房间呀，正好抽屉没关，那么我就顺便看一下咯？真的像做贼一样，又要防着老的，又要防着小的，一面都还没看完，就被抓到了。"

钱康好笑起来："那你亏了。"

陈秀娥应和："是的呀！亏死了！股票跌停，割肉亏！"

钱康看着陈秀娥咕咕叨叨的样子，脑袋里却想到老婆年轻时候的样子。第一次见面，她因为娇气正在被队长骂，陈秀娥也是这样一副不管不顾的样子，卷起裤管来："说我不跟广大农民打成一片？你看看我脚上，被蚂蟥吸成什么样子啦？你们谁有我伤多？都卷起来，都卷起来给我看！"那一段洁白的小腿，让钱康脑子一片空白。

他以为她一直是那个只会叫他"乡下人"的娇气小姐，没想到她最后会嫁给自己这个乡下人。廖冬梅特地赶过来阻止他们领结婚证，陈秀娥格外硬气地回击："他对我好，我愿意跟他结婚，我愿意当乡下人，不可以啊？你把我赶出来不就是让我跟农民兄弟打成一片吗？我现在都打成一家人了，你还不满意啊？"

生钱佳玥的时候，陈秀娥疼了两天两夜。钱康在医院走廊里等，一产房的产妇，数陈秀娥叫得最响。叫到最后没力气，喉咙里出来的声音都带血。医生出来让他签字，要紧急剖宫产。钱康吓得腿软了，大人小孩儿保一个的电视剧情自动在脑子里播放。

麻药没来得及发效，刀就落下去了，生生的一条口子，密密麻麻蜈蚣脚一样的缝针，最后总算母女平安。钱康又以为，这个娇气的小姐在鬼门关里转了一圈，这次总归要大发作了。没想到她气若游丝地躺在那里，刮掉他脸上的眼泪，轻声说了句："有什么好哭的。你跟医生说保我不保小孩儿，医生回来当笑话讲。人家又没问你，你多讲什么啊。"

往事还在眼前，一转眼，就人到中年。时代变化得那么快，只有陈秀娥，永远叽叽喳喳，勇往直前地面对着生活里的桩桩件件。她的笑是认真的，哭是认真的，都比别人夸张，都比别人认真。

"好了，不要生气了，回家吧。"钱康拉陈秀娥。

"不要，太坍台了！"陈秀娥还在生气，"宝宝那件事就算了，老太婆凭什么冤枉我？不是一次两次了，现在动不动冤枉我。一会儿说我偷东西，一会儿说我忘记关火，我看她脑子越来越有毛病，就是想赶我走！"

"妈年纪大了，忘性大，你别跟她计较了。"对于岳母和老婆的战争，钱康永远和稀泥。

"不要！我这样回去她还以为我好欺负！"陈秀娥头一昂。

"那你要怎么办？住在外面啊？"钱康惊讶。

"住在外面干吗？不要钱啊？有这点儿钱，还不如给我买双鞋子……"陈秀娥的声音越来越轻，最后一半不好意思，一半撒娇地说。

钱康愣了一愣，哭笑不得："所以搞了半天你是想买鞋啊？"

"干吗啦，我买双鞋不可以啊！我们柜台隔壁就是卖鞋的！"陈秀娥理直气壮。

"那，那你自己买就好了，明天上班就去买。"钱康只好顺着她。

陈秀娥眼泪还挂在脸上，此刻却露出了腼腆的微笑："不是我们隔壁的，是徐家汇的太平洋百货，我逛街看到的。"举了五根手指头出来，"500块。"

钱康叹口气，摇着头："那答应给你买鞋子你能回家吗？"

"能啊！"陈秀娥答应得很快，"买新鞋子，就不坍台咪！穿回去给她们看，500块的鞋，她们看到伐？气死她们！"

夜色轻快起来。陈秀娥一边走，一边比画，那双鞋是羊皮的，跟高三厘米，穿着站一天都不累，底又软，自己去摸过多少次了。她叽叽喳喳的声音从钱康的左耳传到右耳，钱康终于忍不住说："那你以后，宝宝的东西……"

陈秀娥抢答："我保证不碰，我连她房间都不进去，门口都不经过，我天天在家摸我自己的鞋。女儿不要了，老娘不要了，我有鞋就好了。"说完想起来，"哦哦，老公我也要的，老公好，老公亲，老公给我买皮鞋！"

钱康真想不通，一个人的脸怎么能变得那么快。怎么有一个人，可以四十多岁还在耍二十岁的把戏，也不脸红害臊，那么理直气壮，理所当然。他当然没想到，自己就是那个答案。

路过街角的光明小吃店时，陈秀娥忽然又夸张大叫起来："看看看！钱康你看呀！"

钱康对她这种一惊一乍已经习惯了，但还是朝着她的手指的方向望过去——小吃店的大玻璃窗后，坐着两个人，张启明和关爱萍。张启明亲昵讨好地把勺子里的东西往关爱萍碗里倒。

"一起吃夜宵，有什么啊？"钱康不以为然。

"不对不对，这个事情不对，肯定有花头！"陈秀娥的眼睛哭了一晚，已经哭肿。然而现在，兴奋的金光披荆斩棘地挣开那肿起来的障碍，嗖嗖放射出来。她摇着钱康的胳膊："躲起来躲起来，我们在旁边看！"

"不回家啦？我晚饭还没吃，饿死了。"钱康无奈。

"没吃晚饭有什么啦？我也没吃呀。旁边看一会儿。"陈秀娥八卦的热情盖过了一切生理需求。

关爱萍今天本来是想跟张启明谈，说两个人的关系等到肖涵高考完再说，但被张启明七绕八绕，绕到了八百里以外。

张启明年轻时候追求过厂花关爱萍，但关爱萍冷脸拒绝过无数次，她一心只爱肖友光。末了末了，现在又要跟张启明在一起，关爱萍自己心里放不开。

张启明要真的跟自己一样，中年下岗，"四零五零"，独自拉扯孩子，也就算了。偏偏现在变成了老板，自己吃回头草，就显得那么不光明磊落，贪图虚荣。独立自尊了一辈子的关爱萍，转不过这个弯，也就是因为张启明的没皮没脸，才能把关系维持到今天这步。

但未来到底怎么样，关爱萍自己心里没底。她看看时间，觉得已经太晚，肖涵要起疑心了，于是催促张启明出门，可就在出门那刻，张启明的手又搭上了关爱萍的肩膀。关爱萍想要再呵斥他，但想到张启明来接自己下班的苦劳和长久以来的殷勤，心里也没有那么反感，也就默默接受了。

可正在这时，只听不远不近的地方，传来一声尖叫："我没说错吧！"

关爱萍和张启明同时回头，只看到两个飞快逃离到黑暗中的身影。

关爱萍脸涨得通红："那个是不是，是不是……"

张启明抓着头发："这下完蛋了，被喇叭知道了，全世界都要晓得了！"

关爱萍涨红了脸，愤恨地瞪了张启明一眼，噔噔地跑开。张启明喊她："你慢点儿走，万一碰到他们，陈秀娥说不定还要盘问你了！"

关爱萍呆在当场。

钱佳玥躺在被窝里听磁带，只听到铁门哐当开了，紧接着是自己熟悉的陈秀娥的叽喳声。陈秀娥的声音听上去那么欢快，那么自然，让钱佳玥一颗心都放了下来。她又望向了自己的书桌，那篇肇事的小说还躺在那里，像一颗定时炸弹。

22
世 界 末 日

陈末是从王菲的专辑里知道的"世界末日"这一说法。

"听说1999年是世界末日，到时候我们一定要结婚，并且有个孩子。"她后来真的有了一个孩子，还写了一首叫《童》的歌。

"唯一相信爱情，渴望有个幸福家庭，可算命说我们婚姻并不那么如意，说你到四十岁的时候会有外遇，这让我担心，真让人担心。"陈末看着《出路》的歌词，睁大了眼睛，问钱佳玥："四十岁了还有外遇？四十岁吧！还搞什么？"

在十五岁小朋友的心里，三十岁以后的人生就不值得过了，四十岁已经是年近半百、行将入土了——爱情这种东西跟四十岁有什么关系？势利得理直气壮。

卡门对"世界末日"的认知，是从《当代歌坛》这本娱乐杂志上知道的。20世纪90年代末的大陆，什么文化都只能捡港台二手的，连世界末日的谣言也不例外。当钱佳玥质疑这种谣言不靠谱的时候，卡门胸部一挺反驳道："你非要看到《新闻联播》播放才相信吗？"

到底有没有世界末日？《新闻联播》当然没有播，但钱佳玥却怀疑起来——因为电脑老师上课的时候开始讲"千年虫"了。

初中的电脑课，只教了几次谁都听不明白的 DOS。高中要有趣一点儿，先是教电脑和 5 寸软盘怎么相互传文件，然后教了一点儿 PPT 的内容，再接着，每个人都在东方网上开了一个 E-mail 账户，肖老师还兴致勃勃地让大家在 ChinaRen 校友录上开通班级主页。

QQ 也开始有人用了。

裴冬妮的 QQ（Question Queen）的外号那时还没得到全班公认。那时候《第一次亲密接触》刚刚开始火，男生喜欢不怀好意地叫看不顺眼的女生"恐龙"，于是也有部分捣蛋鬼坚持叫裴冬妮"KL"。

大家达成共识是在期中考试后的一次电脑课上。教室里，坐在裴冬妮身后的刘剑锋忽然转过头，带着一脸不怀好意的笑，指着裴冬妮的背影向身后的人耳语——"快点儿看，QQ 在上 QQ！"

"QQ 在上 QQ""QQ 在上 QQ"，就在肖老师的眼皮底下和后脑勺底下，这个消息不胫而走，不一会儿，全班都知道了。每个人都窸窸窣窣地在那里笑。

裴冬妮那台电脑上的 QQ 程序不是她装的，可能是之前某个班某位同学的，但她忍不住好奇，就偷偷在那里注册了。

"看看她 QQ 名字叫什么""看看她 QQ 名字叫什么"。指令接龙，这句话又传回了刘剑锋的耳朵里。

刘剑锋探起脑袋，瞄了一眼，做出夸张大笑的动作，又看了一眼讲台上奋力在讲"内存"是什么的老肖，见缝插针写了张字条——"风中百合"。

"风中百合"哟，就是裴冬妮哟，QQ 叫"风中百合"哟。每个拿到那张字条的人都笑趴下了。

陈末忽然有了一个坏主意，鼓动大家都上了 QQ，连钱佳玥都被逼着注册了一个账号。一二三，忽然，"风中百合"的电脑里，传来了此起彼伏"嘀嘀嘀"的 QQ 好友请求。

"嘀嘀嘀""嘀嘀嘀"，密密麻麻蜂拥而至，嘹亮地回响在电脑教室里。

"是谁？到底是谁？！"老肖怒了，拍了讲台。

裴冬妮手忙脚乱地关掉声音，面红耳赤。终于，全班爆发出了惊天动地的笑声。

从此之后，裴冬妮的外号在全班达成了共识——不是 QQ，也不是 KL，而是"百合"。

老肖并不老，大概才三十岁，但已经明显秃顶了。一生气或一认真，两个鼻孔就张大无数倍。钱佳玥就是在老肖的鼻孔里和常无忌乱蓬蓬的头发上，认识到"千年虫"不是一个笑话。否则，这两个人怎么讨论了大半节课呢？

钱佳玥真的开始担心了：1999 年 12 月 31 日，人类的文明真的到此为止了吗？

中午在食堂，卡门又和她聊到这个话题，连早就吃完想走的陈末都破天荒留下来参与讨论了。

"世界末日啊，要是真的怎么办，我还那么年轻，还有好多事没做啊！"卡门愁眉苦脸。

"你别乱说。"钱佳玥心里虽然已经有波动了，但嘴上还是不肯承认。

"不管是不是真的。"陈末缓缓说，"我们要抓住这次机会！"

"抓住机会干吗？"钱佳玥和卡门都很意外。

"做自己想做的事情啊！"陈末的眼睛在发光，"你们就没有一些一直想做，但没有做的事情吗？"

"你有吗？"钱佳玥好奇地问陈末。

"当然有啦，我想环游世界，最差最差，也想去北京看看，我还没去过首都呢！"陈末一脸认真。

"啊？"卡门惊讶，"你总不见得不上课了，去北京玩吧？你爸妈同意吗？我看周老师也不会同意的。"

"就是呀。"钱佳玥点头，"而且外面有什么好，我觉得上海最好。"

上海当然最好，上海有她喜欢的人。

"你怎么一点儿好奇心都没有？"陈末不以为然，"我长大了，就要离上海远远的，把几大洲都走遍。你呢，卡门？"

卡门装作腼腆地笑："我想去日本和韩国，去看柏原崇和H.O.T.。"

陈末想环游世界，卡门想去日韩追星。钱佳玥恍然大悟，原来上海早装不下大家的心了啊。

"那么，就算你们都出国了，我会一直一直在上海，随时等你们回来。"钱佳玥认真地说。

"行，我给你带世界各地的礼物。"陈末开心地说。

"我给你带日本的零食，韩国的化妆品。"卡门嘻嘻哈哈。

三个女生击了掌，表示对这个安排都非常满意。然后，卡门就从八卦杂志上念星座运势，开始做心理测试了。

"这个有意思啊！"卡门叫起来，"看看你和你喜欢的人有没有缘分。写下你的名字和你喜欢的人的名字，两者笔画相加，末位数是几。"

卡门自己高兴了起来，先算了一遍柏原崇，又算了一遍谢霆锋，还算了金城武，最后结果分别是"有缘无分""普通朋友""水火不容"，最后，总算算到一个张信哲是"缘定今生"。

"哎呀，张信哲就张信哲了，我就不挑了！"卡门满意笑。

"你呢？你呢？"卡门问陈末和钱佳玥。

"哎呀，乱说什么，我没有。"钱佳玥嘴上否认，但眼睛瞄着10个答案，在心里背了起来。

陈末直接："我算出来是0，看看是什么？"

卡门一找："哇，灵魂伴侣啊！是谁啊？是谁啊？"

陈末哈哈大笑，把饭盒收拾起来，得意地说："不告诉你！"

钱佳玥心里有种隐隐的担心，鬼使神差，算了肖涵和陈末的笔画，一个尾数是8，一个尾数是2，相加正好是0！她的脑袋里"嗡"一声炸开了。

下午劳动课上，陈末倒是难得地在那里老老实实织围巾。钱佳玥压着怦怦的心跳，顶着僵硬的笑容，问："陈末，那个缘分测试，你算的到底是谁啊？"

钱佳玥的一颗心像一颗弹珠，早就从喉咙里跳出来，在教室的四面墙上来回弹着，等待着宣判。

陈末织错一针，瞬间整块毛线都绕在了一起。她很烦躁，听到钱佳玥的问题，漫不经心地回答："樱木花道啊！"

樱木花道？

钱佳玥的心"扑通"回到了肚子里，血液也回到了四肢，慢慢暖和起来。她偷偷在纸上写，樱木花道，果然是38画。钱佳玥对自己好笑起来：自己以为肖涵哥哥是个宝，难道所有女生都这么以为吗？就算所有女生都这么以为，酷酷的陈末一定不会这么想。

这时，她才有心思算自己和肖涵。先偷偷数自己，26，拿自己的6和肖涵的8相加，末位数是4。

4？钱佳玥一愣，她记得杂志上说"有缘无分"。

钱佳玥不甘心，在心里重新数了一遍，还是同样的结果。

偷瞄陈末没注意自己，她从桌洞里掏出一本笔记本，也没仔细看，就打开一页写了起来。

"钱佳玥""肖涵"。得4。怎么样都得4。

她还是不死心，偷偷写繁体。"肖涵"两个字没繁体字，但"钱"多了好多笔画。终于，"錢佳玥"加"肖涵"，"涵"字还误算了一画，终于得9。

9，一生一世。钱佳玥心花怒放，比灵魂伴侣还好。

钱佳玥一门心思写，没注意到陈末偷偷探过脸来看了。等她发现，赶紧整个人扑到桌子上遮住整个本子。

"好啊，你在写什么？"陈末坏笑。

"没什么，不告诉你。"钱佳玥面红耳赤，手忙脚乱地把那页纸撕下来，攥到手心。

"好啊，你竟然用我们的通信本写！"陈末夸张道。那本本子是陈末精心挑选的，纸张厚实，还有香水味儿。

巧在下课铃正好响起来。钱佳玥不等陈末逼问，赶紧跳起来，逃到了教室外面。她把那张纸撕得细细碎碎的，分别扔到了两个楼面的垃圾桶里。

但是，世纪末，做一件自己想做而不敢做的事情，慢慢在三个女孩儿心里都扎了根。

2000年，哪怕不是世界末日，也是一个全新的开始。应该做些什么吧，做些平时不敢做的。

周六，钱佳玥和卡门一起去别的学校补英语。这天，卡门终于决定，要去真正地追一次星。平时上课逃课太容易被发现，只能逃周六，还必须把钱佳玥一起拉下水。

钱佳玥晚上听了很多很多遍《很爱很爱你》，忽然脑子一热，把那封情书塞进了信封。她提着一口气，工工整整写下"篇篇情，小凡收"，又像做贼一样偷偷塞进邮箱。

陈末躺在樱木花道和涅槃乐队的海报下面，认认真真地在自己床上织着围巾。上针、下针、平针。谁能想到我会织围巾？陈末得意地笑起来。

拆了织，织了拆，断断续续，竟然也织好了一半。

哎呀，真不像自己会做的事情啊。陈末对着空中挥了一拳头。

但随即，有些腼腆，又有些期待地把围巾比向空中。那个空中虚浮的肖涵，被这条紫酱红色的围巾一围，俊朗地笑了起来。

1999 年 12 月。除了世界末日，更重要的，是肖涵的生日。

23
你要幸福下去啊

　　12月25日是圣诞节。20世纪90年代初，有段时间非常流行那种大朵红花瓣的圣诞花，衬在墨绿的叶子上，分外热烈。陈彭宇和赵榕芳陆陆续续地从单位搬回来过很多，都挤在当时并不宽敞的老公房里，一盆盆从客厅直摆到陈末床下。

　　陈末的圣诞记忆，却一直定格在了这样浓烈大片的红和绿。

　　所以，一开始想到给肖涵织围巾，陈末是想骚包地织一条红绿相间的围巾的。后来由于学艺不精、手艺有限，只得放弃了双色这种对自己的错误认知，再后来织两针拆三针，搞残了那两卷绒线，于是只好退而再求其次地选择了现在这条白围巾。当时大家还不懂洋人过圣诞，过的是平安夜，只以为圣诞节当天最重要。于是，当陈末一边跟着哼《开到荼蘼》，一边在床上织完最后一针时，觉得这简直是天意。在一个特别的日子，完成了一件特别的事，陈末心情舒畅。

陈末喜欢肖涵吗？她自己也不太肯承认。喜欢肖涵这种男生，实在太不酷了。装腔作势的好学生、好干部，陈末以前最不屑了。她应该跟王菲一样，跟一个摇滚歌手奔四方呀，再不济，也是挤在四合院里给他倒痰盂呀。

但不知道什么时候开始，陈末觉得肖涵是有点儿不同的。表面上一本正经，其实藏着一颗闷骚的心，让她觉得逗他很好玩。比如，肖涵竟然会打架！还是为自己打架。有打架的意愿就算了，还有打架的实力和技术，这就不得不让人刮目相看了。

那天黑皮一行四人，但肖涵就盯着黑皮一个。其他三人再来撕，来踢，他都咬定目标。事后，他还跟刘剑锋总结经验——打架重要的是气势，伤其五指不如断其一指，要摆出拼了命的架势，盯着带头的，气势自然就出来了。

打架是陈末的幻想爱好，但真的目睹后，心里还是害怕的，所以她对肖涵不禁高看一眼："没想到你这种浓眉大眼的还会打架呢！"肖涵瞥她一眼，半得意半不屑地说："没吃过猪肉还没见过猪跑吗？《古惑仔》总看过咯。"

咦，你看，他还看《古惑仔》呢。

陈末正想着，忽然门把手一转，陈彭宇一脸杀气地站在门口："礼拜六早上，这么晚还不起床，想干什么？"

陈末刚一听门把声响，已经赶紧把围巾藏起来了，此刻也进入战斗状态："你进来怎么不敲门！有没有礼貌？"

陈彭宇来劲："我把你生出来你还跟我要讲礼貌！一天到晚听

的都是什么！"他先一把关了收音机，然后看着陈末新贴上墙的涅槃乐队的海报，伸手就撕："什么不三不四的外国人！"

陈末敏锐地感知到，陈彭宇是通过跟自己吵架来找存在感。但高中那会儿，她认定，陈彭宇是暴君、独裁者，他所做的一切都是为了羞辱自己、打击自己。直到很多很多年后，她才慢慢体会到，陈彭宇是沟通无能，他只会用这一种方式来和女儿沟通，哪怕得到的结果和自己想要的南辕北辙。

但十五岁的陈末不能体谅，立刻跳起来加入战斗，和陈彭宇对喷起来。她的肾上腺素疯狂分泌，立刻把给肖涵织围巾这种小情小爱之事抛诸脑后。

钱佳玥圣诞这天也很激动。早上她出门望了望湛蓝的天空，吸进一口清冽的空气，心情忐忑——今天，她终于要第一次逃课了！

卡门第一次提议的时候，她坚决拒绝了，但是禁不住卡门一次又一次的软磨硬泡。最后卡门好奇："钱佳玥，你的世界末日挑战是什么？比逃补课还酷吗？"钱佳玥顿时有些羞涩。

她上个月寄到电台的"小说"，竟然真的收到了回复，电台还答应她要在12月29日——肖涵生日那晚播出。这个秘密在钱佳玥心里激荡，她又兴奋又担心又后悔又自豪，好几次想开口告诉肖涵，但一直没找到自认为合适的机会，只好一拖再拖。

这是图穷匕见了啊。虽然隔着电波，但这就是赤裸裸的表白了呀。肖涵会同意吗？钱佳玥不敢想。

不能跟陈末分享这件事，自己清清楚楚向她否认过，现在怎么再叫人家出谋划策？卡门倒是一直知道，但万一肖涵拒绝了自己，按照卡门八卦的个性……

对钱佳玥，这真的是世界末日挑战。但是，不能分享给任何人。

"那好吧，世界末日挑战，我就逃一次课吧。"钱佳玥艰难地答应卡门。

卡门的计划极其随意——去机场守株待兔等明星。

1999年的上海，浦东国际机场尚未落成，只有虹桥机场。八卦杂志和娱乐版面上，除了事先得知明星下榻的宾馆等，就是虹桥机场堵一条路了。彼时的虹桥机场，交通极不便利，是只有一个航站楼的小破机场。

但卡门的计划也是极其精细的，她早就从知情人士嘴里打听到所有追星要注意的细节。

《特警新人类》上映时，卡门在一起补课的别校女生口中，得知了她们在虹桥机场遇到过谢霆锋、冯德伦和李灿森。

"一身黑，三个人全部一身黑，还戴着墨镜、帽子，特别特别酷！"那个女生由衷地赞叹，"真的好新人类啊！尤其谢霆锋，哇，好帅啊！"

卡门压着羡慕，刨根问底："那机场那么多人，你怎么能认出他们呢？"

那个女生一派真诚："他们在机场里戴墨镜、帽子，特别好认啊！我本来也没看到，但后来觉得他们打扮特别，一定是明星，再仔细一看，就是谢霆锋啊！"

所以第一步，到了机场，要先找戴墨镜的。

"那你让他们签名，他们肯吗？"卡门不确定。

"我忘了带本子了。"那个女生懊恼地低下头。

所以第二步，一定要带好签名本和笔！

卡门和钱佳玥换了两辆公交车，折腾了一个多小时，终于站到了虹桥机场这片神奇的热土上。卡门一手抱紧胸前的黑色笔记本，另一手指着面前的机场，用入团都没有过的庄严宣誓："我一定要在这里看到很多很多明星，让他们把我这本本子都签完！"

钱佳玥很忐忑，担心机场工作人员不让她们进，做贼一样地跟在卡门身后。

钱佳玥十五年来，只坐过火车，从来没坐过飞机。这也是她第一次来机场。虽然有种强烈的不好意思，但看到候机室里来来往往的人，渐渐有了一种激动。候机室的天花板好高，一个接一个的航空公司的牌子，偶尔看到机组人员经过。空姐们穿着制服，戴着丝巾，一个个提着小行李箱，高跟鞋嗒嗒嗒地踩过地板，铿锵有力。那么自信，那么迷人，举手投足都像有魔力。这让钱佳玥很向往，虽然不是很明白自己向往什么，但真的是向往。

于是，钱佳玥就着迷地观察着机场里来来往往的一切。对一个从来没想过离开家乡的小女孩儿来说，第一次，她有点儿感受到了，什么是天空，什么是外面的世界。有金发碧眼的外国人；有娇小精致的日本、韩国女孩儿；有西装笔挺的商务精英，像 TVB 电视剧里那样，英姿飒爽；也有出行的家庭，小小的孩子，绕着几个桌子疯跑。这也让钱佳玥羡慕——这么小的孩子，就能坐飞机了。

他们是谁？飞到哪里去？钱佳玥想到入迷。

又过了一个小时，卡门才壮起胆问保安，这才得知她们待的并不是"到达层"，而是"出发层"。

"这里是上机的地方，接机不在这儿。"卡门现学现卖。于是钱佳玥跟着卡门，上电梯下电梯，七拐八拐，到了另一个大厅。卡门等错了地方，已经有点儿沮丧，步履焦急，虽然她也知道焦急没什么用，没有网络的年代，根本不知道那天会不会有明星，但她总觉得自己错过了什么。

刚刚下电梯，卡门又把钱佳玥甩开了，独自挤进了一堆接机的人中。

接机对钱佳玥也很新鲜。她四处打量那些急切的面孔，看那些大大小小的牌子和上面写有中文英文日文的名字，觉得更有趣了。

就在这时，卡门冰凉的手一把抓住了她，激动地指向刚从她们面前走过的两个背影："那个，那个人戴墨镜，好像，好像那个谁？"

"哪个啊？"钱佳玥努力辨认着卡门手指的方向。确实有两个背影，走在里面的那个高些，挺拔些，长发；另一个矮些，戴着口罩。

"去看看，我们跟上去看看！"卡门拉着钱佳玥跑了起来。两个八百米从来不及格的人，忽然如有神助，跑得飞快。

跑着跑着，卡门停下了，激动地战栗："钱佳玥，我知道那个是谁了——浩南哥啊！"

钱佳玥心想：不会那么巧吧？但她还没开口，卡门已经一溜烟跑了。

陈浩南虽然不是钱佳玥的心头好，但是《笑看风云》是霸屏大热剧。

"谁没有一些，刻骨铭心事，谁能预计后果？谁没有一些，旧恨心魔，一点点无心错。"

包文龙啊！

陈松伶被烧得奄奄一息的时候，钱佳玥差点儿跟着哭了：林贞烈和包文龙，你们一定一定要在一起啊！

想到这里，钱佳玥跟着追了上去，只见卡门胖胖的身影，在前方前所未有的灵活，东窜西窜，然后一推门，到了机场外面。

"卡门，等等我！"钱佳玥没有那么大动力，很快就跑累了。等到她好不容易追上卡门，只见卡门双颊通红，鼻子因为兴奋也通红，指着一台面包车："上去了，他们上去了。那个矮的大概是他助理，我看他到马路对面去了！"

那就是说——

"我要去敲车门要签名！"卡门动如脱兔一样蹿了出去。

"别呀。"钱佳玥拉住她，"万一搞错了怎么办？要不，再等等？"

"等什么等？千载难逢，走了就没了。错了就错了，总不见得会把我们怎么样！"卡门振振有词。

钱佳玥驳不过她，只得按捺着怦怦跳的心，跟在后面。

两人走到面包车前，卡门深吸了口气，敲了敲车窗。

那是漫长的两秒钟，两个女生待在那里，手心冒汗，比发考卷还紧张。

车窗徐徐摇下，出现了一张戴着鸭舌帽、墨镜、大口罩的脸。钱佳玥一呆，这到底是不是啊？但卡门已经不管不顾喊了起来："我好喜欢你啊！我的书桌前就贴着你，不是，我是说你的海报。"卡门激动得语无伦次，虽然她房间里贴着十几个男星的海报，"能不能，能不能……"语言已经无法表述了，干脆，卡门直接递上了黑色本子。

那个把自己包得严严实实的人顿了一顿，还是接过了笔记本，在上面龙飞凤舞签了几个大字。

从此后，开张大吉的卡门，三不五时地就去虹桥机场堵明星，竟然也常常得手。那本心爱的黑色封皮笔记本，渐渐也积累了三分之一的签名。

24
抉　　择

　　周一上学路上，钱佳玥用从未有过的兴奋滔滔不绝地讲了自己跟卡门追星的经历。从机场的人，到明星的面包车，到一举一动一表情。她讲得唾液横飞，眼睛闪闪亮。陈末诧异地望了望肖涵，肖涵朝她耸了耸肩。

　　陈末没有看到过这样的钱佳玥。在陈末的印象里，钱佳玥是让人可以信赖的，比如，你永远可以指望钱佳玥带备用的纸、笔、餐巾纸和卫生巾；钱佳玥是温和的，哪怕是裴冬妮的挑衅，她都永远静静地听；钱佳玥是善解人意的，陈末找不到修正液时，只要手做一个摇摆的动作，钱佳玥立刻就会递上；去西宫玩，陈末只要说一声口渴，钱佳玥就立马奔向奶茶店。

　　在奇怪的青春期，女生和女生之间，常常有这种红花绿叶的关系，很少旗鼓相当，都是某人衬托了某人。陈末和钱佳玥都没有能力仔细想这其中的权力关系，但自然而然地，最后就呈现了这样一个状态。

这和个人性格未必有关。

比如钱佳玥和卡门在一起，钱佳玥并不能算是绿叶，甚至在初中时，还是骄傲的红花。但是钱佳玥和陈末在一起，她忽然就降为了绿叶，而且是快乐、全心全意付出、不计较得失的绿叶。就像对着毛头，她是说一不二的小姐姐，而只要转向肖涵，就变成了无所适从的迷妹。

在和两朵红花在一起时，钱佳玥从来都是顺从的、附和的，一路去上学，通常只有陈末和肖涵的声音。但今天不同，她自说自话、手舞足蹈。

"好啦好啦，知道你运气好，那下次再去！"陈末笑着看她。

"不能再逃课了。"钱佳玥赶紧摇头，"马上期末考试了，那个补课老师大概要开始分析以前的试卷了。"期中考试没考好，期末对钱佳玥来说，是否能重建信心，就在此一搏。

"肖不群。"陈末终于逮到一个机会，笑嘻嘻地问，"听说你就要过生日啦？"

这句话让肖涵和钱佳玥心里都怦怦一跳。钱佳玥想——我的信就是29号晚上在电台播出呢。

肖涵望着陈末，有一种控制不住的开心："是啊，你怎么知道？"

"过生日请客呗。"陈末将他一军，"我可给你准备了生日礼物啊。"

"这个……"肖涵顿时有些气馁。陈末这种过个生日呼朋唤友去肯德基和必胜客的娇小姐，不能理解什么叫囊中羞涩。

"我……我不过生日，从来不过。"肖涵的脸色有点儿尴尬。

"小气样。"陈末半笑着瞥他一眼，"不请客拉倒，反正我礼物准备好了。本来也就是找个机会热闹下。"

肖涵看着陈末的神情，一瞬间有些冲动，想脱口而出"请客就请客"。其实关爱萍是给了他零用钱的，他一直存着，咬咬牙拿一百出来也不是不可以。但他节俭惯了，更何况，真的够吗？肖涵最终还是以沉默回应。

钱佳玥看出了肖涵的不自在，马上打圆场："其实过两天放元旦假了，不如我们去外滩卖充气棒吧！陈末，你上次说过想去的，我和卡门找我们初中同学打听了一下，他爸爸可以给我们批发几十个。"

"太好了！"陈末嚷起来。那几年特别流行各种造型的巨大塑料充气棒。一群群年轻人，有人卖有人买，从人民广场到外滩，一片灯火璀璨里，总有拿着充气棒打闹的小孩儿。陈末自打国庆节看灯时见到了充气棒，就一直念念不忘。对她来说，什么新鲜事都是有趣的，卖东西要比买东西有趣得多。

"好啊好啊，那我们去卖充气棒！要多少钱，告诉我！"陈末这次是真雀跃。

"你让我慢慢算一算。"钱佳玥道，"几个人，怎么走，东西体积大小，我再找同学问问清楚进价……"

"行啊行啊，你说了算。"陈末扳起手指，"叫上卡门，叫上刘剑锋。"然后一侧头看肖涵，"肖不群，你也去吧？"

肖涵本来并不想去。关爱萍新年夜不上班，他不想留他妈一个人在家，更何况马上要期末考试了，复习的时间本来就紧。但是，看到陈末闪闪亮的眼睛，想到之前已经拒绝过她一个要求了，肖涵就鬼使神差答应了："好，我也去。"

"太好了！"陈末欢呼起来，双手脱开车把，高高举起，自行车像表演杂技一样左右乱扭，转眼冲到了最前面。

肖涵望着陈末的背影，心里有一种说不出的感动。陈末的笑容、声音和姿势形成了一种美妙的弧度，他一直紧绷的心忽然漏了一拍。心里有个地方，暖洋洋，痒兮兮，仿佛阳光透过灰蒙蒙的雾霾，直直射了进去。

而且，陈末还记得他的生日，还给他准备了礼物。只要一想到这个，他的嘴角就止不住地上扬。

"肖涵哥哥。"忽然，钱佳玥把住了他的车把。

"怎么了？"肖涵一惊，以为自己的心事被看破。

"嗯。"钱佳玥低了下头，似乎有些腼腆，从校服口袋里拿出一张字条塞给他，"这个，你生日那晚，听。"

肖涵打开字条，上面端端正正写着："29号晚9点，101.7，篇篇情，一定要听。"

"这是什么？"肖涵迟疑了一下，觉得钱佳玥今天整个人都很奇怪，"你给我点歌了？"

钱佳玥脸更红了："算……算是吧。你一定要听啊！"说着，她也不等肖涵回答，也不再看肖涵一眼，赶紧骑上去追陈末。

钱佳玥给自己点生日歌了？肖涵有些疑惑。从小看钱佳玥长大，这个小妹妹在肖涵心里一直是单纯透明、循规蹈矩。钱佳玥也会有点歌这种花花肠子了？肖涵纳闷，但转念一想：是不是陈末主使的呢？顿时心中一荡：她们会点什么歌给自己？这就是准备好的礼物？

钱佳玥送完字条，心一直怦怦乱跳。今天，她终于对自己有了一些自豪——钱佳玥，你可以的，你也可以勇敢的。

自豪、焦虑、后悔，这三种情绪轮流占领着钱佳玥的大脑，让她在课堂上一刻都不能专心。后天就是29号，肖涵要听到节目了……肖涵会怎么回应？一想到这里，钱佳玥就如坐针毡。她只能用多说多动来清空自己的大脑，连吴春华的课，都举了三次手要求回答问题，虽然回答得有些驴唇不对马嘴。

陈末也觉察出了钱佳玥今天的反常。她在两人秘密的通信本上写："你今天吃了什么兴奋剂？怎么那么不对劲？"

钱佳玥冲她笑笑，笑容里有一点儿僵硬和紧张，然后低头写了几个字，把本子递回给陈末。

"没什么，想到要世界末日了。"

陈末扑哧笑出来——骗我！

迎着阳光，陈末忽然发现通信本上，有一些浅浅的字迹。一定是之前写前一页的时候太过用力留下的。但那些字迹很零散，并不像一个句子。陈末好奇起来。

下课铃响，等到钱佳玥和卡门去上厕所，陈末把本子又翻到那一页。拿出一支铅笔来，按着有印子的那块细细涂，最后，"钱佳玥"三个字赫然出现。

"咦，她写自己名字干吗？"陈末念头只是一转，就想起来，上星期的那个"缘分测试"。

"哈！"陈末的八卦心也被吊起来了，赶紧找到下一处涂起来。

繁体版的钱佳玥——然后，就是一个接一个的肖涵。

肖涵！陈末心里一惊。瞬间，所有的画面连起来了。肖涵，当然是肖涵，为什么不是肖涵？

钱佳玥每次喊"肖涵哥哥"的样子，每次自己鄙夷肖涵的时候，她都急赤白脸地维护，她谈论肖涵时那崇拜的表情。肖涵，当然是肖涵！

陈末觉得心里有点儿苦涩。她为什么从来没想到过？难道真如陈彭宇所说，她就是一个只关注自己、自私自利的人？

哦，不，这不能怪自己。陈末脑子里还在天旋地转，就看到钱佳玥走回座位。

"钱佳玥。"陈末拿起本子给她看，"这是什么？"

钱佳玥的脸立刻就红了："哎呀，你怎么这么八卦。"她伸手就把那页纸撕了下来。

陈末脸上的笑容有些僵硬："那你是真的喜欢肖涵了？"

钱佳玥扭捏地别过头去，但终于，轻轻上下点了一下。

"陈末，你是我最好的朋友，你能先帮我保守这个秘密吗？"

陈末心里百感交集——我能不能帮她保守这个秘密呢？

"钱佳玥，你应该早点儿说。"陈末苦涩地牵着嘴角。

你应该早点儿说。朋友喜欢的人，陈末怎么会允许自己动歪脑筋？但现在，陈末想到那条围巾，就觉得自己成了一个大笑话。

"陈末，我从来没诉过别人。"钱佳玥头趴在桌子上，冲着陈末，声音很轻很轻，像从很遥远的地方飘过来。

"我从很小很小的时候，就开始喜欢肖涵哥哥了，很喜欢很喜欢他……"

"那他知道吗？"陈末问。她直觉肖涵也是喜欢自己的，她想知道自己到底是不是真的大笑话。

"我不知道。"钱佳玥的声音像在梦里，"我一直不敢告诉他。不过，我想他马上就要知道了。"

陈末觉得自己的心跟这个季节一样冰凉。

"陈末，你会帮我吗？"钱佳玥一脸天真地问。

"当然帮你。"陈末咽了口口水，"我们是好朋友嘛。"

25
退　　让

　　"涵涵，晚上早点儿回家，我今天请假，给你过生日。"

　　肖涵一边刷牙，一边把关爱萍留下的字条又看了一遍。他神清气爽，又去刷了一遍牙，对着镜子左照右照。今天他往校服里配了件粉红色的衬衫，露出一截领子，昭示着他雀跃的内心。

　　肖涵提早五分钟就在老地方等陈末了。原来他总是和钱佳玥一块下来，但今天，想到陈末要送他生日礼物，他就悄悄撇下了钱佳玥。没料到，一向早到的陈末却比钱佳玥还慢，搞得他没有机会讨礼物。

　　钱佳玥和陈末一路都在讨论昨天的物理测验。"加速度变小速度还是加快的呀。"钱佳玥在给陈末一本正经地讲，"只要加速度不是零，速度一直会变大的。""为什么呀？加速度变小了啊。"陈末还是一脸茫然。钱佳玥愣在那里，不知道该怎么解释。

　　"陈末，你老板给你涨工资，前年涨 10%，去年公司效益不好，涨得少，涨 5%，今年更差，只涨 2%，那你工资变多了还是变少了？"肖涵最喜欢看陈末瞪着眼，一副理直气壮的迷糊样。

"变，变少了？"陈末犹疑着回答。

"不是还给你加了 2% 嘛，怎么会变少了？"肖涵笑嘻嘻。不知不觉，他和陈末骑成了并排，把钱佳玥撇在了后面。

陈末一本正经地和肖涵争论着，忽然，像想起了什么，哼一句："我不跟你说了。"就停下车等钱佳玥。

"那我生日礼物呢？"肖涵凑近陈末的耳朵，心痒难耐地问。

"没什么生日礼物，骗你呢，不请客还想要我生日礼物？"陈末白他一眼。

肖涵一时有点儿吃不准，陈末是开玩笑还是认真的，失望的表情一闪而过。陈末一时有点儿不忍心，从书包里掏出张贺卡来："好了好了，送张生日卡片给你！"

肖涵打开一看，一张普通的生日卡，白底红字写着"生日快乐"，陈末在上面毫无诚意地又写了一遍"肖涵：祝你生日快乐"。

就这个？肖涵哭笑不得，觉得有些浪费自己的粉衬衫。

"爱要不要！"陈末一瞪眼，伸手要拿。

"要要要，聊胜于无。"肖涵无奈地说着，然后规规整整地把贺卡夹到了自己的课本里，防止被折坏。

钱佳玥已经赶了上来，看到这样一张贺卡和肖涵了无生趣的脸，笑起来。左顾右盼，等陈末骑远了，才偷偷拉肖涵的书包。

"肖涵哥哥，晚上九点，千万别忘了，101.7。"钱佳玥的眼睛闪亮，脸色娇羞，看得肖涵心里一颤。他不是笨蛋，忽然间，似乎有了一点儿预感。

"我不听电台节目。"肖涵为难地说，"今天晚上我妈可能带我出去吃饭，未必九点前能赶回来。"

钱佳玥努力维持着自己的表情，但失望写满了眼角眉梢。她强装镇定："这样啊，那你尽量听，行不行，尽量听？"她的脸涨得通红，嘴角不自然地抽搐，努力绷住一点点的笑容，带着明显的乞求。

肖涵真怕她下一秒哭出来，虽然以他一贯对钱佳玥的了解，她是不会哭出来的，从小到大，钱佳玥努力把肖涵的所有决定当成理所应当，理解的执行，不理解的重新理解也要执行，但肖涵还是心软了一下："那我尽量。"

陈末远远停住车，望着他俩。看到钱佳玥神采飞扬地骑上来，五味杂陈地问："他说什么？""他说他尽量听。"钱佳玥笑。

"尽量听？"陈末不知道是满意还是泄气，"这算什么屁话？"

"肖涵哥哥不会随便答应什么事情的，因为他答应的事情，就会做到。"钱佳玥明媚的脸上有一种坚定。陈末一瞬间没有话讲。自己有那么相信肖涵吗？自己有那么相信过任何人吗？

希望你的信任不要被辜负。陈末酸溜溜地想。她给自己找了很多理由，很多比起钱佳玥来，自己更应该退出的理由，但直到这刻，她才真正觉得自己的决定是正确的，不知道是该高兴还是不高兴。

肖涵这一天都有点儿闷闷不乐。他觉得，陈末今天对自己的态度应该跟钱佳玥让自己听电台有关。他不想听那个电台，为什么要听呢？钱佳玥就像从前一样，是自己照顾的小妹妹不好吗？

肖涵从五岁开始认识钱佳玥，可以说，钱佳玥是肖涵最信任的人之一。从小，他、钱佳玥、毛头，三个人一起出去玩，虽然闯祸的事都是毛头做的，但有些蔫儿坏的主意其实也是肖涵出的。而钱佳玥，对着百口莫辩的毛头，总是一边给他擦眼泪，一边认真地循循善诱："毛头，你理解错了，肖涵哥哥不是那个意思。"而每次，她都能从肖涵的只言片语里，解读出更加高大全的线索。

肖涵不可能喜欢钱佳玥，就像一个领袖对他的信徒。她那么认真地相信肖涵一直扮演的完美形象，比肖涵自己相信得还真。看《倚天屠龙记》的时候，肖涵曾经想，钱佳玥眼中的自己，是否就是蛛儿永远都找不到的那个张无忌？但谁又真的想做那个不存在于真实世界的偶像呢？

肖涵冥思苦想了一天，该如何不动声色地化解自己和钱佳玥之间的危机，这似乎比所有的三角函数题都更难。

但他没料到，十六岁生日，更大的难题还在后面。

晚上刚一推门，肖涵就听到了张启明那聒噪的声音。他的心顿时沉了一沉，没想到张启明已经要来自己家吃饭了。自从上次发生毛头要去山东的事情后，肖涵渐渐在心里原谅了关爱萍。他想，妈妈还是爱着爸爸的，张启明不过是一个不登台面的人。关爱萍本来就不想让他知道，那他就真的假装什么都没发生过，母子俩还能维持从前的亲密。

"抽油烟机再给你买个新的好咪！不要擦了，擦它干吗？"

"为什么要换？我前年刚刚装的。"关爱萍在厨房里和张启明争夺着抹布。

喊！肖涵心里不屑，把书包扔到了地上，搞出了声响。

关爱萍和正在打游戏的毛头同时探出了头。

"肖涵哥哥，生日快乐！"毛头快乐地大叫。

"涵涵，洗洗手，我们开饭了。"关爱萍指着一桌的菜，"毛头爸爸还给你买了个蛋糕。"

张启明立刻嬉皮笑脸，献宝一样指着冰箱："冰激凌蛋糕，我们公司的小王说你们年轻人最喜欢了。"

肖涵冷冷瞥了他一眼，没有说话。张启明有点儿尴尬，又把手放到了肖涵肩头："哎呀，肖涵长这么高了，你看看，时间过得快不快！"肖涵嫌恶地沉了沉肩，把张启明的手卸掉。

"我先做功课，功课很多，你们先吃。"他不耐烦地说。肖涵走进房间，不耐烦地去踢占着他座位的毛头的屁股："起来，我做作业。"

毛头人小鬼大，观察着肖涵的脸："怎么？你不开心啦？"

"没有。"肖涵隐藏情绪。

毛头笑起来，望了望外面跟在关爱萍屁股后面团团转的张启明："那个叫癞蛤蟆想吃天鹅肉。"

听到这句，肖涵的心情果然舒畅了些，跟着说："所以说天鹅多倒霉？"想想又摇头，"太倒霉了。"

毛头面露难色："肖涵哥哥，那个好歹是我爸……"

唉，当年去日本的要是毛头他爸，而不是他妈，该有多好。

吃饭的时候，张启明更是献殷勤。清蒸甲鱼一个大腿夹过来："肖涵现在上高中，要补身体。"

肖涵眉头一皱，把碗移开："毛头爸爸，我不爱吃这种东西。"

"要吃的。"张启明笑嘻嘻,"对你身体好,脑筋快,考试能考得更好!"

肖涵笑了笑:"太贵了,吃不起。"

"怎么会吃不起呢?"张启明接话,"有我在,有什么吃不起啊?"

"无功不受禄,这怎么好意思,我们跟张叔叔非亲非故的。"肖涵的眼睛从张启明身上移到关爱萍身上。关爱萍被他看得心虚了,脸红了:"肖涵,毛头爸爸让你吃,你就吃嘛。"

肖涵一直在等待,等待关爱萍说一些什么来撇清自己和张启明的关系。哪怕是说,毛头的爸爸,怎么会是外人呢。但她没有。她竟然帮着张启明来压自己。肖涵血冲上头,望着关爱萍惨白的脸,冷脸把筷子一扔:"我不吃别人的东西,谁愿意吃谁吃。我不是那种贪图一点儿小恩小惠的人!"

关爱萍的脸涨红了:"你,你说什么?你在说谁?"她的眼泪噙在眼角,化成一个一个圈。肖涵突然发现,原来关爱萍有那么多皱纹了。

他从来没有让关爱萍生过这样大的气,平时他连一点点、小小的不顺心都不忍心再加在妈妈心上,但今天,看着关爱萍那羞愧难耐的脸,肖涵心里竟然有一丝快意。

"我不吃了,你们慢慢吃。"肖涵站起来,不顾在一旁死死拉着他的毛头。

"你给我回来!"关爱萍忽然大吼了一声。

"算了算了,都是孩子,都是自己的孩子,别气了。"张启明劝关爱萍。

"谁是你的孩子？我跟你什么关系都没有！"肖涵终于找到了机会，把所有的怒火都撒向了张启明。

"你这样跟长辈说话！"关爱萍真的怒了。

"他不是我的长辈！"肖涵也大声，指着肖友光黑白的相框，"这个才是我爸爸！"

母子俩对视着，那么多年各自承担的误解、不甘心和委屈，终于统统化作眼泪流了出来。这是一个禁忌的话题，他们从来把它隐藏得很好，假装一切都很好。

"涵涵。"关爱萍的脸色已经惨白，"你太让我伤心了。"

肖涵本来想说"你才让我伤心"，话已经冒到了喉咙口，但看着关爱萍忽然脸色发青，眼睛一闭，人一节节地瘫到了椅子上。

"爱萍，爱萍你怎么啦？"坐在关爱萍身边的张启明先反应过来，手忙脚乱地抱住关爱萍摇晃着。

肖涵奋力拉开张启明，自己去抱关爱萍："妈，你不要吓我啊，妈！"

"掐人中，快点儿掐人中！"张启明在肖涵身后喊。

"不要你管！都是你！"肖涵怒吼了一句，却手忙脚乱地按着张启明说的那样掐了掐关爱萍的人中。

"这样不行，送医院。"张启明不理肖涵，沉着脸说了句。肖涵跳起来，手忙脚乱地要背关爱萍，又像没头苍蝇一样，问毛头："要不要打120？公交车还有吗？"

"坐什么公交车！我有车啊！"张启明叫起来，一拍肖涵的脑袋，"小孩儿不知道脑子里在想什么。走走走，你妈要紧你生气要紧？！"

肖涵这才发现，他装大人的时间太久了，久到自己都忘记自己只是个什么都不会的小孩子。此刻，他忽然着了魔一样地听着张启明的指挥，穿上外套，背好关爱萍，去坐张启明的二手奔驰。

　　"毛头。"张启明走到门口想起来自己还有个亲生儿子，探进脑袋来叮嘱，"在家里看门，哪里都别去，晓得伐？有事情我打电话回来！"

　　毛头被一片鸡飞狗跳惊呆了，这时，才愣愣对着即将关上的铁门说了句："哦。"

　　哇，肖涵妈妈是真的昏过去还是装的苦肉计啊？这时机选得也太好了吧！毛头没心思吃饭了，不知不觉走到肖涵书桌前：肖涵妈妈，千万别有事啊，你可一定要是假装的啊！你对我那么好，你千万不要有事啊！毛头在心里祷告。

　　但忽然，台灯下压着的一张字条引起了他的注意。那个字迹，似乎很眼熟。

　　毛头手贱，抽过来打开——果然是钱佳玥的字迹。她的字方方正正，像永远在田字格里没有走出来。

　　"29号晚9点，101.7，篇篇情，一定要听。"

　　听什么啊？毛头心里疑惑，望向了肖涵桌子上的收音机。

26
从前，有过一段爱恋

其实车开出去不到五分钟，关爱萍就醒了。

"我在哪里啊？去哪儿啊？"关爱萍脸色还是煞白，靠在肖涵肩上问。真快，儿子已经长那么高了，可以让她靠在肩上了。

"你昏过去了你知道吗？"看到关爱萍醒来，肖涵心里很开心，但那份开心经由着层层叠叠的委屈和担忧，出口就变成了质问。

"我……我不记得啊。"关爱萍摸着自己的额头，迟疑地说。

"没事的，爱萍，我们去医院检查一下，你大概太累了。"张启明在前排轻声细语地说。

"去医院干吗？"关爱萍生气了，"我自己的身体我知道，不用去医院，不去医院！"

但肖涵神情严肃，张启明嬉皮笑脸，一个红脸一个白脸，并没有把关爱萍自己的意见放在心上。

车很快就开到了医院。张启明停车，肖涵扶着关爱萍先进了医院，很快就被前台和护士们搞得不知道方向。等张启明气喘吁吁地跑来时，肖涵正在填病历卡的封面。"挂号了伐？"张启明问。

　　"没有，先填单子。"肖涵不耐烦。

　　"号可以一起挂起来的呀。"张启明一边说一边去了护士台，不一会儿，风风火火拿走了肖涵手里的病历本，再一会儿，手一挥，"肖涵，走，上楼上楼，内科。"

　　关爱萍虽然醒了，但依旧有点儿昏昏沉沉，肖涵奋力托着她，一步步跟着张启明上楼。他一直以为自己长大了，但这一刻，望着曲曲折折的楼梯，闻着消毒药水的气味，他忽然觉得关爱萍是那么沉，原来抬步并不容易。

　　张启明见他们走得慢，退下来帮着肖涵一起扶。肖涵本来想嫌弃地推辞，但不知道为什么，没有张嘴。

　　排队，晚上的急诊也要排队。好不容易排到了，年轻的小医生看看关爱萍的舌苔、听听心脏，就开出一连串的单子来。

　　家属做这个，家属做那个，张启明带着钱包奔走于各个窗口。好不容易一圈回来，小医生皱着眉头看单子，问："家属，病人有什么病史？"

　　"病史？"肖涵瞠目结舌，他不清楚关爱萍有什么病史。

　　"有一点儿高血压，不过一直吃药的。"关爱萍强撑着回答。"对，吃那个珍菊降压片。"张启明补充。

　　"劳累过度，营养不良，低血糖。"医生作出结论后，唰唰唰又开好了补液。

折腾了一晚，看着关爱萍一边输液一边睡了过去，肖涵才觉得浑身发麻。他没有想到自己的十六岁生日是这样度过的，但他此刻刚刚有一种轻松：幸好，关爱萍并没有大病，也总算有了一个冠冕堂皇的借口可以答复钱佳玥。

张启明抽烟回来，看到关爱萍睡着了，准备脱外衣给她盖，被肖涵拦住："不用，盖我的！"

关爱萍的呼吸很均匀，睡得很熟。

肖涵不看坐在身边的张启明，以防和他产生不必要的对话。没想到怕什么来什么，就坐了一会儿，张启明就开口了："肖涵，你妈妈睡觉，我们出去谈谈好吧？"

"有什么好谈的？"肖涵别扭。

"你还没谈，怎么知道没什么好谈的呢？"张启明笑了，"走了走了，出去了，别吵你妈妈睡觉。"

十二月底，外面天寒地冻。上海特有的湿冷，钻进领口，沿着脊椎一节节爬下来。

"干吗要出来，进去谈不是蛮好？"张启明问肖涵。

肖涵冷着脸："要谈就外面谈。"医院里人来人往，他可不想家丑外扬，但自己的外套刚脱了给关爱萍，此刻他只能强撑着瑟瑟发抖的身体。

张启明看他这副样子，笑起来，指指医院的两幢楼："穿堂风。"

张启明左思右想，从哪里开始讲呢。

"肖涵，我是先认识你妈妈的。你妈妈十七岁进厂，我们一帮小青工都说'这趟有个小姑娘，漂亮的'！十五六岁，跟你现在差不多大吧？"张启明想到往事，眼睛眯成了一条缝。

他是九厂子弟，长在新村，当年招呼一群小弟兄，已经在厂里斗鸡走狗了。

"但你妈妈这个人咯，很不好弄的，眼睛长在头顶上的，我几次三番哦，给她送电影票——那个时候电影票很难弄的，给她送粮票，她睬都不睬我的。看我的眼神咯，喏，就跟你现在一式一样！"张启明指着肖涵，笑了起来，顺手还推了肖涵一下。

"后来你爸爸来了，我更没花头了。卖相，卖相比不过你爸爸；技术，技术比不过你爸爸；篮球，篮球打不过你爸爸，好咪，我知道，完结咪。凭良心说，你爸爸跟你妈妈，那个时候登对的，一跑出来，厂里走一圈，大家唧唧唧都要转头看的，现在怎么说啊？对对对，金童玉女。"

肖涵从来没听过别人讲他爸爸追他妈妈的事，不知不觉，巴望着张启明多讲一点儿。

"但他们好了，我算什么名堂啊？我心里气得呀！"张启明绘声绘色，"我心里想，好你个关爱萍，看不上我，我还看不上你。我要找个比你漂亮的，比你什么都好的，给你看看！后来一找，哎，找到毛头他妈，挺好的。你看毛头漂亮伐？比我这张脸好看多了伐？像他妈妈呀。毛头妈妈年轻时候也是一枝花咯，被我七花八花，追到咪。我跟你讲，除了你妈，年轻时候我追小姑娘没失过手的。"

毛头爷爷是厂领导，张启明是独子，论理，当然不输给谁。

"后来呢？"肖涵忍不住问。

"后来啊？后来你生出来了，毛头生出来了，你们这些小赤佬一个个都出来了。我照样吃吃玩玩，弄点儿外汇券带毛头妈妈潇洒潇洒。你不要说，那个时候真的蛮开心的，没心事的。你爸爸被选去念大学了，你妈妈嘛，年年'三八红旗手'。大家都蛮好的，凭良心说，那个时候都蛮好的。"

但后来着火了。

"你爸爸牺牲了，你跟你妈妈就搬进模范院来了。天地良心，我们这些邻居那个时候就是可怜你妈妈，一点儿其他心思都没有的。大家一个敬佩你爸爸，一个可怜你跟你妈妈，都是很纯粹的同志间的感情。但老实讲，送的东西，越来越蹩脚，厂不行了呀，早就不行咪！"

心思活络的，都开始找出路了。那个时候，张启明和杨敏筹了一笔钱，又借了外债，两人赶时髦，去了日本。

曾经有部万人空巷的电视剧，叫《北京人在纽约》。北京人都去了纽约，上海人都去了东京。

"本来想啊，她先出去，站稳脚跟，把我也弄出去。"张启明悠悠然点了根烟，抽了一口，才想起来问肖涵，"我吃根香烟咯。"

肖涵虽然嫌恶香烟味，但没有阻止他。青春期的时候，我们都觉得大人不懂自己，其实，自己也不懂大人。从来没有想过，大人也有生活，也有故事，也有历史。一面觉得是小孩儿不高兴讲，一面觉得一定无聊不耐烦听。但今天，肖涵却听张启明讲得心痒痒的，在穿堂风中抖了抖，没有在意那支烟。

"没想到，半年一过，我有朋友跑过来跟我讲……"张启明看了一眼肖涵，有点儿犹疑，他虽然想把肖涵当大人，但对方到底只是个十几岁的小孩儿，"反正跟我讲了些杨敏在日本乱七八糟的事情。我真的胸闷呢，那个时候打电话又打不到的，两个人吵架也要写信的，吵两句要吵一个多月。信接到一看，哦，我上次骂她。自己还要想一想，我骂她什么了。"

张启明讲话的表情天然有种生动，把肖涵听笑了。

老婆跑了，存款没了，一屁股外债，工作也不行了。张启明的人生停顿了。

旷工，打牌，赌牌九，打架，家也不回了，老爹老娘儿子统统不要了。九厂轰轰烈烈的下岗潮还没到，张启明的开除告示已经贴到了厂门口。

"我不想回家的，回家干吗？我老爹那个时候退休咪，天天盯着我，我老娘一天到晚唉声叹气，毛头天天'妈妈呀，我要找妈妈呀'。不想回家，一点点都不想回家。后来有一天早上，我记得很清楚的，差不多就是这种天气。大概早上六点多钟，我在外面通宵打牌，输了个精光，饿得前胸贴后背，也没钱在外面睡觉吃饭，只好回家了。到了家门口，在那个楼底下转来转去，就是不想上去，就蹲在那个花坛旁边。这时候哪，你妈妈下来买菜，看到我了。对着我左看右看，我被她看得不好意思咯。"

那个时候，死猪不怕开水烫的张启明脸红了，害臊了，拿帽子遮住脸，但关爱萍还是叫他："张启明，早饭吃过了吗？我请你。"

小区旁边的点心摊，一人一碗小馄饨。碧绿的葱，舒张的紫菜，皮里面一点点红的肉，热气腾腾。

"你妈跟我说的那句话我到现在都记得。你妈说，张启明啊，我一个女人都好好活着，你一个男人，有手有脚，就这样啊？你就这样晃一辈子啊？"

讲到这里，肖涵看到张启明的眼睛红了，眼角湿润了，拿香烟屁股的手抖着，烟灰噼里啪啦往下掉。

"我后来做生意哪里都睡过的，火车站，小旅馆，商店门口，都睡过的。每次我心里想，册那，这趟大概真的不行了，我就想到你妈妈那碗小馄饨。"

"那你，你跟我妈，就是为了……"肖涵吞吞吐吐，这难道是个报恩的故事吗？

张启明摇手："不是的不是的。后来我有钱咪，发财咪，我也想过的，好好给毛头找个妈妈，我真的认认真真谈过好几个。但奇怪伐？刚刚谈都蛮好，小姑娘也年轻也漂亮，说话嗲悠悠，对毛头也蛮好。但真的谈的时间长了，想到要结婚咯，我脑子里就跟自己说：'这种小姑娘，不就是看中你的钱啊？还会看中你这个人啊？你自己什么样子自己不晓得啊？你要是还像当年瘪三一只，还有人会睬你伐？'这样一想，好咪，肯定看对方这里不顺眼那里不顺眼，很快就吹掉了。"

"肖涵，你知道你妈妈什么时候下岗的吗？"张启明忽然问。

"前年，前年六月。"肖涵肯定地说。因为当时关爱萍异常严肃地找肖涵谈了心，第二天就去了东方书报亭。

张启明笑了笑："大前年就下岗了。砸锭当天，大家统统卷铺盖滚蛋。"

"不是的！"肖涵叫起来，"我妈说照顾我们家，我爸是烈士，我妈还天天去上班的！"

"上班？去哪里上班啊？厂门都锁掉了。"张启明不屑一顾，"你妈妈，天天在苏州河边，一坐一下午。"

肖涵瞪大了眼睛，震惊地望着张启明，不敢置信。从妈妈真的下岗到告诉肖涵，这半年，关爱萍是这样过的？肖涵摇着头，退后两步。妈妈在他心里，顶天立地，连滴眼泪都没掉过，怎么会这样？"为什么？为什么要这样？下岗就下岗好了，像现在这样也蛮好啊。"

张启明拍了一下肖涵的头："你这种小鬼，晓得什么东西！她坐在那里看呀，那个厂，是她十七岁进去的厂，是她年年得'三八红旗手'的厂，是你爸爸死在里面的那个厂。就这样没唻，她就坐在那里想呀，她自己不想通，怎么告诉你呢？"

肖涵的脑袋开始晕晕乎乎的。成年人的世界忽然向他张开了一条口子，那一幕幕的风霜雨雪，忽然就这样灌了进来。

"肖涵。"张启明扳正他的身体，看着他的眼睛，"我知道你不喜欢我，你觉得我比不上你爸爸。对的，我承认的，我比不上你爸爸。但是啊，肖涵，你让我照顾你妈妈，好不好啊？你妈妈这个人很犟的，你不答应，她最后不会点头的，我知道。我跟她到现在，她一分钱不要我的，东西一样没收过。"

"肖涵啊，你别让你妈妈那么辛苦啦。"张启明的眼眶又红了，"我每次想到，有人因为我有钱，跟我在一起，我都不开心的。但是今天要是有人说，张启明，关爱萍跟你在一起，就是因为你有几个臭钱，我真的能开心得跳起来。我真的，做梦都要笑，我还好有几个臭钱。你懂伐，肖涵？"

张启明的脸，依旧那么难看。三角眼往下流着泪，本来就不挺的鼻子缩成了一团，红彤彤。嘴像哭，又像笑，一本正经地望着肖涵。

肖涵又往后退了两步。

他不懂，他还不想懂。他想回到好学生的生活，做题、高考、喜欢陈末、担心考试排名。但他一步步地被张启明的三寸舌勾得眼睛也红了，眼泪也落了。

最后，肖涵别过脸，哽咽着说了一句："但你永远不是我爸爸。"

"好好好，一句话。"张启明蹦了起来，把外套鲜格格地往肖涵身上一披。

27
眼 角 眉 梢

当 DJ 款款念出"这是一篇关于暗恋的故事"时，钱佳玥像被一桶滚水从头顶浇到了脚心。她面红耳赤，两只手抓住两个耳塞，像是要把它们牢牢按进自己的耳朵里，又像下一秒立刻要拔出来扔开。那些字字句句，那些在她心里来回往复、闭着眼睛都能背诵的片段，此刻，在背景音乐的装饰下，被 DJ 用好听的声音念出，透过电波一点点再传回来。

钱佳玥忘记了呼吸，一想到肖涵正在隔壁听着这一切，她立刻觉得自己身边的墙壁滚烫。15 分钟，那么漫长的 15 分钟。一封信被切割成了三段，中间滚烫地播放着情意绵长的恋爱歌曲。孟庭苇唱"童年是午后的秋千"，许茹芸唱"是谁导演这场戏，让我投入太彻底"，最后是刘若英，来来回回，锥心刻骨地吟唱"很爱很爱你"。

钱佳玥浑身僵硬，这封信仿佛不属于她了，在这一场仪式后，她觉得那个芦苇，那封信，是那样的陌生，戴着一层自己不能触及的神秘面纱。即使作为一个普通听众，那真挚滚烫的感情，那细致入微的岁月里的细节，都让她动容，都让她浑身战栗。

最后，DJ说："'郎骑竹马来，绕床弄青梅。'故事结束了，作者芦苇说，这篇小说，是有原型的。今天，就是她现实生活里的邻居哥哥的生日，在这里，芦苇祝他生日快乐，也希望他听到刚才的故事后，彼此能开始一个新的篇章。"

"一个新的篇章"，钱佳玥心里一闪而过有些奇怪，感觉是年终总结报告常用语。但不去管它，这15分钟，这么美好，是对整个世界的宣告，也是对肖涵一个人的呢喃。钱佳玥的心一整晚都在狂跳，断断续续的梦境，断断续续地醒来，一整晚都在甜蜜幻想和心惊肉跳中度过。

但第二天，兴奋难抑的钱佳玥顶着黑眼圈在寒风中等了又等，既没见到扑朔迷离的男主角，也没有可以分享八卦的闺密。她心里有了不祥的预感。

钱佳玥是踩着铃声进的教室，陈末干脆迟到了两分钟。两个人还没来得及笔谈，卡门的字条就跟着作业一起传了上来——"肖涵怎么说？"

钱佳玥心头被阴影笼罩，用哭腔说："今天没有碰见肖涵哥哥，他肯定是不想见我了。"钱佳玥越想越委屈，心乱如麻，觉得所谓"表白"这个念头真是糟透了。陈末赶紧安慰她："不会的，我昨晚听了，你真的写得特别好，特别感人，我觉得他肯定不会不理你的。"

但钱佳玥这个胆小鬼还是被吓惨了。她反复拷问自己，为什么会做那么愚蠢的事情，反复想，如果肖涵从此后真的对自己避而不见，自己该怎么办。

心似浮云，身如飞絮，气若游丝。

陈末终于忍不住了，午休时看钱佳玥不死不活吃饭的样子，她把碗一扔，一口气跑到一班门口，大叫一声："肖涵，你出来！"

一班的数学课代表正在讲台上带领全班整理函数笔记，瞬间五十双眼睛盯住了陈末和一头雾水往外走的肖涵。

陈末沉着脸，将肖涵拉到窗台边。

"你什么意思啊？"陈末气势汹汹地问。

"什么什么意思？"肖涵一头雾水。

"你为什么不理钱佳玥了？"陈末盯着肖涵的眼睛，捕捉他脸上每一丝不自然的肌肉抽动。

"我哪里有不理钱佳玥？"肖涵心里，其实慢慢有了一个大概。

"那你早上怎么不跟她一起上学了？"陈末追问。

"我今天起晚了，迟到了。"肖涵说。

真差劲，连借口都跟自己想的一样。陈末在心里吐槽。

"那你，那你想跟钱佳玥说什么呀？"陈末用脚踢着墙壁，装作漫不经心地问。她其实自己也想知道答案。

"我没什么跟她说的啊。"肖涵看着陈末这副样子，又好气又好笑，"跟她说，对不起，我起晚了，迟到了？"

陈末重重踢了一下墙壁："装傻是不是？昨晚电台你听了吗？"

电光石火间，肖涵什么都明白了。他看着陈末这副着急的样子，心里忽然如释重负。

"我没听，昨晚我妈生病了，我陪她去医院了，挂盐水挂到半夜两点多才到家。"肖涵解释。

"哦，你妈生病了，没事吧？"陈末收起了自己吊儿郎当的样子。

"现在没事了。"肖涵说。冬日的阳光照在陈末的睫毛上，一扇一扇，翘着，扑闪着，黄灿灿，毛茸茸。肖涵突然脱口而出："其实我挺开心我没听到的。"

"为什么？"陈末一愣。

"听了，很多事情就要面对，我又不想伤别人的心。"肖涵说，"我一直拿钱佳玥当小妹妹。我喜欢的类型跟钱佳玥不一样。"

陈末的心跳变快了，快到自己都听到"咚咚"声在两边墙壁上来回撞击，仿佛一个弹力球。

"肖涵。"陈末涨红了脸，赶紧打断他，"我以后不想跟你们一起上学了，你跟钱佳玥走吧，我，我自己走。"

肖涵愣了一下，一时冲动过后，脑子和心都冷了下来。他望着低头不看他的陈末，忽然也明白了。

"你不用退出。"肖涵沉了沉心，镇静地说，"我不跟你们一起走就好了。我本来就是后来加入的。"

陈末从未觉得自己是个敏感的人，陈彭宇总说她以自我为中心，没心没肺。但不知道为什么，每一次，肖涵所有眼角眉梢的失落，都没能逃过她的眼睛。

一瞬间，她又有点儿心软，脱口而出："那明天晚上卖充气棒，你还会一起去的吧？"

"你希望我去吗？"肖涵反问。

"希望。"这次陈末咬咬牙，说，"反正是旧世纪的最后一天。"

"好，那就一起过最后一天。"肖涵顿了顿，说道。

陈末气喘吁吁跑回来的时候，双颊通红，眼神闪烁。

"怎么样，怎么样？"卡门八卦地一把抓住陈末的胳膊。

"肖涵说他没听到节目，昨晚他妈生病了，去医院挂盐水，半夜才回来，所以早上起晚了。"陈末竹筒倒豆子，一口气都说了。

"我就说吧！"卡门一拍回过神来的钱佳玥，"你写得那么好，我眼泪都出来了呢。肖涵如果听了，绝对不可能不心旌摇曳，肯定向你直奔而来，啊，我的佳玥，让我们红尘做伴，活得潇潇洒洒……"卡门一边说，一边陶醉地闭上了眼，张开双臂。

钱佳玥羞得满脸通红，"噼里啪啦"狂拍卡门："太恶心了，你太恶心了！"

陈末闷头喝水，听她们打打闹闹，最后终于小心翼翼地问："那，你还继续表白吗？"

钱佳玥惊魂才定，还在杯弓蛇影，吓得赶紧摇头："不要了，你们以后谁都别提啊！千万千万别提了！"做朋友吧，像现在这样，就很好很好了，自己为什么还要贪心呢？

陈末"嗯"了一声。如果换一个人，不是肖涵，她肯定会对钱佳玥说："趁热打铁啊，你现在缩回去了，什么时候还会再说啊？一鼓作气，再而衰，三而竭，课文背过没有？"但是，那个是肖涵啊。

一向我行我素的陈末，不在乎什么好学生乖孩子名头的陈末，终于也有了让她牵肠挂肚的事情。昨晚听《篇篇情》时，钱佳玥笔下那一幕幕美好的、闪亮的点滴记忆，让陈末的心情跟着跌宕起伏，让她再一次下定决心，自己应该是退出的那个，所以她特地错开了和他们一起上学的时间。

可是在学校里见到肖涵后，下定的决心，仿佛又有了天翻地覆的变化。陈末现在的脑袋还晕晕乎乎的，不断回想着刚才肖涵欲言又止的神情。他的眼神要钻到陈末的心里，他的话一字一句印在了她的心上。

"我喜欢的不是那样的女生"。那他喜欢的是谁呢？陈末的心怦怦跳着，嘴角要开出一朵花，但就在即将绽放的那刻，她听到自己的理智说，不会再跟他一起上学。

但是，她又反悔了，她叫他一起过新年。

管他呢！世界末日，千禧年，千年虫，地球爆炸，所有的理智和委曲求全，都到 2000 年，再说吧。看过烟花，再说吧。

12 月 31 日，只上半天课，下午四点半开始交通管制。

约了六点在公交车站碰头。肖涵到的时候，钱佳玥正翻来覆去地在点卡门和刘剑锋扛过来的箱子。

"没有二十啊，明明是十九啊。"钱佳玥把箱子翻到底，数那些充气榔头，"卡门，你记得去跟他们说啊，要退钱的。"

卡门正在给第一个充气狼牙棒打气，打了半天没打起来，嘀嘀咕咕："不会吧，漏气啊？"刘剑锋蹲在地下查充气泵，果然，接缝口裂了一个口子。

"真的是坏的！"刘剑锋叫起来。

"不会吧！"陈末过来查看情况，一声哀嚎，"那还怎么卖啊？！"看着那道裂缝，"哎哟哎哟"个没完。

肖涵今天刻意站得离几个女生很远。离钱佳玥近了，他不知道钱佳玥会不会做什么傻事；离陈末近了，他不知道自己会不会做什么傻事，所以远远旁观。听到陈末的惨叫，才凑近来看。

　　"把那个口子补起来吧。"肖涵提议。

　　"对哟。"钱佳玥被启发了，"我去问问看有没有玻璃胶！"她尽力附和着肖涵的提议，还没等别人反应，她就像兔子一样背着包跑开了。

　　钱佳玥跑得很卖力，比所有八百米练习都卖力。她问过小卖部，去了超市，问了小区门口补鞋的，最后在一个小烟纸店里，问一个抽烟的婆婆要来了小半卷用剩下的玻璃胶。等她欢欢喜喜、气喘吁吁地跑回车站时，只见陈末已经举着一个狼牙棒在追打卡门和肖涵了。

　　"咦，你们拿什么粘的？"钱佳玥有些意外。

　　刘剑锋指着那个打气筒底下的一坨白："陈末有口香糖，肖涵就暂时粘了一下。你跑得太快了，叫你都来不及。"

　　钱佳玥有点儿尴尬，给自己打圆场："没事没事，粘上了就好，粘上了就好。"

　　陈末跑累了，笑着一扭头："钱佳玥，你可回来了，让他们给你也打一个！你玻璃胶找到了吗？"

　　不知道为什么，钱佳玥一边脱口而出"没有找到"，一边把拿着玻璃胶的手往后藏。她觉得肖涵也在看自己，炯炯的目光射过来，照得自己手足无措。有点儿笨拙，有点儿蠢。

　　公交车上早就没有了位子，五个人被挤得分成了几堆。没有空间，陈末只好把那根狼牙棒举过头，两只手来回地换。一站又一站，背后人来人往，越接近人民广场人越多。正在陈末心烦意乱的时候，忽然耳边传来声音："把手放下来。"

肖涵不知道什么时候跋山涉水挤了过来。他的一只手搭在陈末前面的扶手上，也不看她，只是又说了一遍："把手放下来。"

陈末迟疑了一下，把手放低了一点儿，正好手肘可以搁在肖涵手臂上。高度倒是真的正好。她笑起来，也不客气，干脆无赖一样把全身重量都压了下去。

卡门和钱佳玥被挤到了车尾，好不容易见到一个位置，钱佳玥忠心耿耿地保护着脚下一堆东西，推卡门去坐。

"你累不累啊？"卡门嘟哝，"男生都不来扛箱子，就你最起劲！"

"又不重，都是塑料。"钱佳玥分辩。她喜欢这些人，喜欢去外滩卖充气棒这个主意，扛扛箱子又怎么样。

卡门摇摇头："钱佳玥，你有没有看过秦文君的一本小说，叫《同是优等生》？"

"秦文君？就是写《男生贾里》《女生贾梅》那个？没看过呢。"钱佳玥老实回答。

"秦文君说，就算同是优等生，有些人，只要动动嘴，自然有人把答案送上来，有些人，自己刷题一分分刷出来，还是讨人嫌。"卡门装模作样地摇头晃脑，一点钱佳玥脑袋，"你呀，就是那个不会动嘴的。"

"那又怎么样？"钱佳玥嘴硬，"我才不想要那种动动嘴别人就把东西送过来的日子呢。从小我外婆教育我，人要自力更生，要靠劳动创造自己的生活。否则天上就是掉了金山银山，也都是假的，会走的。"

卡门坏笑起来："那肖涵呢？你也不要了？"

钱佳玥顿时脸红："肖涵又不是东西！"但忽然心里有些隐隐难受。感情，是不是也是这样呢？是不是就算自己手脚并用地努力，都抵不过别人动一动嘴呢？钱佳玥不想再想下去了。

好不容易挨到了人民广场，果然人山人海。五个人碰齐了，大内总管钱佳玥在一片嘈杂里，声嘶力竭大叫："那个最普通的棒子，卖十块，最低不能低过八块！那个狼牙棒，陈末，就是你拿的那个，最低十五啊，你别卖便宜了！还有，那个星星棒子……"

但大家哪里有心思听钱佳玥在那里叨叨。陈末催着刘剑锋，每个式样的棒子都充气充出一个来，自己挑了这样扔那样，玩得不亦乐乎。卡门看着那么多人，不断叫着："你看，他们有充气头盔！啊，那边在卖荧光棒！烟花吧，安全烟花，哎呀，我们蛮好，也搞点儿烟花来！"肖涵一个人拿了张上海地图，在研究走去外滩的路线。

从来没见过这样的上海。夜色一点点降临，华灯初上，千树万树的灯光都亮起来。天寒地冻，但挤在人潮里，一点儿都不觉得冷。

"十块十块，狼牙棒十块！"陈末兴奋地大吼，还真的有人停下来问："八块卖不卖？""卖卖卖！"陈末着急开张，喜气洋洋举着几张钞票到钱佳玥那里邀功。钱佳玥脸抽筋："陈末，那个要卖十五的，八块成本都不够。"陈末大手一挥："高兴嘛，管他那么多！再亏能亏多少钱！"

那是钱佳玥记忆里，最热闹的一段路。身边笑着、叫着、熙熙攘攘的都是人，都是年轻的脸，年轻的笑容。肖涵的声音，陈末的笑声，卡门叽叽喳喳的说话声，刘剑锋的叫卖声。一路，那么雀跃地，从人民广场，到南京路，从南京路，到外滩。她的脚都快断了，但是不想停，一点一点都不想停。

天全黑了。时间一分一秒过去，流光溢彩的外滩，偶尔有黄浦江里飘来的散漫汽笛。

"新年快乐！新世纪快乐！"对面走过一堆十来个人，男男女女笑着，冲陈末他们嚷。

"新世纪快乐！"陈末也大笑着回应，一高兴，她把手上拿着的星星棒子也扔了过去，正好扔到了对面的男生身上，引来他们那群里一阵起哄。那个穿黑羽绒服的男生看着也就十八九岁，高高壮壮，很帅气。他把星星棒子拿在手里比画了一下，高兴地跑过来，把自己头上的充气头盔戴到了陈末头上。那堆里一个女生尖叫："真是看到美女就管不住自己啊！"顿时有人吹口哨起哄。

两堆人哄笑着挥手告别。世界末日都是假的，只有年轻是真的。

继续往前走，外滩的纸醉金迷，今晚看起来真亲切。

陈末开心地摆弄着自己的新战利品，忽然觉得头上一空。只见肖涵举着那个头盔："两块两块！头盔两块！谁要！"

"有毛病啊，我的头盔，我不卖！"陈末抗议。

但肖涵比陈末高一个头，他眼明手快地把头盔举在空中，转手就卖掉了。

"你赔！"陈末生气了，往肖涵胸口一捶。

"陈末，别生气了，等下看到了再给你买一个啊。"钱佳玥去解围。

这次连她都不站肖涵，陈末戴得好好的，肖涵去卖了干吗呢？钱佳玥只好往肖涵手里再塞一根狼牙棒："肖涵哥哥，你再卖就卖我们自己的，别去拿陈末的啊。"

肖涵看着钱佳玥哄小孩儿似的一本正经，哭笑不得。他也不知道自己怎么手就那么贱。

五个人都走累了，围着一个路灯歇脚。"渴死了。"卡门已经喝光了带来的水，不满意地叫。钱佳玥为了今晚，特地问陈秀娥借了一个小菜场腰包，把钱统统藏在里面。此刻，她正像个地主婆一样清点着剩余的东西和赚来的钱。

钱佳玥点出十块钱来："刘剑锋，我刚刚好像看到有人卖水，你去看看还在不在。"

"卖了多少卖了多少？"卡门兴奋地挤到钱佳玥身边，"我刚才那个狼牙棒卖了三十呢！"

两个守财奴学着电视，往手指上吐了唾沫，兴奋地来回数。

而肖涵，悄悄靠到了陈末身边："别生气了，再给你买一个吧。"

"我不要，我就要刚才那个！"陈末脸冷了半晚，终于有机会气得跺脚。

肖涵举起公交车上被陈末压了半小时的手："我手都被你压残废啦，你还生气？"

陈末白他一眼："那是你自己的问题，不结实。"

"我不结实？"肖涵好笑，"明明你太重了！"

"不想再理你！"陈末恨恨地说，背过脸去不看他。肖涵只好悻悻地走了。

不一会儿，刘剑锋买了水回来，一人一瓶分着，却不见了肖涵。

"肖涵呢？"刘剑锋问。

钱佳玥和卡门都傻眼："没看到啊。"

"去上厕所了吧。"陈末不以为意道。

但时间一分一秒过去，肖涵依旧不见踪迹。

"肖涵哥哥，会不会出事啦？"钱佳玥最擅长自己吓自己。大家的脸色都变了。没有手机的年代，我们到底是怎么活过来的？

终于，肖涵远远地捧着什么东西回来了。

"你干吗去了呀？"陈末兴师问罪。

近了，肖涵的脸就照在了烟花的光芒里。他左手捏着一根安全烟花，右手捧着一把。

"别说话，挡着点儿风，别让这根灭了！"肖涵叫着。

左手仅剩的一根烟花，是最后的火苗，点亮了右手那一把，也彻底点亮了20世纪的最后一个夜晚。

陈末、钱佳玥、卡门的笑脸逐渐在烟花的光晕里亮了起来。全外滩所有的灯，黄浦江上所有的光，全上海所有的璀璨，都比不上眼前这点儿灿烂的光。

女生们开心地转圈，用烟花在夜空里写各种字母，眼看要灭了，就向肖涵手一摊："还要！"肖涵果然就能从口袋里再摸出一把来。

但高中生，终于还是等不到倒数"十九八七……"的那一刻。

认真负责的钱佳玥，十点一过，就着急喊："时间到了，回家回家了！"

逆着人流走，穿过大马路，走到小路，再继续走。打车是打不到了，只能去赶公交。刚才喧嚣里忘掉的寒冷，此刻一点点从脚背爬了上来。

卡门故意拉陈末走在后面。

"怎么了？"陈末的眼睛里还有刚才烟火的光彩。

卡门沉吟了一下："陈末，你知道钱佳玥喜欢肖涵的是吧？"

陈末心里一惊，装作不动声色："是啊，我知道啊，怎么了？"

"没什么。"卡门笑一笑。刚才的烟花肖涵是为谁买的，她是看得见的。"你知道就好了，我就放心了。"没头没脑的一句话说完，她就赶紧跑了。

眼角眉梢，是不是一场误会呢？感情里，真的有先来后到吗？卡门叹口气，摇摇头。搞不懂的事情，还是不要管太多。《当代歌坛》里又没教。但她一抬眼，就看到钱佳玥紧跟在肖涵旁边的身影。肖涵步伐大，钱佳玥几乎小跑起来才能跟上，她仰着脸，一脸真诚。

"肖涵哥哥，你那天的电台节目，真的没听到吗？"世纪末的勇气，她终于酝酿了出来。

肖涵望着钱佳玥闪亮的眼睛，心缩了一下。他很想跟她说些什么，但迟疑了片刻，想来想去，还是搬出早想好的说辞："啊，是啊，我妈生病了，没听到，不好意思。听说你点了首生日歌给我，谢谢你啊。"

生日歌？那首是生日歌吗？但钱佳玥只能尴尬地笑，点头同意："没关系的，真的没关系的。"

再美的烟花，都会冷下来。再好的聚会，都会散场。再漫长的一个世纪，都会终结。

陈末躺在床上翻来覆去。公交车上的依靠，外滩的烟花，世纪末的快乐，到底是不是真的？他说，你不用走，我走，是不是真的？

第一次听到"世界末日"传言的时候，我们总是特别当真，除了害怕，还有一点点渴望。渴望有一点儿不属于平常生活的轰轰烈烈。渴望毁灭。渴望一切都能停留，停留在最好的年纪，最好的人，不用去想前尘后世，不用长成蝇营狗苟。

但是，末日并没有来。千年虫也没有来。生活又回到了日常和平庸。

新千年的第一个学校日，肖涵等在新村门口，望眼欲穿，但并没有等来想等的人。

"肖涵哥哥，陈末说她有点儿不舒服，今天她爸爸送她上学了。"钱佳玥前来报告。

肖涵愣住了。这是他第一次知道，陈末是个主意那么大，定了就不会改的人。于是那一路，他特别沉默，最后和钱佳玥在学校里分别时，终于说："你帮我转告陈末，我也是说话算话的人。"

28
公 平 原 则

　　元旦过后，日子像上了发条一样紧张起来。如果说随堂的期中考试，大家还能以"没好好准备，刚开学状态没调整好"做借口，那么进入高中的第一次期末大考，就是水泊梁山——划分座次的关键战役。是骡子是马，拉出来遛遛就知道了。这次考试，对大家而言，早就超出了一般的期末考试，毕竟这是进入高中之后，自己该如何自处的决定性战役。

　　钱佳玥无比紧张，以至于连肖涵找借口百般推托不跟她们一起上学时，她都没有太放在心上。从小到大，总有邻居亲戚在她耳边念叨："女孩儿念书就是靠的笨办法。男孩儿聪明，后面发一发力就好了，女生别看小学初中成绩好，上了高中立刻不行了。"高一的期中考试和大小测验，让钱佳玥心里隐隐也觉得：自己大概是真的要不行了。

她的心里很焦躁，忽然有些后悔，自己考到高手济济的二中是不是一个错误选择？初中班主任留她的话又在耳边响起：宁当鸡头，莫当凤尾。

她丧心病狂地去新华书店买参考书，但每摊开一本崭新的书，那些晃眼的题目都让她心惊胆战——不会，又不会，都不会，怎么办？根本没有头绪。做完后对答案的时候更惨，自以为做对的是错的，没把握的更是错的。有一晚钱佳玥做题做到凌晨两点，崩溃到直接对着一个答案哭了出来。那道难了她半小时的大题，答案竟然是一个"略"。是自己智商真的那么低，连听一个解释都不配了吗？

早上去上学的时候，她总是无精打采，黑眼圈深重。有次在等红灯，差点儿在自行车上睡着，吓得陈末将她一把抱住。

"钱佳玥，你怎么了？我看你最近上课也一直在打瞌睡。"陈末摸她的额头，觉得有几分热，"我早跟你说过不要再做那些乱七八糟的书了，越做越慌。"

钱佳玥笑笑。虽然陈末是好心，但陈末这种学渣的学习建议，在钱佳玥心中是没分量的。她反而开始劝陈末："我上周末买的那套五星题库挺好的，我看上次物理测验里面有好几道题里边都有，你也去买来做做吧。"

"算了吧，我能把上课讲的弄懂就不错了。"陈末叹口气。当惯差生了，她本来不在意学习成绩，但自从国庆看了阅兵仪式，渐渐有一个念头在她心里升起：到北京去念大学吧。

到北京去念大学，看看首都，看看另外一个城市！更重要的，是离陈彭宇远远的。

坚固这一念头的事情是，有一晚陈末半夜起来倒水喝，路过父母卧室，无意间听到陈彭宇和赵榕芳的对话。按照陈彭宇的如意算盘，陈末这个不死不活的成绩，估计就是要花钱进一个民办三本的命，上海读几年，出国读一年，回来还能混个外国文凭。然后在自己朋友的国企或事业单位里给她找个位置，安排个上进青年当女婿。

　　陈末吓得一口水喷出来。我擦，这老爹是这么给自己规划未来的？难道自己一辈子都逃不开他的魔爪？

　　想到这里陈末就头皮发麻。怎么可能！考出去，一定要考出去！北京、天津、厦门、广州，反正不要留在上海！但是，陈末自己心里也在打鼓：外地有那种花钱就可以进的民办学校吗？

　　小学三年级前，陈末读书，是为了赢得陈彭宇的赞赏；小学三年级后，陈末读书，是为了气陈彭宇。面对高一期末考试，陈末第一次意识到，读书确实是为自己的未来，是为了那个能够远离陈彭宇的未来。所以，钱佳玥真的冤枉陈末了，她最近对提高学习成绩这件事，是真的尤其上心。

　　两个无精打采的人慢悠悠地到了学校，停好车，晃啊晃地晃上楼。路过一班门口，只见班门紧闭，从窗口望进去，肖涵一脸严肃地在讲台上讲着什么，赵婷婷站在他身边，两眼通红，面色委屈。

　　钱佳玥拉拉陈末，指指里面："他们班怎么了？"陈末鼻子里出气："人家重点班，我们是普通班，轮得到要我们关心？"她看赵婷婷和一班早就不爽。一个个自以为天之骄子的样子，眼睛都长在头顶上。怎么啦，重点班就不是人啦，有本事上天飞一个呀！

　　尤其那个赵婷婷，阴阳怪气，一眼一眼瞥着肖涵："肖涵，你怎么老跟普通班的在一起呀。"神经病，别人乐意，你管得着嘛！肖涵不喜欢看你那一脸的装腔作势，不行啊？

肖涵确实正在发愁，他用一以贯之的学生干部腔调在讲台上宣讲："这种事情，如果是真的，实在不应该发生在我们班，我们一班的班风和学风不应该是这样的。"

下面有人不屑："说不定是她自己没带，自己找不到了。凭什么冤枉别人！"

"你胡说！"赵婷婷叫起来，"我明明放在课桌里的！我所有的东西，分门别类，每样东西都有固定位置，永远都不会错的！我昨天整理的时候还在，回家就找不到了，今天来学校一看，果然还是没有！一定是有人嫉妒我，偷走的！"

"嘁""嘁"的不屑声在教室里此起彼伏。后排有个男声喊起来："没人嫉妒你，你省省吧！就一本破笔记，有什么了不起的啊！"

"不是破笔记！是我自己辛辛苦苦整理的独门笔记！"赵婷婷分辩。

"什么独门笔记啊，说得好听！"

"就是独门！里面有……我凭什么要告诉你！"赵婷婷一生气一跺脚，望了肖涵一眼，"肖涵，这事你解决不了，我去告诉裘老师。嫉妒同学，偷笔记，你们以为没有笔记我就考不好？你能考好？这都是我的心血结晶，都在我脑子里，你们偷不走的！"

赵婷婷一跺脚，出去找老师，教室里一下子炸开了锅。"她以为自己是谁啊？""就她那小气的样子，连参考书的书皮都要包好，不肯给人看一眼，谁知道她有什么笔记？""我看她是知道自己这次要考砸，先给自己一个台阶下。"……

肖涵摇头，双手往下一压："好了好了，大家不要吵了，赵婷婷的事，等裘老师来了解决。我们早自修继续！"

上午，五班的生物课上，老师带大家参观校园——认校园里的各种植物。

"同学们，这个，这个是大叶黄杨，大家可以摘片叶子下来看看，你们看，里面是脆的。"说着往脑门上一戳，果然，叶子发出"嗒"的断裂声。

生物老师叫张国荣，光这个名字就承包了大家开学前两周的笑点。叫别的老师，都是"张老师""李老师"，但叫他，大家一定是连名带姓地叫"张国荣老师"。陈末生物测验时，题目实在做不出来，闲着也是闲着，她在卷子最后写道——"请代向刘德华老师问好。"还画了一张四大天王合影，传为全年级的佳话。

"我们学校还有银杏树的大家知道吗？"张国荣老师很兴奋，"对，在食堂后面那个角落里，你们平时可能不大去。你们有没有人知道，银杏树叶为什么会变黄啊？或者这样问，到了秋天，树叶为什么会变颜色啊？"

虽然"21世纪是生物学的世纪"，但明显新世纪不大吸引钱佳玥、陈末和卡门。三个人意兴阑珊地跟着队伍去看银杏，主要是为了聚在一起"叽叽喳喳"八卦。

"听说这次英语会特别难。"卡门压低嗓门说，"三班那个刘老太跟他们说，'你们别临时抱佛脚了，没用的，这次肯定能把真实水平考出来'。"

"她是出题老师？"钱佳玥心里一紧。三班英语本来就教得比五班深。

"对，好像完形填空什么都是她出的。"卡门皱着眉，"上次期中考试的听力也是她出的，难死了！"

期中考试的英语听力是钱佳玥的噩梦，她顿时觉得呼吸无力。张国荣老师围着银杏手舞足蹈地唾液横飞，她一句都没听进去。

忽然，她瞄到另一边围着草地的栏杆后面有样东西，似乎是一个本子。钱佳玥走过去，踮起脚一望，果然是个本子，被塞在草地里。

那个本子挺厚，但被折得乱七八糟，封皮也被扯掉了。

"什么呀？"八卦的卡门最先挤过来。

"一个本子，你看，好像是笔记本，但整理得很好。"钱佳玥一页页翻着。

那是本数学笔记，但跟钱佳玥看到的所有笔记不一样。第一页是每章的概念，接着每个概念下面，有一两道经典例题，再接着，是错题集，很多是测验卷上出现过的亲切面孔。错题集的题目旁边，每个选项旁有分析，为什么这个选项对，为什么这个选项错。然后还有一段反思，这题自己为什么会做错，是什么概念没搞懂，应该再去看哪道经典例题。

钱佳玥看得目瞪口呆，她从来没想过笔记还能这样做。

陈末和卡门也看呆了，翻到最后，还有一张列表，把高一上所有的数学概念都连在了一张表上。分类、概念和概念间的联系，概念和概念间的区别，都清清楚楚明明白白。钱佳玥很多年后才知道，原来这种东西叫思维导图。

"太厉害了啊。"卡门惊叹道，"这是谁的笔记啊？怎么被扔在这里了啊？"

陈末也拿去翻了一遍："封面被撕掉了，不知道是谁，不过你看封底——"

封底上两句话："吃得苦中苦，方为人上人。"还有一句"人不为己，天诛地灭"。

"啧啧啧，太狠了。"卡门摇头。

这时，张国荣注意到了她们："陈末，你们在那干吗？回教室了！"

陈末下意识把笔记往自己怀里一藏，露出无比乖巧的笑容："Yes, Sir！"

吃午饭时，钱佳玥还在不停地翻那本笔记，越看越入迷。好多题她都错过，好多概念这样一看，原来自己根本没弄懂，常常还能拍一拍大腿："原来是这个意思，怪不得周老师那时候这样讲！"

"别看了。"陈末催她吃饭，"我让我爸明天去帮我们复印几份，我们三个一人一份，想什么时候看就什么时候看。"

"不还给她了？"钱佳玥犹豫。

"这不是扔在外面的吗？说不定别人不要了。"卡门插嘴，"不是考完高考大家都要撕书烧书的吗？说不定是以前哪个毕业生毕业了以后扔掉的。他不要，我们要，咱们变废为宝，正好期末考试可以用。"

"不是以前毕业的，她应该也不是扔掉的。"钱佳玥想了想，决定还是说出来。她翻到期中一页，错题反思里写着——"赵婷婷，这个题型已经错了两次了，你怎么回事！千万不许再错第三次！"
另一页写着——"超过肖涵！"

"赵婷婷？一班那个赵婷婷？"陈末叫起来，"那更不能还给她了，凭什么还给她呀！还超过肖涵，她做梦吧！"

钱佳玥咬了咬嘴唇："我觉得，还是应该还给她，她要是真的不要，我们再拿回来吧。拿别人的东西，总归不大好。"

陈末一拍大腿："你跟她讲什么仁义道德啊！你没看她每次都拿鼻孔看你啊？再说了，就算要还，也要等我复印完再还。"

"我还她的时候问问吧，能不能借给我们复印下？"钱佳玥迟疑地说，"总要先征得她同意吧。"

"钱佳玥，我怎么说你才好哟，你稍微变通一下可以吗？"卡门摇头，"马上期末考试了，又不是我们偷来抢来的，天上掉下来给我们一本那么好的笔记，你干吗呀，一本正经的。"

"我跟你说啊，这就是武侠小说里的故事，我们拿到了《易筋经》，"陈末决定换个角度劝她，"少林寺藏经阁那么多书，他是不在乎少一本两本的，但对我们这种菜鸟，就不一样了，能不能做成大侠，都靠这一本了。"

"是别人的，就是别人的，拿别人东西，这个不公平。"钱佳玥下了决心在根正苗红道路上继续前进，"笔记是我捡到的，下午我去还给她。"

陈末和卡门面面相觑，都被她的气节折服。陈末最后说："好吧，反正这个赵婷婷的东西，我也不稀罕。"卡门可怜巴巴望着钱佳玥："那你下午还之前，我还能再看看吗？"钱佳玥犹疑着，点了点头。

下午第二节课后，做完眼保健操，钱佳玥怀揣着那本笔记忐忑地走到一班门口。她还在张望的时候，肖涵看到了她，以为是来找自己，先走了出来："佳玥，你找我啊？"

"哦，不是。"肖涵一望过来，钱佳玥就脸红了，手忙脚乱地把笔记本拿出来，"这个，我在食堂后面的草地旁边捡到的，好像是你们班的赵婷婷的，拿过来还给她。"

肖涵拿过来手里一翻，果然是赵婷婷的笔记，想必就是她早上大呼小叫要找的那本了。扔在食堂后面的草地上，所以是谁呢？虽然那里去的人少，但为什么不带回家呢？怎么不扔在垃圾桶里呢？是什么时候扔的呢？肖涵的脑子已经开始光速运转，眼睛在赵婷婷座位周围的几个女生身上打转。

"赵婷婷，出来一下。"肖涵朝没精打采趴在桌上的赵婷婷喊，然后带着一脸狐疑的赵婷婷和满脸通红的钱佳玥走下楼，到了操场一处僻静的地方。

"这是五班的钱佳玥在食堂后面的草地上找到的，看看是不是你早上要找的那个。"肖涵掏出笔记来给赵婷婷。

赵婷婷两眼放光，赶紧接过去来回翻着，忽然，眼睛里露出凶狠的光，"哼"了一声："肯定是裴老师说了之后她害怕了，赶紧找地方扔掉，现在我知道是谁了！"

作为班长，肖涵有点儿家丑不想外扬，打断她对钱佳玥说："佳玥，谢谢你啊，是赵婷婷的。"赵婷婷上下打量钱佳玥，终于也不情不愿地说："谢谢你，钱佳玥。"

但出乎赵婷婷的意料，钱佳玥扭捏着，没有要走的意思。终于，她脸涨得通红，说："赵婷婷，我觉得你这个笔记特别好，能不能……能不能借我去复印一下啊？"

赵婷婷下意识把笔记往自己身后一藏，看了肖涵一眼。想来想去，说："钱佳玥，你知道这个笔记为什么有用吗？是因为我是针对自己的情况整理的。别人的东西，给你了，你拿到了，也没用，知道吗？"

钱佳玥心里有点儿懊恼，还有些生气，隐约觉得陈末说得对，跟赵婷婷这种人，还讲什么公平正义，于是赌气说："那好吧，那我走了。"

肖涵瞥了赵婷婷一眼，觉得赵婷婷果然一如既往地以自我为中心。他喊住钱佳玥："佳玥，赵婷婷说得其实有道理。整理笔记，最重要的是自己整理的时候能梳理思路，而不是最后那本笔记。你拿了别人的笔记，自己没有整理，反而会依赖别人的笔记，而缺掉了自己整理的过程，那才是最重要的过程。"

赵婷婷没好气地说："对啊，我们错的题目是一样的吗？你死记硬背有用吗？你自己的概念有梳理过想得很清楚吗？人的知识是一棵树，你没有主干，别人给你乱七八糟装那么多枝条，有用吗？主干是靠自己理出来的。没有自己的主干，做再多的题，看再多别人的笔记，有什么用啊。"

钱佳玥听到这里，忽然觉得自己心里划过一道光。她想到了自己这几个星期这里抓一点儿题、那里拿一本参考书时候的慌乱。做了那么多题，越做越错，越做越乱。

赵婷婷看着钱佳玥那副样子，觉得实在不是自己的竞争对手，决定在肖涵面前卖弄一下。

"钱佳玥,肖涵有没有跟你说过他的学习习惯?"赵婷婷挑衅地问,"肖涵有个特别好的习惯,叫预习。你预习吗?"

预习?这件事小学二年级之后就没人做了吧。虽然肖涵曾经也提到过几次,但钱佳玥并没有把这个放在心上,她总是一厢情愿地以为,肖涵成绩好,就是因为他是肖涵。

"我做得好的地方是复习,肖涵做得好的地方叫预习。预习和复习,大家小学一年级都学过吧,但有没有人坚持呢?学习本来就是很公平的事情,高考不是竞赛,不需要多聪明的脑袋。如果你在普通班都没有考进前十名,你先要想想自己的学习习惯是否正确,而不是怪考题难。你问问肖涵,他考试前几天干吗?他做什么题吗?他每次说他只看教科书,别人都不相信他。但我相信。因为我也只看教科书和自己整理出来的笔记。"

钱佳玥心里震动。虽然这样的话肖涵曾经跟自己说过好几次,但从不可一世的赵婷婷嘴巴里讲出来,似乎多了一点儿魔力。

"还有你们班那个许优,就英语特别好的那个,我妈和她妈是同事,我们初中时候在外面一起补英语。你知道她英语为什么好吗?"赵婷婷又问。

"她说她背《新概念》课文。"钱佳玥回想起来。

"《新概念》你也上过,我也上过,大家都上过,上课大概都嘻嘻哈哈当完成任务了吧?我们初二一起补英语的时候,她说她重新开始上《新概念》第一册。我那时候都上到第三册了,心里还觉得挺看不起她的,初二了还回去上预备班小孩儿上的第一册。后来怎么样？她现在好像第四册都要上完了，你上到第几册了啊？我反正第三册之后就没上过了。我妈说，许优都准备去考托福了，还准备学什么中级口译。"

钱佳玥低头不语。《新概念》她确实上过，所有人都上过，但是，确实没有人把老师讲的背诵课文当一回事。

"钱佳玥，读书很公平的，所有的规矩在小学一年级都讲给你听了，成绩一般，不要怪天怪地，羡慕别人。所有聪明人，都有自己的笨办法。"赵婷婷做完总结，觉得自己发挥得相当好，满意地望了一眼肖涵，高傲地挺了挺脖子，迈着芭蕾步走了。

钱佳玥有点儿蒙，眼泪在眼睛里打转。比起"女孩儿就是读不好书"来，赵婷婷今天这番话对她的打击更大。似乎在说，是她钱佳玥自己选择不要好好读书的。明明有正确的路在面前，她偏偏不选。

这不公平！钱佳玥心里不服气，这不公平！自己明明这么努力！

肖涵知道钱佳玥是个脑子拐弯费力、认死理的人，于是安慰她："佳玥，没事，你想要笔记，回家我和你一起做一份。赵婷婷就这样，有点儿嚣张，所以也不怪别人那么讨厌她，扔她东西。"

"肖涵哥哥，但她说的是对的吗？我考不进重点班，成绩不好，都是自己的错是吗？"钱佳玥努力忍眼泪，抬眼望着肖涵，眼睛里万水千山的委屈。

肖涵看她要哭出来那副样子，只好拍拍她肩，摸摸她头："别多想了，快上课了，回去吧。"看她还不罢休，只好像小时候一样，附在她耳边说："赵婷婷有什么稀奇，我帮你报仇！这次考试保证把她打得落花流水。你还她东西，她还不领情，狗咬吕洞宾！成绩好了不起啊？又不是全校第一，瞎得意什么！"

在教学楼二楼窗口，卡门正把一口德芙含在嘴里。只见操场远处，八卦中心，肖涵朝钱佳玥靠近又靠近，似乎还亲了一口。卡门张大嘴巴，露出吓人的黑褐色舌头和门牙，狂拍旁边的陈末："你看你看！亲上去啦！是不是亲上去啦？我就说，肖涵对钱佳玥绝对有意思！太惊爆啦，肖涵，看不出你是这种人啊！"

陈末的心痛了一下。她不相信肖涵会光天化日在操场上亲钱佳玥一口，但这个角度，让她不由分说地心痛了一下。她没有回答卡门的话，而是踩着预备铃声往教室里走。

她步子大，走得又快，立刻把卡门抛下了。只是眼泪在眼眶里热了又凉，凉了又热。

陈末一边走一边深呼吸，反反复复对自己说：别人的东西，我才不要！我才不稀罕！

先来后到，这很公平，这一向很公平。

29
扬　　帆

三天的大考，上下午一共六门。加上之前随堂考的两门副科，这次期末考试，号称要按照三科、五科、八科，分别算三个总分，排三个年级大排名。一时间人心惶惶。

最后一门化学考试，临收卷铃响时，钱佳玥终于下定决心放弃大题的配平，回去想那道选择题——"哪种气体是臭鸡蛋气味？"她知道答案有个"硫"，但是什么"硫"来着？直到坐在后边的常无忌把卷子拍到钱佳玥肩上时，钱佳玥才一咬牙选了个B——"二氧化硫"。

但就在钱佳玥匆忙放下笔之际，她恰好扫到了常无忌的考卷——硫化氢啊，H_2S 啊！

果然，自己是不行的。钱佳玥真的认命了。

那天听完赵婷婷的高谈阔论后，她和陈末、卡门小范围讨论了下这种学习方法，个个立志要回去试一下。钱佳玥花了半个礼拜，才整理了一章数学笔记，照这个速度，时间根本不够，更何况还要应付其他科目。于是她想和陈末、卡门分工，每人负责几章，一起整理，却发现那两个人都一脸尴尬。

"这个，我还没开始整理呢。"陈末不好意思地笑，"而且我后来想想，好像觉得也没什么用。"

"嗯。"卡门附和，"就把书上概念抄一遍，错的题目誊一遍，有什么用呢？"

真的没用吗？钱佳玥心里很乱。直到她虚心请教了常无忌。

"笔记？我没有笔记啊。"常无忌摸着乱蓬蓬的头发，"我的笔记你都看不懂。"他果然翻出来一沓乱七八糟的纸，上边画着各种符号。"周老师上面讲什么，我不明白的就推一下，我不记笔记。"

"那你有什么记公式的窍门吗？我越整理越乱了。"钱佳玥继续真诚求问。

"公式，这个，自己推一推就好了吧。"常无忌也一脸真诚。

考试的时候自己推一推——钱佳玥一口老血喷出来，这记重拳比赵婷婷还厉害。她郁郁寡欢地回过头，陈末凑上来对她说："看到了吧，这就是我们凡人跟神的区别。"钱佳玥还没来得及附和，常无忌又拍了拍她的肩。

"钱佳玥，我觉得，每个人都要找自己的学习方法，不要被别人的节奏带跑了。"常无忌一本正经，鼻子两边的雀斑上都挂着汗。

钱佳玥哭笑不得。话真是好话，写在作文里挺好，但听在耳朵里，怎么那么不像可操作的方案呢？

钱佳玥望着监考老师的背影，正再次思考自己和肖涵、赵婷婷、常无忌的差距时，分到隔壁班考试的陈末和卡门像箭一样冲了进来。

"终于考完了！终于解放了！"陈末来回摇着钱佳玥的肩，哈哈大笑。

卡门眼睛里的光从镜片后面闪了出来："走走走，我们去买碟片，据说《魔女的条件》有碟了。你们没看到那个泷泽秀明的海报，好帅啊！帅死了！"

钱佳玥一边收拾书包，一边听那两个人叽叽喳喳地谈论着泷泽秀明、柏原崇和反町隆史，到底谁最帅。

这时，钱佳玥转头，一眼看到肖涵正慢悠悠地走向车棚。

"去呀去呀。"陈末推她。

"不是说好一起去西宫……"钱佳玥有点儿不好意思。

"重色轻友，人之常情，我们不怪你。"卡门也跟着起哄。

钱佳玥好久没见肖涵了。现在肖涵老说有事，不跟她们一起上学，前一段忙着复习迎考，又不好去骚扰他。虽然两人在同一幢楼里上课，新村里又是隔壁邻居，但竟然，两三个礼拜都碰不到一次，所以钱佳玥是珍惜这次偶遇的机会的，她没有太过扭捏，背着书包欢快地跑了过去："肖涵哥哥！"

"看着她走向你，那幅画面多美丽。如果我会哭泣，也是因为欢喜。"

陈末的脑海里，忽然冒出那晚电台里的这首歌。

肖涵走路向来快，步伐又比钱佳玥大，钱佳玥追得气喘吁吁。她连连叫着肖涵，肖涵都像没听到一样。

肖涵正在想事情。虽然他考试发挥正常，都考得不错，但心里被另一件事搞得挺烦——关爱萍前几天跟他商量，今年过年的年夜饭，不去外婆家了，想叫张启明和毛头一起来吃。

自从肖涵默认了张启明后，张启明三天两头就往新村跑，回回都拎着大包小包的东西，觍着一张脸笑嘻嘻地"爱萍长，涵涵短"，简直是肖涵退一尺，他就能进一丈。他还嘱咐毛头："以后不要叫肖涵哥哥了，啊，又不是外人，直接叫哥哥。"

毛头叫自己哥哥倒没啥，但他肖涵跟张启明，那算怎么回事。

肖涵不胜其烦。但眼见着，在张启明的花言巧语下，关爱萍辞掉了晚上那份工作，脸色一天天红润起来，走在路上有意无意地都会嘴角含笑。作为儿子，他实在不好再说什么。但竟然——就要一起吃年夜饭了？就有那么快？那下一步，难道要结婚了？肖涵被自己吓了一跳。

张启明还真有结婚的打算，但有一个非常现实的障碍，不是关爱萍和肖涵的意愿，而是——他还没离婚。这个重婚是犯罪呀，他也不肯稀里糊涂地就把关爱萍骗过来呀。这个女人，他喜欢的，想照顾一辈子的，那么他就要先解决和另一个女人的历史遗留问题。

杨敏去日本以后呢，是回过一次国的，但那时候张启明刚下海没几年，不要说赚钱，裤子快要当掉了，口袋里只剩十八块二。杨敏的意思呢，她要给张启明一笔分手费，两万块，离婚后从此相忘于江湖。

做梦！这么便宜她啊？给自己戴绿帽子还不够，还拿自己当冲头啊？

不离，肯定不离！张启明很硬气，话说得很难听："我不离，我让全世界人都晓得，你这个女人，抛夫弃子！"

但具体事件要放在当时的情况下具体分析的呀。当时想想是硬气解恨，现在回头看看，戆大。

没离婚咘，不要说跟关爱萍结婚了，就是张启明这一家一当，都是婚后财产吧。现在再离，难道要割肉割掉一半啊？当时离掉多好，还能白拿两万块钱，放到股市里，现在少说也要翻好几番。

张启明一根接一根地抽着香烟，抽得头发都白了。左手边，是想跟关爱萍结婚，右手边，是不想让杨敏分掉自己一毛钱。杨敏这个女人，这么贪财，肯轻易放过自己？

但张启明到底是老江湖，只抽空一包香烟，已经有了主意。

毛头这两天特别乖巧。主动洗碗，主动扫地擦灰，也不去网吧了，张启明一回家他就关掉电视。张启明知道的，老规矩嘛，过两天要发考试分数了。这两天好好表现，是为了过几天能被从宽处理，小赤佬这点一直很拎得清。

这天吃好晚饭，张启明慈眉善目地对毛头说："毛头啊，考试考好啦？"

毛头拿着筷子的手一抖，勉强回答："考好了。"

"考得好不好啊？"这是明知故问。

"不大好。"毛头头低下去。

"不大好啊。"张启明的手伸到毛头头后面，吓得毛头一把抱住了头。

"不要怕呀，爸爸摸摸你呀，你那么紧张干什么？"张启明松开毛头的手，果然轻轻柔柔摸着儿子的脑袋。

"毛头啊，爸爸跟你商量件事情啊。"张启明笑眯眯。

毛头心里一松，果然。无事献殷勤，非奸即盗。这话不准确。应该是，张启明每次要毛头同意什么，都是这样的前奏。

先找一个错，让你害怕一下；然后慈眉善目，好像原谅了你。那么你就欠他一个情呀，他再说什么，你就不好反驳了呀。万一你就是不同意呢？那么他又回到一开始那件事上，敬酒不吃吃罚酒。这点儿套路，毛头早就看穿了。

但考试没考好，总归心虚，戏还是要陪着一起演下去。

"什么事？"毛头继续问道。

"爸爸这样想啊，爸爸想呢，跟肖涵妈妈结婚，你觉得怎么样啊？"张启明手还摸在毛头脑袋上，从柔情抚摸到一记毛栗子，分寸都把握在毛头的嘴里。

"嗯，好呀。"毛头咬了一口大排，他真的无所谓，"不过，人家肖涵妈妈还有肖涵哥哥同意吗？"

"他们同意不同意我们以后再讲，但是儿子啊，你既然同意，你就要帮帮老爸。"张启明很开心，把椅子拉到毛头身边，充满香烟味儿的嘴凑到毛头脸旁边。

"怎么帮？"毛头倒是好奇了。

"我们住回老房子去。"张启明笑，"我们装穷，装瘪三。"

"为什么呀？"毛头叫起来。

"你不要激动，你听我讲，儿子，我联系过你舅舅了，叫你舅舅啊，把你妈妈叫回来。我跟你舅舅说啊，那么多年没联系，我呢，得癌症了，没钱治病,进口药都很贵的,叫你妈妈呢,过年从日本回来一趟。她呢,给我点儿钱看病,我呢,就去跟她把离婚手续办了。"张启明的三角眼闪烁着狡黠的光芒,"你要帮帮我,等你妈回来,我们做戏做全套。把这个事情速战速决,解决掉!"

毛头心情复杂地看着张启明:"爸,你连自己得癌症都能编啊。"

"那我有什么办法啦?你爷爷奶奶都死掉了,没人编咪,只能编我自己咯。"张启明肩一耸。

"那就算我……就算她相信你得癌症,她也未必要跟你离婚的,她直接等成丧偶不就好了?"

"谁说癌症一定要死人的! 21 世纪了,我们要相信医学。我癌症后来治疗治好了,活得好好的,医学史上的奇迹,可以伐?这总归可以咯。我跟你舅舅说了,医生说用一个进口药,康复的希望很大,所以现在我就缺钱,我命保得住的。"张启明眉飞色舞。

毛头扒拉着碗里的饭,不声响了。一想到杨敏就要回来,他忽然觉得喘不上气,浑身有种冰冷,又是一股燥热。

从杨敏去日本后,毛头就没有再见过她了。记忆中的妈妈,只有一个模模糊糊的轮廓,和梦里的有一点儿说不清道不明的味道。

他六岁时,妈妈回来过。但当时他被爷爷奶奶抱着躲在房间里,就听到外面张启明和一个女人的争吵声、谩骂声、砸东西声、尖叫声。最后,张启明整个身体扑到了房门把手上:"你给我滚!你还想看儿子啊?你还有脸看儿子的啊!毛头没有你这种妈妈!你还想让毛头看到你这种不三不四的样子啊!门都没有!"

家里没有一张杨敏的照片,全都被张启明烧光了。小学五年级时，毛头整理奶奶的遗物，翻出来一张九厂的小青工在崇明玩的合影。时代久远，第二排左二，张启明搂着一个有点儿看不清五官的女人。毛头的心怦怦跳，怕照片被张启明再烧掉，对折再对折，藏在枕头底下，藏在飞机模型里，藏在变形金刚的腿里。

那个面目模糊的，是叫杨敏的女人。

张启明向来雷厉风行。吃完晚饭，就开始着手搬家大计，他抱着一箱旧衣服先回老房子打扫，顺便向关爱萍邀功。临走前，再三嘱咐毛头。

"这种玩具都不要带，我们是瘪三，记得伐？什么破的衣服、裤子带一点儿，明天我们就搬回去。我估计，你舅舅电话打好，杨敏马上就要回来了。对她来说，机会难得呀。"

毛头心不在焉地"嗯"着，等张启明一走，立刻躺在床上不动弹了。他的心跳得很快，非常快，快到心跳声回响在房间的角角落落里，都向自己压过来。

毛头受不了了。他打开电脑，想踢一盘实况足球。但即使拿了巴西队，还是被草灭。不知不觉，他打开了QQ，但翻遍了列表里的狐朋狗友，却找不到一个可以聊天的人。

毛头忽然想到，那晚在肖涵家听的电台。于是他撞大运一般地搜"芦苇"这个名字。芦苇，上海，搜到三个，只有一个性别女，年龄十五岁。

一找就被找到，毛头笑起来。钱佳玥真是永远实心眼。

"你好，你是那个《篇篇情》里的芦苇吗？"毛头发了一个消息。本以为要等很久，没想到立刻看到了答复——"是的，你听了那期节目吗？"

"对。"扬帆说，"我听完后很感动。有很多跟你相同的心情，非常有共鸣。能跟你聊聊吗？"

30
素 质 教 育

"一份没有回应的等待,是值得的吗?"

钱佳玥望着 QQ 上收到的这条信息,陷入沉思。然而还没等她的少女情怀发酵成优美的句子,客厅里电话铃声响起,然后,她的 QQ 就自动掉线了。

拨号上网的年代里,电话和网络,只能选一个啊。

客厅里传来陈秀娥的声音:"是呀,她不肯跟我们去,一定要留在上海一个人过年,我有什么办法?我跟她说的呀,到女婿家里过年,很正常啊,她不肯啊!那你劝劝她!"然后就听一声大叫,"老太,快过来,你大儿子跟你说话!"在廖冬梅急匆匆走出来的当口,陈秀娥又抓紧时间问,"你们美国现在几点钟啊?"

钱佳玥为这份聒噪皱起了眉。很多年了,每次舅舅来越洋电话,陈秀娥总要追问一句:"美国现在是几点?"问了干吗呢?问了她还是记不住啊！钱佳玥不禁为自己的智商遗传感到一丝庆幸，更认同起了廖冬梅的推论——还好宝宝不像她妈妈。

"一份没有回应的等待，是值得的吗？"钱佳玥又认真地想了想那个叫"扬帆"的网友的问题。

"扬帆"的个人资料上显示年龄"22"，这让钱佳玥很激动。二十二岁，是大人了呀，还没老成三十岁那样的老人，是个在十几岁的小孩儿看来，最帅的年纪。一个二十二岁的成年人，听了自己的信，来加自己的QQ，还跟自己讨论人生，简直是件比交笔友更酷的事情。

放寒假后，钱佳玥就有点儿无聊和低落。一般过春节，她都习惯吃完年夜饭后去肖涵家转一圈，大年初一一早，再去拜年，第一时间向肖涵展示自己从头到脚的新衣服。

钱佳玥平时是不会打扮的，廖冬梅一直教育她，学生应该把心思放在学习上，而不是打扮上。于是，当卡门和陈末都会悄悄把校服西服收个腰、改短袖子的时候，钱佳玥总是老老实实穿着她肥肥大大的"黑乌鸦"，仿佛立志要把所有身体的曲线都隐藏起来。

穿裙子、穿热裤、穿松糕鞋，所有潮流的事情都跟钱佳玥没关系。曾经，她还以此为傲地觉得，这是她本本分分好学生的标志。但哪个小女孩儿不爱美呢？国庆新发型尝试失败后，钱佳玥忽然明白，原来她不是没意愿打扮，是没能力跟人比变漂亮。哪怕她依样画葫芦，都没有办法把陈末身上的洒脱劲，套在自己身上。

只有年初一这天是不同的。被廖冬梅压抑了一年的陈秀娥，终于有理由给女儿从头到脚买新衣服、新裙子。哪怕零下两度的天气，她都会顶住廖冬梅的压力，让钱佳玥套打底三条厚袜子、穿裙子，然后涂上唇膏、化上眉毛，再出去拜年。虽然钱佳玥对陈秀娥的审美也不是太有信心，但那一天，对永远校服的钱佳玥，真的很特别。她很希望肖涵能看到。

"我不去了。"廖冬梅的声音从客厅传来，"本来就是宝宝爷爷身体不好，他们才去江西过年的，我跟着去算怎么回事啊？你放心，我一个人没问题的，我又不是七老八十岁！你们都放心，我跟小关他们都说好了，大不了年夜饭去他们家吃。你们那么担心我做什么呢？"

钱佳玥叹口气。她不想回江西过年，但是，于情于理，都没有办法说服自己。

好不容易外面挂了电话，钱佳玥赶紧重新拨号。那刺耳的"嘀——嘟"的猫叫声显得急促。调制解调器叫 Modem，毛头把拨号上网的声音叫成"猫叫"，钱佳玥觉得挺好玩的。毛头这个小朋友永远都发明一些稀奇古怪的名词。

"不好意思，断网了。"芦苇在 QQ 上打，"不管有没有回应，等待本身，就是对自己的答复。"

十几岁的小孩儿都喜欢写一点儿自己和别人都看不懂的句子。

"那一直等待的人，终于要等到了，为什么反而会害怕得退缩呢？"扬帆问。

经过几天聊天，钱佳玥已经默认，扬帆是一个跟自己一样陷入单相思苦恋的天涯沦落人。但到这一句，却愣了一愣。

一直等待的人，等到了，反而会害怕退缩吗？有一天肖涵真的站在自己身边，自己会害怕退缩吗？

心里是糊涂的，但机锋还是要继续打的——

"或许就像小昭等待张无忌，其实她等的，早就不是真的张无忌了。"

毛头在电脑那头看到这句，心里翻江倒海难受起来。

他等待的到底是谁呢？那个自己想象出来的妈妈吗？还是张启明嘴巴里那个"抛夫弃子"不要脸的女人呢？这么多年，在心里的一个角落，他刻骨地仇恨着张启明嘴里的那个坏女人，但在另一个角落，永远有一个位置，抗拒着那个"坏女人"形象的入侵。那里有一个模糊的影像，可以永远给他温暖的拥抱，会给他唱儿歌。那么多年，两个角落终于井水不犯河水，让毛头习惯了进退自如。但忽然间，那个边界要被打破了。

他多害怕，杨敏不是那个坏女人，从此后让他受过的那么多委屈和怨气都再没有地方摆放；他又多害怕，杨敏就是那个坏女人，把另一个角落里最后的一点儿温暖都扫荡得灰飞烟灭。

可十三岁的毛头，根本没有能力理清楚自己的内心，也没有人能为他排遣。这些天来，他只觉得心上有一个秤砣，压得自己难受，压得自己喘不过气。只有钱佳玥的话，让那个秤砣松动了一丁点儿。看着电脑屏幕，毛头忽然有点儿想哭，有点儿怨恨张启明——你为什么要剥夺我等待的权利呢？

这场网友聊天，最后被张启明的一个电话打断了。张启明已经搬回老房子了，他对毛头这种成天窝在新家上网的行为非常不满意。张启明如果多念一点儿书，如果学一点儿戏剧理论，一定是斯坦尼斯拉夫斯基的粉丝。他在电话里再次教育毛头："小赤佬，又跑回去干吗？我们是在做瘪三哒，要真实，真实你懂伐？你不回来住段时间，不体会下口袋里没钞票的日子，在那个女人面前怎么能演得像啊！"

作为一个强调"真听、真看、真感觉"的斯派大师，张启明已经去肿瘤医院蹲过三次点，体验过生活了。

钱佳玥一家三口在小年夜陪廖冬梅吃过年夜饭后，便动身去了江西。春运恐怖是历史遗留问题，火车票一定是买不到的，只有钱康七拐八拐地买到了长途巴士票。

钱佳玥第一次见识春运的恐怖。车站里那么多背着麻袋和各种大包的人，身上仿佛都有一种不清不楚的脏兮兮，好多身上还有浓浓的酒味和劣质香烟味。车门开的时候，所有人一哄而上，比平时的公交恐怖多了。钱佳玥本能地想让，但就一等待，陈秀娥牵着她的手就被撞开了。她立刻被淹没在各种麻袋中，一个手肘还重重地敲在了她的后脑勺上。她嘴一张，几乎要哭了出来。

"挤什么挤啊？挤死掉你们挤啊！小孩子还没上来没看到啊！"关键时刻，尖厉的女声迎风破浪，兜住了钱佳玥要倒下去的背。

"小姑娘，一点儿都不活络。"都坐下后，陈秀娥开始数落钱佳玥，"你让他们，让到什么时候去啊？你以为这是在你们学校做操啊？还有人给你评一个'三好'咯？"

钱佳玥更委屈了，眼泪在眼眶里打转。她心里很气愤，但不知道应该对谁撒气。

忽然陈秀娥又拍着大腿站起身，对着前座正在摆行李的人叫：

"这是我的包呀！我先放在这里的！先来后到你懂伐？我的！我先放的！钱康，你快点儿来呀，他要扔我们的包咯！"

三言两语吵起来。那些凶猛的、粗劣的、低俗的、没有经过任何过滤的声音冲到钱佳玥耳朵里，要把她脑袋挤爆了。钱佳玥很不喜欢这次旅行，很不喜欢。一路上，钱佳玥都转脸看向窗外，不理陈秀娥，回绝掉一次次吃黄鱼干、猪肉脯、小核桃肉的盛情邀请。她只想把自己和这些不属于她的世界隔离开。

钱佳玥也不喜欢爷爷那一大家子人。大伯新盖了房子，非常得意，自豪地在三层小砖楼上"下旨"："我们家现在有多少多少间房！你们随时回来住！看你们在上海就住鸽子笼那样一点儿地方！"

陈秀娥眼睛一白一白地跟钱康抱怨："了不起死了，三层砖房，巴死了！装修也不装修，上面统统是毛坯，下面到处都是瓷砖，搞得跟医院一样，冷都冷死了！"钱康皱了皱眉，不高兴陈秀娥对自己家的抱怨："好了，你不要说了，不要露出一副你是上海人就高人一等的架势来。"

每次回江西，钱康和陈秀娥都要吵，钱佳玥已经见怪不怪了。从爷爷家吵到大伯家，从农村吵到镇上。在上海恩恩爱爱的两个人，一换地方就水土不服，真应该找风水先生配包土带着走。

换作从前，钱佳玥一定是向着钱康，觉得陈秀娥是势利的，但这次回来，她忽然觉得有点儿变味。

大伯家的堂姐，曾经是钱佳玥最喜欢的堂姐，在餐桌上的对话感觉也有点儿变味。

堂姐比钱佳玥大半岁，照理应该是一届，但江西普遍喜欢让孩子早两年念书，所以堂姐已经上了高三。年夜饭上照例要谈到孩子们成绩，谈到高考，堂姐忽然不屑一顾地说："你们上海高考，呵呵。"

"上海高考怎么了？"钱佳玥觉得有责任要为自己的地域辩护。

"我们老师说了，你们上海最好的学生，给我们这里的县状元提鞋都不配。"堂姐不甘示弱，"不就仗着你们有地理优势吗？凭什么你们单独考啊？因为你们要是考全国卷啊，全国人民都知道你们有多丢人了。"

虽然平时上课老师也会说笑全国高考比上海难，但堂姐这话刺得钱佳玥满心不舒服。上海的状元给他们提鞋都不配？那肖涵算什么？那自己算什么？钱佳玥气血上涌："你乱讲！"

"本来就是嘛！"堂姐不服气地撇撇嘴，"有什么了不起？你们能上好学校，还不是靠了一个上海户口。你们复旦交大上海本地招多少人？分到我们整个省里才多少名额？"

钱佳玥真的出离愤怒了："我们上海的大学，招自己上海的学生，想招多少不行吗？你们有本事考你们江西的大学啊！"

"什么上海的大学？是全中国的大学！国家每年给那么多补助，凭什么最后都贴在你们上海人身上！"

堂姐滔滔不绝地讲着自己在高考大省的压力，那么多年对直辖市的不满；钱佳玥从小受《新闻联播》的熏陶，工会主席的教导，也口若悬河。全桌的大人都看热闹，但明显，大家给堂姐鼓劲鼓得厉害，都盼望着她能一招说死钱佳玥。

不公平，太不公平了！钱佳玥看着一桌亲戚奚落的笑脸，忽然有种被欺负的感觉。

"你等着，我找一道我们高一的题给你做！"堂姐"呼啦"起身，从书包里翻出一本物理册子，圈了一道题，把册子扔在钱佳玥面前，"三星的，高一上的，不欺负你，我看你多久做出来！"

日光灯在屋顶"吱吱啦啦"地叫唤着，钱佳玥盯着眼前这题，眼泪都要出来了。她觉得好委屈，从踏上长途车那一刻就开始累积的委屈。

"算了算了。"大伯拉堂姐。几个叔叔婶婶用方言大声喊了两句什么，堂姐一瞪眼，也用方言还了一句嘴。

钱佳玥的视线很模糊，她好恨自己，为什么不是肖涵，为什么不是赵婷婷，为什么要让上海学生因为自己承担这种污名。

"我们不考这个！"钱佳玥受不了了，把本子一推。

"哦，稍微难一点儿的你们都不考是吧，还什么市重点呢。"堂姐扬眉吐气地补了一刀，桌上忽然爆发出一阵哄笑。

陈秀娥过来一边搂钱佳玥，一边骂堂姐："过年吃饭就吃饭，做什么题！"

钱佳玥忽然想起来什么，奋力挣开陈秀娥，对着堂姐嚷："我们上海考的，是素质，不是这种死记硬背的题海！素质你懂吗？是真的能看出来一个人的能力，不像你们这种死做题！"

"嘁，"堂姐不以为然，"说得好听！"

"我也给你做一道！说，有一只熊掉到一个井里，井深 19.6 米，熊掉到地花了 2 秒钟，问你，熊是什么颜色的？"

堂姐本来听到那么整的数字，正一脸冷笑，听到问题，愣住了：

"问题是什么？"

"问你，熊是什么颜色的？"果然她没听过这题，钱佳玥开始窃喜。

"这，这不是物理题啊？你这是什么脑筋急转弯吧！"堂姐不满。

"就是物理题，我们上海一个学校的物理考卷上的！这就叫素质教育，考的是你的素质！你做吧！"钱佳玥望着一桌窃窃私语的人，有点儿高兴起来。

这道题，本来是物理老师当笑话来讲的，那一系列还讲了怎么求鲸鱼的体积。主要是那两年上海高考除了语数外和学生选择的科目，还要额外加一场"综合"考。综合考，要考什么，没人知道。但据说，是要考跨学科的综合素质，于是一时间好多人编了好多奇奇怪怪的题。物理老师上面讲完这些题，全班都目瞪口呆。陈末立刻举手表示，高考如果真的遇到这些，一定当场阵亡。钱佳玥为此惴惴不安了很久，直到肖涵安慰："你放心吧，高考不会考这种偏题的，就算出了，你不会做，别人也不会，没意义。"

但此刻，这道题，却像是保住了所谓"素质教育"尊严的底裤。

"不会。"堂姐咬着嘴唇小声承认。

"你呀，先把 g 求出来，g 等于 9.8，只有极地的 g 才是 9.8，南极没有熊，只有企鹅，所以只剩下北极。北极熊是什么颜色的？所以答案是白色！"钱佳玥一连串的回答，让所有人目瞪口呆，面面相觑。

钱佳玥那时候并不知道，极地的 g 不是 9.8，而北极熊，也根本不是白色。但当时她很高兴，眉飞色舞地高兴，她终于出了一口恶气。

"不公平，这不公平。"堂姐咽不下这口气，呆呆看着饭碗，似乎她的素质，就这样真的被一道题否定了。

很多年后，钱佳玥给一些大学刚毕业或者未毕业的小孩儿改简历，发现他们都有好多素质。比如，有人的爱好是马术，每周都会飞到北京的马场练骑马；比如，有人会打冰球，代表中国到美国和有钱私校的冰球队打友谊赛；比如，有人会缅甸语，是因为参加公益组织去支教时候，在缅甸待过小半年；有人做过很牛的项目，跟过很牛的导师，因为这些都是他们父母的故交好友。

她会想到自己进大学时，每天熄灯后，有农村来的同学连应急灯都买不起，只能坐在路灯下看书；有的人一直都没有手机，错过了参加一个重大项目的机会。她会回想起，在很遥远的以前，年夜饭桌上，她跟堂姐那场关于素质教育的辩论。堂姐后来为了给弟弟们省钱，考了一个师范学校，当起了中学老师。并不是说中学老师不好，而是当钱佳玥站在华尔街上的时候，她会记得，从小就比她聪明成绩好的堂姐，曾经挑衅地问她："这道题你会做吗？"

要到那么久以后，钱佳玥才会承认，这个世界，多有不公平。但在十五岁的时候，在她的心里，自己没有常无忌的脑袋、陈末的美貌、卡门的情商、毛头的钱财，已经是老天爷对她极大的不公平了。

相较而言，张启明的公平观就比较实际和朴素。

"别人怎么对我，我就怎么对别人。她甩我一次，我骗她一次，我们就扯平咪，很公平呀！"他不断给关爱萍灌输这个观念。

肖涵烦死张启明了。肖涵的生活很规律，哪怕是放假，他每天依旧六点准时起，上午学习，整理上学期错漏、预习下学期的内容，下午打场球，和毛头打打游戏，晚上听英语。但自从张启明搬回来后，只要关爱萍在家，他就要凑到肖涵跟前叨叨叨，即使关爱萍不在家，他也要来做出一副关心肖涵的样子——"涵涵，中饭吃什么？走，我带你外面吃"。肖涵反复回想那天在医院的事，自己是不是真的上了张启明的当？

但在张启明要骗杨敏这件事上，肖涵倒是跟张启明站在了一边，他对原则性强到让自己总是惴惴不安的关爱萍说："他们虽然还没离婚，但已经分居那么久了，毛头爸爸的公司是在他们分居几年后才成立的，在有些国家，这个就算事实离婚了。""事实离婚"，有没有这种说法，肖涵是不知道的。但他胡诌的时候有理有据，加上一贯凛然正气的人设，听在关爱萍耳朵里，比张启明说的管用多了。

"别人怎么对我，我就怎么对别人。"肖涵认为这句话完全没毛病。自从被陈末叫"道貌岸然"以来，肖涵一点点接受自己并不永远伟光正的形象。睚眦必报，有点儿小自私，又怎么样呢？他觉得这样挺好，一个从小让毛头受苦的妈妈，被惩罚下是应该的。

这年大年夜，是肖涵母子、毛头父子和廖冬梅五个人一起过的。廖冬梅早就听陈秀娥八卦了三百遍两家人的关系，越发地觉得自己是外人，不应该进去凑热闹。但张启明和关爱萍一再盛情邀请，张启明还说出："你要是不来，我们从此以后就算数，我以后也不叫你过房娘了，你外面看到我也不要认我了。"廖冬梅不好意思拒绝，但盘算着，要买点儿吃的喝的才能下楼。

家乐福大年夜营业到傍晚五点。廖冬梅大包小包提着东西出超市时，忽然一下子愣住了。

眼前人来人往，车来车往，商场音箱里欢天喜地的"恭喜发财"，但忽然间，这个世界变得那么陌生。

她的脑袋像被卡住了一样，觉得整个世界绕着自己在打转。她张不开嘴，迈不开脚，连声音都不懂得怎么发。过了好半天，她才依稀记起来——我要回家。但家在哪里呢？

廖冬梅那晚，在自己生活了几十年的区域里迷路了。每一条路看着都那么熟悉，每一条街仿佛都那么陌生。到了掌灯时分，终于有一个老头望着她说："廖主席，大年夜，你怎么还不回去啊？"又望着她手上的东西，"买东西去啦？"

她点着头，糊里糊涂应了："啊。"

"那现在回家吗？一起走吧？"老头问她。

她点头："好啊好啊。"

路高路低，桥上桥下，那个老头的脸在她眼前模模糊糊。终于，她被领到一幢楼前，老头对她招手作别。

廖冬梅望着那幢熟悉的楼，三魂七魄才慢慢地重新聚到了她的身体里。

她好累，每一步都走得好累。走进空荡荡的家，她忽然很想哭。她忽然想到陈秀娥以前总是骂自己："脑子坏掉了。"

她呆呆地坐在那里，望着屋顶，几十年的人生，仿佛过电影一样，一点一点播放起来。

"怎么会的？"廖冬梅呢喃着，望了一眼客厅里老伴的遗像，"老头子，你说，我以前聪明不聪明，脑子清爽不清爽？"

我们总是愿意相信，这个世界是有一定规则的。先来后到，善有善报。这样，我们才能安慰自己，我有的一切，都是自己应得的；也只有这样，我们才能激励自己，只要按照那条线走，我们总会得到自己想要的——爱情、友情、亲情；金钱、名誉、地位。

冥冥中那根线牵扯在哪里？长大的过程，到底是发现那根线越来越明显，越来越牢不可破，还是越来越虚无，越来越难以捉摸？

31
转 身 错 过

门外爆发出一阵大笑声，门一开，赵榕芳端着一碗红枣银耳汤进来："末末，快出去，王叔叔他们来了，佩佩妹妹在等着你呢。"

陈末不耐烦地翻了个白眼，扯下一只耳机，叮嘱赵榕芳："妈，关上门，关上，都是烟味，臭死了，别飘到我房间来。"

陈末最讨厌乱哄哄的年。小时候还在乎穿新衣服吃芝麻汤圆，半夜和堂哥堂弟放烟花，越长大越觉得过年烦，尤其是年初三以后，家里一拨一拨来那么些人，看着就烦。

她推开银耳汤，对赵榕芳撒娇："妈，我不吃，天天吃吃吃，吃得都胖死了，裤子都扣不上了！"

而赵榕芳像所有的母亲一样反驳："哪里胖了？就你身上那点儿肉还胖？不胖，快点儿吃，银耳吃了好，润肺。吃完快出来啊，佩佩妹妹要中考了，还跟你打听二中情况呢，你爸等你半天了。"

陈末垂下头，觉得很无语，心里愤懑，把眼前《银河英雄传说》的漫画推到一边。

说什么呀，有什么好说的呀？亏陈彭宇还给她起名叫"陈末"，说寄托了对女儿"沉默是金"的期望。他让自己沉默吗？

陈末小时候傻乎乎的，活泼开朗，能唱会跳，就爱在各种饭局上表演节目，说相声尤其受各路叔伯欢迎。"我给大家表演一段口吐莲花，一请观世音，二请孙悟空……"稚嫩的童音配上一脸严肃的表演，总能逗得满桌人哈哈大笑。陈末脸红扑扑的，一脸得意色，但迎来的永远是陈彭宇的冷笑："就这点儿小聪明。"

等长大后，懂点事了，这点小聪明不用了吧，陈彭宇还不乐意。明里暗里非逼着她出去接待客人。唯唯诺诺光吃饭还不行，还得被撺掇着做各种展示、表演各种节目，装傻充愣，最后被陈彭宇似笑非笑地埋怨："好啦，别丢人啦。"

陈末很胸闷，她不知道陈彭宇摇着羽毛扇坐在饭桌那头，葫芦里卖的什么药，仿佛自己从小到大怎么做都是错的，横竖总是看自己不顺眼。

放假前说起春节打算来，陈末就狠狠把自己家那些断不了的饭局和陈彭宇阴晴不定的表现骂了半小时。钱佳玥不可置信地说："陈末，听你说你爸爸，总让我想起《红楼梦》里的贾政，但见面就还好啊，你爸那天对我们多好啊。"陈末嗤之以鼻："他对所有的人都披着伪善的面纱，只有对我原形毕露。"卡门灵光乍现："钱佳玥说贾政有道理啊，贾政不也逼着贾宝玉写诗，写完诗让别人表扬，自己骂得一文不值吗？"

陈末对卡门丰富的联想能力肃然起敬，果然，陈彭宇就代表着封建统治阶级让人摸不着头脑的腐朽堕落。别人一看谦谦君子，只有陈末才知道，他就是一个伪君子。

不过说到伪君子，陈末就想起了肖涵来。她怔怔地想了一会儿，肖涵家是怎么过年的呢？嘴角不知不觉扬起来，又不知不觉落下去，人有点儿头重脚轻。

挨到吃晚饭时，陈末终于能出房间了。在陈彭宇刀削一般凌厉的目光下，陈末打起精神"叔叔阿姨"喊了一遍，接受着"又长高了""又变漂亮了"等口不对心的恭维。然后，她就走神了，直到作为背景的电视机上，出现了一个让陈末目瞪口呆的身影。

"常无忌！我同学！"陈末指着电视机大叫起来。所有的喧嚣暂停了，目光聚焦到45英寸的大电视上。常无忌乱蓬蓬的头发下面，一张睡不醒的脸直直卡在《智力大冲浪》的栏目 logo 旁边。

陈末终于真的兴奋起来，觉得必须把这种兴奋向人传递一下，于是直奔电话机，拨通了卡门家的电话。

卡门不负众望，那天一个小时节目结束前，班上三分之二的同学家都把电视调到了这个频道，见证了常无忌第一轮踢馆的胜利。

"幸运十三"，一次出现十三个数字，选手必须在有限时间内记下来，然后比赛谁默写的正确率高。去年这个电视比赛，历经周赛、月赛、年度总决赛，决出了一个第一名，奖励最新开盘的"瑞虹新城"两居室一套。或许是广告效应太好，开发商一拍脑袋，决定再接再厉。春节从年初五迎财神，到正月十五闹元宵，每晚举办一场踢馆赛，最后和年度总冠军 PK，获胜者，再奖励一套两居室。

千禧年，上海的房价均价在 2000 元。因此，奖励一套房子，确实是大奖，但也没有什么太了不起的。同学们的兴奋纯粹是为了——同学能上电视，太拉风了！

常无忌，代表五班，代表二中，灭了他们！

年初十，开学第一天，全班都围在常无忌身边。

"十五决赛是直播吧？""常无忌，你要赢啊！""这几天比赛我都看了，这几个冠军肯定都没你厉害！""什么冠军啊，那个是小组出线，冠军是要决赛赢才叫冠军！""常无忌，你比赛时候紧张吗？""电视台里面是什么样的啊？人家说演播室其实特别小，是真的吗？""陈蓉真人好看吗？""你赢了的话，是不是就要搬到虹口区去住了呀？""常无忌常无忌！"

裴冬妮拨开人群，推推眼镜，特别大义凛然地说："常无忌，你接受采访的时候，一定要提到我们二中，提到五班，这不是你一个人的荣誉，这是我们集体的荣誉！"

钱佳玥心怀怜悯地看着常无忌。在电视上面无表情、无比镇静的他，此刻汗水汤汤点点地从额头、鼻尖上纷纷滚落。

"不是我想去的，是我姑妈给我报的名，她家住电视台旁边，硬拉我去的。"常无忌费力地解释。

直到周围也笑眯眯加入。

第一节数学课，周围刚准备写板书，忽然停下来，回头朝常无忌一扬下巴："哎，赢了要请客的哟。我们办公室都打赌了，我宝都押在你身上了，两包红塔山哩。"周围举起两根手指头，俏皮地在讲台上抖了抖。

高一下学期，二中已经褪去了全部的神秘，收起了高冷范，变成了熟悉亲切的"我"的校园。

高三的师兄师姐的身影渐渐从视野中消失了，埋藏在传说中"高三楼"的重重帘幕之后。据卡门说，高三楼里什么都没有，别说Win98的电脑室了，就连厕所都是最老式的，要手动冲水，桌椅都摇摇欲坠。"要的就是那种艰苦朴素、背水一战的感觉！"卡门举起手，比画了一下，"那么大一个倒计时牌子，那么大，每个教室门口都挂着，你们想，压力多大！"

但高三消失的同时，就该高一的上场了。二中的社团文化十分丰富，开学第三天午休，各个社团就在篮球场招新，五颜六色、大大小小的海报外围满了人。

钱佳玥第一次知道，学生社团是这样的。廖冬梅一直千叮咛万嘱咐："学生就是要好好学习，把心思都放在学习上。"但原来，市重点学习好的人，都那么会玩。看那一个个社团名字——天文社、围棋社、文学社、漫画社、吉他社、现代舞社、篮球社……钱佳玥直愣愣看着高二那些学长学姐自信的脸，觉得心里有一个地方受到了极大的震动。她忽然无比自卑起来，那是一种比考试没考入前十名更巨大的自卑。

把二十几个摊位都逛了一遍，拿完传单后，卡门和陈末不知什么时候都不见了。

卡门围着日剧社的一个学姐在星星眼："我特别喜欢《东京爱情故事》，赤名莉香是我的偶像！对对对，《情书》我也喜欢，藤井树，你好吗？还有借书卡后面那个漫画像！哎呀，主要是柏原崇太帅了。

《悠长假期》我看过啊！"

陈末趴在漫画社的桌子上已经画开了。从美少女战士开始，到每节课上画老师，陈末的漫画才能终于找到地方发挥了。"几米那种你能画吗？"一个短发学姐靠在陈末边上问。"几米啊？可以啊，其实我觉得几米的风格挺容易模仿的。"陈末三笔两笔，画了两个背对背走开的人影。"你是学过画画的吧？"学姐招呼另几个学姐一起过来看，大家赞叹起来。"我小时候学过素描，后来我爸非要我去学国画，我不乐意，现在就自己瞎画着玩玩。"陈末再添了几笔，果然《向左走向右走》的神韵出来了。

钱佳玥有点儿尴尬，忽然觉得自己格格不入。她想回教室，但贪恋篮球场上现在的人声、温度和笑脸。她多想也融入这里，她多想也找到一个属于自己的角落。

忽然，她看到了救命稻草肖涵。

"肖涵哥哥，你参加了什么社团？"钱佳玥涨红了脸，兴奋地问肖涵。能跟肖涵一个社团，那就太好了。

"我应该会去篮球社和天文社吧，高二高三那几个师兄我认识，之前就说好了。"肖涵一边铺桌子，一边从背包里拿出几大摞传单来，"你呢？钱佳玥，你打算参加社团吗？"

钱佳玥盘算，篮球社自己肯定参加不了，但天文社说不定能碰碰运气。刚准备开口回答，只见赵婷婷出现在了肖涵身边，她张开的嘴一下子闭上了。

"肖涵，你太慢了。"赵婷婷对钱佳玥视而不见，翻着桌上的传单，"你去哪儿打印的呀？质量不行啊，你看，这里都糊了，我这张图找了好几天呢，现在什么都看不见了！"

"行了，学校后面那个打印店打印机坏了，我跑到小超市那儿才打出来的。"肖涵半笑着看了赵婷婷一眼。

钱佳玥这才注意到他们的传单——这不是社团招新的传单，这是他们竞选学生会的传单。

都是A4纸大小，肖涵的这张上印着花体的"肖涵"两个大字，然后印了"苦心人，天不负"的座右铭，下面排列着他从小到大当过的职务、得过的奖，虽然每一项钱佳玥都能背出来，但此刻印在传单上，忽然变得有了距离。赵婷婷那张字体和肖涵不一样，除了她微笑的大头照，几张跳芭蕾的全身照，也密密麻麻印满了各种头衔各种奖。

赵婷婷见钱佳玥发愣，把自己和肖涵的传单各抽一张，塞给钱佳玥，假笑说："下个月选举，你记得投我们一票啊。"

赵婷婷细长妖媚的眼睛在钱佳玥眼前闪烁，钱佳玥心里想：哦，原来他们是"我们"。她望着两张传单上星罗棋布的各种优秀，忽然觉得，那确实应该是"我们"呀，是离自己那么遥远的"我们"呀。

整个下午，钱佳玥都打不起精神来。自从进二中后，她接二连三地被打击。总在以为自己已经习惯的时候，迎来更重的敲击。她曾经也是有各种小自尊小骄傲的人，但现在，什么都不剩了。

从前，她可以自欺欺人地说：我喜欢肖涵，是我的事情。但现在，一个声音在脑海中不断盘旋：你到底凭什么喜欢肖涵呢？

陈末递过本子来："你干吗，一副无精打采的样子？来例假啦？"

钱佳玥愣了愣神，写："我觉得喜欢一个人好累。"

陈末心里"突突"一跳，竟然有种窃喜在蔓延，但还是在本子上打了一个大大的问号。

钱佳玥脸色煞白地朝陈末看看，递过两张纸来。陈末谨慎地望了望讲台，张国荣还在口若悬河地讲质壁分离，于是她放心地在桌下打开来。原来是肖涵和赵婷婷的两张传单。

真不要脸，陈末又好气又好笑。肖涵不要脸，这赵婷婷更不要脸啊。你干吗不干脆把幼儿园跳舞比赛一等奖写上得了？还有看这芭蕾照抄的姿势，太做作了，肯定是摆拍啊。服气服气，真是一山更比一山高。

把赵婷婷的传单一扔，陈末专心看起了肖涵那张。越看越开心，心里早已经跃跃欲试，想了一百多种揶揄肖涵的方法，绰号也起了几十个。你看，什么"肖有心""肖不负""肖区二等奖"。陈末越想越有趣，想象起肖涵听到这些后涨红的脸和暴起的青筋。真是太好玩了，太迫不及待了！陈末简直想捶桌子了。但猛然，她想到了旁边期期艾艾的钱佳玥。于是，在本子上画了一个更大的问号递过去。

钱佳玥真的动情了，唰唰唰落笔，递过来："我觉得，我配不上肖涵哥哥。"

陈末的脑子炸了。捡起地上赵婷婷的那张传单，瞪大了眼睛指着，意思是：就为了她？

钱佳玥认真地点了点头。

陈末真的崩溃了。苍天啊，不会吧！

"你哪里比不上赵婷婷这种人了？"陈末很想对钱佳玥咆哮，

但望到张国荣笑眯眯的杀气，她忍下了。下课铃一响，拽着钱佳玥就到了一班门口。

"钱佳玥，你现在就去，跟肖涵说，你喜欢他，问他喜不喜欢你。"陈末把钱佳玥往一班门口一推。

在一班的目光都望到钱佳玥身上的时候，钱佳玥落荒而逃。她真的生气了，不知道是生气陈末的强人所难，还是生气自己的胆怯懦弱。

钱佳玥，你太没用了！来回把走廊走完三遍，善于认错的钱佳玥已经自我批评完毕，对自己进行了深入灵魂的鞭策。是的，她该生气的是自己，而不是陈末，也不是赵婷婷。

她在害怕什么？她害怕，从此以后，自己和肖涵再也回不去了，她不能再傻乎乎地喊"肖涵哥哥"，自己十几年的心愿和信仰就这样落空。她害怕，是因为她隐隐约约知道，肖涵可能，并不喜欢自己。

像现在这样也好啊，至少留一丝希望，至少可以把一切推在缘分上面，至少还能坦然地仰望他、跟在他身后、为他的高兴而高兴。像现在这样也好啊。

刘若英唱："有些人，一旦错过就不再。"这算是错过吗？

但陈末没有钱佳玥的弯弯绕绕。她对着一班大喊一声："肖涵，出来！"

"听说你要选学生会了啊，"陈末从身后抽出肖涵的传单来，"肖涵，高一一班，班长，座右铭……"

肖涵被陈末搞得哭笑不得，陈末那阴阳怪气的读法让他耳朵发烫。他一把把传单从陈末面前扯下："对啊，我要竞选，你有什么意见？"

"没意见。"陈末假装镇定地翻了个白眼，"学生会多适合你这种道貌岸然的人啊，我有什么意见。但我警告你啊！"陈末盯着肖涵，脸色发烫，"你不许喜欢赵婷婷！"

肖涵的心里跳了跳，连带着一张嘴也咧开来了："我没有喜欢她啊。"

"不喜欢就好。"陈末把传单往肖涵胸口一拍，"我走了，肖区二等奖，肖老二。"

"你叫我什么？"还没等肖涵发作，陈末就用百米冲刺的速度跑开了。她嘴角挂着笑，一颗心扑通扑通地跳。她本以为，肖涵会反问她："你以什么身份让我别喜欢赵婷婷？"她能怎么回答？她只能说："我以钱佳玥好朋友的身份。"但肖涵没这么说。他不给她机会把钱佳玥横在两人中间。

"道貌岸然""肖老二"。陈末难得地不好意思起来。

"23，67，88，99，104，207，19，5，7，33，12，44，13。这是我们擂主的答案。下面我们来看挑战者，中学生常无忌的答案：23，67，88，99，104，207，19，5，7，33，12，44，13。两个人答案一模一样，我们看正确答案！正确，两人都正确！我们要加赛！"

钱佳玥的心快要跳出喉咙，陈秀娥"哇啦"叫起来："又打平啦！哦哟，你这个同学太厉害了！就三秒钟，我数字都没看全咯！"

"嘘嘘嘘嘘。"钱佳玥用力嘘陈秀娥，把电视机声音调到最大。一家人围着电视，廖冬梅的肉汤圆咬到一半。

电视里传出一阵惊叹声，终于有了区分——擂主写全了 13 个数字，而常无忌漏了一个数字，并且，两人有两个数字不同。

钱佳玥的心沉了一沉。陈秀娥叹口气，安慰她："你同学已经很厉害了，才十五岁哆，那个人多大啦，老邦瓜一只，叫我说，电视台这个是欺负人咯。人家奥运会不是分组的嘛，这个也应该分组呀，按照年龄分组！"

她正说着，廖冬梅忽然"哇"一声叫起来："宝宝，你同学赢了，赢了！"

果然，电视机镜头上是常无忌宠辱不惊的脸。他答出来的 12 个数字，全部正确，而擂主错了 3 个。

直播的话筒伸到他面前："好了，这位同学，恭喜你啊，自古英雄出少年，踢馆成功！最后一轮非常惊险啊，心情怎么样？"

"还行。"常无忌说。

"就还行？"主持人很诧异，"那此时此刻，有什么想跟全上海电视观众说的吗？"

常无忌抓抓脑袋，很茫然。再看一眼主持人，忽然想起来了裴冬妮的叮嘱："哦，有的，我要谢谢二中，谢谢我们五班，这是我们集体的荣誉。"

廖冬梅真的心花怒放，拍着钱佳玥的腿："这个孩子怎么那么好，太好了！"

"好，我们大奖房子的钥匙送上来！"主持人笑眯眯说。

忽然，常无忌抢过了话筒："我能不要房子吗？房子可以折现吗？"

“你不要房子？”

“我家已经有房子了，我要那么多房子干吗？”常无忌一脸坚定。

2000 年的元宵节，常无忌连带二中，在上海荧屏上一炮而红。最后经过协商，常无忌没要房子，而是拿到了税后二十万元的奖金。二十万元，在 2000 年，对于一个普通中学生，真的是一笔巨款。

但这个被全上海见证的天才不会想到，2000 元一平的房价，若干年后会发展成什么样。可见，有时候连天才都会算错很多东西。

32
东边日出西边雨

　　钱佳玥一家在大呼小叫的时候，毛头正耷拉着脸在肖涵房间唉声叹气。

　　回来新村住了快二十天，毛头和张启明的反应天差地别。刚开始，张启明总是苦着一张脸，毕竟老板做惯了，本来每天一杯"人头马一开，好事自然来"，现在白粥青菜的日子怎么过？他只好安慰自己，算了算了，得"癌症"的呀，总归要面如菜色一点儿。大哥大也不能用了，二手奔驰也不好开了。老房子看看，客厅又小又暗，厕所水管都锈掉了，晚上睡觉心理作用总觉得四周漏风。越想越怪杨敏这个女人，讲好过年回来办手续，怎么还不回来。三天两头打电话给以前的小舅子，对方总说"快了快了"。好了，他一声"快了"，拖死了自己。

　　但几天一待，人倒慢慢活络起来，简直有点儿乐不思蜀。以前来找关爱萍多麻烦？现在，早上厚着脸皮带毛头去肖涵家，跟着吃生煎小笼；中午蹭廖冬梅家的干煎小黄鱼、榨菜肉丝面；晚上再到肖涵家，跟关爱萍一起拣拣菜、剥剥毛豆，日子越来越乐惠。到了过年那几天，更不得了，那些已经搬走的老兄弟全部回来看老人。今天这家聚聚，明天那家吹牛，每天下午一场麻将。

麻将，这几年一直搓的，但不是跟客户就是跟供应商，这哪里是搓麻将，简直是智力竞赛！眼观六路耳听八方，赢还是输，可以赢谁可以输谁，要输多少钱合适，脑子不停。一场通宵麻将搓下来，头发要白三根。哪像现在，跟几十年的老兄弟搓。老酒杯杯，山门骂骂，脸红脖子粗，忆当年，从光屁股打架到小青工进场，可以讲三天三夜。这才是神仙日子啊！老话讲，"乞丐做三年，给个皇帝也不换"，张启明现在算有点儿品出味道来了。

但毛头不爽了。一开始想得好，总算又可以天天跟着肖涵、钱佳玥玩了，搬来才发现，钱佳玥现在根本不大来找肖涵了。再接着，好嘛，钱佳玥他们干脆去江西过年了。张启明耳提面命他不许回新房子找人玩，他只好天天腻在肖涵家，但肖涵家玩具、游戏机哪里有毛头自己家里多？而且肖涵寒假还出去上英文课，自己一个人待着实在没多少意思，只好看《西游记》跟《还珠格格》。

好不容易钱佳玥回来了，毛头还是不开心。钱佳玥只有晚上才上QQ。化名"扬帆"，跟"芦苇"聊天，这本来是毛头最起劲的事情，但现在在肖涵家，怎么好意思当着肖涵的面跟钱佳玥聊？再一晃开学了，张启明就给他带了一双回力运动鞋，几套旧衣服，把头发搞竖起来的发胶也没有了。毛头走到学校去，像只耷拉毛小鸡，同学们指指点点，让他很没面子。

他从心底呼唤——快点儿让我回去吧！

当然，毛头那时候自己还没发觉的，是他对杨敏回上海这整件事的态度。他不敢细想，不知道会发生什么，真见了面说什么，最后，是不是又要再被抛弃一次。时间越久，杨敏回来的概率越大，他越心慌。只想逃回从前的生活，从前的壳，永远不要真的面对。

只有跟肖涵谈过一次。

虽然毛头一直装得没心没肺，跟肖涵一起打古早小霸王游戏机不亦乐乎，但肖涵有天忽然问他："毛头，你想她吗？"

毛头愣了一愣，竟然觉得自己有点儿想哭，于是赶紧用大笑来掩饰，一边手上熟练地上上下下左右左右，大叫："我三十条命！"

肖涵不玩了，从沙发上向他挪近一点儿，看着毛头一个人玩。良久良久，摸了摸他的头："毛头，你可以想她的。你要是想她，你到时候就跟她说。"

魂斗罗的音乐噼里啪啦，毛头把三十条命都用光了，始终不敢回头，怕自己的泪痕不够干。

但该来的总归还是要来的。从肖涵家吃好肉汤圆回到一楼，张启明一脸酒气地先推门而入，毛头刚刚想关门，只觉得铁门被人按住了。走道里的感应灯本来已经灭了，毛头紧张得手一抖，铁门"哐当"一响。突然照进来的灯光里，映出来门口一张脸。

那张脸一笑起来，丹凤眼的四周鼓起了皱纹，鼻子却红彤彤的，大红嘴唇颤巍巍。那只挡着铁门的手，伸上来要摸毛头的头。毛头愣在那里，只听到"毛头，你长这么高啦"这一句话，惊吓一般的跳了起来。

"老张！"毛头大叫一声，就冲到自己房间反锁上门。

张启明闻讯赶来，右脚棉拖鞋脚跟还没塞进去。走到门口一看，只见杨敏穿着大衣、黑高跟，妆化得服服帖帖地站在门口，似笑非笑地看着张启明。

这只女人辣手的。张启明脑子里金光一现。一直叫小舅子骗自己还没回来还没回来，结果来个突击检查，张启明心里一阵恼火，又一阵庆幸。还好自己早有安排，否则被抓个现行。

张启明强压情绪，记起这次自己要伏低做小，于是换上笑脸："哦哟，你回来啦，怎么电话都不打一个，这么晚来啊！"

杨敏也就着灯光看进来。张启明年轻时候绰号是"猴子"，人精瘦，现在倒是胖了点儿，三角眼下面的脸颊上面有了几两肉。看得出他染黑了头发，但是到底是老了。杨敏心里一阵难过——他老了，自己难道不老吗？

房子还是从前那套房子。公婆家的新公房，结婚时候能搬进来简直欢天喜地，现在看看，那么小，那么旧。沙发还是十年前那套，垫子颜色都磨旧，电视机柜是当年张启明的木工小兄弟打的，她眼看着他们上的漆，现在剥剥落落，一处处露出了本来的木头颜色。

杨敏眼睛一热，看到毛头的百感交集，面对旧光阴的相顾无言。她不知道是不是冷，身体竟然有点儿发抖。跟着张启明到沙发上坐好，把一杯开水握在手里，才开口说："你们倒是还住在这里。"

张启明立刻进入哭穷模式："怎么办呢，没本事呀，住住爷娘留下的旧房子，不像你……"讽刺挖苦的话刚刚到喉咙口，被硬生生压下去，"不像你，哦哟，还摩登漂亮味，一看就是养尊处优，不能跟你比啊。"

杨敏的目光停留在毛头紧闭的房门上，轻轻说："儿子呢，叫儿子出来呀，我那么多年没见他。他现在应该读初中了吧？"

"读初二了。"张启明的心忽然也软了一下，两人多少年没有心平气和谈儿子了，"成绩一塌糊涂，老师三天两头告状，不讲了不讲了。"他说着走到毛头门口，刚想开门，发现门被反锁了，于是砸起来，"毛头，开门，出来呀！你只小赤佬躲在里面做啥？我叫你出来听见没有？！"

杨敏看到张启明怒气冲冲的样子，虽然心里也渴望毛头出来，但还是拦了一下："算了算了，他不出来算了。"

两个人各怀心事，相顾无言。良久，杨敏才问："听说，你生毛病了啊？我看你气色不错，应该恢复得挺好？"

张启明心里一惊："没有没有，刚刚喝了两杯酒，看着面色好，其实不好的，面皮黑的，黑的看到吗？"

杨敏仔细端详了一下他的脸："那医生现在怎么说呢？"

张启明手在膝盖上磨着："医生说，现在有个什么新药，让我试一试，试得好呢，再活个十年二十年没问题。所以呀，我就想，对吧，你看看，我们去把手续办一办，你资助我点儿？"

杨敏的脸上没什么表情起伏，张启明看得心里有点儿七上八下。年轻时的杨敏是只小辣椒，心里想点儿什么，脸上喜怒哀乐马上表现出来。现在倒是有点儿端庄相，什么都看着淡淡的，让人猜不透心思。

张启明在看杨敏，杨敏也在看张启明。杨敏其实已经回来好几天了，刚下飞机那天，她就赶来新村，其实想的是，能不能在暗中先跟毛头相认一下。那么多年没见儿子，她心里的愧疚、期待，像正在擂鼓的槌，喷薄而出。而且，她也想好了，既然张启明得了绝症，自己就把毛头带去日本，给他一个更好的未来。她知道张启明肯定不愿意，所以最好，先和毛头达成协议。毛头也大了，只要他站在自己这边，张启明自顾不暇，也回天乏力。

但是来了几次，她在暗中都没看到毛头，倒看到了几次张启明。一次，张启明跟几个兄弟勾肩搭背出门，哈哈大笑，中气十足，看不出半点儿患有绝症的样子。另一次，张启明跟在一个女人屁股后面欢欣雀跃地出门，杨敏只看一眼，就认出是原来厂里那个厂花——关爱萍。

张启明有没有得病，她心里早就起了疑虑，但她想的是，这次他叫自己回来，估计就是为了给毛头找后妈。

找后妈也没什么，问自己要点儿钱也没什么，就当自己随份贺礼。而且这样的话，毛头跟自己去日本，就更顺理成章了。想到这里，杨敏就激动起来。

一个人在异国已经快十年了。十年了，说说容易，但每一天，一分一秒，到底怎么过来的只有自己心里清楚。年轻的时候心野，浑身都是不服输的劲，用满身锋芒抵雨雪风霜。但现在，似乎什么都有了，才发觉还少一个亲人。还少毛头这个亲人。

杨敏此刻看着张启明，心里在盘算，不如自己倒从张启明这里下手。毛头看到自己就像踩到电门，看来母子感情要重新培养不容易，他未必肯跟自己走。倒是张启明，人家都说"有了后妈就有后爹"，既然有了新欢，毛头自然就变成了他追求新生活途中的拖累，说不定倒能让他松口叫毛头跟自己走。

不就是要点儿钱嘛，给他好了。杨敏打定了主意。

但以防他狮子大开口，倒要想点儿主意。

"这样吧，启明，你的医药费，我来出，好不好？十万块够不够？"杨敏说得很诚恳。

张启明开心起来，但脸上装作不情愿："差是差不多。唉，我要是有别的办法，不好意思跟你开这个口。这样吧，杨敏，你放心，你想要离婚，我明天就陪你去民政局离婚，我不会再拖你后腿的。"

"好呀，那我明天早上来找你，十点钟你方便吗？你现在还上班吗？"杨敏问。

"上什么班，拉倒，下岗多少年了。前两年这里晃晃那里弄弄，打点儿零工呀，现在生病了嘛，就家里混混好了。"张启明眼见计策得逞，眼角忍不住上扬。

杨敏的眼睛再在整个客厅扫了一遍，确认没有看到任何跟药有关的东西。她站起身来，把包挎起来，指着带来的纸盒说："这是我给毛头买的，不知道尺寸合适不。我总归以为他还小，今天一看，快比我高一个头了。"

张启明心想，你个一米五八的小矮人，不比你高还行。但脸上堆笑："哦哟，你破费了，毛头肯定喜欢的。"

杨敏又磨蹭了一下，站在客厅里，脖子仰着望着毛头的门。等了又等，终于说："毛头，妈妈走了哟！"

这一声"妈妈"一出口，一家三口的心同时颤了颤。毛头的背抵在房门上，脚顿时一软。他的脑袋"嗡嗡"直响，天地缩小再缩小，仿佛旁的一切都不存在了。良久良久，等他回过神来，门外已经一片寂静。毛头疯了一样打开门，果然一个人都不见，只有一个纸盒，孤零零地放在桌子上。打开盒子，里面有四套 Nike 的运动服，款式一样，尺码不同，从 150 到 180 各一套。毛头鼻子一酸。

张启明哼着小调回来的时候，看到毛头呆呆捧着衣服，心里也有点儿不忍。杨敏这次主动上当，表现蛮好，张启明也有点儿唏嘘。从前对杨敏那么硬，除了感情破裂的仇恨，更重要的是这个女人过得比自己好，气不过。但现在，自己什么都有了。儿子，钞票，还有个比杨敏好十倍的关爱萍，闷在胸口这十年的恶气也出得差不多了。现在看看杨敏，倒觉得有点儿可怜了。

"总归是你妈妈。"张启明摸着毛头的头，"下次不要躲起来不见她，她等下回日本，你想见也见不到了。听到了伐，儿子？总归是你妈妈呀，啊？"

但张启明的如意算盘并没有打多久。第二天，杨敏打出租车开到楼下，他本来是揣着结婚证、户口本兴冲冲地出门，哪知道车越开越不对。

"不对嘛！"张启明看着窗外叫起来，"师傅，你去哪里啊？这不是民政局的路啊。搞什么啊，你上高架了，你册那开到哪里去啊？我投诉你咯！"

杨敏一把拉住他："你不要乱叫。我带你去看医生，我有个小姐妹的哥哥是肿瘤医院的专家，我带你去找他。"

张启明目瞪口呆："搞什么啊？我不要去看医生！我……我一直不是在那里看的，我原来那个医生很好的，我一向是找他的，我就相信他。"

"你什么癌？"杨敏盯着张启明，忽然问。

"我，我……"张启明一激动，结巴了，"我胃癌，胃癌！"

"对呀，这个刘医生，是上海胃癌第一把刀，我也是托我小姐妹他才肯给你看的，机会难得，平时他专家号抢都抢不到！"杨敏说得让人无法辩驳。

张启明此时恨得百爪挠心。他明白了，杨敏从来没相信过他，就等着这样看他笑话。想想也是自己大意，过年过得昏头了，做戏没做足，早知道就应该化化妆，放点儿病历卡和药在家里。现在怎么办？定在杠头上。

下了出租车，望着肿瘤医院的大门，张启明腿软了。现在怎么办呢？再老实说自己没得病？那怎么解释自己撒谎？饶是张启明脑子活络，此刻也找不到一个万全的说辞。

杨敏熟门熟路，拖着张启明七拐八拐，不一会儿，果然找到了那个刘医生。

走了一路，张启明倒心定了。他忽然想起来，自己本来就有胃炎，大不了推给医院，说原来误诊了，那个医生没水平，把胃炎看成胃癌了。今朝就当体检算了。

该做的检查都做完，张启明跟杨敏在医院走廊里等结果。张启明还是不死心，杨敏拖着自己耍了半天，今天非把该办的事情办完不可。

"我们民政局，还是要去的吧？"张启明看着杨敏。

杨敏叹口气："再说吧，你的身体要紧。"

张启明着急："别呀，你今天不抓紧，我不知道以后还动不动得了啊。"

正说着，刘医生忽然面色凝重地走了出来，朝着杨敏招了招手。张启明这时候倒也被他们搞得气氛紧张起来，猫着个腰，观察两人的表情。他台词已经想好了："啊，没胃癌啊？太好了太好了！"但转念一想，那么快接受这个事实好像不太自然，于是斟酌台词，应该说："啊，没胃癌啊？那地段医院怎么说我有胃癌啊？到底相信哪个啊？不要开我玩笑哟！"

正想着，只见杨敏朝自己走来。

张启明下意识动了动嘴部肌肉，好让待会儿惊讶的表情更真切一点儿。

没想到，杨敏皱着眉，高跟鞋踢着地板，好一会儿不言语。最后叹了一口气，抬起头来："启明，医生说，你的癌细胞扩散了。"

33
人争一口气

"你说啥？"张启明头一昏，脚一软。

"医生说你的癌细胞转移了。"杨敏一脸沉重地重复了一遍，说着从挎包里抽出几张纸递过来。

"这怎么可能！"张启明大叫起来，双手颤巍巍接过来那几张纸，脑子里一阵晕眩：完结了，这下完结了。恨不得抽自己几个嘴巴子，千算万算，让你再咒自己，让你再咒自己。

几张纸头拿在手里翻，看到眼睛里都是花的，但左看右看，都是些数字，再定睛一看——不是电费账单吗？

"这什么啊？"张启明愣住了，拿着账单问杨敏。

"你的诊断报告啊。"杨敏神情自若。

"这是诊断报告？"张启明不可置信地甩着两张账单。

"不是啊？"杨敏假装诧异，接回来放在手里翻，"那要么你本来就不是癌症啊？"

张启明愣了一愣，忽然明白过来自己被杨敏耍了。火气"噌噌"地冒上来，但同时，双脚顿时不抖了，也不冷了，一股暖气从脚底心蔓延到全身。

"你这只女人哟！"张启明气急败坏，伸着一根食指在杨敏面前比画。

杨敏"扑哧"一声笑出来，旋即一板脸，一甩头："不要在人家医院里大呼小叫，毛病看好了嘛好了，现在去民政局，再不去人家要关门了。"

打一巴掌，给一个果子，张启明呆在原地，想来想去摇头——这个女人真的是辣手。

坐上出租车，张启明已经有些泄气了："你什么时候看出来的？我觉得我装得蛮像的，我还特地到医院里去体验过生活咪。"

"这你就不要管了。"杨敏想，我才不会把之前暗中观察的行为告诉你。现在她占上风，就要彻底把这上风占到底。"话说回来咯，张启明，我在日本刚刚知道你生病，心里还蛮难过的，想你这些年肯定过得不好。"说这句话的时候，杨敏转过脸来直盯着张启明。她的眼神很真挚。

杨敏年轻时候的五官都是圆的，尤其一对眼睛，虽然不大，但是乌黑滚圆。隔了将近十年的岁月，这滚圆的眼睛被眼线笔勾成了随和的长条，原来的乌黑上多了一层擦不干净的雾蒙蒙，仿佛总带着一点哀愁。看着这对眼睛，张启明忽然心里松动了一下，他忽然想到，这十年，杨敏的日子大概也不是太好过。

"张启明啊，我知道你想离婚，我也想离，其实你不用装病，我都准备好要给你补偿的。"这次杨敏从包里掏出一个透明文件夹来，里面躺着律师起草的崭新硬挺的一份离婚协议书。"十万块钱，不管你生病不生病，我都给你。"杨敏继续说，"我知道的，我亏欠你们父子很多。"

张启明接过这份文件，果然看到"甲方一次性赠予乙方十万元现金"的字样。张启明心里有些愧疚——难道真的是自己把杨敏想得太坏了？是自己太小心眼了？

但等等，眼光滑下去，只见另一条——儿子张杨（13岁），抚养权归甲方杨敏，乙方无须支付任何抚养费用直至18岁。

"你什么意思啊？"张启明的火蹿起来，刚才那一丝的愧疚瞬间抛到了九霄云外，"你要跟我抢儿子啊？你想得倒美，我好不容易又当爹又当妈地把儿子养那么大，你现在来捡皮夹子啊？做你的大头梦！"说着，不顾杨敏的反对，哐哐敲着出租车司机的位置，"停车！靠边停车！我要下车！"

杨敏跟下车，拉住张启明的外套："你不要意气用事，我是为了儿子着想！"

"儿子？哈，你现在记起来你有儿子啦？蛮好蛮好。"张启明怒极反笑，招呼着马路上看热闹的人，"阿姨爷叔，来来来，你们都来评评道理，大家来听听看咯！这个女人，儿子那么小一点儿的时候，跑到日本去了，在舞厅里跟人家嘣嚓嚓，嘣嚓嚓，面孔香香，腰么搂搂。你做这种不要脸的事情的时候，你想到过你有儿子伐？"

上海滩上最不缺看热闹的人。不一会儿，里三层外三层已经围起来了指指点点的看客。

"儿子五岁，盲肠炎，痛得在地上滚，嘴里叫'妈妈呀妈妈'，那个时候你在哪里？儿子九岁，小学三年级，人家笑他是没妈的野种，他拿凳子把人家头砸了，自己坐在地上哭，那个时候你在哪里？你现在知道你有儿子啦？要回来跟我抢儿子啦？有这种道理伐！你问问大家，有这种道理伐！"

人群哄的一声议论开了，像漫天的飞蛾，满头满脑一下扑向了杨敏。杨敏心里知道，这么多年，总要先让张启明把脾气发完，他才能听进去自己的话，自己只能忍受，但张启明的话，每句都像把小刀，一刀一刀拉在她心上。她抖着嘴唇辩解："我回来找过他的，你们不让我见他。"

"是他不要见你！"张启明叫出来，"我从小就跟他说，当你这种妈死掉了！你不要脸，我们要脸！"

张启明说完，转身就走。杨敏在他背后喊："我能给毛头更好的生活！你不要为了自己，耽误了儿子的前途！"

张启明的脑子一下炸了。他气势汹汹地折回，右手拳头碰到杨敏鼻尖，忽然笑了："钞票是伐？你终于跟我谈钞票了是伐？你有钱，你了不起！我册那我现在也有钱！"掏出皮夹子，本来想撒点儿老人头摆摆威风，却发现为了装穷，皮夹子里只放了四十几块的零头，气得他把皮夹子整个扔到了地上。

"我今天豁出去了，法官判我输一半我认了。"张启明咕咕哝哝，杨敏听得一头雾水。

"我跟你讲，杨敏，我现在是老板了，我有钱，毛头跟着我吃香的喝辣的。你以为日本了不起死啦？我跟你讲，只要儿子想出国，英国、美国、澳大利亚，我随便他挑！世界地图钉在墙上面，飞镖扔到哪里我送他去哪里。还日本，日本你的大头鬼！"

人群中有人被他这两句话逗笑了。而杨敏看着张启明上蹿下跳的样子，忽然疑惑：他得的要么不是胃癌，是脑癌啊？

"你不要不相信！"张启明看到杨敏那似笑非笑的脸，火气又上来了，"我证明给你看！"浑身上下拍了一遍，统统都是瘪三装扮，没一样拿得出手的，只能继续空口说，"梦特娇西装，晓得伐？两千块一件，我有两件！车子，我开奔驰！南京西路上的波特曼你知道伐？我跟人家谈生意都在那里！"

"哗"，人群这次哄笑起来。有个老大爷上来劝他："好了好了，弟弟啊，别讲了别讲了，有什么事情回家讲。坍台的呀。"

"坍什么台？我真的有钱的呀！好好好。"他凑到杨敏面前，"我现在不跟你讲，我回家打电话给你弟弟，让他跟你讲我新家的地址。你明天来，你明天晚上来，我让你看看毛头跟着我有没有好日子过！"

张启明大步流星地走了，杨敏心里还在疑惑，但为了避开众人目光，也急忙拦了一辆出租车走了。

人群散去，最后只剩下一个好事者，捡起了张启明扔在地上的皮夹子。正在翻看，只见张启明又回来了："朋友，这个皮夹子你拿去，我身份证银行卡在里面，你能还给我吗？"张启明搓着手，绷着脸说。

那个人想了想，从里面掏出了一张身份证，三张银行卡。

"这个。"张启明还没有要走的意思，"再给我两块钱坐公交车好伐？不对不对，我算算，要换乘的，大概要四块吧？有空调车的……"

那个人把皮夹子整个往地上一扔："帮帮忙咯，一共就四十多块钱，还掼什么浪头。"

对抗杨敏的号角正式吹响。作战指挥部设立在了关爱萍家。

是夜，张启明拿了三万元巨款给关爱萍："爱萍啊，你明天班不要上了。拿这点儿钱，做个头发，到美美百货买两套衣服，哪个牌子响买哪个，鞋子也买，包也买，都买，明天气死杨敏那个女人。"

关爱萍把钱一推："我才不去，你们一家三口的事情，我去掺和干吗？"

"谁跟她一家三口？我们才是一家三口。"张启明忽然瞥到了旁边的肖涵，"不对，我们是一家四口。我们4对1！"

肖涵赶紧声明："别算我，我不会去的，我后天要测验，我要复习功课！"

张启明拿肖涵没办法，只有一记头挞打在毛头头上："毛头，我跟你讲，你给我拎拎清！明天不要去上课了，我带你去买点儿新衣服。买两套耐克了不起了，耐克有什么稀奇，我带你去买花花公子。"

毛头的脑袋在光速运转，立刻意识到这是敲竹杠的好时机："爸，买衣服不稀奇的，她又不可能打开衣橱去看有几套。你给我买点儿撑场面的东西。"

"什么东西撑场面？"

"多了啊，任天堂新出了游戏机，还有 IBM 的笔记本电脑，限量版的变形金刚……"毛头扳着手指头，把大件一口气报了一遍，"还有限量版的乔丹鞋，那个最最最最撑场面！"

张启明的心在滴血，很想一巴掌打在毛头脸上，但忽然想到此时毛头是两条阵线共同争夺的对象，就春风化雨地摸了摸他的头，慈父一样点了点头。

这一晚，毛头终于回家了！

在蹦到他柔软的席梦思上躺了5分钟后，他立刻起床开了电脑，上了QQ。果然，八点多钱佳玥还在线上。

"Hi。"扬帆给芦苇发了一个表情。

钱佳玥今天是因为语文作业在查资料，倒是见到了这个久违的网友。

"春节过得怎么样？"

"挺好的，我已经开学了。"钱佳玥老老实实回答，"我马上要下线了，数学作业还没做完。"

"没什么，我就想告诉你，我明天要见一个人，心里很紧张。"

"就是你说你暗恋的那个人吗？"钱佳玥兴奋起来，她没想到自己开始跟卡门一样八卦了。

"差不多吧。"扬帆回答。

"那祝你一切顺利！"芦苇认真地打。起码比我的电台表白顺利，钱佳玥心里叹了口气。

顺利？怎么样才算顺利呢？毛头望着电脑屏幕，有点儿疑惑。

第二天，张启明是严阵以待，他把那辆二手奔驰擦得闪闪亮，订好了波特曼的包厢，指挥两个钟点工阿姨把家里几年没碰过的角角落落都擦了五遍，关爱萍来了以后，恨不得把一整瓶香水都倒在她头上。

当然，张启明还去公司里，把原来发给工厂和经销商的公司产品手册也拿了一箱到家里来，摆得到处都是，像一个展品会场。"启明星环球贸易有限公司"，名字起得多有气派。

"你正常点儿可不可以？"关爱萍看着张启明身上不肯拆掉牌子的梦特娇西装，叹了一口气。

张启明想明白了。佛争一炷香，人争一口气。钞票再多没有面子，有什么用呢？比起藏起一半钱来，自己偷偷摸摸花，不如把大把钞票扔在地上，看着自己恨的人跪着捡起来。人赚钱是为了什么？为了让自己开心啊！

他想到杨敏待会儿的脸色，可能会有点儿后悔错愕，被儿子拒绝时候的痛苦，想要问自己要钱的屈辱，想想就开心得要笑出来。杨敏啊杨敏，你也有今天，你也有今天啊！

34
小 孙 老 师

上海人的早饭，俗称"四大金刚"——大饼、油条、豆浆、粢饭。但陈末爱吃锅贴。

冬日的街头，早点铺外面蜿蜒排着十几个人，都伸长着头看，漆黑的大锅，看着店主熟练地把锅贴一排排垒好，层层叠叠。到时候半碗水浇下去，"刺啦"一声，烟雾缭绕，生气腾腾，让寒风里的人眼前都热一热，等待的心更焦急。"要几两？"还没掀锅盖，店主哇啦一声喊出来。排队的人手指伸出，"二两""三两"地喊，店主一把葱花撒下去，香气四溢。陈末也跟着喊"我要一两"！

一两锅贴，加一杯热豆浆，书包里还有一个赵榕芳上班前煮好的白煮蛋。赵榕芳是护士长，每天走得早，陈彭宇的作息神出鬼没，陈末从小就头上挂着钥匙，把方圆几里的早餐店都吃了个遍。吃完饭，抹抹嘴巴，跨上自行车，骑到新村门口，吃泡饭的钱佳玥早就等在那里了。

钱佳玥是吃泡饭长大的。隔夜饭，加点儿开水泡一泡，咸蛋皮蛋，榨菜肉松，就是一餐。小时候吃早饭时廖冬梅还要给她扎辫子。麻花辫，这里三股，那里三股，手指在镜子里翻飞，一会儿钱佳玥就变成了一个卖花姑娘。但上了高中，谁还要梳麻花辫？太土了。钱佳玥吃完泡饭，自己对着镜子把中长发梳了又梳，把前刘海捏了又捏，但始终，都有点儿不服帖。

两个女孩儿高高兴兴骑着自行车去上学了。钱佳玥的寒假没有闲着，按着赵婷婷的法子把数学、物理笔记都整理出来了，正跟陈末分享。

陈末现在学习也上了点儿心。以前年纪小，非要跟陈彭宇对着干。老子让好好念书，自己就偏不，显得那么酷，让陈彭宇丢丢面子也好。现在不一样了，现在有目标了——要考到北京去，要离陈彭宇的魔爪远远的。但真的定下心来学习，才发现哪那么容易？她陈末又不是常无忌这样的真天才。装叛逆，就不需要面对自己不一定能学好这个事实。不叛逆了，要面对还真有点儿难。

所以钱佳玥一路讲，陈末就一路听。钱佳玥这点好，特别谦虚，陈末如果表示没听懂，她立刻反思自己，觉得肯定是自己没讲好，要想办法换个角度重新讲。不像肖涵。从前问肖涵两句，肖涵就有莫名的智商优越感，一半逗她一半认真："这个你都听不懂？"

我要是都懂，还问你？陈末心里恨恨。了不起，算你是重点班的吗？陈末总要撑他："你那么了不起，没看你去拿一块奥数金牌啊！"肖涵的脸绿了，陈末就很开心。连竞赛队都没进去的人，找什么优越感啊？

好久没撑肖涵了，陈末心里总是空落落的，但真的看到肖涵，陈末也不太开心。

肖涵在二中的能见度其实挺高的，道貌岸然的人总是特别受老师们的喜爱。升旗仪式，动不动要发言；选学生会，肖涵的传单发得到处是；大家的口口相传里，也常常会有肖涵的名字。有一次在食堂排队打饭，前头排着几个别班的女生，在花痴地讨论二中的帅哥。

不一会儿一个说："一班的肖涵也很帅啊，长得像《永不瞑目》里的肖童。"另一个说："对呀对呀，但他是不是和他们班那个赵婷婷是一对啊？"一群人你一言我一语，嘻嘻哈哈笑起来。不一会儿"嘘嘘"声响起来，陈末顺她们的目光看过去，肖涵果然迎着阳光走进了食堂，排在了队伍的最后面。

卡门低声对钱佳玥说："肖涵哎，你别排我们这里了，赶快去跟他一起排！"钱佳玥扭扭捏捏地不肯动。

肖涵的脸在阳光里半明半暗，陈末忽然发现，队伍那么长，自己离他那么远。

阴阴郁郁的二月一过，就可以脱掉羽绒服了。三月的阳光一照下来，就在风里闻到了春天的味道。春天的风和冬天的不一样，就差一天，都不一样。冬天的风是往下刮的，刮得人心惶惶往下坠；春天的风是往上走的，心里像有颗种子，一跳一跳地往外冒。

小孙老师就是被三月的风刮到五班的。

小孙老师是师大来的实习生，她一进班级，陈末就眼冒金光，一拍钱佳玥的肩膀："好帅啊！"

是呀，从来没见过剃板刷的女生。

小孙老师很高，1.74米，一个帅气的板刷，显得鹅蛋脸越发精致。但她也不是假小子，里面穿了条黑色的羊毛长裙，外面披一件厚绣花牛仔夹克，脸上粉黛不施，眉毛都淡淡的，却化了一个大红的口红。总之，这一身怎么看怎么不搭，但一身不搭看着又那么协调，仿佛多看一眼，就多了一层味道。

"小孙老师，我们新来的实习老师。"周围用一贯慢悠悠的语调，给大家介绍，"跟钱老师一起教六班和我们班英语，但是呢，也是我们班的实习班主任，所以接下来的三个月，大家天天都会见到她。来来，小孙老师，给我们同学打个招呼。"

"同学们好，我叫孙叶琦，以后要在我们班实习三个月，主要跟着钱老师和周老师学习。我原来也是二中的，周老师以前也是我班主任，所以跟周老师有关的八卦我都知道。"孙叶琦说到这里，回头望着周围一笑。周围笑着朝她一瞪眼："小姑娘神之弗之！"

大家天然地把小孙老师归入了自己的阵营，一下课就围着孙叶琦叽叽喳喳。高考是怎么样的，大学是怎么样的，小孙老师你有男朋友吗……什么问题都问得出口。

十几岁的小孩儿，界限明确。父母和老师这些大人，再和蔼可亲，那都是大人，跟我们不是一国的。但像小孙老师这样的大姐姐，就不一样了，尤其是那么酷的大姐姐，真是让人心向往之。

小孙老师还真是跟一般大人不一样。上英语课时一本正经坐在教室最后一排听，频频点头，笔记还记得飞快。但一下课或者午休，就像换了一个人。

"sorry 和 apologize 是不一样的，你们都知道吧？"一次午休，小孙老师坐在教室最后面的角落，身边围了二十几个人。

"I'm sorry，就是我很遗憾；apologize 是道歉。区别是什么呢？比如，我看到你生病了，你生病跟我没关系啊，我也能说 I'm sorry，"孙叶琦明显是说兴奋了，"我们大学旁边的书摊，有很多外国杂志、报纸，那上面的新闻和文章啊……"孙叶琦说得正起劲，忽然听到了来自教室前方一声响亮的咳嗽。

"老师来了"，人群一下子散开。孙叶琦在吴春华的注视下，灰溜溜地从后门溜了出去。

但陈末不死心，她太喜欢听这种跟道貌岸然的成人世界唱反调的小道消息了。放学后她拉着钱佳玥和卡门堵在英语教研室里，磨来磨去："到底是什么外国报纸杂志啊？"

算了算了，阿弥陀佛，饶了我吧。我本来算无知者无罪，后来吴老师都找我谈话了，说不允许我在学校里宣扬什么非正规出版的东西。我再跟你们说，就是知法犯法。你算帮我个忙，别再提了，我还想实习完转正留校呢。"孙叶琦眼睛弯弯笑，脸上表情却一点儿都没话里的紧迫可怜，反而带着一丝调皮，"你真想看啊，等你高考完，上大学了来找我。" 陈末不说什么，嘴嘟得很高。孙叶琦瞧着，又说："那我找点正规出版引进的，有意思的东西，给你们看看吧。"这下，陈末终于满意了。

午休的时候，孙叶琦带来了《大话西游》未删节版 DVD。

《大话西游》那几年翻来覆去地在电视台上播，台词几乎都可以倒背，但所有人都是第一次看未删节版。至尊宝和白晶晶滚在地上，解腰带的解腰带，喘息的喘息。一教室的人呼吸都沉重起来。女生们不好意思地低着头，有的用课本遮住自己的视线。

钱佳玥的耳朵红得发烫，心跳简直要把胸膛击穿。但心里有一点儿快感，一种好像把什么挣脱了击败了的快感。三月的春天，其实在每个人的心里都撒下了种子。

之后的午休，又陆陆续续放了不少片子。《肖申克的救赎》是分了一礼拜放完的；《拯救大兵瑞恩》放了一半，后面一半说太血腥死活不放了；当然还有《阳光灿烂的日子》，浴室那场戏看得钱佳玥心电图跳出了东方明珠形状。

很多年后，钱佳玥都能回想起来，午后的教室里，小孙老师靠窗含笑的场景。全班静悄悄的，有的托着腮，有的转着笔，大家眼睛都望着悬挂在黑板左方的电视机。年轻的眼睛都闪闪亮，仿佛望着的不是一部电影，而是成人世界投过来的一份理解，一份善意，一丝与平时所受到的教育完全不同的新鲜空气。因此，当后来的"骚乱"发生时，所有同学才会同仇敌忾，坚定地站在一起。

但当时大家的选择真的对吗？像周围问的：小孙老师适不适合当中学老师呢？年岁渐长，钱佳玥能得到的答案越来越模糊。但这不能影响那些在记忆里的画面。那些仰望这个大姐姐谈笑风生的画面，那些午休全班一起看碟的画面，还有，那个不会抹去的，和一班篮球比赛时候的画面。

四月，二中的篮球联赛开始了。作为文体委员，陈末接到了拉一支篮球队出来打比赛的任务。

本来五班的人是够的。刘剑锋，加上坐教室最后两排的几个大高个，就能凑出一支队来。随着《灌篮高手》的流行，大家都相互吹捧，比如刘剑锋就自称为五班的宫城良田。自然，自夸三井寿的周凯和低配版仙道彰也都是主力队员。但好巧不巧，劳动委员林跃在校外踢足球时候被人铲得腿骨折了。

什么宫城、仙道、三井寿都是假的，只有曾经的体育生林跃这个中锋是真的。1.85米的大高个，180斤的体重，铁塔一样往那里一站，就是五班的定海神针。

但定海神针腿断了。这让陈末很忧愁。

陈末只好到处求人，每天藏零食到教室最后两排说好话。话说高中的校服都很奇特，是类似西服的乌鸦装，最后两排男生下课站在那里，仿佛黑社会在选老大。一群高大男生里，陈末在那里苦苦请求，"班级荣誉啊""你们就上场打一场不行吗"。各有各的拒绝理由。有几个深度近视，有几个对篮球不感兴趣，还有的，纯粹不想配合班委搞活动。

孙叶琦在男生中威望高，走投无路的陈末只能抓着孙叶琦一起去当说客。

"小孙老师，咱们班这实力又赢不了，输了多没面子。"陈末的理想候选人王斌说。"怎么会没面子呢？比赛嘛，友谊第一，比赛第二，输赢都不要紧，重在参与啊。"裴冬妮作为班长觉得必须为班级荣誉一战。

王斌白了裴冬妮一眼，没说话。

陈末说："只要咱们班上，肯定让你们有面子。"

"怎么有面子？"

"我们全班女生都去给你们加油，一个不落，我保证。"陈末信誓旦旦。

"这样。"孙叶琦笑眯眯，"只要你们上场，我给你们搞一个流川枫后援队那样的啦啦队。"

"可以啊。"陈末赶紧附和，"我们都喊，流川枫，我爱你，流川枫，我爱你！"

"别开玩笑了。"王斌笑起来。

"不开玩笑。"陈末说，"别人我不敢保证，我到时候肯定喊，还跳那个大腿舞！"说着左抬腿右抬腿跳了起来。

"真的，我可以问学校 cosplay 社团借套啦啦队衣服，保证跟《灌篮高手》里打扮得一模一样。"孙叶琦笑嘻嘻。看他还在犹豫，一推他肩膀："是不是男人啊，人家女孩都这么跟你说了，为了班级荣誉好不好？！"

"好！"王斌咬咬牙答应。

于是，当第一场一班对五班开始时，正在热身的肖涵看到被孙叶琦打扮过的陈末出现，下巴差点儿掉了下来。

35
秘　　密

　　转眼就到了周二中午——篮球赛第一轮。钱佳玥泡饭虽吃到嘴里，心却挂在天上，一是祈祷历史测验千万不要考到中国近代史那部分，二是祈祷千万别因为下雨影响篮球赛。一班对五班，钱佳玥有种在"色"和"友"中抉择的两难感。她当然希望自己班赢，但也不希望肖涵班输，这种折磨是痛苦的，但也是快乐的。

　　吃完饭把碗一推，钱佳玥就背起书包下楼了，全然不管廖冬梅在背后大喊："宝宝，带上雨披啊，天气预报说要下雨的！"不带不带，不带雨披不下雨。

　　陈秀娥正在卫生间抹雪花膏，打扮停当要出门上班时，就看到廖冬梅呆呆地站在窗口望着钱佳玥的背影。

　　"妈，我上班去了。"陈秀娥一边哼着小调一边出门，但廖冬梅一声不吭。陈秀娥有点儿奇怪，自从过完年从江西回来，廖冬梅就怪怪的，经常望着某地发呆，颐指气使的时光越来越少，和自己争论起来常常没两句就缴械。现在倒好，连头发都懒得焗了，一大片灰白在风中飘扬。

"哎，你在看什么？"陈秀娥一推廖冬梅，"有什么好看的？给我也看看。"

廖冬梅转过脸来，一脸茫然地看着陈秀娥，呆了半天："你要去上班啦？"

"对啊，上班啊。"陈秀娥答。

"你等一下走，跟我来。"廖冬梅一捏陈秀娥的手，把她拖进自己的小房间。陈秀娥只见她开了灯，在樟木箱里翻出把钥匙来，开了五斗橱里的一个小箱子。

"哦哟，老太东西倒蛮会藏的。"陈秀娥在心里暗想，"要分什么好东西给我啊？怎么会啊？太阳从西边出来啦？"

"这本存折，我的退休金都在上面，密码是你们三个的生日，061723，记住了吧？我以后万一要看病，你就用这个钱，用光算数。还好双穴早就买好了，你们这个不用担心了。"廖冬梅把一本上海银行的存折递给陈秀娥看。陈秀娥好奇地拿过来一翻，上面赫然印着快两万块的余额，果然是小菜钱藏了不少。

还没等陈秀娥回过神来，廖冬梅就把另一本工商银行的存折塞了过来："这是你哥哥弟弟给我的钱，都在这上面，以后宝宝要是上大学、要出国留学，你就用里面的钱，密码是宝宝生日。"

陈秀娥心里惊惧，但嘴巴上却说："要死了，你交代后事啊？"廖冬梅瞪她一眼，又回到陈秀娥熟悉的横眉冷目："问你记住了伐？

你这个糨糊脑子，我真的是担心啊。两个密码你给我背一遍！"

陈秀娥老老实实背了一遍。廖冬梅叹口气："你不是老说我脑子坏掉了吗？我趁还没有坏，跟你讲讲清楚。"手翻着抽屉，"身份证在这里，这块表也在这里，以后还是还给你哥哥，这里有两块玉，一块留给你……"

陈秀娥心狂跳起来，手一挥："神经病，真的交代后事啦？谁要你的东西！我上班都要迟到了，就是你在这里搞搞搞！"

她不等廖冬梅回应，发足向门口快步走去，一直走到公交车站才停下来，心还在怦怦狂跳不已。脑子里有一片阴影，但陈秀娥不想仔细去看究竟，那块阴影里面到底有什么，只有在挤上公交车的时候骂后面推她的人："急什么急啦？神经病啊！"

陈末早上做完眼保健操就从小孙老师那里把啦啦队服拿回了教室。卡门见到那个塑料袋，大喊："你真的要穿啊？"果然，陈末从里面拿出一件橘红色露腰小上衣，一条盖不住大腿的迷你裙。"这是什么呀？"卡门大叫，拿着在陈末身上比，"跟电视里的也不像啊！"

"小孙老师说，是仿制的美式啦啦队的衣服。"陈末看到笑得没心没肺的卡门和钱佳玥，掏出另外两件来，"笑什么笑，你们也要穿！"

"我才不穿！"钱佳玥的耳朵立刻就红了。此时，男生中间已经轰动了，王斌和几个男生兴奋地撑着桌子看陈末在那比画。连常无忌都不看书了，推了推眼镜，咽了咽口水，问钱佳玥："你们真的要穿啊？"

"不是我们，是她！我才不穿！"卡门赶紧把手里的衣服一扔。

不好意思是一方面，她手里拿过了，那些队服都是统一尺寸，要是拉链拉不上，那才尴尬，简直沦为笑柄。

"我也不穿，陈末，我也不穿！"钱佳玥头摇得像拨浪鼓。

"你们两个，这么没义气！就看我一个人穿？我也是为了班级荣誉好不好！喊，不理你们了！"陈末气呼呼地拿着两套衣服在全班逛了一圈，只有裴冬妮被高帽子戴得勉强同意了，但她去厕所一试，果然拉不上拉链，肚子上一圈肉都鼓在外面，再也顾不上班长面子，赶紧脱下来还给陈末。陈末叹口气，无言以对。这次，她果然只能孤军作战了。

但等到孙叶琦给陈末化完妆，陈末就一点儿脾气都没有了。"小孙老师，你是在玩我吗？"深蓝色的眼影，夸张占满了整个眼廓，嘴唇是正正的橘黄色。"你别着急啊，还没化完呢！"孙叶琦不紧不慢地说。果然，猴屁股一样的腮红出现了，眼影上面还盖上了一层银色亮片。

"小孙老师，你确定吗？"陈末看着镜子心在滴血。而办公室里其他女生憋笑憋得脸都红了。

"要开场了，你们怎么还不来！"刘剑锋气喘吁吁地跑到办公室门口大吼一声，忽然，看到了陈末，吓得倒退三步。

"你什么意思？"陈末把手上的彩球一扔。刘剑锋不敢搭话，咽了口口水："你们女生啦啦队快点儿来啊，马上要开始了。"飞一样逃走后，走廊里只留下一声"妖怪啊"的惨叫。

钱佳玥拉拉孙叶琦："小孙老师，你到底会化妆吗？"

孙叶琦托腮对着陈末左看右看："我也不确定。我平时只化口红。"

钱佳玥和卡门对视一眼，觉得自己没有加入真是太明智了。

"妖怪"陈末是最后一刻才扭扭捏捏出现在篮球场的旁边的。她一开始躲在后面，但被不要脸的卡门几个一把推到了最前面。

男生们正在各自篮球架下运球热身，忽然，五班的男生爆笑起来。肖涵往那个方向一望，猛然发现陈末穿着一身鲜艳的橘黄，露着小蛮腰和半截大腿。刚要喷鼻血，只见陈末把啦啦队手花从脸上移开，手一叉腰，对着笑得前俯后仰的王斌、刘剑锋破口大骂。

肖涵的队友碰碰他："那个，那个……是五班那个陈末是吗？她怎么穿这样？"

肖涵忍住笑："可能是他们班的生化武器。"

一声哨响，比赛开始。二中并不是传统篮球强队，五班的刘剑锋和一班肖涵算是打得多、有经验的，其余都是普通玩票水平。但因为《灌篮高手》的热播，人人仿佛都成了樱木，尤其那么些女生在旁边，肢体冲撞、打手犯规、场边救球，个个都不甘落后。

女生们也忘了扭捏，一开始先像军训那样大呼"一班，加油""五班，加油"，到了后来，就是尖叫声此起彼伏。陈末早兴奋得上蹿下跳，举着两个手花像摸了电门一样跳个不停。

肖涵的体格比不上王斌，但捡漏上篮得了不少分，一班逐渐就基本围着肖涵打了起来。五班这边，王斌个子高，篮下防守严密，刘剑锋运球速度也很快。双方上半场打得不相上下。

钱佳玥虽然嘴上喊着"五班加油"，但眼睛时刻盯在肖涵身上。看着肖涵运球，假动作，和人冲撞，倒地后再一跃而起，忽然想到小时候，肖涵教自己打篮球的样子。肖涵的前胸贴着她的后背，夹杂了汗味的气息冲到她鼻子里。手抬起来，被扳正，肖涵笑着喊："钱佳玥你投篮啊！"然而没有一次投中。

很多年以后想起来，青春是什么，映到脑海里的不是一桩桩具体事情，而是那一群人，汗水蒸腾的男生，手舞足蹈尖叫着的女生，阳光越过密密的乌云照下来，每一滴汗珠，每一个笑容，空气中都是青春的荷尔蒙。

一班上篮被王斌盖下来，刘剑锋抢到篮板，但欺身运球到一班篮下，却被肖涵截下。上半场马上要结束了，体育老师已经举起手势在看表倒数。肖涵忽然站定，投出一个三分球。王斌跳起来被截住，就在哨声响起那一刻，篮球应声入网。

17：14，上半场一班领先。

女生们一拥而上。生活委员钱佳玥一瓶瓶往前递水，刘剑锋接过来，直接就从头上浇了下去。

"没关系，我们下半场还有机会。"陈末用不知道哪里来的数学课本给几个男生轮流扇扇子。

"陈末，你这个，你这个加油不行啊。"王斌喘着气，"你没看《灌篮高手》里，人家都喊，'流川枫，我爱你'。你就在那里乱喊，一点儿都不提神，你们说对吧？"几个男生趁机吃豆腐，纷纷附和。陈末往他肩上一推："做梦吧！我今天牺牲那么大，化成这个鬼样子，你们要是这样还不赢，你们等着，哼！"陈末一边说着，一边往一班方向恶狠狠瞪了一眼。只一望，就看到肖涵坐着，也正望向她。

陈末必须承认，汗水淋漓的肖涵，还是很帅的。别人流汗，是臭汗淋淋，而肖涵再流汗，身上还是有干干净净的气息。陈末心跳停了半拍，只能装作气势汹汹地对肖涵昂了昂头，假装用鼻孔看人。只见肖涵"扑哧"一笑，用两根手指指了指自己的眼皮，然后做"blingbling"放光的手势。陈末遮住脸，对着肖涵挥了挥拳头。

下半场更加胶着，倒不是大家都更紧张了，而是基本没力气了。防守越来越松散，奔跑速度也慢了下来。肖涵运球，一个背转身，把刘剑锋撞倒在地。

"老师，犯规，老师！"陈末焦急地等在体育老师边上，大叫着。

"没犯规，合理冲撞。"体育老师慢悠悠说。

肖涵上篮，得分。一班 25：19 领先。

肖涵回过身来，一把拉起地上的刘剑锋："没事吧？""没事。"刘剑锋站起来，首先拿手擦那双盗版耐克鞋。

"她怎么这么起劲？"肖涵朝围着体育老师大呼小叫的陈末抬抬头。

"陈末啊？她一直很当真，本来我们都不想参赛，人都是她一个一个求过来的。"刘剑锋发现鞋上那个鞋印擦不掉了，心疼起来。

一班虽然是重点班，以拼学习闻名，但此刻能找来打球的人倒比五班多。不一会儿肖涵就被替换下场了，坐在场边擦汗。

"你还真认真啊。"赵婷婷抱着习题，笑盈盈地出现。

肖涵朝她点了点头，只见赵婷婷撇一撇嘴："高考又不加分，那么卖力干吗？赢了还要进下一轮，又浪费时间。"

肖涵朝她笑笑："不是所有人都像你，每做一件事情都要问对高考有没有帮助。"

赵婷婷昂一昂头："我不觉得自己有错，你不也是吗？"忽然，赵婷婷轻呼起来："那个是谁啊？怎么穿成这样？"

肖涵跟着她转头去望陈末，看着忽闪着大蓝眼睛一脸焦急的陈末，白花花的大腿在地上跺了又跺。肖涵笑起来："我们肯定会赢的。"赵婷婷望了他一眼，摇摇头："无用功。"

场边，陈末忽然又大叫起来："犯规犯规！打手犯规！"这次，体育老师终于吹了哨。刘剑锋两个罚球，都进了，陈末开心地欢呼起来，抱着钱佳玥转圈。

很快，没有肖涵的一班被五班追平还反超了一分。最后5分钟，肖涵又上场了。

王斌被假动作迷惑，一晃神，肖涵又进了球。最后1分钟，一班再次反超。

一班啦啦队欢呼起来，有些女生学着陈末大喊起来："一班一班，我爱你！"肖涵得意地向陈末望去，只见陈末像一只泄了气的皮球，坐倒在了地上。脸也不再往球场望了。肖涵得意的笑凝固在了脸上，忽然觉得有点儿没意思了。

双方都气喘吁吁，等待着终场哨声。一班控球，也不着急进攻，就在中场拖着时间。肖涵紧紧贴着刘剑锋防守，大家眼睛都望着体育老师手里的秒表。

忽然，肖涵只觉得刘剑锋身体一动，立刻跟了上去。刘剑锋快速从一班手里抢下了球，回身朝王斌传去。肖涵拦截的手举到了空中，眼看指尖就要触碰到球，但一刹那，他瞥到场边的陈末张着嘴站了起来，两只眼睛聚满了紧张兴奋，双手搭在钱佳玥肩上，似乎下一刻就要哭出来、叫出来。

肖涵的肩一侧，没有拦到球。王斌上篮成功，最后一刻，以一分反超。

肖涵弯下腰，双手撑着腿喘气。周围很嘈杂，有自己队友的唉声叹气，远处，也有五班女生叽叽喳喳快乐的尖叫。那些尖叫里，有一个声音特别高亮，快乐的叫声里都带着哭腔。肖涵忍不住笑了笑。抬起头，他一脸失望地拍了拍几个队友的肩，安慰那个最后被断球的同学："差一点点，就差一点点。已经很不容易了。"

钱佳玥掏出照相机，正在给球员拍集体照，不一会儿，"妖怪"陈末挤进来，不一会儿，卡门挤进来，最后全班和孙叶琦都挤了进来。

"我们五班是最棒的！"陈末兴奋地举着拳头，大喝一声。她的明媚笑容，被钱佳玥的快门永远地记录了下来。

拍完照，陈末贼特兮兮跑去挑衅肖涵。她对着正在擦汗的肖涵一扬手花："嘿，我们赢了！我们班赢了！"肖涵朝着她摇头，一脸不屑地从她身边走过。陈末高兴地继续喊："重点班也不是样样都好，哦？"

肖涵回过头，对着她指指脸："花了，都花掉了，吓死人了。"

"你真的抢不到那个球吗？"肖涵回教室的路上，不知道什么时候，身后传来赵婷婷的阴恻恻的声音。

"嗯，没体力了。"肖涵回答。

"我觉得你明明可以抢到，你不是很想赢吗？"赵婷婷问。

"大概像你说的，跟高考没关系的事情，干吗浪费那么多时间呢，对吧？"肖涵朝她笑笑。

赵婷婷歪着头打量他："真的吗？"

肖涵没理她，自顾自往前走，在心里说："这是个秘密。"

小时候，我们觉得世界都是自己的。日月星辰，山川河流，世界的每一寸，都是因为我们而展开，没有什么不可以大声呼喊出来，没有什么不可以理直气壮说出来。但是，从什么时候开始，我们有了自己的秘密呢？那不可以说出口的心事，那辗转反侧，伸出手又收回的姿势。是怕令别人失望？是怕令自己遗憾？还是，仅仅是因为，心目中世界中心的位置上，悄悄站上了另一个人？

36
Oh, Captain!

三月中，春暖花开，二中很多活动都拉开了序幕。

首先是全校的篮球联赛,高一五班险胜高一一班,进入年级六强。随后在八强赛里，直输两轮，止步八强。俗称，一轮游。陈末终于明白，原来漫画里那些主角怎么都打不死，常常绝境逢生都是写写的，自己装得再像彩子，也不能保证场上的就是樱木花道。

但陈末有朴素的革命乐观主义精神，她毫不气馁，借鉴《寻秦记》，在漫画社社刊上连载漫画，讲湘北队穿越到二中后，帮助高一五班称霸全校，称霸全区，称霸上海滩的故事。她倒是解气了，但整个高中三年，刘剑锋这些男生上体育课时都被揶揄得够呛——"哟，这就是给三井寿传过球的刘剑锋啊？咦，三井寿没来啊？"

到了三月中旬，学生会开始选举。班会课上，每班选出三个代表去投票，在卡门的斡旋下，钱佳玥顺利获得去给肖涵投票的资格。

她崇拜的目光跟着肖涵的身影登上讲台，他的每一个手势、每一个顿挫，都像落在钱佳玥心上的鼓槌。唱票的时候，钱佳玥心狂跳，比自己选班委更紧张，那支幸运之笔几乎要在面前的白纸上被摁断。

肖涵当然是当选了。这当然是一定的，钱佳玥心里从来没有半点儿怀疑这个结果。从五岁开始，肖涵就站在有光的方向，她永远是台下一个仰望的笑脸，一个忠实的观众，一个不会离开的粉丝。

钱佳玥之后在报名校刊编辑时，就用张艾嘉的歌词，写了一篇标题为"永远是什么"的文章。

"红颜若是只为一段情，就让一生只为这段情。一生只爱一个人，一世只怀一种愁。"

明明只有十几岁的人，偏偏喜欢"永生永世"这种大词，每次听到都会耳朵发烫，血脉偾张。那么执着，那么认真，那么偏执地相信。如罗密欧与朱丽叶的炙热，似梁祝化蝶的奋不顾身，这都是十几岁的雄心和毁灭，这样的姿势，未来的人生中，不会再有了。

最后，钱佳玥虽然在回答"唐宋八大家"的时候漏了柳宗元，但终于顺利成为校刊《奋飞》的编辑。她欢欣鼓舞，每个月末就一丝不苟地学习用 Word 排版，订正错别字，一遍遍去找人催稿。

这是份不能跟别人分享的小雀跃。对肖涵和赵婷婷这样的风云人物来说，校刊编辑不过就是一个小角色；对陈末和卡门来说，帮人挑错别字、排版、跟工厂联系，这都是些没趣的脏活累活。所以钱佳玥憋着，什么都不说，只是看到二中的一草一木一砖一瓦，心里偷偷多了许许多多的亲切。

"我觉得，终于有个地方要我了。"芦苇对扬帆说。

"那你要加油哟。"扬帆鼓励她，"你写文章写得那么棒！"

"不是写文章。"芦苇纠正他，"我是编辑，不是作者。"

"先当编辑，以后当作者。"扬帆发来一个古老的"：）"，"看好你哟！"

"看好你哟"，这四个字让钱佳玥心里开出一朵花来。有没有可能有一天，自己能站到跟肖涵一样高的地方去呢？有没有可能有人也会说"哎呀，钱佳玥，你好棒呀！"钱佳玥自己赶紧摇头，不要想不要想，现在这样已经很好很好了。

做梦做得太大太久，万一醒了怎么办呢？

孙叶琦要走的消息是五月中传到五班的。午休时，孙叶琦放完《死亡诗社》的最后一段，有些伤感地说："同学们，我实习期也要结束了，要跟大家告别了。"

"小孙老师，下学期见！好好毕业，早点儿搞定男朋友！"作为孙叶琦的头号粉丝，陈末快乐地嚷了起来。孙叶琦微微笑笑，不答话，完全不是平时的话痨风格。

"你们觉不觉得，小孙老师有点儿不对头啊？"下课时卡门问钱佳玥和陈末。

"我也觉得，有点儿心事重重的样子。"钱佳玥点头。

陈末本来在理书包，听到这里心里隐隐有不安，把书包一扔："我去问问她！"

全校的英语女老师都热爱涂香水，一个赛一个浓，一个比一个香，英语教研室简直像天罗地网的盘丝洞，陈末还没进去就先打了三个喷嚏。

"小孙老师，你今天是不是不高兴啊？"陈末凑到孙叶琦旁边，不管不顾地问。桌子对面的钱老师从考卷里抬起脸，看了她们一眼。

"没有不高兴。"孙叶琦强装欢笑，"就是想到要跟你们告别了，心里有点儿伤感。"

"那怕什么呀？我们才高一，等你做了正式的老师，我们还能天天见面的。希望到时候你也教我们就好了！"陈末嘴快，说完想起钱老师来，想了想没办法补救了，干脆把背对着钱老师。

"我留不下来，不能当正式老师了。"孙叶琦轻轻说。

陈末霍地一下站起身子："啊？为什么啊？他们说实习老师基本都能留下，说二中这两年缺老师，尤其是英语老师！六班的课现在还是九班的语文老师在教呢！"

"嘻，反正我运气不好，留不下呗。"孙叶琦说完，笑笑，若有似无地望了钱老师一眼。

"这不公平！你是好老师！我们那么喜欢你！这不公平！"陈末嚷了起来。

"小孙。"钱老师推推眼镜，严肃地说，"你觉得你跟学生说这些合适吗？"

陈末忽然回过神来——钱老师是小孙老师的带教老师。她猛地转身，望着钱老师："钱老师，是你不让小孙老师留下的吗？我们都很喜欢小孙老师，你不能这样欺负她！"

钱老师一拍桌上的考卷，站起来："实习老师留下留不下，是学校专门开会研究后决定的，这不是一个两个人的决定，是学校谨慎考虑后的决定。陈末，这不需要经过你的允许，也不是在跟你商量。"

"算了算了，陈末。"孙叶琦的手拍在陈末的肩上，"以后你还可以找我玩嘛。我宿舍电话、家里电话你都有，以后你什么时候来人民广场，就来找我玩。"

"他们怎么能这么对你？！"陈末心里有巨大的委屈，脑袋变得沉重。她觉得自己的胸要气裂开来了，那么酷那么好的小孙老师，就这样被人欺负了，就这样被人排挤了，仿佛一头楚楚可怜的待宰羔羊。

"走了走了，回家吧。"孙叶琦搂过陈末僵硬的身体，带着她走出办公室。

"那你现在怎么办？"陈末的眼泪堆在眼眶里，"你去别的学校当老师吗？"

"嘻，再说吧，天无绝人之路，此处不留爷，自有留爷处！"孙叶琦又恢复了那副大大咧咧的样子。

但陈末向来不是一件事情就可以这样算了的人。她气势汹汹地跑回教室，把门"砰"一推，大叫——"他们不让小孙老师留校！"

教室里人走了一大半，但还剩了一小半。几个男生"唰"一下就站起来了："陈末，你说什么？"

"我说，他们欺负小孙老师，不让小孙老师留校，小孙老师毕业要没工作了。"陈末脸涨得通红，越想越委屈。

卡门一边关门，一边把陈末拉到教室中央的课桌上。

大家都围了上来，连正在出黑板报的许优都围了上来。

陈末竹筒倒豆子，噼里啪啦一通说，说到钱老师的反应时，少不了还加油添醋了一番。

"钱老师不是这种人吧？为什么要这样对小孙老师啊？"许优皱着眉。她是钱老师的得意门生，不愿意听到有人这样说钱老师。

"她肯定是嫉妒小孙老师，我们都喜欢小孙老师，小孙老师又年轻！"陈末斩钉截铁地说。

"我也觉得，钱老师平时对小孙老师挺有耐心的，可能不是因为钱老师。我听说……"卡门忽然若有所思地说。

"你知道什么？卡门快说呀！"陈末一迭声催促着卡门。

"我听说，只是听说咯，吴春华好像很不喜欢小孙老师。"卡门吞吞吐吐地说，"我听三班的人说，吴春华给三班上政治课时，有次说了很多小孙老师的坏话。"

"嗯，对。"许优忽然道，"你们还记得有次上课，吴春华是怎么跟我们说的吗？你们不要以为有些老师，让你们笑笑，跟你们称兄道弟，你们就觉得好得不得了。好什么好啊？你们是要参加高考的！成绩提高不上去，光笑有什么用啊！"

"对，我也记得她说过！"卡门频频点头。

顿时，女生们叽叽喳喳地开始你一句我一句补充着，男生们站在外围竖着耳朵听，时不时还相互传递个眼神。

陈末一拍桌子："好啊，肯定是吴春华！她是教导主任，她一说小孙老师坏话，别人只能附和，她不想让小孙老师留下来，别人就没办法。怪不得！钱老师说他们还开了个什么会，所以肯定是吴春华！"

"别的实习老师都能留，就只有小孙老师不行，这太欺负人了！欺负小孙老师，就是欺负我们五班！"陈末杀气腾腾地从课桌上跳下来。

大家的情绪都激动起来，连钱佳玥都在这氛围里感受到了心里的愤懑和骚动。

"Oh, Captain！My Captain！"陈末忽然想到了中午看的《死亡诗社》，一下站上了课桌。

钱佳玥还没反应过来，只见四周"呼啦啦"地又站上去好几个男生。随后，一个接一个，大家都兴奋了。电影的情节和现实交错，青春的冲动和激情，对小孙老师的喜爱和对吴春华的不满。抗争，我们要抗争！抗争！

这天晚上对五班大多数同学来讲，都是一个不眠夜。一个传两个，两个传四个，大家家里的电话声此起彼伏，QQ上"咚咚"直响。吴春华向来的作风，别的班对她的评价，从前师兄师姐流传下来的段子，一圈又一圈传绕着。大家把亢奋、憋屈，全部化成被点燃前的爆竹。

"我们一定要给她点儿颜色看看！"陈末仿佛作战司令，登高一呼，应者云集。

"你准备干吗？"钱佳玥的脑子是蒙的，她心里虽有点儿害怕，但被满满的义气裹挟着。做了十几年的乖乖女，忽然要大闹天宫，先被吓破了胆。但是，不能不帮陈末啊！不能不替小孙老师出头啊！没来由地，又有了风萧萧兮易水寒的壮烈。

"你别管了，我有主意，你们愿意帮忙的明天帮我忙好了，不想参加的，不怪你们。"陈末嘴上说得好听，其实心里根本没底，"我们不能让小孙老师知道，这样会连累她。吴春华以后要查，你们就都推到我身上好了！我不在乎！"

"我们不会出卖你的。"卡门说。

"陈末，你放心，我们都会帮你的。"男生那边传来消息，"有福同享，有难同当。"

"好，明天早上第二节是政治课，你们看我的！"

十几岁的孩子喜欢看什么呢？喜欢看《古惑仔》，喜欢看《海贼王》，喜欢看梁山一百单八将，喜欢孙悟空大闹天宫。在我们最初定义自己的年纪，自我一会儿强壮得天大地大，一会儿仿佛在成人世界前渺如灰尘。

我们自尊，我们自卑，我们怀着不知所以的愤懑和不安。我们手握金箍棒，共同面对的是一堵密不透风的高墙。我们只能站在一起，肩并肩站在一起。这是青春里，比恋爱更绮丽的梦想。

37
少 年 不 惧

　　裴冬妮一早进教室就发现了气氛的异常。她像往常一样七点一刻进的教室，但她步伐踏进的那一瞬间，轰然作响的教室突然安静下来。男生女生三三两两地互相嘘着、传递着眼神，窃窃私语，每个人都望着她。他们的脸色都紧张、兴奋、沉重，空气中弥漫着一点就着的气体。

　　裴冬妮有一点儿不祥的预感，她觉得有事情要发生，但她被蒙在鼓里。她有些恐惧，有些不安，还有自己被排除在外的气恼和愤怒。于是，她故意在大家的注视下重重把书包往课桌上一砸，然后丁零当啷地理着书包。

　　"小组长收作业了。"裴冬妮在讲台上吼了一声。跟往常拖拖拉拉、嘻嘻哈哈不同，今天大家的动作都迅速但沉默。裴冬妮看着课代表们一个个出门去老师办公室送作业，觉得自己要化被动为主动，搞清楚怎么回事。

"钱佳玥。"裴冬妮决定从自己最有把握的地方下手，"这次春游去森林公园，上次班委讨论说决定要事先买点儿烧烤的鸡翅什么的，你说你会负责的，你去看过了吗？"果然，钱佳玥的脸心虚地涨红了："我去家乐福看过了，那里有鸡翅，我外婆说超市比菜场让人放心，我到时候去那里买。"裴冬妮紧紧盯着她："真的吗？你们是不是有什么事情瞒着我？"

钱佳玥咽了口口水。她不知道第二节课会发生什么，陈末还什么都没跟大家说，但所有人都知道，第二节课一定会发生点儿什么的。裴冬妮是班长，是吴春华最喜欢的学生，这件事情要不要跟她说呢？不告诉她，好像哪里总不大对。钱佳玥偷偷朝陈末望了一眼。

陈末早看裴冬妮咄咄逼人的架势不爽了，她鼻子里哼气，突然问："裴冬妮，你知不知道小孙老师不能留在二中了？"

裴冬妮眉头皱了一皱："谁说的？"

"你不知道？"陈末气势汹汹地回望过去。

"我怎么会知道？"裴冬妮无缘由地心虚了起来。

陈末决定诈一诈她："我听说，是有人背后说了小孙老师很多坏话。他们不让小孙老师留校肯定还要有什么'民意'，一定有学生也说小孙老师不好，他们不留人才顺理成章。你说，是不是你背后说过小孙老师坏话？我想了一圈，我们班肯定就是你才会做这种事情！"从小陈彭宇和赵榕芳饭桌上的对话，陈末并没有少听，那些酒桌上的叔伯应酬，她也不是不会。小女孩儿一晚上翻来覆去想了又想，自己觉得想通了七八分关节。

裴冬妮的冷汗下来了，但嘴里立刻否认："你不要血口喷人！"她觉得全班的目光都在她身上，像几十束锋芒，"我没讲过小孙老师的坏话！"

　　怎么算讲坏话？她只是如实说了一下小孙老师给他们放了什么电影，平时讲过什么奇谈怪论。一个女老师跟一群男生，还有陈末这种人勾肩搭背嘻嘻哈哈，带坏班级学风。还有，跟她关系好的那些同学，测验成绩发下来，歪理邪说一大通，她就能把成绩给他们改高，那让别的同学怎么办？如此种种，她如实反映一下，怎么算说坏话？

　　陈末紧盯着裴冬妮，盯得对方不断撩头发，然后嘴里"哼哼"一声冷笑："若要人不知，除非己莫为。你们欺负小孙老师，我们全班都不会就这样算了的！你别以为某些老师给你撑腰，你就可以血口喷人！"

　　"我没说过小孙老师的坏话！我没跟吴老师说过什么坏话，我说的都是实话……"裴冬妮赶紧辩白。

　　话一出口，只见陈末的眼神亮了一下，班级四处发出低低的轰鸣。

　　"你们听到了吗？！"陈末得意地笑了起来，"她自己说的，吴老师！"然后鄙夷地望了裴冬妮一眼，"小人！只会搬弄是非，暗地伤人。"

　　裴冬妮头脑昏沉，在大家既冷漠又灼热的目光注视下，心虚地走回了座位。她满心委屈，觉得实在太不公平了。陈末怎么能这么对她？她是班长，她只不过如实反映情况，她只不过没像他们一样跟小孙老师称兄道弟，她怎么就成了全班的罪人？铺天盖地无处倾诉的委屈。于是裴冬妮连讲台都不上了，早自习都不主持了，把头深深埋在了竖着的物理书后面。

张国荣上第一节课时觉得课堂气氛不对。五班学生一个个魂不守舍，叫起来回答问题没一个回答得对，他背过去写板书时总觉得身后有各种私语。张国荣有些心虚。

若干年前，有一次上课时也有类似情形。他到下课前终于憋不住，发了一通脾气，学习委员才憋着笑告诉他："张老师，你裤子校门没拉，衬衫都露出来了。"全班哄堂大笑。从此后，那几届学生都亲切地叫他——校门张。于是这一节课，张国荣没敢发作，只是背过去写板书的时候检了好几遍自己的裤子，最后满腹狐疑地走出了教室。

"等一下，大家都听陈末的。"由卡门传出话去，"到时候我们见机行事。"

什么叫见机行事？武侠片看得再多也没人能给正确答案，但大家胸怀激荡，觉得在共谋大事。

吴春华走进教室时还在想怎么把最近的时事加到期中考试考题里。她把作业册往讲台上一放，叫了声："上课。"等了几秒钟，才听到裴冬妮轻声细气的声音："起立。"她这时才抬头看，发现裴冬妮眼睛红肿，全班起立得不情不愿，望着自己的脸色很奇怪。而陈末，根本没站起来。

"裴冬妮，你怎么了？"吴春华径直走到裴冬妮跟前，敲着她的桌子问。

裴冬妮摇着头，不敢看她。

吴春华想，五班的班风学风果然越来越差了，真是一点儿没说错。她清清嗓子，眼神在站着的学生里一排排扫着，并不喊"坐下"。而是在作业册上一拍："看看你们像什么样子！才早上第二节课，一个个一点儿精神都没有，越来越散漫！都是谁教的？给我重新来。"

"上课！"吴春华中气十足地又喊了一声。

"起立！"裴冬妮立刻配合。

但这次，跟陈末一样，没站起来的人更多了，后两排的男生干脆就没站起来一个。

"你们怎么回事？！"吴春华火了，在讲台上一捶，"要造反啊？还有没有一点儿学生的样子！裴冬妮，去把你们班主任周围叫过来！"

裴冬妮前脚走，吴春华后脚就走到陈末跟前："陈末，你搞什么鬼！上课起立，是基本的课堂礼仪！"

陈末看她一眼，不以为然地说："吴老师，我腿疼，站不起来。"

"好，腿疼。那你们呢？"她说着往后排的男生那里走去。

"咳。"陈末清脆响亮地咳嗽了一声。吴春华转过脸还没来得及训斥，只听教室右前方也传来了咳嗽声。再接着，前后左右，咳嗽声此起彼伏。

吴春华立刻定性，这是一起有组织有预谋的事件，并不是一两个学生的问题。她的眼睛从那些咳嗽的学生脸上一个个扫过去。有的学生不敢跟她目光接触，低下了头；有的学生桀骜不驯，跟她目光对接，还颇有愤愤不平。到底出了什么事情？吴春华皱起眉。

但原因慢慢再了解吧，当务之急是把事态控制住。擒贼先擒王。吴春华略一思索，立刻快准狠地折回陈末身边，一拍她桌子："陈末，你什么意思？"

"我没什么意思！嗓子痒，咳嗽！现在腿又疼了。"说着，昂头廷胸的陈末把脚往地上一跺。跺了一下不过瘾，接着又跺。

立刻，有人也跟着开始跺了。再接着，跺的人越来越多，声音越来越响，渐渐，原本各自为营嘈杂的跺脚声变得统一而有规律。一拍，一拍，像千万条河流都汇聚到了大海；共振，再共振，你中有我我中有你。

吴春华当了快二十年老师，第一次遇到这样的事情，她有些心惊。"Duang-Duang-Duang"，水泥的教室地规律地颤动。这些小孩儿仿佛都被这节奏和声响鼓舞了，越来越亢奋，越来越卖力，那些低着的头一个个扬了起来，脸上泛起了光泽。

"你们真的要造反啊！"吴春华奋力地一敲讲台，声音因为震惊和愤怒而微微发抖。

"陈末，告诉你，二中的校规不是摆着看的！你这是严重扰乱学校教学秩序，情节恶劣是要被开除的！"吴春华一字一顿，说得很有气势。

钱佳玥有些怕了。有福同享有难同当也就算了，但现在吴春华明显针对陈末。她拉了下陈末的校服，想让腾空而起的陈末坐下。

但哪里拉得住陈末。

"我不怕你！"陈末大声喊，"你多厉害啊，想开除谁开除谁，想挤走哪个老师挤走哪个老师！开除就开除好了，反正我不怕你！"

"你说清楚，我挤走哪个老师了？"吴春华敏锐地嗅到了事情的原因。

"是不是你说小孙老师坏话不让她留下的？！是不是你？"陈末怒目圆睁，眼睛里要滋出血来。

全班静默了。等着吴春华的回答。

吴春梅眉毛倒竖，不怒反笑："好啊，我算是知道为什么了。是孙叶琦叫你们这样做的对不对？好你个孙叶琦啊！"

陈末忽然愣住了："不是，跟小孙老师没关系，是我们自己要给她出头。"

"那她留校不留校的事情是谁告诉你们的？"吴春华半点儿不让。

钱佳玥心里忽然有了一种不祥的预感——他们今天的所作所为，是不是帮了小孙老师的倒忙？

"跟小孙老师没关系，是我！"陈末的嚷嚷声里也有了慌张。

吴春华刚要继续问，只听到教室门口传来了周围的声音——"陈末，你跟我到办公室一趟。"众人往教室门口望去，只见平时慢条斯理的周围，阴沉着脸，不怒自威。

"周老师啊，你教出来的好学生啊！"吴春华看到周围，终于可以发泄一腔愤怒。

"吴老师，小孩子嘛，年轻爱冲动，好好教，慢慢教。"周围从口袋里掏出一包餐巾纸，抽出一张给吴春华。吴春华这才发现，自己满头大汗。

"他们是小孩子，有些人可不是了。"吴春华冷笑。

"不要着急下结论，调查了才有发言权。"周围依旧气定神闲，然后压低声音在吴春华耳边说，"吴老师，我的班级我来，你休息一下。"

周围走上讲台，用从来没有过的凶悍眼神看着台下："学生学生，到学校里来是学习的。你们倒好，我在走廊那一头都听到轰隆隆的声音，很好玩吗？这种事情是用来给你们玩的吗？！不相信老师，不相信学校，好，你们如果对我们二中的老师一点儿信心都没有，把你们爸爸妈妈叫到学校里来。该转学转学，学校不留你们。"

"我们不是对二中老师没信心，是对某些老师有意见……"陈末白了一眼吴春华。

"闭嘴！"周围低吼了一声，"实习老师的去留，不是一个两个老师搞一言堂说了算的，我们是有考核委员会的，我们是有制度的！我今天跟全班每一个同学说，孙叶琦老师不能留校，是考核委员会的决定，不是某一个老师的决定。我也是考核委员会成员之一，你们有火冲我撒，有问题找我问。"

"我有问题！"陈末含着眼泪，"凭什么小孙老师不能留校？"

"长话短说，对实习老师，我们分十几个指标打分，分数达到55分以上才及格，孙叶琦没及格，打分表都是可以查的，整个过程是公开透明的，包括孙叶琦自己也看了打分表。"周围不看陈末，看其他学生的脸。钱佳玥、卡门、王斌、常无忌、许优、刘剑锋……一个个在周围的注视中把头低了下去。

"有打分也未必代表公平，我觉得小孙老师……"陈末继续辩驳。

"你觉得怎么样？你觉得非得跟你想得一模一样，这个世界才公平，是不是啊？地球非要按照你的意思转，才是对的，是不是啊？小小年纪，你凭什么那么自以为是！"周围严厉地望着陈末，用一种不容置疑的口气说。

看到陈末没有办法反驳，周围深呼了一口气，恢复了平时的温柔："同学们，你们已经浪费半节课了，我希望你们不要再浪费下半节课了。我再说一遍，父母把你们送到学校里，是来学习的。国家给你们坐在课堂里的机会，是让你们学习的。我知道，你们心中有很多对公平正义的看法，你们很天真，你们也很热诚，你们有很强的责任感。但同学们啊，如果有一天，需把你们这些小孩子推出去抛头颅洒热血，是我们这些成年人的无能啊，是我们没有尽到责任啊。你们能不能相信你们的老师？相信我们没有那么无能？相信我们没有堕落到这种地步？"

五班的学生都被周围这些话震动了。是的，他依旧口口声声叫他们小孩子，但是，有些细微的地方是不同的，是弯弯曲曲钻到人心里的。钱佳玥几乎要哭出来，告诉周围自己不是那个意思。

"陈末，你跟我来办公室。"周围又扫视了全班一圈，淡淡地对独自站着的陈末说。

38
一 夜 长 大

　　钱佳玥原以为陈末去周围办公室一下，政治课结束前就能回来，结果没有。吴春华把黑板顶天立地都写满了，陈末都没有回来。常无忌受全班重托去周围办公室打探消息，结果回来脸色深沉——周围、陈末都不在。第三节语文、第四节化学，钱佳玥的左手边依旧空空荡荡。许优神神秘秘地回来讲，小孙老师也不在英语办公室了。

　　挽弓的时候用尽了所有的力，气势如虹，但现在，箭不知道射在了哪里，也不知道有没有射对方向。

　　"你说。"卡门吃午饭时犹豫地问，"灭绝师太他们会不会真的开除陈末啊？"

　　"怎么可能！"钱佳玥的心像失去了重心的铅球，"不会的！周老师不可能让这种事情发生的！我们又没做什么……就算有事，也不是陈末一个人的责任，我们都可以去做证明的。"

两个人心不定，绕着草坪一圈一圈地转着，最后倚在行政楼角落的树上，仰望二楼靠窗的教导处办公室。卡门一撩裙子，准备爬到树上去瞧，但东一脚西一脚哪里踩得稳，差一点儿四仰八叉掉下来，幸亏钱佳玥扶住了她。

"要不，我们直接去教导处吧。"钱佳玥一咬嘴唇，下定决心。

"去了怎么说呀？"卡门犹豫。

"就实话实说嘛。"钱佳玥下定决心。她到现在都觉得，他们的用心是好的，就算犯错，又有什么大错呢？

正在这时，忽然看到远处一辆车停在了校门口，从车上下来两个男人。年轻的留在了校门口，中年人向钱佳玥他们走来。

"哎哎，你看，是不是陈末的爸爸？"卡门用手肘撞钱佳玥。

果然，陈彭宇铁青着脸越走越近，步履如风，整个人像头要吃人的豹子。钱佳玥和卡门赶紧转过脸去装没看到。

"陈末这下真的要死了，叫家长了。"卡门呆呆地说，"钱佳玥，你说，这事有那么严重吗？"

钱佳玥现在脑子里都是陈末以前说的父女大战，什么陈彭宇一个耳光把陈末抽失聪啦，什么考试没考好打断两根拖把啦。惨了惨了，陈末这下真的惨了，比被学校开除还惨。

两个人正在大眼瞪小眼的时候，忽然钱佳玥肩头被拍了一下。

"干什么呢？"笑眯眯的肖涵从天而降。

"肖涵，你要进去啊？"卡门看到肖涵手里捏着本子和笔，指指行政楼问。

"是啊，我们团委学生会周例会。"肖涵点头笑笑。

"肖涵哥哥。"钱佳玥像看到了救星，一下子捏住了肖涵的手臂，"你想办法帮帮陈末吧！"

"是啊是啊，江湖救急啊。"卡门赶紧补充。

两个人你一言我一语地把事情前因后果讲了一遍，肖涵的心跟着提到了嗓子眼："你们胆子也太大了吧！陈末瞎闹你们就跟着她闹呀？"肖涵想象了一下那个场景，忽然又觉得好笑起来。陈末这个人，还真是给把梯子就能拆房顶。他心里忽然还生出几分未能亲历现场的遗憾来。

"没事的，你们别担心，校规里没写不许让学生给老师提意见。"肖涵安慰钱佳玥。

"吴老师说，那是扰乱课堂秩序，严重的话要开除的……"钱佳玥怯生生地不同意那个"给老师提意见"的定性。

"是扰乱课堂秩序还是没注意给老师提意见的方式方法，这又没下结论。"肖涵笑笑，"而且你们不是说了嘛，陈末爸爸都来了，她爸爸能让陈末吃亏吗？"

"啊？陈末最怕的就是她爸爸，陈末爸爸对陈末可严格了！"钱佳玥觉得肖涵一点儿都不了解陈末的情况。

肖涵看着钱佳玥一脸认真的担心，叹了口气："别担心了，他们要真的在教导处，我想办法进去打探一下情况。"

团委办公室在教导处对面，肖涵停在两扇门间的走廊里，装作翻手里的笔记本，其实背朝着教导处的门越靠越近，竖着耳朵听。听来听去，似乎没什么动静，正准备向教导处再靠近一步，忽然，教导处门一开，陈末板着一张脸走了出来。

"你还真在这儿啊。"肖涵轻声叫了一下，"钱佳玥她们可担心你了。"一边说一边把她推到走廊窗户那里，指给她看树下的卡门和钱佳玥。

陈末倔了一上午，面对周围、吴春华、陈彭宇都没露过半点儿妥协，此刻看到肖涵和楼下的卡门、钱佳玥，却忽然开始觉得委屈了。钱佳玥她们也看到了陈末，欢欣雀跃地跳着挥手，笑容灿烂，动作幅度夸张，陈末勉强笑着朝她们打了个OK的手势，眼睛一热，立刻转过脸来。

本来只是两滴眼泪，一把鼻涕，用力往回缩一缩也就是了。但肖涵从口袋里掏出了纸巾，似笑非笑看着她："闯祸了吧？"就这一句话，陈末觉得自己的委屈一下子变得无边无际的浩大，眼泪立刻无休无止地噼里啪啦翻滚下来。

"喂，你不是吧？他们怎么你了啊？"肖涵见陈末这种哭法，以为真的被钱佳玥说中，要坏到开除之类的地步。但陈末不理他，一个劲在那儿哭，哭掉肖涵一整包纸巾。

"肖涵？"赵婷婷几个人停在了团委办公室门口，打量窗边这两人，"你还不进来开会？"

"等一下，我问点儿事情。"肖涵尴尬笑笑。一回头，只见陈末把最后那点儿鼻涕往自己运动服上一擦。

"我真是服了你了。"肖涵用两根手指捏起胸口这一摊污渍，哭笑不得。

"去开会啊。"陈末哭爽快了，又恢复那副满不在乎的腔调。

肖涵叹着气，一边把外套脱下来，一边问："现在让你怎么样啊？"

"周老师本来让我写个检讨就算了，吴春华不干，非要记过，还要让我在升旗仪式上当众检讨。"陈末一脸不屑，"那个女人特别恶毒，还把小孙老师叫了过来，非让小孙老师承认她是幕后主使。"

"这样啊？"肖涵在心里盘算，"那小孙老师说什么了？"

"我当然不能让她承认啦，本来就跟她没关系，我跟他们都说一早上了，我还可以给他们看 QQ 记录！"陈末大义凛然。

"那你爸爸过来怎么说啊？"肖涵问。

"我爸？"陈末冷笑一声，"他关心什么呀？他就关心不能在档案上留底的事，坚决不同意记过。现在他们在里面吵着呢，让我出来等。"

"有记过确实对你不好。"肖涵轻声对陈末说。

"有记过对我不好，那他们冤枉小孙老师还对小孙老师不好呢！"陈末激动起来，"你知道我爸说什么？他竟然问小孙老师，为什么给我们放《死亡诗社》，为什么偏偏选在自己要走的那天放《死亡诗社》，有没有预料到会造成今天这样的结果？你说成年人的思想怎么那么肮脏龌龊？"

肖涵沉吟了一下："你爸爸问的，也不是没有道理。"

陈末唰一下跳了起来，目光中有种不可置信的凛然："肖涵，你怎么也会说这样的话？你怎么能这么想小孙老师！"

"我们也只是探讨一种可能性。"肖涵很无奈。

"那我们不用探讨了，我们根本不是一类人，道不同不相为谋。"陈末远远挪开了两步，背对着肖涵。

"陈末。"肖涵靠近她，想劝她给吴春华服个软认个错。

"我不想再听你说话了。"陈末冷着脸，手指着团委办公室，"去吧，那里才是你应该去的地方，你跟我说这些话，脏了你的嘴，也脏了我的耳朵！"

肖涵的脸也冷了下来。有一股气郁结着，在他的胸口横冲直撞。

"陈末，我是好心想帮你。"肖涵忍着那口气，缓缓说。

"我不用你帮，我一人做事一人当！不劳你这样的学生干部大驾。"陈末的脸冷若冰霜。

肖涵终于也冷笑了一下："好吧，算我自作多情。"衣服上那团污渍干了，融化在了深蓝色的背景色里，仿佛是一场误会。

陈末头昏脑涨，一颗心钝钝的。走廊一会儿安静了，一会儿仿佛又涌出了许多脚步声，东一脚西一脚，踏在她纷乱的思绪上。

周围说："陈末，人不能一直任性，要从别的角度想一想问题。"

吴春华说："你们这些学生，天真、幼稚，被人当枪使了都不知道！"

陈彭宇说："你还给别人出头？你知道自己几斤几两吗？"

孙叶琦几乎没有看陈末。只有一眼，那一眼里，是让陈末分辨不出的复杂。

周围说："陈末，小孙以前也是我的学生，她还年轻，有时候也是孩子气。我也不希望她的实习评语很糟糕。"

吴春华说："教学水平不过关不要紧，心不能不正。有什么意见可以当面提，不要利用学生。"

陈彭宇说："孙老师，你给他们放《死亡诗社》的时候，到底是怎么想的？"

孙叶琦说："各位老师，对不起，我没想到事情会变成现在这样。"

陈末抢着说："小孙老师，你不要对不起，跟你没关系！"

但没有人理睬她，她的声音被淹没了，淹没在那些她不懂得的你来我往里，淹没在一片巨大的虚空之中。

肖涵说："那算我自作多情。"

陈末之后一直没有回教室，据卡门说，中午她从教导处出来就跟着陈彭宇一起回家了。钱佳玥虽然中午见到了和自己微笑挥手的陈末，放下了一半的心，但没跟她说过话，没了解最后的处理结果，另一半心总是吊着。偏偏今天又轮到她值日，手上还扫着地，心已经飞回家要给陈末打电话了。

过了立春，夜渐渐暗得晚了。等六点多到家，外边日头还留着一丝亮光。

钱佳玥如常喊了一声："婆婆，我回来了！"但家里黑洞洞，并没有任何回响。

奇怪，人都去哪里了？

但钱佳玥还来不及细想这些，先冲到电话边开始往陈末家打电话。

"陈末，你没事吧？"

"没事，让我下周一升旗仪式做个检讨。"陈末的声音听上去很低沉。

"啊，肖涵哥哥说吴老师要给你记过，真的吗？"钱佳玥急不可待地先问自己最害怕的事。

"没有，不记过了。"陈末不知道陈彭宇说了些什么，但她现在觉得很累。

"陈末，你没事吧？你听上去很不开心，你别不开心，你的检讨书我帮你写吧。"钱佳玥自告奋勇。

"钱佳玥，我有点儿累，我们明天上学再说好吗？"陈末顿了一下，缓缓说。今天从教导处出来的时候，她本来想再去找小孙老师说说话的，但目光相接的一瞬间，她见到小孙老师躲闪了一下，下意识往后退了一下。

是啊，小孙老师已经被冤枉挑唆学生了，她怎么还能不跟我保持距离呢？陈末脑子里给自己打气，但心里，却渐渐被冰冰凉凉的疼痛占满。

钱佳玥挂了电话，心里很怅然：平时精气神永远满满的陈末，今天听上去那么疲惫，那么低沉。钱佳玥心里充满歉意——她什么都帮不了陈末。

家里没人，奇怪地没人。钱佳玥等到了七点，还是没人回家做饭给她吃。

做一休一，今天陈秀娥应该休息啊。就算她不在，婆婆又去哪里了呢？

钱佳玥打钱康的 BP 机，留了三次留言，依旧没有电话打回来。

真奇怪。今天一天，事事都透露着奇怪。

等到钱佳玥自己开始转冰箱里的剩菜剩饭时，忽然听到了敲门声。

"佳玥，到我家吃饭吧，你妈妈说带你婆婆去看病了。"关爱萍站在门口说。

"看病？婆婆怎么了？看什么病？"钱佳玥紧张起来。

"我也不是很清楚，你妈妈电话里没说，好像在等什么结果。"关爱萍看着钱佳玥惊慌失措的表情，又安慰她，"应该没事的，你别太担心，我电话里还听到你婆婆的声音了，听着挺有精神的。"

钱佳玥的脑袋一团乱麻。如果在往常，能去肖涵家吃饭，她的心路历程可以婉转曲折到绕地球两圈，但今天忽然发生了那么多事，那么多低气压环绕，钱佳玥忽然兴奋不起来了。

婆婆怎么了呢？

"肖涵哥哥，陈末下周一要做全校检讨。"钱佳玥闷头吃完饭，才想起来对肖涵说。

"哦。"肖涵心不在焉地回应了一句。

就"哦"一声吗？钱佳玥觉得，今天大家都变得好奇怪，自己像被隔在了一层纱帐之外，周围的一切都变了，变得看得到但摸不着，变得自己再也加入不进去。她本来还想和肖涵说说自己的心事，但此时此刻，觉得什么都说不出口。

夜里十一点，终于听到防盗门响，陈秀娥"慢点慢点"的声音透了进来。

钱佳玥来不及穿好拖鞋就冲了出去，看到被陈秀娥和钱康搀扶着的廖冬梅。

"婆婆，你怎么了啊？"钱佳玥急问。

廖冬梅面色有点儿疲惫，但看到钱佳玥，脸上立刻堆满了笑容："你来了啊？"

钱佳玥一头雾水，转向陈秀娥："妈，婆婆说什么啊？"

廖冬梅拉住钱佳玥的手，继续和蔼可亲地说："多玩一会儿再走哟。"

钱佳玥的身体像过了一阵电，手上还有廖冬梅握过的温度，但脑子一片空白。

半夜十二点，钱佳玥躲在被窝里听 Walkman，感觉到陈秀娥轻手轻脚坐在了自己的床边。

"宝宝，还醒着吧？"陈秀娥轻唤她。

磁带里在唱"为你我受冷风吹，寂寞时候流眼泪"。钱佳玥取下一只耳机，静静等待着陈秀娥的宣判。

"宝宝。"陈秀娥抚摩着钱佳玥的头发，"婆婆呢，脑子现在不大清楚了。你也长大了，应该讲给你听的。她这个病呢，医生说，控制得好的话……"她的声音在钱佳玥耳边低下去，渐渐模糊，模糊，变成了绵长的呜咽。

窗外的月色很好，一轮细细的月牙，崭崭新，光光亮，擦过陈末和钱佳玥无眠的夜晚。

陈末想，吴春华一定是错的，陈彭宇一定是错的，连肖涵也一定是错的，但……自己是对的吗？

钱佳玥想，如果一直像从前一样，只需要担心考试和成绩，只需要在日记里写暗恋心情，大概也已经算岁月静好了吧？

一直想长大，一直想展翅高飞。盼了那么久那么久，原来所谓长大，从来都只需要一个瞬间。

39
假 装 快 乐

　　所有的学校都有升旗仪式，所有的升旗仪式都在每周一早上。乌泱泱的校服，冬天时候是一层一层的藏青色，虽然麦克风里一直叫着"精气神精气神"，但在上海阴冷的风里，个个都像要冬眠的熊。但春暖花开后就不同了，还没到夏天，就有人迫不及待地换上了短袖的夏天校服。年轻的肌肤露出来，这里一点，那里一点，像一片片新嫩的枝丫。

　　高一、高二、高三，初中部，列队整齐。肖涵和其他三个一米八的男生，昂首挺胸，拉着五星红旗，迈着豪迈而做作的正步走向了主席台。旗下，扣好，男生离开，赵婷婷和另一个女生站在旗杆底下。

　　不要小看拉拉绳子，也不容易。两个人一边拉，一边送，要配合得当均匀，最后"前进进"三下，把国旗正好送到顶上才是本事。

有的班前半程拉得慢，后半程就得加速；有的班前半程升得太快，后半程只好龟爬。这都不行，让人看笑话。赵婷婷做事向来要求完美，只见她拉得匀速、光滑，毫无滞胀，一气呵成，最后国歌一结束，鲜艳的五星红旗恰好登上了二中旗杆的顶部。赵婷婷满意了，带着骄傲的眼神，望了旁边的肖涵一眼。

但肖涵在偷瞄站在角落里的陈末。陈末就是那种迫不及待地换上了夏天短袖的人，此刻在若有似无的阳光里硬撑着不发抖。

做全校检讨，本来是件很丢脸的事情。但陈末的运气真是好。很多年后，大家都不记得她有没有做过检讨，检讨了什么。实在是王校长太帮忙，在轮到陈末检讨前，他的讲话太精彩。

"我上礼拜五坐公交车回家。"小老头努力克制了下自己的情绪，"看到有两个我们二中的同学，一个男同学一个女同学，啊，大庭广众，坐在公交车上，啊，就在那里，啊……"

所有人都盯着他的嘴，等着他说那个"啊"到底是个什么。

"啊。"王校长脸色有点儿憋红，深呼了一口气，然后声如洪钟地吐出一个字——"啃"！

全操场都沸腾了。笑声，笑得跺脚的声音，不知道哪里冒出来的口哨声。

"我拜托这些同学，啊，以后再要做这种事情，你们把我们二中的校徽摘下来好吧？"王校长望着乌泱泱的小孩儿，无奈地说了一句。

"好！"不知道哪个角落有人回应他。

就在大家兴奋激动的左顾右盼和小声交流中，陈末上台了。

"……我深刻地意识到我这种行为是不恰当的，也是不对的，给老师和我们全班同学都造成了伤害，我向老师同学们保证……"

没有人在乎她说什么。大家的疑问只有一个——"谁啊谁啊，王校长看到的是谁啊？""王校长住哪里？他坐的哪路公交车？""24路？谁回家坐24路的啊？"

所有人的心猿意马里，只有两个人认真听完了陈末的检讨。一个是检讨书的作者，钱佳玥同学；一个是升旗手，肖涵同学。

陈末念的声音越来越快，就在所有人都没回过神来的时候，微微鞠躬，兴高采烈地下去了。她一蹦一跳地路过肖涵和赵婷婷身边，还趾高气扬"哼"了一声。

"傻子。"赵婷婷不服气地小声回应。

"你说什么？"肖涵望着陈末没心没肺的背影，皱了下眉。

"傻子。"赵婷婷望了肖涵一眼，重复，"自以为了不起的傻子。"

肖涵的胸口有点儿堵，一瞬间想反驳，但想到陈末那句——"道不同不相为谋"，千言万语都消失在了嘴边，只是无动于衷地不看赵婷婷。

他们真的是道不同吗？或许是的吧。肖涵从不敢这样意气风发，恣意妄为，他努力做一个有着光明前途的好学生，老成得道貌岸然，懂事得自我催眠。他任性的权利，早在五岁的时候就消失了。陈末会理解他吗？那个明面上恨不得离开父亲羽翼的陈末大小姐，实际上不是心安理得利用着一切来为自己的任性遮风挡雨吗？

肖涵一瞬间觉得有些不忿、不公，他很想拉住陈末质问她，有什么资格对自己指手画脚？她到底哪里来的优越感？但如所有的往常一样，肖涵面色如常，没有多说一句不该说的话，多吐一个不该吐的字。

"没事啦没事啦。"散场回班级的时候，陈末蹦过来勾住钱佳玥的胳膊。

钱佳玥摸着陈末冰冷的手："你冷不冷啊？"卡门凑过来："她怎么会冷，要风度不要温度。现在斗志昂扬，心似火烧。"

"就是！总算心里一块石头落地，全校检讨也没什么嘛。"陈末的脸色明媚，一如往常。小孙老师已经不在二中了，大家都以为，她会来五班做个告别，哪怕不是道谢，只是简简单单说一句"我走啦"。但没有。无论在教室里，在走廊里，在篮球场上，在校门口，都没有再看到过那个高高瘦瘦短发酷酷的小孙老师了。

总以为像写作文一样，所有的故事都要有个虎头凤尾，却发现原来生活里大多只是无疾而终。

"我请客，放学我们去西宫玩吧。"陈末提议。

"我不去了。"钱佳玥想到这里，心里一沉，"我妈今天上班，我要回家看着婆婆。"

廖冬梅的神志并不是一直糊涂，吃了药，有时好一阵，还来指点钱佳玥怎么写检讨书；有时糊涂了，就要往门外跑，说日本人炸弹要来了，自己要跟爸爸妈妈一起逃难。每当那个时候，钱佳玥就浑身发冷。那种看着最亲最亲的人变成陌生人的感觉，要把她压垮了。

高一下半学期的那几个月，钱佳玥过得迷迷糊糊，整个人在飘。

上课，下课，去校刊《奋飞》校对排版，她似乎还是从前的那个钱佳玥。但只有她自己知道，那些热热闹闹的一切，她都不关心了，哪怕是跟着大家在笑，心里面的高兴也被严严实实堵着，没有感觉到一分一毫。

考试还是要考的，看到肖涵还是会愣一下的，但是，感觉抽离了，仿佛自己和周围之间有一条泾渭分明的鸿沟。她不能对任何人说这些，似乎这些都是无关紧要的，不应该拿出来麻烦别人的。只有在QQ上，会跟扬帆聊一聊。

芦苇："人死了以后会怎么样呢？"

扬帆："好人会上天堂吧。"

芦苇："那有天堂是不是还会有地狱？"

扬帆："对啊，所以我们不能做坏事。"

芦苇："其实死了就是死了，就是回不来了。"

扬帆："你害怕这个答案吗？"

芦苇："害怕，很害怕。"

扬帆："那你就假装相信自己相信有天堂吧。"

芦苇："假装相信也是相信吗？"

扬帆："假装到后来，说不定就能骗过自己。"

芦苇："快乐也能假装吗？"

扬帆："能，快乐能假装。"

芦苇："你假装成功过吗？"

扬帆："嗯，很成功。"

芦苇："为什么要假装呢？"

扬帆："这样你身边的人会开心点儿。"

但奇怪的是，就是这样，钱佳玥的期末考试反而考得比上学期好了。依旧每门都算不上出色，但数学成绩和物理成绩都赶上来了，平平稳稳，八门总分竟然排到了班级前五。

"你就好了，全班第五名。"卡门看着自己的学生手册唉声叹气，"我妈本来说考进15名给我买个吉他……"

陈末本来望着24名的排名在自我安慰，已经进步很多了，听到这里插话："你要学吉他啊？"

"对啊，谢霆锋弹吉他帅死了！"卡门立刻星星眼，翻出皮夹子里的一张谢霆锋背吉他的照片来，"帅不帅帅不帅！我暑假要把《特警新人类》再看五遍！"

"想到暑假就烦。"陈末叹口气，"我爸去加拿大开会，非要带我一起去。"

"出国啊！这么好！"卡门叫起来，"你看许优做梦都想出国，听说期末考试还没开始考，新东方托福培训班已经报好了。你看你，出个国轻轻松松，跟你爸就能去了，太开心了吧！"

"谁要跟他一起去？"陈末翻了个白眼，"我才不想去，跟他一起去我还不如待在家里看电视、喝绿豆汤。我本来还想跟漫画社其他人一起参加学校组织的南京游呢。"

"帮帮忙好伐，加拿大不比南京好玩啊？身在福中不知福。"卡门先摇头，忽然眼睛放光，"欸，不对啊，是不是漫画社里有哪个帅哥？有情况有情况！他们漫画社有帅哥吗？"

钱佳玥愣了一愣，摇摇头。

"有的有的！"卡门叫起来，"高二那个卢凯，那个还蛮帅的啊！侧面看像黄磊。他是不是也去南京？"

"卢凯算帅啊？别开玩笑了！身高是我的硬指标，不到178肯定不行啊。"陈末坦然说。

"成绩好的个头普遍不高。"卡门总结。

"我要成绩好干吗？成绩好能当饭吃吗？最讨厌自以为好学生的装腔作势。"陈末恨恨道。

卡门用手肘撞撞钱佳玥："你听，你的肖涵哥哥被她排除了，肖涵倒有1.8米。对了，肖涵暑假干吗呀？"

"他们学生会团委好像都要去参加什么红色之旅吧。"钱佳玥漫不经心地说。

"那你呢？你暑假干吗？"卡门问钱佳玥。

"我就在家看我婆婆。"钱佳玥强装笑了笑说，"可能也报个什么英语班吧。"

"钱佳玥，其实你放轻松点儿，想开点儿……""对对对，别给自己太大压力……"陈末和卡门争先恐后地安慰着她。但她看着她们张张合合的嘴，虽然努力微笑着，却忽然在心中想——

人是不是生而孤独的呢？人们对于他人的痛苦，是不是永远只能隔岸观火呢？

就像她此刻的心情，即使说出来，她的朋友们会懂吗？

钱佳玥没有想到的是，最后让她从这样情绪里走出来的，却是她心里一直有点儿看不上的陈秀娥。

以前上学，钱佳玥并不知道陈秀娥白天在家和廖冬梅的生活是怎样的，暑假待在家一看，反而不像悲情片，像喜剧片。

廖冬梅糊涂起来就变得很固执，非要出门去上班。陈秀娥就说：

"你要上班啊？你是工会主席吔，你要搭搭架子的呀，他们不来请你你干吗去啊？"

廖冬梅看着她愣了愣，手上的劲道就轻了下来。

"还有哟，你待会儿开会不要发言的啊？你看看你，头么不梳，衣服也不换，像什么样子啊？坐上台没有主席威风了啊！"

三下两下，连哄带骗，就让廖冬梅把饭吃了，把药喝了。

廖冬梅有时候糊涂不认人，只会盯着陈秀娥和钱佳玥笑，钱佳玥被她笑得毛骨悚然。

陈秀娥倒会去搭话："你认出我来了对吧？"

廖冬梅收住笑："你是谁啊？"

陈秀娥放低声音，用搞情报工作的音量说："一般人我不告诉他的，我看你老实可靠告诉你，我真正的身份是公主。"

"公主啊？哪个国家的公主？"廖冬梅大惊失色。

"茜茜公主，听说过伐？"陈秀娥一本正经。

"公主啊？你不像外国人啊。"廖冬梅有点儿迟疑地打量。

"我一半中国血统，所以你看不出来，我现在流亡，以后要回去继承王位的。"陈秀娥像唱歌剧那样捏着双手，咳嗽了一下。

等钱康回家时候，廖冬梅一直在饭桌上给钱康使眼色，两人交头接耳地指着陈秀娥，悄悄说："那个女人，说她是死特了的公主。"

"什么死特了公主！茜茜公主茜茜公主！"陈秀娥抗议。

廖冬梅警惕地望了她一眼，眼神闪烁，继续蒙头对钱康讲："提高警惕，我觉得她肯定是个特务。"

有一天特务在洗碗，钱佳玥靠在厨房门口，迟疑了很久，问她：

"妈，婆婆这样，你难过吗？"

"难过怎么办呢，日子不要过了吗？"茜茜公主洗碗的手不停。

那天晚上，钱佳玥在日记本上写了一整页的"过日子"三个字，每写一遍，心里就更轻松一点儿，脚上仿佛都有了力道。

40
只爱陌生人

钱佳玥的高二生活是在卡门的八卦更新中开始的。

开学前大家聚在陈末家吹空调，陈末一堆一堆地往外捧从加拿大带回来的巧克力和零食，卡门抑扬顿挫的声音像背景音乐——

"许优暑假去上新东方，托福考了个600分，钱老师可高兴了，说比好多大学生考得都高！我看她真的打算出国。"

"语文老师要换了你们知道吗？刘老师好像调到民办初中部去了，不知道下学期谁来教……"

"对了对了，最后绝对重磅消息，这学期我们班有一个插班生！"

卡门的眼睛亮晶晶，终于成功地把钱佳玥和陈末的视线从电视屏幕上吸引过来。

"插班生啊？"陈末好奇，"男生女生啊？"

"我猜是女生吧，我们班女生比男生少三个。"钱佳玥也好奇起来。

"傻呀，插班生是来补充性别比例的呀？插班生嘛，不是关系户，就是……"卡门神神秘秘地做了一个点钞的动作。

"不会吧，我们学校哪有那么容易进。"钱佳玥迟疑，二中可是她初中憋了四年力气才考上的，原来别人轻轻松松就能进吗？

"我不就是关系户才进来的吗？"陈末不以为然地一边在文曲星上打着贪吃蛇一边说。

卡门刚才话刚出口时，就有点儿后悔，此时一声不吭。只有钱佳玥死心眼，继续问："陈末，你真的是你爸爸找人进来的呀？"

"是啊，通关系嘛。"陈末撇撇嘴。

钱佳玥抿着嘴唇不说话。

钱佳玥心想：肖涵哥哥有了加分一定能上交大，而她呢，她能考到哪里去呢？好不容易跟来了二中，又怎么样呢？连像赵婷婷那样拿加分都没希望。原来所有人都早早为自己的前程发足狂奔了，只有她还傻乎乎地自以为岁月静好。

"不是所有丑小鸭都能长成白天鹅的。有些只是生得丑，但永远是小鸭。"——芦苇。

开学第一天，高二五班全班轰动，接着，就是全校轰动。因为转来的插班生，竟然是电视上"小太阳俱乐部"的主持人——路垚。

明星效应也就算了，过两天大家都会习惯的，但帅哥效应就不一样了。

"好帅，太帅了，比我在机场见的那些明星还帅。"卡门的芳心怦怦直跳，眼睛永远直勾勾望着后方。

卡门花痴，是人之常情，但裴冬妮发花痴就不一样了。裴东妮忽然温柔了起来，隔三岔五就转到钱佳玥他们这边，吹气如兰，仿佛真的自比成了百合花："路垚，学校这个演讲比赛，你替我们班参加一下吧？""路垚，这次秋游，你有没有什么好点子啊？""路垚……"

常无忌本来是一心向佛与世无争的好青年，有一天终于也忍不住了，抓着自己乱蓬蓬的头发，敲钱佳玥的背："钱佳玥，你们女生怎么现在说话都这个样子了？"

女生说话什么样子，取决于男生长什么样子。

路垚长什么样子呢？但如果说肖涵是明朗的帅气，路垚的帅里多少带着点儿秀美和阴柔。学《项脊轩志》，陈末指着"大类女郎"四个字捂着嘴笑，拼命指背后的路垚。

路垚自带明星光环，男生不大爱搭理他，女生也只有花痴一种表情。明星帅哥路垚，其实是孤独的，没有朋友，只有成堆成堆的女粉丝，一到下课就里里外外挤在五班门口，"哪个是路垚？哪个是路垚？"地叽叽喳喳着。

路垚对班级的贡献，是陈末发掘的。

每周有一个执勤班，负责在校门口执勤，一到早自习和眼保健操去各班监督，还要检查卫生评流动红旗。

话说那一天大扫除，轮到陈末擦灰，但陈末溜出去参加漫画社活动了。结果周五检查卫生，那个高一的女生偏偏盯着犄角旮旯。什么门框上面摸一摸，什么窗户框上弹一弹。眼看 5 分扣掉，流动红旗落空，裴冬妮瞪着陈末的眼珠恨不得落了出来。

"同学同学，没多少灰嘛，这个都要扣分啊？"陈末堆着笑去斡旋，"就一点点啊，我们是周四中午大扫除，一天过去了，总归会落点儿灰的啊。"

高一女生，刚刚入校，最最顶真，要为自己的职责赴汤蹈火："不行的，老师说了，有一点儿灰都不行的。"女生一边说着，忽然娇羞地望了陈末身后的路垚一眼。

陈末说时迟，那时快，一把抓住路垚的衣服领子："为了班级荣誉，你快上！"

路垚一脸大写的尴尬，对直接上手的陈末深感无语。"牺牲点儿色相没啥，班级荣誉要紧。"陈末朝他低语。

从此以后，五班的流动红旗就没有下过墙。

"唉，为什么每次来我们班检查的都是女生啊？"钱佳玥有一次不明白，"要是来男生，路垚的美男计不就不起作用了吗？"

"你觉得那些执勤的班里，男生能抢得过女生吗？"卡门翻了个白眼，"能光明正大到我们班来盯帅哥啊！这是什么样的动力！还不用千里迢迢去虹桥机场，你想想！"充满激情地一拍筷子，筷子弹到了地上。

"我也没觉得路垚有那么帅啊，有你们那么夸张吗？"钱佳玥嘟囔。

"钱佳玥啊，你啊，就是个审美黑洞，已经被我拉入黑名单了。"卡门一边捡筷子一边说，"陈末，你知道吗，她说金城武不帅，金城武呃！"

"金城武还是帅的啊。"陈末点头。

"我不觉得啊。"钱佳玥一脸真诚。

"你啊你，除了肖涵你还看得见什么啊？审美黑洞，黑洞！"卡门抗议。

"但路垚这件事上，我同意钱佳玥。"陈末擦了擦嘴，"路垚不是不帅，但也不至于帅到现在这样轰动。主要啊，还是他上电视，明星效应，大家终于见到活的了。周末回家再一看电视，呀呀呀，这个是我同学我同学！"陈末最后两句学着卡门的夸张口气，把钱佳玥笑趴了。

"哎，陈末，我看路垚跟你关系不错哟。"卡门用八卦回击，"你没看到裴冬妮现在对你仇视的眼神。"

"别乱讲啊，就普通同学。"陈末辩解着。

普通同学很快就找到了共同的兴趣爱好——转笔。

陈末是转笔界的大拿，初中几年很是刻苦钻研了一下这项炫酷的技能。正转、反转、花式转、食指转到中指转到无名指和小拇指，行云流水，如波涛起伏似蝴蝶翩跹，看得人眼花缭乱。但这项绝技到了二中，便没人欣赏。钱佳玥只会叫她："陈末陈末，×老师看你呢，好好上课。"

偏偏路垚是同好，有次上政治课看到陈末转笔，下课就拍她背——"你会转笔啊？"

"会啊！"陈末立刻得意地现了起来。

"看我的！"路垚也兴奋起来。先是绕着手指转，接着放在掌心转，最后靠着手背转，最后终极必杀——闭眼转。闭着眼还能走路，还能站起来蹲下去。

"厉害啊！"陈末由衷赞叹，"教教我教教我！"

"从小在片场没事干，就只能一个人转笔玩。"路垚一边教一边说。

"你从小在片场，不上学啊？"常无忌好奇。

"常无忌，人家路垚童星出道，三岁就演电影了，是吧？"陈末一边跟着学，一边说。

"当明星多好啊。"钱佳玥感叹道，"大家都认识你。"当了明星，就有了那么多人真心的宠爱。

"也有不好的。"路垚笑了笑，"从小觉得自己生活在一个动物园的笼子里，也没同学，也没朋友。"

"我们就是你朋友啊。"陈末自然而然接。

"是吗？"路垚睁着他灿烂的眼睛，望着陈末。

"当然是啊。"陈末忽然脸红了一下，踢钱佳玥，"你说是不是？"

"大家都是同学，当然是朋友了。"钱佳玥说。

那天笔谈的时候，迟钝如钱佳玥，都在笔记本上问陈末——"你是不是也喜欢路垚啊？"

陈末嘴犟："怎么可能，兄弟关系。"

一个人能不能同时喜欢两个人呢？自己喜欢路垚吗？路垚会喜欢自己吗？那肖涵算怎么回事呢？自己和肖涵算发生过什么吗？晚上躺在床上，陈末翻来覆去睡不着。终于发现了比函数更让自己头疼的问题。

那就不喜欢肖涵了吧，反正他现在看到自己也是一副爱搭不理的死样子，把这个道貌岸然的伪君子留给钱佳玥吧，哼！

　　陈末把胳膊放在被子外面觉得冷，放进被子里面觉得热，反复折腾，心如乱麻，终于一半在里一半在外地沉沉睡去。

41
重点平行

高中最快乐的记忆是什么？可以让人提前遐想半年，过后又念念不忘的是什么？

答：学农。必须是学农。

第一次过真正的集体生活，离开父母整整一周，没有功课考试整整一周！期中考试还没考，大家已经纷纷幻想起十一月的学农生活了。

"听说东海农场条件不好，是睡那种大通铺，12个人一间。"卡门先说。

钱佳玥笔记还没整理两页，卡门又兴冲冲地跑过来："天啊，他们说我们要挑粪的啊！大粪啊！"

"真的要去挑粪啊？"刚把一半德芙放进嘴里的陈末呆住了，看着手里剩下的半块巧克力，颓然没有了胃口。

"还要干什么？"钱佳玥也好奇。

"好像还要拔草、种菜。"卡门包打听，样样门清。

但挑粪是挥之不去的阴影，虽然大家都回避，但这个话题盘旋在每一门考试的角落。男生间打闹，经常会变成互相叫对方淘粪工；女生窃窃私语，都觉得就算真的要挑粪，这种活也不会落在自己身上。没想到裴冬妮一拍胸脯："男女平等，男生能干，女生为什么不能干！"

陈末觉得匪夷所思："挑粪都要男女平等？没听说过主动跳出来要挑粪的。"

裴冬妮"哼"了一声："所以你追求的是假平等，我追求的才是真平等。"

追求真平等的裴冬妮，色厉内荏，其实心里也慌的。拜托老天爷，下雨吧，别挑粪了吧！

心猿意马的期中考试终于结束了，整整一周的学农眼看就近在眼前。为了让大家心情舒畅地好好学农，高二全年级的期中考成绩推后发。家长会上，周围笑眯眯地布置着学农要带的东西。

药剂师赵榕芳举手："周老师，需不需要带点儿口罩什么的？常用药应该自己带吗？"

旁边的陈秀娥帮腔："零食为什么不可以带啊？小孩子劳动一天，半夜里肚子肯定要饿的，饼干什么肯定要备一点儿的，大家说对吧？"

周围笑笑："我负责传达学校的政策，零食是不能带的，第一天查零食，我们收到会替同学们保管好，到回来了再还给他们。"

陈秀娥的胳膊碰碰赵榕芳："那我给孩子带一点儿路上吃总可

以咯，春游还能带零食了。"

赵榕芳低声说："你藏得好一点儿，他们老师也睁一只眼闭一只眼，翻不到的。"

陈秀娥叹口气："唉，你不知道我们钱佳玥，思想好得一塌糊涂，老师的话像圣旨一样，肯定第一个把我藏好的都交上去。"

转眼到了学农出发那一天。在二中门口集合时，天还是阴沉沉要下雨的样子，大巴一路东开，竟然渐渐露出了几缕阳光。

卡门坐在许优边上，手上拆了一包上好佳，一边摇头晃脑听着CD，旁若无人哼唱着"听说他爱的女生，只挑双眼皮，但我的单眼皮，不能挑剔"。陈末刚买了王菲的《唱游大世界王菲香港演唱会》，憋着劲学，钱佳玥捂着嘴在笑。男生们都聚在最后两排，几副扑克抽出来就是几组80分战队。一时间，去学农的欢欣随着满车厢的嘈杂放飞了出来。

大巴一路向东南前行，地面、高架，高架、地面。磁带A面换B面，B面换A面，卡门张着嘴靠在许优肩上睡着了。沉沉睡去的人很多，但后排打牌的还是战斗正酣。陈末早溜到后排去通关了，这刻正大叫着："路垚你又输了！出关出关刮鼻子！"路垚在大家的嘲笑声中不情不愿地把脸凑了上来，陈末半点儿都不心慈手软，狠狠把路垚白嫩的鼻梁刮出一道红印子来。

"是不是到了啊？"钱佳玥看了两个多小时窗外的风景，此刻忽然看到颠簸的路尽头依稀有一个大门和一点儿建筑。

果然，周围从司机身后站了起来："同学们，醒醒啊，不要打牌了，整理一下东西，我们马上要到了，大家准备好下车！"

农场的风清新而凛冽。大家像一群刚出笼的鸟，争相挥动着翅膀四散开来，什么都是新鲜，什么都是好奇，四处是自由的笑声和吵闹。等五班好不容易都领完行李排好队，一班的巴士也到了。

肖涵透过窗，只看到穿着红外套的陈末，她的马尾上下晃动着，在钱佳玥和卡门中间左转右转，然后忽然跑到后排，笑着踢了一个男生一脚。肖涵正想看清楚那个男生的脸，但赵婷婷凑过来讲待会儿宿舍分配的事。等车停稳，他再转过头，五班的队伍只留下一个欢愉的尾巴。

大家对农村广袤天地的大好想象，在看到宿舍的那一刻戛然而止。灰蒙蒙的楼也就算了，一个房间六个上下铺，上面感觉堆了几千年的风和雨，全呀全是灰。陈末两根手指捏起床上的棉絮一看，不但透光，而且都是斑斑点点的黑色污渍。从小被药剂师呵护的洁癖顿时泛了上来，"哇"的一声尖叫，直接哭了出来："我不要住在这里！"

屋漏偏逢连夜雨，钱佳玥、陈末竟然和裴冬妮一个寝室。裴冬妮拎着蛇皮袋，大义凛然地推开挡住过道的陈末："有什么好叫的？那么娇气！"钱佳玥赶紧把上铺的棉絮拿下来透开看，安慰陈末："陈末我跟你换，我这个是干净的。"

"不要，那么脏的你怎么盖？"陈末的眼泪还挂在脸上。

"不要紧啊，我把被套一套就看不见了，我又没洁癖。"钱佳玥赶紧把两个人手上的棉絮换了过来。

但让陈末糟心的事并没有结束，她好不容易整理完内务，裴冬妮拿出一个大垃圾袋，要求大家把所有的零食都交出来。

"不要吧！"卡门大叫，"真的没收零食啊？"

许优也很不情愿，但在裴冬妮的注视中，她还是不情不愿地把开杯乐、趣多多、上好佳一样样扔了出来。盯着大家一个个扔完，裴冬妮就迈着兴奋的步伐，去别的寝室了。

"神经病！"陈末白了她的背影一眼，立刻从背包口袋里拿出几包猪肉脯，慷慨地分给大家，"我藏了好多，我们以后自己吃，气死她！"

拖拖拉拉陆续十二个班都齐了，大家欢聚在食堂，每个班四个大圆桌，人人面前一套空碗具。高二年级组组长是一班班主任，在上面叽里呱啦说了一堆"学农之精神""日程之安排"。五班同学都全神贯注，侧耳倾听有没有挑粪的选项。很开心，从种菜说到野炊，从广播操比赛说到参观食品厂，没有提到任何跟排泄物有关的影子。洁癖陈末一开心，连眼前的碗筷都不觉得脏了。

第一顿饭是桌菜，只见脸盆大小的菜盆流水一样一盆盆端上来，本帮菜的浓油赤酱体现在每一道里，连青菜都不例外。但青春期的男孩儿吃饭都是掠夺式的，尤其那么多人聚在一起，每个脸盆放到桌上不过十几秒，立刻光盘。于是男生桌只好出来化缘——"你们女生这个菜还吃不吃？不吃给我们吧？"

路垚当之无愧就是化缘之神，不光自己班女生桌上的能要来，别的班也照要不误。

"哎呀，你家路垚这个脸皮啊，不愧是专业主持人啊！"卡门感叹。

"喊，什么我家路垚？跟我有什么关系？"陈末看着路垚花蝴蝶一样从各桌上端回去一盆盆菜，忽然觉得有点儿不舒服。

"吃醋啦？"卡门偷笑。

"谁吃醋？！"陈末板着脸，异常严肃，让卡门把接下去调笑的话都咽回了肚子里。

路垚化缘化到陈末这桌，陈末冷笑一声，忽然脑洞大开——把红烧鸡翅分散到几个空碗里，又把另几个空碗里堆满了鸡骨头。几个碗在大圆桌中间的小转盘上放好，陈末几下一推，转盘就开始疯狂转起来。

"你们要吃鸡翅吗，你就按停啊，按停下来哪个碗对着你你就拿哪个。吃鸡翅还是鸡骨头看你自己本事咯！"陈末坏坏地一笑，"只能按一下啊，不能多按！"

顿时，这个游戏就吸引了大家的注意。一阵接一阵哄笑中，路垚、刘剑锋这些男生只拿到了两个鸡翅，倒领了三大盘鸡骨头。卡门高兴起来，到处去问别的桌要鸡骨头，于是人越聚越多。

五班的欢呼声、笑声，很快就传遍了整个食堂，盖过了其他班所有的声音。一班的四桌安排在五班隔壁，优等生们也纷纷侧目，充满好奇地看着热闹。

"又是那个陈末。"一个女生不屑地说。

"哼。"赵婷婷鄙夷，"脑子不用在读书和正事上，只会搞一些不登大雅之堂的把戏。"

"这就是平行班的素质。"赵婷婷下了结论。

"不要管别人，我们吃完收拾好走吧。"坐在桌子另一头的肖涵忽然冒出来了一句，"下午要除草和翻地，我们早点儿干完早点儿可以去浴室洗澡。听说浴室是要抢的，去晚了排队都要排一个多小时。"肖涵淡淡望了一眼闹得正欢的陈末，收拾起自己桌上的垃圾。

第一天下午确实是除草和翻地。一个班分到十来米见方的一小块地，上面长满了野草。先是女生戴着手套拔，后边跟着扛着大锄头的男生。

陈末中午闹了一场，现在心情舒畅，劲头正足，跟裴冬妮两个人憋着劲比谁拔得多拔得快。女生那么卖力，男生不好意思不跟上，于是一个两个敲碎石块锄头上下翻飞，一边收集野草运去垃圾堆的钱佳玥都快赶不上了。果然，五班第一个完成了所有的工作。这些平时看着书看着黑板看着电脑屏幕的孩子，望着不久之前杂草丛生的地，现在变成了松软泛着光泽的沃土，都不由得心花怒放。人生第一次，那么真切地体会到了简单劳动的快乐和充实。

"我现在终于明白，为什么恩格斯说，劳动创造了人本身了。"许优感叹了一句。

"什么意思？"卡门问。

"人从劳动里，看到了自我的意志。"许优的嘴里冒出来一句高深的哲学术语。

卡门似懂非懂地问钱佳玥："你听懂许优说什么了吗？"

钱佳玥懵懵懂懂地回答："好像有点儿懂，好像又没听懂。"

"劳动使人能成为人，因为劳动让人看到了自我的意志。"那如果有些劳动让人看不到自我的意志呢？这是不是就是马克思说的人的异化呢？排长队等洗澡的时候，钱佳玥一直在反复琢磨这句话。思绪游走，天马行空——所以如果人不喜欢一件事，比如考试，是不是就是因为这不能体现自己的意志呢？钱佳玥一路恍惚，完全没有在意陈末和卡门在她耳边叽叽喳喳了些什么。

等到大家筋疲力尽回到寝室，还没来得及坐稳屁股，集合吃晚饭的广播又响了起来。这时候，大家都觉得身体像灌了铅，只恨肚皮还不争气地饿，否则绝对不多动一动再去食堂。

晚饭开饭前，年级组长宣布下午劳动评比结果。

"第一名，一班；第二名，三班，第三名，二班……"一路报下去，五班竟然只排到了第六。

"凭什么啊？我们班干得最快了。"裴冬妮也不服气了。

"就是，我看一班翻好的地里还有好多绿色黄色的杂草，明显之前没拔干净，凭什么他们能拿第一！"卡门也不服气起来。

"人家自己班主任评的，肯定评给自己班啊。"陈末拖着长调，声音响起来，故意朝着一班那几桌说。

"算了算了。"钱佳玥拉陈末，"吃饭吧。"

陈末的筷子一戳碗底："重点班了不起死了，难道真的样样都是重点班好啊？前三名都是重点班，什么三好学生、学生干部都评给重点班，我们平行班的就样样不行，连拔个草都拔不过重点班啊？"

中午闹成那样，周围也只是远远地坐在老师那桌笑，现在却突然出现在陈末身边："陈末，好好吃饭，肚子不饿啊？力气还没用完？"

"周老师，我们觉得不公平！明明是我们拔得又快又好！"陈末很委屈。

"说你们杂草没堆到指定地方，扣分；说你们有些大土块没弄小，又扣分。想要说别人，自己先要腰杆硬，让别人没话讲。"周围拍了拍陈末的脑袋。

"你放心，周老师！后天的广播操比赛，我们绝对拿第一名，我们明天抓紧练，拿不到第一名，我这个文体委员不当了！"陈末颇有雄心壮志。

42
原 始 较 量

　　第一天翻地，第二天把地耙了一遍又一遍，接着横平竖直一小格一小格地分好。语文课代表秦诗语站在田头，高声赞叹："哎呀，这个就是阡陌纵横啊！"累得不想动的同学们一堆一堆站在旁边，都点着头露出了老农民般憨厚的笑容。锄禾日当午，汗滴禾下土。学农学农，真的让城里孩子认识到了农民们的辛苦。

　　第三天种菜，青菜苗那么一点点，以小组为单位，每个小组认领一行青菜苗。女生们弯着腰，一点点拨开泥土挖个洞，小心翼翼栽好，然后左顾右盼，确认有没有前后左右都对齐。紧接着，激动人心的挑粪环节就到来了。男生们通过民主推选、石头剪刀布、耍赖、武力威胁以及贿赂等"科学"的方式，最终推选出了挑粪代表——刘剑锋和常无忌。

　　众人望着两人跟在周围身后不甘而扭捏的背影，纷纷猜测，他们到底要去哪里挑粪。王斌说："该不会等在猪圈旁边等猪拉屎吧？"钱佳玥在江西大伯家见过种地，此刻俨然是农活专家，她慢条斯理地说："刚拉出来的粪不能用的，要堆肥之后才能用。""堆肥啊？那就是一大堆粪啊！"卡门夸张地叫起来。大家的眼前仿佛都浮现出了一座座粪山，常无忌和刘剑锋正在山脚下捏着鼻子挖粪的场景。

等了二十来分钟，挑着粪桶的刘剑锋和常无忌出现在了大家的视线里。众人的目光很复杂，有敬佩也有幸灾乐祸，但都默契地捏着鼻子往后退了五六步。远远地，只见粪桶停在了田头，但却没有一个人敢靠近。刘剑锋不满地大喊一声："施肥啊！"大家七嘴八舌，几个男生离开四五步远，探头往桶里张了张，依旧没有人敢靠前。

裴冬妮望了望隔壁四班和六班的地，只见别人已经施肥施到一半了。心系班级荣誉的她袖子一撩，大呼一声："怕什么怕！别的班都快干完了！"钱佳玥犹豫了一下，也去旁边领个小勺，开始干了起来。桶里的肥料早就稀释了，并没有想象中的恶臭，甚至你只要不去想那个是什么，专注于眼前的那排菜苗，也是很容易把肥料和粪这件事区分开来的。

干完这天的活，大家心情都很舒畅。望着绿油油的菜田，回想第一天刚来时候的那块荒地，所有人都有了一种劳动者的自豪。全班集体照、小组照、小队照、挑粪二人组照、施肥小分队照，大家照了一张又一张。钱佳玥的相机里，充满了同学们平时在学校里看不到的亲密。

食堂里女生们的胃口也上来了，小猫都变成了扑食的饿虎，也没人嫌弃菜的颜色味道了，一上桌都是立刻光盘，路垚的美男计再也没有了施展的机会。

"民以食为天,吃饱了才好干活啊。"陈末打着饱嗝对愁眉苦脸的路垚说,"咱们劳动人民,顾不上养你这样的小白脸了。"

然而对劳动人民而言,食堂的一日三餐是绝对绝对不够的。晚上一回寝室,大家的肚子就此起彼伏咕咕叫了起来,馋虫一根根往外跑。隔壁哪个寝室泡了碗开杯乐,那个香气满溢啊,可以让一走廊都魂牵梦萦。钱佳玥最老实,陈秀娥塞的那些零食早在第一天都上交到了裴冬妮那个大袋子里,只能可怜巴巴地等待陈末的接济。为了躲避裴冬妮,很快一套暗号系统就在熄灯后被发明了出来。

"咳咳。"两声咳嗽,是问"谁有吃的"。

"哎呀!今天好累呀!"这是代表,我这里有吃的。

"啪"一下拍手,是代表我来传。"怎么冬天还有蚊子?"于是"啪啪啪"一路拍蚊子,两块趣多多就传到了寝室的那头。

暗号系统运营到第三天晚上也不运营了。那天半夜老师查房,应急灯照进来,大家赫然看到了在床上吃猪肉脯的裴冬妮。裴冬妮的脸涨得通红,"嗯嗯啊啊"地很尴尬。查房老师走后,大家默默地把背包里的零食都倒了出来,光明正大而亲切友好地进行了交换。

男生寝室晚上都干什么呢?有没有偷吃零食不知道,但从第三天开始,一份五班男生心目中五班女生的榜单就在偷偷流传。

陈末荣获"最漂亮女生""最大气女生""最受欢迎女生"三项殊荣;许优收获"最优雅女生大奖";其余还有"最可爱女生""最性感女生"等若干奖项。

以上这些都是正常奖项,虽然获奖女生都绷着脸,一脸嫌弃地表示"你们男生好无聊啊",但心里是开心的。而钱佳玥和卡门拿到的那些安慰奖，就非常彰显直男们的品位了。比如，卡门拿到的奖叫"最开心果女生"。最开心果女生，怎么听怎么像一个搞笑奖，而卡门认定这是在嘲笑她胖，身材像一枚开心果，气得她午饭多吃了两块大排。但在钱佳玥眼里，哪怕是"开心果奖"也比自己的奖好一点儿。钱佳玥拿到的叫"最让人放心女生"。什么叫"最让人放心女生"？简直就跟若干年后流行的"好人卡"是一个品类。

但不管女生们这边的反应如何，据常无忌说，这个评分是非常公平公正的。男生们参考了欧锦赛的晋级规则，以寝室为单位进行小组赛，然后交换名单进行半决赛和决赛。因此，这份榜单是汇聚了四个寝室男生的共同意志的，是一份团结的、向上的、有公信力的榜单。

除了早上统一的参观活动、下午的种地体验和晚上的寝室生活，穿插在学农生活空当里最重要的活动，就是为周四的广播操比赛做准备了。

文体委员陈末，这次是铆了劲和广播操比赛干上了。无论是早上参观回来到午饭前的半小时，还是下午干完农活后的十几分钟，她都不依不饶地把人一个个揪起来练广播操。

钱佳玥回想了下军训时假装中暑昏倒在医务室的陈末，再看看眼前急赤白脸大吼着"不齐不齐，手不齐！"的陈末，感觉匪夷所思，简直要误会她被裴冬妮上身了。连说出的话都一模一样："咱们成绩比不过重点班，难道做个广播操还做不过人家吗？"这副激进的后娘姿态差点儿影响了她"最受欢迎女生"的形象，有部分男同学半夜在寝室里嚷嚷要取消陈末的参赛资格。

该来的比赛终于来了。周四早上阴风阵阵，在裴冬妮和陈末难得统一的郑重目光中，五班学生都感到了一种"风萧萧兮易水寒"的悲壮。比赛是三个班三个班地进行，其余班级在旁边围观，一堆老师分布在前后左右打分。

"现在开始做，第八套广播体操，原地踏步……走！"

伸展运动，肩要打开再打开；扩胸运动，马步要扎稳再扎稳；踢腿运动，腿踢到和腰平行，一般高一定要一般高。

不知道是不是受陈末的感染，五班的学生一改练习时候的倦怠和不正经，一个个铆足了劲，看前看后看左看右，每个人的每个动作都一丝不苟。连一直对这样的班级比赛不上心的周围，都被同学们的精神感染，结束后难得地鼓掌，露出了赞许的微笑。

"周老师，我们整齐不整齐？"一解散，陈末就蹦蹦跳跳地冲向了周围。

"很好，非常好，有精神气。"周围露出了慈祥的微笑。

"我们肯定拿第一！"这时候一班到三班正好上场，陈末故意大声地说给路过身边的一班听。

"拿名次不重要，重要的是大家的精气神。"周围笑眯眯。

果然，最后比赛的结果，五班和一班并列第一。

虽然是个并列，但也是个第一。

"什么呀，就让一班跟我们并列第一。"陈末虽然高兴，但还是不服气地嚷嚷，"我看得清清楚楚，他们体转运动时候有四五个人根本没转到位！"

"就是，一点儿都不整齐，还能跟我们并列第一。"裴冬妮难得和陈末一唱一和，"我们班做得多整齐啊，练了那么多次！"

"哎呀，人家是重点班嘛，感情分肯定要上去的。"许优也难得阴阳怪气了起来，"就像《成长的烦恼》里的 Carol，论文乱写，老师看到她名字，A 就给上去了。"

寝室里大家兴高采烈地叽叽喳喳，与其说是在抱怨一班的分数，不如说在分享胜利的喜悦。但就在这时，"隔墙有耳"这个成语生动地展现在了大家面前。

"嘴巴放干净一点儿，什么打感情分！"一声不知道从哪里来的怒吼传了出来。声音虽然轻，但是刺耳，清清楚楚。

陈末等人一下子安静了，大家面面相觑。果然，那个声音继续传过来："无能的人才只会埋怨别人，而不去找自己的问题！"

还是钱佳玥心细，她忽然发现，原来寝室与寝室之间的墙壁并不是全然密封的，最顶上留有一条缝隙。一般说话听不见，但如果高声喧哗，还真能传到隔壁去。而隔壁，就是一班的寝室。

"本来就是感情分！"陈末的脾气又上来了，"有些人做贼心虚！只许自己做，不许别人说啊！"

"别跟她们废话了！"这是赵婷婷的声音，"有些人知道自己高考不行，只能在这些地方找存在感。"

"什么高考不行？重点班了不起啊！"陈末怒喝。

明明是打开两扇寝室门就能够面对面，但大家偏偏选择隔着一堵墙吵，你一言我一语，各不相让。最开始许优她们还劝陈末算了算了，但越吵越凶，很快，就变成了两个寝室的大吵架。

午饭的铃声响起，两个寝室的女生纷纷黑着脸走了出来，空气里冷漠和炙热同存，气氛一时间非常诡异。

到了下午，去镇上买食材准备野炊时，卡门突然跑来跟陈末讲："你们知道吗？一班女生已经公然跟我们宣战了。秦诗语有个初中同学在一班，她前面遇到了初中同学想跟她说话，那个女生哭了，说你不要让我为难，现在我不能跟你们五班的人说话的。"

钱佳玥蒙了。吵架的时候她就心虚，觉得有什么好吵的，没料到现在搞大了，朝着越来越不可收拾的方向发展。那她还能去找肖涵哥哥吗？钱佳玥的第一反应有点儿恐慌。

果然，在镇上买食材时，五班和一班女生相遇，人人都冷着一张脸，道路以目，示彼此以鼻孔。但一转脸，又装得特别开心，同班女生间嘻嘻哈哈得尤其大声，像在宣告彼此的亲密。连裴冬妮都在五班女生间受了欢迎，大家纷纷大喊着："班长，我们买点儿糯米吧！""班长，土豆要三斤够不够？！"裴冬妮简直有了点受宠若惊的飘飘然。

这是钱佳玥第一次知道，什么叫有了"他们"，才有了"我们"。历史书上为什么说对外发动战争是转移国内矛盾的方法。古人诚不我欺。

两班女生间的矛盾到了傍晚野炊时，把男生也席卷了进来，彻底上升到一班和五班两个班级之间的矛盾。

刘剑锋等男生扛来一个黑不溜秋的大铁锅，其他男生纷纷去捡柴。但还在他们玩闹着准备钻木取火的时候，女生们焦急的喊声就传了过来："快点儿生火，一班的火已经生起来了，我们一定要比他们先煮开饭！"

男生们摸不着头脑，女生们七嘴八舌地把中午到下午这一路的矛盾讲了一遍。尤其是秦诗语，想到和自己初中手拉手上厕所的好朋友面对面都不能再说话，委屈地哭了出来。

男生的气概往往是被女生的眼泪催发的。本来男生们一致觉得，女生们为了这点儿破事吵架太无聊了。但秦诗语一哭，这件事性质就变了。立刻从女生间的无聊斗嘴，上升到了我们班女生被欺负的境地。女同学被欺负了，男生不挺身而出，还算男人吗？挑粪都不怕，还怕跟一班比赛生火做饭吗？

于是，男生们都望着一班炊火的方向，铆足了劲往自己的大黑锅下面添柴。谁知道，柴添得越多，火越烧不起来，反而浓烟滚滚，黑烟扑面而来，把五班学生都呛到了。

"哈哈哈！"一班女生幸灾乐祸的笑声隐约传来。这下，男生们真的是怒了。是可忍，孰不可忍。

比生火，比谁先开饭，比谁的饭更香。大家异常夸张地喊着："今天的饭真好吃啊！"吃完饭，不可免俗地开始拉歌。从《打靶归来》，唱到"大刀向鬼子们的头上砍去"。一开始还是 12 个班轮流拉歌，渐渐地，大家都发现苗头不对。五班紧咬着一班，一班紧盯着五班。

"一班一班来一个！"

"五班不接行不行？不行！"

两个班扯着嗓子大吼，恨不得把对方生吞活剥。

最后，还是两个班的班主任在瑟瑟寒风中把几个领头的押回了寝室了事。

这一晚，陈末和赵婷婷在墙壁两端，都做好了彻夜战斗的准备。但是，没有人先挑衅，也没有人先发难。在整个寝室的同仇敌忾里，大家纷纷昏睡过去。

第二天是周五，是学农的最后一天。本来早上总结汇报结束后，下午是去镇上的自由活动时间。但两个班级显然都想在农场里把矛盾解决了。女生们间的口角，最终衍化成了男生间的对决。

早上钱佳玥陈末还睡眼惺忪地在水房刷牙，卡门就破门而入："今天下午我们班男生要和一班篮球比赛！"

"又比赛？"钱佳玥嘴里一口牙膏差点儿喷出来。

"手下败将！"陈末抹一抹嘴，眼睛亮了起来，"好哇，让他们再输一次！体育比赛最公平，没老师给他们作弊，看他们有什么办法！"

"我听说，赵婷婷到处放话，说他们一班这次不会再给我们放水了。"卡门眼神很狡黠，望着陈末别有深意地笑。

"开玩笑，上次我们赢是凭真本事赢的好吗？！还给我们放水，重点班就是喜欢自欺欺人大言不惭啊！"陈末真怒了。

上次体育生林跃脚受伤，才让比赛胶着了一下，这次林跃能上场，还不把一班打得落花流水？陈末想到肖涵跪地求饶的样子，心里暗爽。自从上学期跟肖涵在教务处门口吵了一架后，这个死人已经对陈末熟视无睹很久很久了。最近学农，两人经常遥遥相对或者擦肩而过，而肖涵总是一副拒人于千里之外的冷漠，让陈末更是生气。但最最最可气的还是昨天，两班在拉歌的时候，肖涵竟然跟赵婷婷两人一唱一和，"嗖嗖嗖"朝着五班放冷箭。

是时候，让嚣张的人体会一下被灭的惨痛了！重点班了不起吗？尖子生了不起吗？开玩笑，到底谁怕谁！

43
当时的月亮

　　一班和五班要打篮球赛的消息，飘飘然散落到了高二年级的各个角落。东海的海风一吹，凛冽腥咸，混杂着蠢蠢欲动。大家都从厚厚的冬装里伸长了脖子，搓着手交头接耳，预测着比赛结果。

　　"怎么还没开始？""是不是今天比啊？怎么一班五班都没来人？"其他班看热闹的同学待了一阵儿，实在等不了就跑镇上玩去了。只有意志坚定者，才看到了陈末等一群女生雄赳赳，气昂昂地围着五班篮球队登场的光芒。

　　陈末今天志得意满，有点将十万雄兵的气魄。上次五班怕的是什么？怕没人上场，五个人都凑不齐一支球队，为了这，她才又cosplay又当啦啦队，希望能调动男同学们上场的积极性。今天可不怕了。体育生林跃脚伤痊愈，是生龙活虎的大中锋；路垚号称在电视台打过比赛，也被陈末押下了场。今天，陈末不但不缺人，手上还有富余。兵多将广，自封为主帅的陈末心中充满快意。

反观一班这边，姗姗来迟，士气不高。人还是上次那些人，战术也是上次那些战术，可上一次比赛输了呀。这次还没打，感觉已然落了下风。这边厢肖涵跟同学们还在做热身运动，那边厢陈末已经用煽动性的语言在策划犒劳三军了——什么比赛后要把晚饭的肉都给男生，什么回到学校要请大家吃麦当劳。

"轻浮""庸俗"，赵婷婷和一班女同学们纷纷露出了不屑一顾的表情。

九班的体育委员被拉来当裁判。哨声一响，一班女生的欢呼刚刚出口，立刻被五班盖了下去。肖涵争球失利，王斌过肩传给刘剑锋，刘剑锋一鼓作气带到一班篮下，面对两人的拦截，他一个传球给了跑上来的路垚。路垚一点儿不着急，摆 pose 摆了半天，直到肖涵追到跟前，他才用《灌篮高手》里的标准投篮姿势，连手指尖都给足了戏。第一个进球，五班 2∶0 领先。

"好帅啊！"女生们一片欢呼，陈末更是叫得惊天动地。肖涵手撑在大腿上背对着陈末喘气，于是陈末故意叫得更大声："路垚路垚你最帅！"嗓子冒烟，尤为刺耳。

局面就这样开始一边倒了。

林跃的中锋像定海神针，肖涵在他手上讨不到好。林跃接连篮下阻截、抢篮板，气势如虹，刘剑锋和路垚两路穿插，上篮得分，路垚还耍帅地投出了一个三分球，引得女生们连连尖叫。开局不过十来分钟，五班就以 11∶2 大比分领先。

整整一天剑拔弩张、局势相当的两个班，到了此时此刻，渐渐分出了胜负。这边五班又唱又跳，那边一班却声势渐消。重点班都是聪明人，而聪明人总是能最快认清现实。赵婷婷一跺脚，中场哨还没吹响，就愤然离席，将自己和败局撇清了关系。

这样的气氛也影响了场上。

无论人如何伟大，造出了飞机、大炮、汽车、手机、网络，但只要我们还保留着动物本能，体育竞技就永远能让人热血沸腾。两只兽在荒野相遇了，比谁更高，比谁更快，比谁更强，这是体格的较量，是意志力的较量，是动物最本能的生命力的较量。

此时，五班气势如虹，全员压境，打出了舍我其谁的霸气。而一班的队员，已经早早回到了文明世界，连跑位都开始变得不认真了，似乎只想早点儿结束这场让人难堪的比赛。

只有肖涵还留在荒野上。他的一双眼睛像要扑食的兽，从头到尾紧盯着那颗球，但他是只乏力的困兽，他投篮，被林跃盖帽；他传球，被刘剑锋干扰，甚至队友都不好好配合。终于在中场哨声响起来前，肖涵抢球和路垚撞在一起。"砰"的一声巨响。

人一时都拥了上去。"没事没事。"路垚先站了起来，摸着左腿，摇着头。王斌拍拍他的肩："下半场你不要上了。"一指比分，22：10，"换人换人。"

但陈末和钱佳玥的眼睛都望着被一班人围住的肖涵。肖涵被扶了起来，坐到了场边，然后一点一点往上卷着裤管。一大片血肉模糊的鲜红，肖涵咧着嘴吸了一口气，接过一瓶矿泉水浇在伤口处。钱佳玥和陈末的心同时颤了一颤。

接下来的半场，陈末和钱佳玥的心都飞到了场下。没有了肖涵的一班，完全军心溃散，五班得分越来越顺利，然而陈末心里却觉得越来越没意思，简直都欢呼不出来了。她偷瞄一班那边，只看见肖涵跷着伤腿坐在那里，认真地看着比赛，眉头越锁越紧。

陈末在等肖涵，等肖涵像上次比赛那样看着她笑，冲她做鬼脸，甚至来取笑取笑她。但肖涵始终都没有朝她这边望过一眼。哼！陈末在心里恨恨地哼了一声，有什么了不起！

是，上学期在教务处自己是气急败坏地说了几句话，但肖涵怎么那么小气呢？自己不是一直嘲笑他道貌岸然嘛，跟他关系好才笑他啊！好，就算那天自己语气重了点儿，但生气个几天也就算了呀，凭什么就这么不依不饶了？难道还要等女生跟他认错？现在连看都不再看自己一眼，算什么男人！

在陈末快意恩仇的世界里，从来没有这样的暗潮涌动。她的任性，她的脾气，从来都是被褒扬的，就连火星撞地球的陈彭宇，也从来没让她改变过以自我为中心的思考方式。但自从遇上了肖涵，生活好像不同了。她既要辛辛苦苦地在他和钱佳玥间平衡，又要照顾他那因为自卑产生的自尊心。陈末有些生气，自己什么时候开始变得这样的瞻前顾后，婆婆妈妈？

但就在陈末下定决心不再看肖涵一眼的时候，肖涵又上场了。他一瘸一拐，缓慢地跟在别人身后跑，脸上是大义凛然的坚毅。

"肖涵哥哥肯定痛死了。"钱佳玥的眼泪就这样在陈末身边流了下来。

陈末的视线再也没能够离开肖涵。她心里很乱，看到还要去跟肖涵抢球的王斌，恨不得脱下来鞋子朝他扔过去。抢什么抢？人家都这样了你还抢什么抢？！

时间一分一秒地过去，比分定格在了 35：18。终场哨前，肖涵终于又摸到了球，刘剑锋拦住了要去抢球的王斌，肖涵压着哨声，投出了一个超远距离的投篮。

进去啊，进去啊！陈末已经完全忘记自己才是这场风波的始作俑者。

但动画片里的神奇场景并不会在现实里发生。那个篮球颓然无力地坠落，连篮球筐都没有碰到。

五班赢了，五班终于赢了。同学们笑着叫着抱成了一堆，平行班被重点班碾压的不爽一扫而光。但陈末和钱佳玥都笑得很违心。她们的目光追随着肖涵，追随着他的一瘸一拐。

陈末的心忽然重重痛了起来。她一直以为赢了肖涵她会很开心，原来不是的。

学农的最后一顿晚餐，大家都很开心。尤其是五班，兴致昂扬，大家以水代酒，轮流敬周围、敬篮球队。晚餐结束后，是整个年级的文艺联欢，五班闹哄哄地上去了十几个男生，勾肩搭背唱了一曲《真心英雄》，唱到后来，把周围和年级组长都拉上了台。

一时间，整个大厅都热闹起来。从来农场前的憧憬和担心，第一天的各种不适应和嫌弃，到现在，这些高一的同学忽然都生出一些恋恋不舍来。

这是一段和平时学习生活完全割裂的自由时光，没有测验，没有考试，没有排名，没有高考；第一次集体生活，第一次寝室夜谈，第一次亲手种了庄稼；真希望这一刻不要这样轻易结束，不用想明天回城的大巴，不用想将要面对的期中考试成绩和越来越近的高考。

钱佳玥尽职尽责地在那里给大家拍合影，一晚上都提不起兴致的陈末，却用眼角扫到了从一班那里默默撤退的肖涵。

"卡门，我出去一下。"陈末心跳加快，抛下追着问要不要陪她去上厕所的卡门，快步跟了出去。

男生宿舍和女生宿舍在同一幢楼，平日里两边中间有一扇锁着的黑色大铁门。而今天，大概是因为最后一晚，大概是因为学生们都还没回来，那扇门并没有锁。陈末紧追着肖涵到了那扇门门口，大叫了一声："肖涵！"

肖涵停住了。

肖涵转过脸，和陈末四目相对。他本来想开口讽刺一下陈末，"不是道不同不相为谋吗？你跟着我干吗？""我这种道貌岸然的人，怎么比得上人家大明星大帅哥？"但陈末的一张脸被风吹得红扑扑，脸上完全是孩子般委屈的表情。她的鼻头通红，一双眼睛眼泪汪汪，似乎下一秒，立刻就要哭出来。

肖涵的心一下子就软了。那些他为自己垒起来的坚硬城墙，那些一层层刷上去的自尊和骄傲，那些本来还准备生很久很久的气，就这么一眼，全部都不见了。

陈末望着几步之外的肖涵，脸一扬，鼻子通红："你干吗不理我？"

肖涵被她气笑了："你叫我不要找你啊。"

"我叫你不要找我，你就不找我啊！"陈末理直气壮地瞪着他。瞪着瞪着，这几个月的委屈全部沿着一根根细细的丝线，爬满了眼角、鼻梁和嘴角。

肖涵有点儿尴尬，这几个月白天晚上都在想陈末的坏，陈末的不讲道理，陈末的水性杨花，但现在，千言万语什么都说不出口。陈末见他不说话，老规矩上前一把揪过肖涵的外套，就开始擦眼泪鼻涕。

"以后不许不理我！"陈末眼睛通红。

"那你呢？"肖涵反问。

"我可以不理你，你不能不理我！"陈末理所当然，继续揪着肖涵的外套。

"你这是什么规矩？"肖涵又好气又好笑。

"反正就按我说的办！"陈末七分恼怒里多了三分娇嗔。

天地一下子变暖和了，人的知觉无穷无尽地放大。那一瞬间，肖涵仿佛能够感受到宇宙中的一切——山川、树木、花草、动物，甚至能听到很远很远地方的虫叫。此刻，这一切都在那里，在陈末漆黑灵动的双眸里。

肖涵伸出手，想顺着陈末的马尾摸下去，想让眼前的人一直伏在自己胸前，但手伸到一半，却听到了自己剧烈的心跳和仓促的呼吸。

"陈末，跟我走。"肖涵的手放下来，拍了拍陈末的肩。

"去哪里？"陈末一脸疑惑。

"你别管，跟我走啊。"肖涵拽着陈末的袖子。

陈末从来没有看到过那么多星星。上海的夜，只有霓虹，星星只剩几颗，仿佛遥远的都市传说。而现在，满天都是璀璨的、闪亮的星星，仿佛一伸手就能抓下一把来。

肖涵虽然是天文社的，但其实并没有野外看星的经验。只是前几晚，忽然看到农场上空有这么美的夜空，心里暂时停了一停。他没有想到会带陈末来看星星。但或许，他其实一直想到了。

"哪颗是北极星？那颗吗？"陈末指着一颗最亮的说。

"那颗不是，是天狼星。上面那个是猎户座，你看到了吗？"肖涵柔声说。

"没看到，这怎么看得出来？"陈末无语。

肖涵低身站到和陈末一样高的位置，用她的食指指着东边的夜空，一颗颗比画着。

"你是天蝎座的吧？"肖涵自问自答，"天蝎和猎户最有渊源了。古希腊传说里，宙斯的老婆赫拉善妒，听说俄里翁自称是世界上最好的猎人，就派了一只蝎子去杀他。结果那只蝎子毒死了俄里翁，就被放上天，成了天蝎座。宙斯觉得俄里翁很可惜，就把他也放上了天，变成了猎户座。从此后，猎户座和天蝎座就成了仇人，一个从地平线上升起，一个就已经落下，永不相见。"肖涵讲故事的时候有一种认真，讲着讲着就缓慢笃定地靠在陈末的耳边。

陈末觉得自己心跳很快，但强撑着说："那我不喜欢猎户座，是我仇人。我要看别的！"但她心里想的是，永不相见，多不吉利的话。

肖涵挠了挠头："那看大熊星座吧，就是北斗七星，在那边，看到了吗？"

陈末看到了，兴奋地回过脸来问："北斗七星是不是最亮的星星啊？"

肖涵刚想回答，忽然看到了陈末闪烁的眼睛。他有些发呆，心里暗暗想：不，最亮的不是北斗七星。但脱口而出的却是："我错了，我不该不理你。"

终于，过去几个月郁结在胸口的块垒，那百转千回来回翻起的骇浪，这一刻，忽然在月光下平静了，消失了。涓涓溪流，终于找到了方向，寻到了出口。花开、日落、天、地、宇宙，都不重要了。

陈末笑了，她的一颗心终于静了下来。

44
假　　装

　　陈末的脑袋晕晕乎乎，身体酥酥麻麻。和肖涵挥手告别后，她很想大声地叫，大声告诉全世界，但她不能。她只能轻手轻脚回到寝室里接受拷问。

　　"你去哪里啦？"裴冬妮大怒，"我们都找你找了好几圈了！我都准备去报告给周老师了！"

　　陈末支支吾吾地搪塞。那么讨厌的裴冬妮，今天在她眼睛里，都变得亲切可爱。她笑起来。手上还有肖涵的温度，耳边还有肖涵的声音，鼻子里似乎还能闻到肖涵的气息。

　　只有一件事，让她放心不下。

　　半夜里，当许优磨起了牙，裴冬妮打起了呼噜，陈末轻手轻脚地爬到下铺钱佳玥的床上。

　　"钱佳玥，你还醒着吗？"陈末钻到被窝里。

"嗯？"钱佳玥有点儿迷迷糊糊，只觉得一只冰凉而颤抖的手搭住了自己。

"钱佳玥，我想跟你说件事，这件事我必须第一时间跟你说。"陈末调整了下自己的呼吸，艰难而严肃地说。

"什么事啊？"钱佳玥的脑子刚刚开始转，想转过身去面对陈末，但是被陈末箍住了身体。

"我，我刚才和一个男生一起看星星。"这句话洋溢着幸福的味道。

"真的啊？"钱佳玥还没来得及笑开，正准备翻过身去进一步逼问，忽然，有三个字落到了她耳朵里。

"——和肖涵。"

和肖涵？什么和肖涵？和肖涵什么？钱佳玥的心一个劲地下沉，而她的脑子还没从乱麻中理出头绪来。

钱佳玥的手麻了，不自觉地抠着面前的墙壁。

"你……是不是不高兴？我跟肖涵说了，如果你不高兴，我们就……因为你是我最好的朋友。"陈末一股脑把话倒了出来，仿佛说得慢一点儿，就不能够表现出自己的真诚。

钱佳玥觉得自己脸上冰冰凉凉的，但立刻笑着接口："没有，我怎么会不高兴，你们都是我最好的朋友，我没有不高兴。"

"真的吗？"陈末犹豫了一下，"你真的愿意吗？"

墙壁上有一些黑点，在月光下聚拢又散开。钱佳玥用手按住了自己的脸，点了点头："当然当然，特别为你们开心。陈末，你别介意，真的，我跟肖涵哥哥只是邻居，肖涵哥哥对谁都很好……我，我真的，我真的没关系的⋯⋯"

"谢谢你钱佳玥，你最好了！"陈末伸出双臂，搂住了钱佳玥的腰。

钱佳玥没有再尝试回头，任由自己的两条手臂露在十二月的夜里，听着耳后絮絮叨叨的绵长话语，又远又近地，似乎在说着什么心事。但她没有听清。她努力想听，但怎么也听不清。等她回过神来的时候，身后已经空了，没有人再说着什么，她的一双手臂已经冻麻。

钱佳玥转过身躺平，心里疑惑——刚才是不是一个梦？是不是自己做的梦？

但她摸着身边还温热的床垫，看着一边被自己抠掉一大片的墙壁，只能叹口气，直直地盯着床板。她不敢哭，也不敢动，更不敢问。怕惊扰了这个梦，怕惊扰之后发现，这原来不是一个梦。

第二天早上，钱佳玥头脑昏沉。她看着哼着歌满脸欢笑的陈末，很是犹豫应不应该去问问清楚。但这份最后拖延的期望，也被卡门打破了。回市区的大巴上，陈末一去打牌，卡门就冲到了钱佳玥身边。

"陈末跟肖涵昨晚在一起看星星！很多人都看到了！"卡门皱着眉头。

钱佳玥心里"突突"一跳。原来是真的。

"嗯。"她强装镇定地点了点头，"陈末昨天晚上就跟我说了，她还说如果我不同意，她就不见肖涵了。"

"那你怎么说啊？"卡门望着钱佳玥的脸。

"我当然祝福他们啦。"钱佳玥被卡门看得不舒服，装出来的笑容那样僵硬。

"你傻啊？你真的没关系啊？"卡门的表情很痛心，"我可是从初中开始就天天听你'肖涵哥哥'长'肖涵哥哥'短啊！"

从初中，就是从五岁开始又怎么样呢？钱佳玥很想哭，但她只能笑："这种事，又没有先来后到的。我没关系的，真的。暗恋，其实算不上真的恋爱，对吧？其实爱情、友情、亲情，这个界限很模糊的，对吧？"

卡门叹了口气，对着钱佳玥左看右看："希望你真的那么想得开才好。"

钱佳玥把头转过去看着窗外。

我应该为他们开心的。她郑重地告诉自己。你要大气一点儿，钱佳玥，你要大气一点儿。过往的种种细节这时候才如梦初醒地一样样串联起来，陈末和肖涵的打闹，肖涵看陈末的表情，陈末提到肖涵的神态……每一样都变得晶晶亮亮，昭然若揭，像一颗颗子弹，把她的心射得如同筛子一般。

但假装是件很辛苦的事情啊，尤其是，当你变成了电灯泡和挡箭牌。

肖涵、钱佳玥、陈末三个人又开始一起上学了。钱佳玥总是骑在最后面，她从来不知道，肖涵的脸上可以做出那么温柔的表情，她也不知道，帅帅酷酷的陈末是这样喜欢发嗲撒娇的小公主。

酷酷的陈末，再也不唱王菲了，她最爱的歌手换成了周杰伦。"手牵手一步两步三步四步望着天，看星星一颗两颗三颗四颗连成线。"路垚抓她辫子的时候，她会一本正经地回身敲路垚的铅笔盒："端庄一点儿端庄一点儿，授受不亲。"路夆学她的口气："是谁说最讨厌道貌岸然的人的啊？"

但道貌岸然的人，会给她送饭，会午休时候陪她一起在图书馆里补课。一边免费补课一边还叹气："怎么又错了呢？前天不是给你做过一模一样的题吗？你翻开笔记来看，是不是就是数字换了换？"

钱佳玥心里很疑惑：自己十年来认识的肖涵，那个站在讲台上的英雄之子，和现在面对陈末嬉皮笑脸的肖涵，到底是不是同一个人？

她上课开始走神。她仍努力像从前一样盯着老师的脸和板书，然而那些话和那些字，就像过客，匆匆经过她，又飞向了远方。她仍努力逼自己在书桌前整理笔记，但常常一提笔，就忘记了自己在干什么，等回过神来，更加地焦虑和暴躁。

"每个人看到花，都要赞叹，红花多么美，但有谁会看到红花旁边的绿叶呢？难道绿叶的作用只是为了衬托红花吗？"——芦苇。

"绿叶有绿叶的美。"——扬帆。

"你错了。绿叶只是所有人理所当然的布景。"——芦苇。

期末大考，有专人补课的陈末，进步了十二名；而钱佳玥退步到了班级三十名，物理甚至明晃晃开了一个红灯出来。

陈秀娥和钱康看着成绩单，窃窃索索商量了一宿，第二天反而安慰了钱佳玥一通："现在家里的事太多，我们知道婆婆的病让你分心了。你婆婆现在，一天到晚往家里捡垃圾，我们真的，跟在她屁股后面忙都来不及。爸爸妈妈不好，这段时间也没精力来关心你，关心你的学习，你要是有什么为难的地方，跟我们讲讲？"

钱佳玥一边听，一边羞愧地想钻到地底下去。她很想制止父母的恳切，大声宣布：不是的，不是因为婆婆，不是因为你们！但她什么都没说，依旧回到房间里对着自己的功课发呆。

高二下学期开学前的这次家长会，传说是高中三年里最最重要的。

高中虽说是三年，但因为有高考这根独木桥，其实该教的知识点前两年都教完了，高三整整一年都是应试。整个高中的学习已经过去一大半，家长们此刻最希望听到老师对孩子的判断。尤其是周围这样带过无数届高三的金牌老师，眼光毒辣，对孩子一年后跳一跳可以去哪，稳妥可以去哪，都有一个八九不离十的大概估计。而且对于剩下一年半的时间，孩子该往哪个方向努力，都会有很好的建议。

其中，家长最迫切想听到的建议，就是孩子即将步入高三，到底该选文科还是理科。

20世纪90年代流行的一句话，叫"学好数理化，走遍天下都不怕"。全国上下的理科生都充满着浓厚的智商优越感，落实到高三选科，通常会有"你学不好数理化，就去选文科吧"这样的迷思。在很多学校，选文科，是避短的选择。

但在二中情况有一点儿不同。二中的校训是"人文见长"，虽然数学物理都有金牌老师，但无论地理还是历史，师资都不是很弱，历届高考时文科班都出过很好的成绩，而且数学平均分常常不逊于理科班。因此在二中，选文科，是扬长的选择。

像常无忌这样的理科学霸，选择非常容易；像陈末这样痛恨物理化学的，去向也很清晰；但像钱佳玥这样各科都不弱，但也并不十分突出的，选文还是选理，便成了一个问题。

家长会那晚，钱康特地换班待在家里照顾廖冬梅，陈秀娥特地去焗了个油。上海人说噱头，噱头噱头，噱就噱在头上。陈秀娥想到每次家长会坐在自己身边的赵榕芳的穿着谈吐，暗暗决定也要别一别苗头。

想到别苗头的不止陈秀娥一个，张启明为了这场家长会也激动了好几天。肖涵姨妈住院，关爱萍最近总是往医院跑，赶不回来开家长会，于是就把这一重任交给了张启明。关爱萍的想法很简单，给肖涵开家长会，是最简单轻松的一件事情。从小到大，无非是听听表扬，散场后别的家长里三层外三层围着老师问，她也从不需要参与。就算她问了，老师说的也无非是："你们家肖涵，非常好，家长放心。"

但在张启明看来，这可是能载入历史的光辉时刻啊。家长会，什么意思啊？是家长才去开会啊。自己能帮肖涵开家长会，说明他张启明离成为肖涵的家长也不远了啊！

而且，给肖涵开家长会是多么风光的事情！年级前五名，学生会会长，优秀班干部，当家长的昂首挺胸啊。对比一下自己历来给毛头开家长会的遭遇，简直一个天一个地啊。给毛头开家长会，他恨不得猫着个腰藏在教室角落里，嘴里心里念：阿弥陀佛，不要给老师看到咯。给老师看到，逃不掉的，一顿臭骂。

"当家长的要配合学校啊""毛头这个情况怎么还没有改善

啊？""跟你沟通了多少次了，你们毛头这个学习态度啊……"张启明心里总会自我安慰：一报还一报，自己小时候害自己老爹，现在总归有儿子来害自己。但老爹还好，没吃几年老师的排头，"文化大革命"了，总算逃过一劫。自己呢，怎么那么苦呢？小学初中高中十二年，年年逃不掉啊。

但老天还是开眼的，有生之年，还算让他捞到一把，能过过当趟优秀生家长的瘾。张启明一边想，一边把头上的摩丝多涂厚了两层，把自己那辆二手奔驰又好好洗了一遍。哼着小调唱着歌，给二中门口保安多发了两根红双喜。

张启明的车前脚开进二中，陈彭宇的车后脚就到了。

陈彭宇以前不来给陈末开家长会，一来借口忙，二来，实在没什么意思。每个地方都有鄙视链，在社会上，他是国企老总，腰杆挺直，就是跟市长开会，他也能侃侃而谈。但到了陈末学校里，顿时就矮了。不要谈什么拼爹、家长是孩子的底气，到了他们这个年纪，嘴巴里能说出一句"小孩子自己争气"，才是笑傲同龄人的资本。否则，自己混得再好又有什么用？

但这次不一样。一来，事关分文理班，实在重要；二来，陈末竟然成绩有了起色，挤进了中游。陈彭宇难得有了点儿赞许。这点赞许，表现在陈末面前，就是继续劈头盖脸骂了她一顿怎么物理能考出 70 分来；但在赵榕芳面前，就是若无其事提一句，"这次家长会我去开"。

周围先是通报了上次期末考试的情况，上次期末考试，是全区十四校统考，成绩很有比较意义。自己跟自己比，自己跟平均分比，自己跟全年级比，自己跟全区比，每个家长发一张字条，上面各项数据清清楚楚。

然后就是分析形势。先谈高考改革，从"3+1"，变成了"3+1+X"，"X"是考综合，但综合到底怎么考，考几分，还是未知数。然后谈二中历年的高考成绩，谈五班在他执教十几年里的真实水平，最后，话锋一转："我刚刚得到消息，我们班常无忌这次全国数学竞赛拿了个二等奖，计算机竞赛拿了个一等奖，按照这个成绩，保送清华北大不敢说，复旦交大的资格还是稳的。我们先祝贺一下常无忌同学的家长。"

顿时，四十几双眼睛盯住了常无忌的爸爸，羡慕、嫉妒，那是四十几双火辣辣的眼睛。

"常无忌爸爸，讲讲培养小孩儿的心得啊，你是怎么教育出来的啊？"有人说了一句。顿时应者云集。

常无忌爸爸有跟常无忌一样茂盛微卷的头发，非常好认。他穿一件洗得灰白的夹克，站起来吞吞吐吐："我没什么教育心得的，我们又不管他的，你们不要叫我说了。"

陈秀娥转过头："常无忌爸爸，这个没意思咪，你们常无忌都不用参加高考了，你讲给我们听听又怎么样啦！我电视上看到过你们常无忌的，记性好，你们是不是从小训练他的啊？有没有给他吃什么鸡精、龟鳖丸啊？讲来听听呀。"

"哦哟，阿姐，你别嘲笑我咪，你看我这副样子，像懂什么教育方法啦？"常无忌爸爸很无奈，"我跟他妈妈么都是下岗工人呀，麻将搓搓，零工打打，你们不要盯牢我呀。我跟你讲我最怕开家长会，一开家长会就要叫我谈教育理念，我真的没什么好谈的，要么谈点儿红中发财清一色？"

陈秀娥叹口气，转过头向陈彭宇发牢骚："唉，那没什么好讲，人家小孩儿是天才，跟我们不是一个频道，更气人。"

陈彭宇也竖着耳朵在听，此时本来想跟着说一句："老天爷真是不公平。"但想想跟陈秀娥讲这些真没讲头，也就笑笑不说话。

陈秀娥还在继续研究："唉，陈末爸爸，不过你说，从小就看一筒二筒，一索二索，算不算数学启蒙教育啊？早知道我搓麻将时也把我们钱佳玥带上呀，说不定也能启发她数学天赋，对伐？"

陈彭宇无奈地看看陈秀娥，想想钱佳玥那副乖巧样，只好在心里再感叹一遍：老天爷真是不公平啊！

45
夕 阳 西 下

高二下学期，离高三近在咫尺。八门会考，虽然成绩不与高考挂钩，但如同高考的演练，将每个人都渐渐带入了战区的低气压。

开学前的家长会，周围找陈秀娥好好谈了一次，让陈秀娥安慰钱佳玥，虽然大考成绩不理想，但她的基础还是可以的，只要她好好调整学习状态，加文科，一本肯定没问题，跳一跳，上外华师大也是有可能的。陈秀娥自己加了一句："宝宝啊，妈妈不给你压力，你自己也不要有太大压力，相信你们周老师，好好调整，肯定可以的，加油加油。"

但油，不是自己想加就能加的。如果自己想加油就能加，那登月也是谁想登就能登了。

一次次模拟、测验、考试；翻来覆去地订正、修改、再错。夜深人静，眼前的考卷和公式就幻化成了密密麻麻的圈圈点点，然后一条一条蠕动着、跳跃着，拽着钱佳玥走入漫无边际的黑暗和焦虑。有一团痛苦在胸中燃烧着，但她始终不敢去看，那是什么，到底是什么。

一转眼，肖涵的生日又要到了。往年钱佳玥都会绞尽脑汁想送什么礼物，但这次，她识趣地不喧宾夺主。颇费心思的是陈末。

陈末在被窝里抱着录音机录了一星期自己唱的歌。两节课间休息，她在自己制作的封面上又涂又画，用各色水笔在依偎着的两个卡通人面前，画出一颗又一颗彩色的星来。

"太肉麻了！"路垚把 Walkman 塞回给陈末，做了一个鸡皮疙瘩掉一地的反应。

"谁让你听了谁让你听了！是给你听的吗！"陈末反手就打。

"肖涵同学，还记得第一次一起看的星星吗？……"路垚一边躲一边声情并茂地朗诵着。

陈末的脸一下子红了起来，在全班的起哄和注目中，追着路垚打到了班外。

钱佳玥的目光一直在那对背靠背坐着的卡通人身上。那个男生真的像肖涵，目光如星，线条俊朗；那个女生白净甜美，笑容甜蜜。不知不觉，有一团火拱在钱佳玥胸口，她不自觉地拿起了笔，想要把眼前这幅画都涂掉。

都涂掉，涂掉！从眼睛眉毛，到笑容衣服，统统涂黑，统统涂掉！

但上课铃响了，一下，她就被惊醒了。钱佳玥一下子扔掉了手里的笔，一颗心扑通扑通跳个不停，一整节课都低着头，不敢看旁边的陈末一眼。

钱佳玥，原来你是这样的人。钱佳玥，你怎么能是这样的人？

四月，草长莺飞。二中的校园真好看，像钱佳玥没考进来前想象的那样好看。有笔直的树，塑胶的跑道，满是爬山虎的教学楼和开了花的银杏。偶尔结伴路过的女生，穿起了夏天的裙，露出了白白的小腿和灿烂的微笑。真好看啊，钱佳玥一边想着，一边哭了。

春天的风暖暖轻轻地抚在脸上，一抽手，又一抽手。日头渐渐西沉，转眼，变成了天边一个耀眼的咸蛋黄。云彩加了阴影，又染了金黄，层层叠叠铺展开来，仿佛一个雄壮的序幕，又好似一个悲凉的结局。

钱佳玥愣愣走到葡萄架那里坐下，看着天边的云，回忆也随着蔓延到了天边。不知道过了多久，她如梦初醒地发现，远远的葡萄架那头，也坐着一个人，一个低着头失神的人。

赵婷婷坐在那里，JanSport 的书包放在地上，旁边是低垂偶尔晃荡的双腿。赵婷婷的侧影很好看，纤长、柔弱、骄傲，在半明半暗的路灯里，像一只正在发呆的天鹅。她在想什么呢？钱佳玥好奇起来。但天鹅仿佛是在自舔伤口，湖面上一圈一圈涟漪荡开，传到钱佳玥这里，剩了一丁点儿忧伤的共振。

校园里橘黄色的灯光渐渐亮起，有一瞬间，钱佳玥忽然觉得温暖——原来这个世界上，不只她一个人在伤心，不独她一个人在失神。她就这样望着赵婷婷，不靠近，也不疏远，仿佛在时空的另一端看着另一个自己。良久，赵婷婷也抬起眼睛朝钱佳玥望过来。有那么一刻，她们的目光交接，放下了彼此的自卑和骄傲，平等地交接。但也只有这一刻。赵婷婷一个激灵回过神来，立刻恢复了她一贯高傲的神气，没有再朝钱佳玥看一眼，背起书包走了。

赵婷婷是在为什么发呆呢？也是因为肖涵和陈末吗？还是因为别的呢？钱佳玥一边推车出校门，一边心里掠过一丝同情和安慰：原来像赵婷婷这样优秀的人，也不是每时每刻都快乐的。

2000年，后来流行了很多年的人品守恒定律还没有被发明。但在那一路骑车回家的过程中，钱佳玥忽然有一点点领会到了其中的奥义。人生的快乐和不快乐交替，当不快乐来临时，或许也意味着，下一个快乐就要来临了。钱佳玥忽然在夜风中鼓起了一点勇气：就这样吧，我认了。这样就可以了吧？已经不会更糟了吧？她一边按车铃，一边大喊了一声。

但生活当然永远有更糟的可能性。

当钱佳玥打开家门的那一刻，她看到了坐在客厅里的肖涵。她还没来得及从梦境一样的场景中快乐起来，就看到了肖涵的那一脸焦急。肖涵一把抓住钱佳玥的手："钱佳玥，你总算回来了。我们快走，你婆婆不行了！现在在医院抢救，我妈留我在这里等你。"

下午来人抄煤气表，陈秀娥开了门，一个没注意，廖冬梅就跑出去了。走大街，串小巷，黄昏时分，廖冬梅猫在一个小区的垃圾桶边捡饮料瓶。一辆汽车开进小区，没料到那里蹲着一个老太太，等廖冬梅站起身来，司机吓得车灯乱晃穷按喇叭。车没撞上，但廖冬梅一受惊吓，昏倒在了地上。

司机趁乱逃逸，下班回家的居民把现场围起了一个圈，赶紧叫了120。幸好陈秀娥在廖冬梅身上放了防走失的牌子，好心人电话打到钱康的BP机上，已经找人找疯了的陈秀娥和钱康才赶到了医院。

钱佳玥的手在发抖，几次钥匙都没插进车锁，她被肖涵一把拎到自己自行车的后座。夜风寒冷，钱佳玥搂住肖涵的腰，脑袋一片空白。

　　医院里的瓷砖有消毒药水的味道，手术室外的走廊里是撕心裂肺或者麻木失神的绝望。手术室的门紧闭，那是一扇连接着阴阳的大门。

　　廖冬梅人缘好，听闻噩耗的老邻居老同事来了一拨又一拨探望，陈秀娥和钱康疲于应对，幸好关爱萍和张启明也在。

　　过了十点，手术室的门依旧紧闭，走廊里的人渐渐少了。

　　张启明的眼睛也熬红了，掏出香烟想了想又放回去，问陈秀娥："建军建国什么时候回来？"

　　"本来说暑假等小孩放假了一起回来，我刚才打了国际长途，他们去改机票了。我哥哥大概明天就能到，弟弟要转机，大概要后天。不晓得……"陈秀娥顿了一顿，"等不等得到了。"

　　关爱萍搂住她："你别乱想，吉人自有天相，廖主席没问题的。"

　　静默，空气里都是疲惫和静默。

　　半夜十一点，成年人继续留守，肖涵先带着钱佳玥回家。钱佳玥把肖涵的腰搂得更紧了，直到回到新村楼下，钱佳玥都不肯松开。肖涵没有说话，钱佳玥也没有说话，车停在那里，两个人就保持着这个姿势。

　　"肖涵哥哥，你说这个世界上，到底有没有天堂呢？"钱佳玥忽然问。

　　"有。"肖涵的回答很简短。他抬头，上海的天空没有那么多星星，不知道哪颗是哪颗，也不知道有没有人在看着自己。医院走廊的画面在他脑子里反复播放。

"肖涵哥哥。"钱佳玥哭了出来，"你那个时候怕吗？我是说，你爸爸那个时候……"

"怕。"肖涵果断回复，一双手在自行车把上摩挲，"怕得要死，到现在都怕。"

钱佳玥很想学陈末那样，尽情地把眼泪鼻涕擦在肖涵外套上，但她不能。当她看到自己的眼泪弄湿了肖涵的外套，立刻下意识地从肖涵的后背弹开，然后匆匆忙忙逃回了家。

46
再见吧再见

手术后，廖冬梅一直没醒。医生的意见很含糊，一会儿说手术挺成功，一会儿说可能会有其他问题，总之，就是廖冬梅能不能醒来，要看天意。

陈建国回来的那天，廖冬梅动了动手指，抬了抬眼皮。陈建军回来的那天，廖冬梅"嗯"了一声。

陈秀娥一边给她擦身一边念叨："你啊，偏了一辈子心。儿子回来就嗯嗯啊啊，我呢，管了你大半年，端屎端尿你对我有反应吗？想想就来气。"嘴上来气归来气，心里还是高兴的，回到家立刻跑到钱佳玥房间报喜："你婆婆今天有反应了！估计挺过这关了！"

廖冬梅彻底清醒的那天是周六下午。她心有灵犀地挑了一个所有人都在的日子。

张启明正一手提着毛头，正给陈建军、陈建国讲儿子的光辉事迹，明贬暗褒地扎外国台型。钱佳玥忽然发现，廖冬梅的眼睛睁开了。

"婆婆！"钱佳玥叫了一声。立刻，所有人都围了上去。

廖冬梅一边的脸不能动弹，但另一半脸上却有笑意。陈秀娥忙不迭地解释："医生说如果醒了有可能会中风，正常的正常的。"

医生护士来了一堆，各种数据记了一堆。廖冬梅胃口大好，喝了半碗鱼汤，吃了半碗小米粥。

"妈！"陈建军和陈建国半跪在病床前。离开十几年，一路雨雪风霜，但此时此刻，忽然觉得离别不过昨天，为何少年子弟江湖老，而慈母一夜白头。

但廖冬梅醒了，一屋子人，仿佛都不在她眼睛里，她只是期盼地望着钱佳玥，嘴里含混不清地叫着。

钱佳玥上前捏住廖冬梅的手，眼泪不由自主地流了下来。廖冬梅还在费力地说着什么，钱佳玥凑上去，依稀在一片含混里，听到"照顾好自己""对不起"之类的词语。钱佳玥拉着廖冬梅的手，阻止她："婆婆，你别说了，你好好休息，会好起来的。"陈秀娥看她说了半天，也上去劝："妈，宝宝知道了，你先好好休息吧。"

"啊。"廖冬梅大叫，恶狠狠瞪了陈秀娥一眼，费力拍了下病床。继续对钱佳玥"嗯嗯啊啊"。反反复复还是那几句——"对不起你""自己照顾自己"。

钱佳玥被嘱咐得有点儿蒙。照顾自己也就罢了，哪里来的对不起？婆婆真的糊涂了，钱佳玥心想。

忽然，廖冬梅"呜呜"哭开了，摸着钱佳玥的手，再次费力地说出了一句完整的句子："那么小，去江西。"然后拍拍自己的胸口，

"舍不得你啊。"

在一片含混中，只有这句话如此的清晰。电光石火，划开了岁月，击中了除了钱佳玥和毛头外的所有人。

陈秀娥的双肩开始颤抖，扶着床头一屁股坐下来，一边说"老糊涂"，一边背过身去擦眼泪。所有人都默然，大家忽然都明白了，原来早就开始遗忘的廖冬梅，心里还一直记着一桩事情，一桩从来都不肯承认、从来没有说出口的事情。

她遥远的记忆里，也是这样一个十六七岁的小姑娘，拖着两个大麻袋站在门口。新村里锣鼓喧天，红绸带飘扬，卡车上是一张张年轻的脸，下面是一双双不舍的手。那个小姑娘眼睛红了，麻花辫一甩，背起麻袋往外走，脚刚要出门，又挪回来，一字一句地说："你偏心，我恨你！我恨你一辈子！"

于是几十年后，她伸出手去拉住那个小姑娘："对不起，你要照顾好自己啊。"

她反反复复地说，翻来覆去地说，终于，说到自己满意了。

心里一块石头没有了，身体轻盈了，慢慢飘起来，飘起来。

她看到了一幢幢刚建起来的房子，看到一片片热火朝天的工厂。锣鼓喧天，红旗招展。她看到自己坐在大会场上，激情澎湃："工人兄弟姐妹们，为了世界上三分之二还处在水深火热之中的劳苦大众，我们要鼓足干劲、力争上游、多快好省地建设社会主义！"她笑了，轻飘飘的身体仿佛重新被注入了那股激情、那股力量。

廖冬梅葬礼后的那个夜晚，钱佳玥半夜起来上厕所，见到了坐在客厅里的陈秀娥。同一个位置，同一个角度，望着同一轮月亮。

钱佳玥走过去，同样挨着她坐下。

陈秀娥幽幽地说："我小时候，你婆婆跟我讲，月亮上面有嫦娥，所以给我起名字叫秀娥。后来她思想好了，不讲这些封建迷信故事了。你晓得吗？你的名字也是你婆婆起的。佳玥，佳玥，你看，还是有个月亮。她这辈子，肯定有些什么跟月亮有关系的事情我们不知道，搞不好以前偷偷摸摸在月亮下面谈过朋友的。"

陈秀娥被自己讲笑了。

"你看，我名字里有个秀，你名字里有个佳，都是好意思。不过我不争气，这辈子没给她长过什么脸，说不出来秀在哪里。还好有你这个外孙女，总算可以算佳了吧？"

钱佳玥垂下头："我也没有佳，我一点儿都不争气。婆婆一直希望我像舅舅，考名牌大学，我没用……我什么都比不过人家。"

陈秀娥抚摩着钱佳玥的头："不要这样讲，不要这样讲。宝宝啊，你生出来的时候我就想，我不是我妈妈最得意的小孩儿，我一定要让我女儿做我最得意的小孩儿。不管她做什么，我都要支持她，不管她怎么样，在我心里，她一定是最好的。我要让别人看看，给小姑娘当妈妈应该怎么当。但是现在啊，现在我觉得你婆婆大概也是一样的，你婆婆看到你，肯定觉得你怎么样都是好的。她不是一直说，我们宝宝像舅舅，一点儿都不像她那个十三点妈妈。"

陈秀娥"扑哧"笑出来："她叫我十三点哟？有人会叫自己女儿十三点的伐？"

钱佳玥抬起头，看到月亮上果然有个小小的黑影——不知道是嫦娥，还是廖冬梅呢？但是钱佳玥挂着眼泪，在心里执着地喊了一声"婆婆"。

婆婆，我不会让你失望的。

陈末觉得，钱佳玥自从外婆去世后，性格变了很多。她变得更不爱说话了，同时，对自己更疏远了。她不再跟她和肖涵一起上下学，上课时候陈末递本子给她，她也常常不回一句，只是一双眼睛盯着黑板和老师。

陈末找肖涵吐槽，肖涵劝她："钱佳玥从小是她外婆带大的，她外婆刚去世，她心里难过，是正常的。"

"但心里难过不是更需要朋友吗？我怎么觉得她越来越孤僻了？"陈末不理解。肖涵剥了一块德芙给她，摸摸她的脑袋。

陈末决定等钱佳玥恢复正常，但这一刻还没等到，更让她大跌眼镜的事情发生了。

那天中午吃饭的时候，陈末和卡门在讨论加政治还是加历史。卡门历数了二中的文科老师，得出应该加历史这个观点。陈末不服，说历史要死记硬背的东西太多，应该加政治。卡门反驳：难道政治要背的东西不多吗？争论不下让钱佳玥评理的时候，钱佳玥却轻飘飘冒出一句："我要加物理。"

物理？！

"为什么啊？！"陈末叫起来，"周老师不是说你也应该选文科吗？"

"我觉得我可以选理科。"钱佳玥直视陈末的眼睛，坚定地说。

"那，那你也不用加物理啊，你上学期物理不是，还不及格过吗？"卡门也大惑不解。

"从哪里失败,从哪里爬起来。"钱佳玥扒着饭,又说了一句。

卡门和陈末面面相觑。她们忽然意识到,原来钱佳玥早就打定了主意,而这样的三人局,即将面临解散。

"钱佳玥,你不跟我们在一起了啊?"卡门哀嚎。

钱佳玥望着卡门,想说什么,但嘴巴动了动,什么都没说出口。

下午上生物课时,陈末传了本子给钱佳玥。上面只有一句话:"你是不是不想再跟我在一起了?"

陈末只是赌气发发脾气,她觉得,作为同桌,作为好朋友,钱佳玥就算要加物理,也应该早一点儿跟自己商量,而不是这样决定了再通知。在陈末的高三规划里,一直是有钱佳玥这个朋友的。她以为,自己发发脾气,钱佳玥应该会像从前那样来安慰自己,来一大通解释。但没有料到,本子传回来,上面只有一个一笔一画写成的——"是"。

陈末遭受了晴天霹雳,一时间,忽然明白了什么。她抓过纸笔,龙飞凤舞写下两个大字——"肖涵",然后打了一个大大的问号。

本子传回来,钱佳玥依旧方方正正地,写了一个"是"字。

一瞬间,震惊、委屈、伤心、愤怒统统涌上了陈末的心头。

我明明问过你的!明明是你说没有关系的!明明!

陈末的胸口剧烈地起伏,脑子一片混乱,她很想立刻跟钱佳玥说说清楚,但望着钱佳玥冰冷倔强的侧脸,她努力压制着自己的冲动。

那个是钱佳玥,那个是我的好朋友,我不能把事情搞砸,不能。陈末反复地深呼吸。

好不容易憋到了体育课,到了分散活动的时候,陈末把钱佳玥拉到了一边。

"钱佳玥，我知道你不开心，但先后顺序我要说清楚。是你先说你没关系，我跟肖涵才……"陈末压低了声音。

钱佳玥望着陈末，今天整整一天，她的脑子都是乱的，心都是虚的。她自己也说不清，是什么支撑着她，让她说出了中午的那番话，又写出了下午的那两个字。是任性吗？她现在也开始可以和陈末一样任性了吗？钱佳玥的心里其实在打鼓，她真的不确定。但现在，看着陈末一脸的委屈，钱佳玥知道了是什么支撑着自己。是愤怒，还有鄙夷。

她回望陈末的眼睛："所以，难道我那个时候说有关系，你就不跟肖涵哥哥在一起了吗？"

陈末的声音大了起来："当然啊！"

钱佳玥抿着嘴不说话。陈末一拉她袖子："你说话啊，我一直拿你当好朋友，你现在怎么能这样呢？"

钱佳玥深吸一口气："陈末，如果你是我好朋友，那你现在开始就不要再见肖涵哥哥了吧。你能做到吗？"

陈末乱了，她从来没想过，向来善解人意的钱佳玥也可以这样无理取闹。

"你现在提这样的要求？现在跟那个时候不一样了啊，现在……就算我不见肖涵……"她差点儿脱口而出"他也不会跟你在一起啊"，但看着钱佳玥的脸色，她硬生生压下了这句话。

钱佳玥脸色惨白，笑了笑："所以，你干吗要来问我呢，我说了真的算吗？"

够了吧，钱佳玥想，真的够了。赵婷婷笔记本上的那行字浮现在她脑子里。

人不为己，天诛地灭。

肖涵是在自行车车棚里找到钱佳玥的。看到这个熟悉的身影，钱佳玥在心里惨笑了一下：这么快啊，就要帮陈末出头了。

"佳玥，陈末说，你们吵架了？"肖涵有自己的策略。

钱佳玥低着头。吵架？她跟陈末之间，算吵架吗？

"陈末很难过，我在想，你们是这么好的朋友，有什么心结解不开呢……"肖涵的声音依旧那么好听，但说出来的字字句句，却让钱佳玥在心里倒吸冷气。

所以是我不好了？一切都是我的错了？

她打断了肖涵："肖涵哥哥，我知道的，你和陈末的关系，是你们的事情，我没办法干涉的，所有人都没办法干涉的。但是，但是我开心不开心，我愿意不愿意，你们凭什么要来干涉呢？"她从来没有打断过肖涵，顶撞过肖涵。但那又怎么样呢？凡事总会有第一次。

"我觉得，我有这个自由，选择和谁做朋友，不和谁做朋友。如果跟一个人在一起会让自己不开心，我为什么一定要逼自己跟她做朋友呢？"钱佳玥依旧低着头，但声音很坚定。

"钱佳玥。"肖涵愣住了，半晌才说，"你如果这样说，我真的没有办法反驳你。但我和陈末都觉得，你变了，都不像我们认识的那个钱佳玥了。"

钱佳玥抬起头，双手用力握住自行车车把。她看到肖涵脸上有很复杂的神情，一种惋惜和害怕的神情。

"肖涵哥哥。"钱佳玥忽然不知道从哪里得到了勇气，"所以，你一直以来，知不知道我喜欢你呢？"

肖涵没料到钱佳玥会突然这么问，愣住了，眼神开始避闪。

钱佳玥笑了笑："你看，肖涵哥哥，你其实一直都知道的，但就是因为我是钱佳玥，你觉得一直装不知道也没关系；就是因为我是钱佳玥，陈末觉得，即使她跟我喜欢的人在一起，我也会没关系。"她吸了吸鼻子，换了口气，"你们说我变了，那是因为我终于知道，原来做钱佳玥，一点儿都不划算。"

在眼泪涌出来的那一刻，钱佳玥推着车跑了出去。

真的，人为什么不为自己想呢？难道除了自己，别人真的在乎你吗？在乎你那点儿委曲求全，在乎你的那点儿深明大义？够了，钱佳玥想，真的够了。

她的心钝钝的，对疼痛已经感觉不真切。心上开始长出了一层厚厚的壳。从什么时候开始的呢？从那封《一个很爱很爱你的故事》？从跨年那晚肖涵给陈末买的烟花？从学农？还是从廖冬梅去世？

以前是自己太软弱，太无能，不能怪别人，只能怪自己。但从现在开始，不一样了。钱佳玥迎着风，抹掉一脸的眼泪鼻涕，狠狠地对自己说。

我不要做钱佳玥，我再也不要做那个钱佳玥！

时间，永远不会因为人的快乐或悲伤，而加快或停滞。无论钱佳玥和陈末这对同桌在最后两个月经历了怎样的冷战，会考、期末大考，总是如约而至。再之后，所有人都面临文理分班，转眼五班就要消失了。

最后一节班会课，"唰唰唰"，周围在黑板上写了4个150，还有一个30。"3+1+综合"，总分：630。

"都说我们是普通班，不能跟提高班的尖子比，但是，我教了大家两年，我用我几十年教学经验跟大家保证一点，那就是，我们班没有笨蛋，智商都合格，没有低能儿。"

"哄"，全班都笑了。

"我有一个理论，说出来不大好听，但今天还是讲给你们听。一分耕耘，一分收获这件事情，有吗？有的，但是有上限的。一个智商合格的人，像我们班同学这样，努力、勤奋，可以做到几分？至少80分。那么90分、100分呢，多多少少要碰的，有的靠运气，有的靠脑子，不是说天资正常的人，努力就一定能努力到的。但是80分，我相信，我们五班的同学，只要高三一年认真努力，都可以达到。"

630这个数字旁边，周围写了一个乘0.8。

"好了，那你们帮我算算看，高考满分630，如果你们能够达到100分里的80分，就是80%咯，高考应该可以拿几分？喂，常无忌，多少啊？"

常无忌老老实实站起来回答："504。"

周围把粉笔一扔："去年不加综合，那我们减掉24分，变成480。去年，一本分数线430。我没叫你们考清华北大。但是，同济的分数线是486，交大491，复旦505。所以，你们如果保证了80分，踮一踮脚，可以去哪里，大家自己看。

周老师在这里祝我们班所有人，好好学习，一分耕耘，一分收获，一年后考到自己理想的大学。"

所有人都被周围这段话鼓舞了，全班自发地响起了热烈的掌声，经久不息，斗志昂扬。

整个高二，就在这响亮的掌声中，落幕了。

47
AB 面

2001 年的夏天，黏稠炎热，阳光刺眼。但在钱佳玥的记忆里，那两个月，重复、简单、平静，只剩耳边夜以继日的电风扇声响。

那个夏天，首先有印象的是北京申奥成功的夜晚。

毛头兴冲冲跑来跟肖涵一起看电视直播，打电话叫钱佳玥一起过来看，钱佳玥婉言拒绝。但没想到毛头拽着肖涵来了，不管不顾地往钱佳玥家的沙发上一坐。

"中国代表团！声音调大一点儿，调大一点儿！杨澜杨澜！"毛头到处找着遥控器，聒噪地消解着空气里的尴尬。

萨马兰奇上台了，低着头，念着长长的文字，会场里一片肃穆。毛头不说话了，肖涵坐直了身体，钱佳玥的手心里都是汗。陈秀娥本来卖力地推销着她的西瓜和绿豆汤，此刻，也安静下来了。所有人都屏住了呼吸，看着电视上那张一张一合的嘴和黑压压一片的人头。

"Beijing。"

镜头一转，代表团像弹簧一样弹起，拥抱、欢呼。顿时，镜头上一片红色的海洋。

"成功啦！"陈秀娥也叫了起来。肖涵和毛头激动得击掌，窗外，家家户户此起彼伏传来一阵接一阵的欢呼声。钱佳玥被这铺天盖地的欢乐裹挟了，忽然间，也有一种激情充满了胸口。她望了肖涵一眼，心里忽然闪过了一个惊天动地的念头——

申奥，也是第二次才成功的，我为什么那么轻易放弃呢？我也要去交大，哪怕肖涵哥哥不跟我在一起，我要让他知道，谁才是能跟他并肩站在一起的人。

"我如果爱你——绝不像攀援的凌霄花，借你的高枝炫耀自己；我如果爱你——绝不学痴情的鸟儿，为绿荫重复单调的歌曲；也不止像泉源，常年送来清凉的慰藉；也不止像险峰，增加你的高度，衬托你的威仪。甚至日光，甚至春雨。

不，这些都还不够！我必须是你近旁的一株木棉，作为树的形象和你站在一起。"

钱佳玥惨白的脸，慢慢有了血色。这一刹那，她看到了光的方向。过去两年的徘徊，那些无意义的挣扎和抵抗，忽然有了灵魂，有了方向。

接下去的暑假，她像苦行僧一样每天六点起床背单词，上各种补习班，回家后一个人关在房间里整理各科的笔记。

过去两年所有的考卷测验卷都被翻出来，分门别类，垒起了高高的几沓。在那些星罗棋布的钩和叉里，钱佳玥忽然找到了平静。有时候她会想起来，那次数学测验的时候，陈末因为不会，提早交卷，引起了全班轰动。但绝大多数的时候，她心无旁骛地归类、比较、反复订正。汗水湿透了她的背心，但她的心里，没有了焦虑不安。

"作为树的形象，和你站在一起。"

她的内心激荡——让自己优秀起来！我不要再一直仰望了，我要站到高的地方去。

在昏沉如一秒，一秒如光年的夏天，钱佳玥唯一还保留的联系，大概就是和扬帆聊天了。她喜欢跟扬帆聊天。这个二十三岁，不知道在城市哪端的陌生人，却常常可以和她天马行空聊得漫无边际。他还跟她说理想，说这个世界有多大，说玛雅人的金字塔，说外星文明可能的遗迹。钱佳玥觉得很有趣。

过去十六年，她整个的世界重心都在这里，在婆婆和肖涵的中间，在新村、二中、西宫的三点一线。她从来没有想过，自己有一天要离开这里。但从钱康那拿来上海地图，她忽然意识到：原来上海，已经那么大了；原来九百六十万平方公里，是这样丈量的；原来这个世界，超出了自己所有的想象。

传说中的高三生活，就这样如期而至。

五班走了一半人，裴冬妮、陈末、卡门、路垚、许优等，都去了文科班。九班、十班的物理考生加入了进来。虽然周围还是班主任，但换了同桌的钱佳玥看着那一半陌生的脸，却始终觉得五班已经不见了。不过奇妙的是，经过大家三心二意的选举，她现在却变成了班长。她简直想给自己的生活，打一个大大的问号。

而陈末的高三开端，是一个黑色的惊叹号。选历史的人太多，一个班塞不下，陈末等十几个人只好去了十班政治班。而十班政治班的班主任，竟然是——吴春华。

"让我去死吧！"陈末得知消息后，粉拳在肖涵胸口一阵乱捶。

肖涵捏住她的双手："别担心，吴老师没那么小气，不会找你麻烦的。"

"我还用她找我麻烦？我看到她就人生了无生趣了啊！"陈末本来想到高三，只觉生活黑暗，现在，顿觉眼前一黑。

陈末这种不祥的预感，在暑假结束前，吴春华的家访中得到了印证。在陈末家的客厅，吴春华推推眼镜："陈末的成绩我看了，从高二开始，进步还是很大的，尤其是理科。说明家长、她自己，都是花了心思的。"

陈末低着头在旁边听，简直不能相信吴春华还能表扬自己。陈彭宇这个老江湖也险些上当，嘴角轻快上扬，以为有生之年终于能听老师表扬女儿了。

"但是——"吴春华的脸一垮。

接着就是一顿痛批啊。什么不务正业，在社团活动中花时间太多；什么学习态度不端正，经常上课说怪话挑战老师，影响课堂秩序；什么自以为是，在同学里拉帮结派，还没有把高考当作首要任务……陈末的心越来越往上提，很怕她说出自己和肖涵在学校的事情来。但还好，吴春华咽了口口水，就此停住。

"陈末爸爸啊，我作为陈末的班主任，你作为陈末的爸爸，我们的战线是一致的，都希望孩子能够进入一个好的大学，有一个好的前途。陈末这个小孩儿，聪明是聪明的，但就是聪明要花在正道上啊，你说是吗？我们两个一起努力，在高三最后一年，把她纠正到正道上来。"

好嘛，吴春华前脚刚走，后脚，陈彭宇就把陈末房间的海报统统撕掉，一整抽屉的磁带CD全部没收，只剩下英语听力和疯狂英语。陈末大喊一声"我恨你"，整个人扑在自己的海报和磁带上，以命相抵。

父女俩这一仗，从下午打到晚上，等赵榕芳回家，陈末反锁房门，房门外堆着一堆被撕烂的海报和折碎的CD。好不容易敲开门，陈末半边脸肿着，用刀片把一堆参考书划得一塌糊涂，眼泪鼻涕一把一把，恶狠狠道："总有一天我也去当哪吒，削肉还父，割骨还母，要饭也不会要到他门口！"

"你去要！你现在就去要啊！"陈彭宇在门外一声暴吼。赵榕芳头又痛起来。

这笔账，陈末当然记在了吴春华头上。开学刚两天，肖涵放学等陈末回家的时候，就发现她在车棚里鬼鬼祟祟的。

作案工具是一把美工刀，陈末拿着刀子朝吴春华自行车胎上狠命割了几下。

"陈末，被人看见了，快走啊。"肖涵拉她。

"戳死你，戳死你！灭绝师太！"陈末不甘心立刻收手。

肖涵叹口气："陈末，吴老师和你爸爸，本意也是为你好。"但他一瞥陈末变掉的脸色，立刻补充，"当然，他们沟通的方式方法是不对的。尤其你爸爸，你都多大了，还上手就打。"这句说的是真心疼，肖涵不由自主去摸了摸陈末的脸颊。

眼看两人又要从武打片换台换到爱情片，只听到三三两两的脚步声靠近。于是两人赶快相互掩护离开了作案现场，只在吴春华的车胎上，留下了两个大口子。

第二天陈末还要去，被肖涵拦住了。肖涵连哄带骗："陈末，算了，你这是接连顶风作案啊，昨天已经中招了，搞不好今天要有埋伏。"

果然，两个人分头若无其事地去教师停车棚那里转了一圈，都看到了一个埋伏在暗处的身影。

陈末开始准备打起游击战。敌进我退，敌困我扰，开始了各种侦察反侦察。肖涵很快就发现，陈末在这场猫鼠游戏中得到了前所未有的乐趣，拦都拦不住。

接着，陈末的机灵劲也有了用武之地，她开始技术迭代、科研创新。比如，学校旁边就有一个补胎店，吴春华如果立刻发现，只能构成麻烦，不能形成真的困扰。陈末试验后觉得，用大头图钉戳一个小小的洞，这样刚骑上的时候不会发现，等骑车骑到一半轮胎才瘪，最有杀伤力。

但这个洞要多大呢？肖涵的车就成了试验品，每天跟陈末做科学实验，看多大的洞能挺多久。陈末还颇有科研精神地用了控制变量法，比如，骑车时候力气的大小是否和漏气速度有关，比如，扎洞的位置是否和漏气速度有关。

肖涵无语问苍天："陈末，你要是拿一半的力气来学习，是不是北大清华早就随便你挑了？"

"别说话，别说话。"陈末拿着图钉的手四处游弋，最后看准了一个方向，快狠准地朝肖涵的车胎扎去。肖涵觉得头皮发麻，背心冒着凉气。

这是仇恨的力量。

这天刚刚吃完午饭，钱佳玥正在教室里温书，忽然，常无忌气喘吁吁地跑进教室，打开了电视。

电视屏幕上，有一幢正冒着滚滚浓烟的大楼，背景声嘈杂。让钱佳玥迷惑不解的是，明明是上海台，新闻画面上却打着凤凰卫视的标。

"这是美国啊！是纽约啊！"王斌等男生第一个反应过来。

一时间，喧嚣的教室安静了下来，电视画面上，正有一辆飞机，撞向一幢摩天大楼。

"真的撞上去啦？！"

整个下午，大家课间都在叽叽喳喳讨论这件事情。

到了晚上，晚间国际新闻里已经不只那几个从凤凰卫视借来的画面。

"要死咯，就这样撞上去啦？"陈秀娥看着电视，嘴巴合不拢。

钱佳玥目不转睛地看着，像在看一场与自己无关的电影。

还是钱康反应过来："这是纽约啊？建国是不是在纽约啊？"陈秀娥的筷子停在半空，嘴巴大张："对哟，那他们有事伐啦？""你快打电话问啊！"钱康叫起来。

钱佳玥愣住了，忽然反应过来，原来这滚滚浓烟下面，可能还有自己的亲人。

陈秀娥饭不吃了，塑料拖鞋挂在脚上踢踢踏踏，找电话本找了半天，随后急匆匆拨了个国际长途。

"啊？你们不是在纽约啊？哦，纽约州和纽约市不一样的啊？那你们到底在哪里啦？你跟我说过吗？我忘了呀！哎呀，算了算了，反正人没事就好，你讲给我听我也听不懂。你们当心点儿咯，美国不太平，要么回来算了？"

电话挂掉，她坐在沙发上想了半天，试图回忆这个纽约跟那个纽约的关系，又算了算这个国际长途打掉多少钱，最后望了望电视上的滚滚浓烟，叹了一口气——"作孽啊"！

而暂时委身在政治班的陈末，并不打算关心世界大事，只关心自己的复仇大计。

经过一个多礼拜的科学实验，她终于掌握到了让大头图钉巧妙在车胎里固定的技巧，然后骑上10分钟后，图钉悄然脱落造成漏气。当然，在这段时间里，肖涵自行车内胎的小修小补已经不能满足陈末的需求了，整个换了两次。肖涵掏这二十块钱的时候颇有些咬牙切齿。

但如今，神功已成，陈末抑制不住仰天长啸的澎湃心情，下午两节课后，就偷偷摸摸到了教师车棚按上了图钉。

一班这天本来有英语晚自习，肖涵这个班长还要主持。但他站在讲台上，就看到后门窗户那里挤眉弄眼的陈末，一刻不消停地做各种手势。

肖涵本来想装没看见，只见陈末直冲到前门来了。他立刻投降，影帝上身，脸一秒煞白："赵婷婷，我有点儿不舒服，想先回家。"陈末在门外听得清楚，满意地停住了冲刺的步伐。

陈末拉着肖涵来到车棚，刚刚想用图钉施法，肖涵远远望见吴春华匆匆走来。"走走走，吴老师来了！"肖涵一把把陈末拉到角落。虽然心里庆幸总算作案未遂，但看着气鼓鼓的陈末，嘴上还是表遗憾："你看，天不随人愿。不过看样子是老天爷不想让你报什么仇。"没想到陈末恶狠狠吐出四个字："人定胜天！"

于是，吴春华骑车在黄昏的车流里前行，陈末奋力蹬着车跟在十米开外，肖涵努力拉都拉不住。"算啦，吴老师回家了，我们也回去吧。"等红绿灯的时候，肖涵继续苦口婆心。"那不正好，我就知道她家住哪儿了！"陈末眼中全是大仇未报的怒火，"回去以后我说不定能想点别的办法！"肖涵无语。没料到"有志者事竟成"有一天会这样体现在陈末身上。

上海的弄堂，分三六九等。里、邨、坊、弄，代表的立升依次递减。上只角里都是"里"和"邨"，到了下只角，只剩"弄"。鲁迅说"倘若走进住家的弄堂里去，就看见便溺器，吃食担，苍蝇成群的在飞，孩子成队的在闹，有剧烈的捣乱，有发达的骂詈，真是一个乱烘烘的小世界"。

肖涵和陈末此刻站在这样一条"弄"前，一眼望去，横竖左右，都是穿着睡衣洗衣拣菜的女人，聚在一起抽烟吃喝的男人，横七竖八的自行车停满，间或竖两只痰盂。弄堂上空像被拉成一格格的电网，滴滴答答晾着淌水的衣裤。

陈末愣了，茫然看着肖涵："灭绝师太找不到了，她到底住哪里啊？"肖涵趁势拉她："找不到就走了，回家了。"

正在这时，忽然听到一声高声的咒骂："你还来干什么！"侧面支弄的第二间门被撞开，吴春华一手搂着一个男孩儿，一手推出一个男人来。

那个男人嬉皮笑脸："做啥那么凶啦，我回来看看儿子不可以啊？"

"你会那么好心回来看儿子啊？你肯定又输光了！"吴春华的嗓门很大，比陈末在二中听到的任何一次都大。

"有伐啦？借一点儿，我赢了就给儿子买电脑。"男人欺身上去，短袖衬衫里一件马甲背心，马甲背心的吊带下面，是一片盘根错节的文身。

"你滚啊！离都离婚了，你还来干什么！"吴春华用力推，但右肩上的大挎包还是被男人一把拽了过去。

"哗"，一沓考卷被倒在地上。吴春华被推倒在地上，眼镜掉了下来。

男人从一地狼藉里捡起了一只皮夹子，娴熟地从里面抽出一沓钞票来，皱着眉数来数去："就这么一点儿啊！"

"妈妈。"小男孩儿哭起来，扑在了吴春华身上。"你滚啊！"吴春华泼妇一样大叫，挥着手跺着脚。但这样的气势，只让陈末觉得困兽犹斗的凄凉。

男人从钱包里抠出最后一枚硬币，把钱包扔在地上，泛黄的白衬衫在风中开合，像要冲去景阳冈的兽。他走到弄堂口，忽然停住了，斜着眼睛朝陈末和肖涵上下打量了几眼。陈末的心扑扑一跳，被肖涵拉到了身后。

男人扬长而去，陈末和肖涵藏到了弄堂转角的墙后。半眼偷窥中，坐在地上的吴春华拉着小男孩儿的手，平静地说："乖，去做功课，你要好好读书知道吗？"然后捡起了自己的眼镜和大挎包。小男孩儿一步一回望地向门里挪去，吴春华对他点着头。

再然后，这个在二中不可一世的灭绝师太，就蹲在地上，推了推眼镜，似乎还抹了抹眼泪。然后一边吸着鼻子，一边把散落一地的考卷一张一张捡起来。捡到一半的时候，她停下了，双手捂住自己的脸，身体前后晃荡着，若有似无的"呜呜"声传啊传，传到弄堂的拐角，传到陈末的耳朵里。

陈末的心一抽。她看到吴春华旁边的地上倒着那辆自行车——两只轮胎都瘪掉的自行车。

陈末像触电一样弹起来，转身骑上车落荒而逃。肖涵跟在后边追赶不及，好不容易看她停下来，只见陈末从书包里翻出了一包图钉，扔到了路边的垃圾桶里。"垃圾！"陈末大声骂了一句。

那一周的班会课，吴春华推着眼镜板着脸，在讲台上讲了一堆的班风学风，要求制定班级公约。点名点到陈末，陈末一改往日的嬉皮笑脸，也不说怪话，也不挤眉弄眼，认认真真说了一句："互相帮助，好好学习。"

吴春华愣了一愣，依旧板着脸，但点点头让陈末坐下了。

五班的班会课，周围选读了一篇周记。

"那天下午，我们都在论坛上焦急地等待着，等待 Sky 的消息。Sky 比我们大十岁，论坛上的网友都素未谋面，但 Sky 一直像大哥哥一样关心我们，有问必答，也是从他那里，我们才知道有编程题库的存在。我不知道纽约大学离双子楼有多近，苏州的 Running 说，应该没有影响。但那几个小时，没有人再讨论编程，没有人再讨论竞赛，天南海北，我们都为 Sky 祈祷。

"终于，北京时间的凌晨，Sky 上线了。虽然他平安，但他有一个在公司实习的越南女同学失踪了。他们都在等待奇迹出现。Sky 是技术大神，平时不爱聊天，但那晚他说了很多很多。他说美国电视上那些消防员，那些失去亲人的人，那些死里逃生的人。

"Sky 说，以前觉得希望世界和平是一种笑话，但那天，他真正体会到了这句话。无论国籍、肤色、种族、信仰，人类在灾难面前是那么渺小，那么脆弱，命运攸关，只有彼此能互相温暖。

"所以从这周开始，我也真诚地希望——世界和平。"

周围合上周记本，环视了一下安安静静的五班，点了点头评价："写得好。钱佳玥，你们校刊能不能登一下？"

钱佳玥握着拳头站起来，激动地点了点头。

2001 年的时候，街头巷尾的 CD 越来越多，磁带慢慢变成了一种过时的产品。但承载了时代记忆的磁带，却有一个很有趣的特性——有 A 面和 B 面。

B 面常常受到冷落，因为主打歌从来都只会放在 A 面呀。很偶然，当我们意外听 B 面的时候，还会惊讶：原来还有这首歌呀！是的，或许要反复多听过几遍，我们才能看到人生中，自己并不那么想了解的另一面。

48
三 好 学 生

高三的记忆，从一张月考成绩单开始。语数外物理综合，每个月车轮大战一般，周而复始地考试。学校自己的月考、三校联考、区联考、五区联考。一张考卷接着一张考卷，一份订正叠一份订正。每到月末，一张细细长长的纸条就发下来：单科分数，排名；三科总分，排名；四科总分，排名；五科总分，排名。

物理老师说："同学们，分数不重要……重要的是受力分析，我们来看看这次的第二道大题目。"钱佳玥望着自己考卷上那个猩红的叉，旁边两个小小的"+2"，心里阴霾了起来。经过一整个暑假的连轴转，其他科基本都有提高，只剩物理。她有时候难免懊悔：是不是一开始坚持选物理，就是一个错误。

陈秀娥从来对外夸耀：我们钱佳玥从来不用请家教，从小到大帮我省了多少钱咯！但现在口也松了，三番五次试探："宝宝啊，你要不要请个家教啊？上次开家长会，问了一下，你们同学都请家教的。"陈秀娥的脸上有小心翼翼的忐忑。钱佳玥的脸色现在越来越严肃，她就越来越没底气。

五十块钱一个半小时，在外校一个高级教师家里。外面灶片间进来，小小一间房，左边一张床，右边一个吃饭的大台面。钱佳玥吃完晚饭匆匆赶到时，师母一般还在笃悠悠地收拾台面。老师一双脚往床上一盘，饭桌还是那张饭桌，但收拾干净就是讲台。周围放上一圈四方凳，坐上八个学生，餐巾纸抹掉嘴上的红烧大排遗迹就开讲。讲到最后两题，这桌人还没散，下一拨已经陆续到了，缩在门口探头探脑。

这傅老师得赚多少钱啊？钱佳玥晃了晃脑袋，不允许自己心猿意马，开始在脑子里滚电磁感应定律。路灯下偶尔有牵着手的双双对对，年轻的、年长的。钱佳玥目不斜视，但等红灯的时候，抬起自己握自行车车把的手呵了一呵。有东西在寂寞的夜风里哗哗作响。

教室后黑板上板报也不出了。右边三分之一变成一张大大的倒计时牌。"距离高考还有283天""距离高考还有200天""距离高考还有150天"……月考的成绩排名单已经累积起了厚厚一沓。黑板的左边永远都是一些励志的话语——"习惯决定性格，性格决定命运。""学海无涯苦作舟。""在绝望中寻找希望。"

钱佳玥一直在心里想象，如果在新村遇见肖涵，她应该怎么表现；如果在学校遇见他俩，或他俩中的一个，她应该如何应对。有时候她想，她应该表现得很无所谓，还朝两人笑笑，然后高傲走开；

有时候又想，应该视而不见，让两人知道自己的态度。但始终，却没有机会来试一试。

高三，每个人似乎都变成了一座孤岛，一座越来越沉默的孤岛。昼伏夜出，文理科班间的距离用跨海大桥都连不起来。好久不见肖涵，好久不见陈末，好久不见卡门。有时候天边一朵云的倒影遮下来，钱佳玥忽然会想：他们都在干吗呢？有缘千里来相会，而缘分尽了，大概就是如此吧。心里不是不伤感的。

但他们的气息却又无时无刻不围绕在钱佳玥身边。年级大排名，肖涵的名字总出现在前五的位置；上语文课，陈末的作文偶尔会被跨班诵读；连卡门，都开始有了"想晚上做完这几张考卷，结果抬头一看，咦，天亮了"这种江湖传说。

到了十二月初，迎来了高三最不重要的考试——体育八百米。八百米啊，为什么要跑八百米啊？我们都高三了，为什么还要跑啊？高一高二的时候，钱佳玥和卡门都是被陈末追着撵着赶进了4分钟。但到了高三，钱佳玥发现，原来靠自己跑，是跑不及格的。

而不及格，竟然依旧要补考！钱佳玥的脸绿了。

她不好意思让别人围观自己跑到吐的窘样，于是早上早一个小时来学校练习。冬天的风凛冽，钱佳玥绕着跑道，没跑半圈，胸口已经痛到不能呼吸了，正想打退堂鼓，忽然，在清晨人迹罕至的跑道上，钱佳玥看到了一个熟悉的身影——赵婷婷。

钱佳玥心里一阵高兴：原来赵婷婷八百米也没有及格啊！但正想上去打个招呼，颓然发现赵婷婷把自己越甩越远。奇怪，看样子真不像同是天涯不及格啊，为啥她还那么早特地来跑步呢？为了锻炼身体？但高考不考体育啊，赵婷婷可不像会做无用功的人。

练了五天，倒有三天见到了赵婷婷，而赵婷婷并不想跟钱佳玥搭话，每每只留下一个绝尘而去的背影。但不管赵婷婷是什么打算，钱佳玥自己的八百米突击进展缓慢。罗马不是一天建成的，看来八百米也不是一天能跑及格的。到了补考的那天中午，钱佳玥已经准备放弃徒劳的努力了。

全高三八百米不及格的女生，一共只有十二个，钱佳玥就是其中光荣的一员。传说，最后一次补考，老师总会放水的，多十几秒二十秒，睁眼闭眼都能过。但钱佳玥心里还是很忐忑。午休时候，人来人往，都要往跑道望一眼："怎么中午跑步啊？""补考吧。"——仿佛全校都在看自己的笑话。

第一圈的前二百米，钱佳玥还能稳定在中游，到了后二百米，只觉得身边一个个身影超赶而去。体育老师在旁边挥手："加油啊，加油啊！能及格，加油！"但钱佳玥却觉得：不行了，我肯定不行了。

忽然，她的手被牵住了，那熟悉的感觉让钱佳玥的心似乎要跳出胸口。她诧异地抬眼，眼前果然有一条熟悉的马尾。

"跑啊！"陈末像从前一样说。她连拖带拽，奋力拉着钱佳玥从一个个背影边超过。

钱佳玥觉得烈火灼心，脚上像灌了铅一样重："放开，我不行，陈末。"

陈末不答话，步速放慢了，但把钱佳玥的手拉得更紧："钱佳玥，加油，你可以的，马上就跑到了！"

呼——吸——呼——吸。风大口大口从钱佳玥嘴巴里灌进去，呛得她眼泪快要出来。周边世界都模糊了，她什么都不能再想，只能跟着陈末的步伐透支自己最后的一点儿体力。

"3分55！"在跑过终点线的一刹那，钱佳玥听到体育老师报。

及——格——了！

钱佳玥在一边撑着大腿干呕起来，等到再抬起脸的时候，见到陈末远远地站着，朝自己投来关切的目光。钱佳玥忽然回想起来自己第一次见陈末的情景，那个在厕所问自己借卫生巾的女孩，那个看一眼让自己想"如果能跟她做朋友就好了"的女孩儿。午后的阳光下，眼前的陈末，和那个穿着破洞牛仔裤的女孩儿，渐渐重合了起来。

她们一起拍过大头贴，一起在西宫疯，一起分享磁带零食小说书，一起在上课时候偷偷摸摸抄歌词。

钱佳玥喘着气，平复了一下心情，然后抬起头来，朝陈末微微笑了笑。陈末也跟着笑了，然后潇洒地挥了挥手，一步三跳地走了。阳光在她身上弹跳，然后蹦到了钱佳玥的心里，四处打孔钻缝，让憋了几个月的气，慢慢泄了下去。

"一个人可以同时又恨一个人，又恨自己恨他吗？"——芦苇。

"那不如直接原谅他。"——扬帆。

"做不到怎么办呢？"——芦苇。

"慢慢就做到了。"——扬帆。

"你试过？"——芦苇。

"嗯。"——扬帆。

倒计时牌子擦了又写，写了又擦。综合考试的模拟试卷终于出来了，不知所云地让大家算游乐场旋转木马上能坐多少人。所有学科都复习滚完了第一遍，开始进入第二遍。每天四五张考卷发下来，测验变成了家常便饭。

转眼，高考倒计时，变成了100天。高三的颜色一层一层涂抹上去，最后变成了密不透风的黑。

第100天时，发生了一件事。

评选肖涵当市三好学生的公示，被人从校门口橱窗撕了下来。流言蜚语不胫而走。

上海市三好学生，通常每个学校每年有一个推选名额。因为事关高考20分的加分，学校基本会把这个名额留给高三的学生。

除此之外，还有安慰奖若干。比如"区三好"资格，又比如各种大学提前招生考的推优资格。但是，安慰奖毕竟只是安慰奖，当然还是市三好的20分加分最诱人。

2002届的高三，大家心里都默认了，这艘快艇今年属于肖涵。属于这个永远四平八稳、各方面都无可挑剔的重点班班长、学生会主席、区学联委员、入党积极分子。所谓的推选流程，也印证了所有人的推测。但是，现在，他的公示信竟然被撕掉了。

对肖涵的风吹草动最上心的钱佳玥，应该是最早发现的一批人。那天早上上学，她就发现昨天下午贴出来的公示不见了。说好公示三天，怎么才半天就不见了？但现在的五班，并不是从前的五班，没有了卡门这样的灵魂八卦人物，钱佳玥竟然不知道该向谁打听了。

钱佳玥魂不守舍了一上午，中午决定还是去会老友。

"都传遍了！"卡门拍着大腿，"有人去告状了。"

"告什么状？告肖涵哥哥？"钱佳玥惊讶。

"嗯！"卡门摸着自己憔悴的脸，多吃了一两饭，"听说还带了家长，气势汹汹地到教导处闹了一场。"

钱佳玥张大嘴："肖涵哥哥有什么可让他们告的啊？是谁啊？那么过分！"

卡门笑了笑，神秘兮兮："钱佳玥，问你，三好学生是哪'三好'？"

钱佳玥愣了愣："学习好？体育好？还有一个什么好？"

卡门点了一下头："思想品德好。现在有人就说，肖涵的思想品德不好，没资格当三好学生。"

"肖涵哥哥思想品德不好？！"钱佳玥差点怒吼起来——那是肖涵啊！是英雄之子啊！

卡门眼睛里闪烁着意义不明的光："你别激动，你先说，高中生早恋，算思想品德好吗？"

钱佳玥愣住了，一时无话可说。

其实，除了老师，学校里大家都知道谁谁谁和谁谁谁是一对，谁谁谁又暗恋着谁谁谁。这样的八卦，从一个班飘到另一个班，从校花校草，到同班的四眼，每个人茶余饭后都能笑着说出一本谱来。这些欢快又刺激的讯息，是被压迫的青春里的一丝缝隙，一种同类间的狂欢，一种心有默契为彼此保守的秘密。但现在，竟然有人用这点来打击别人？

"那，那是谁去说的呢？"钱佳玥有种被背叛的感觉。

"真実はいつも一つ。"卡门看《名侦探柯南》看多了，"谁得利，谁就是凶手。"

"那肖涵哥哥，就这样被他们害了？"钱佳玥还是不相信。肖涵这三年来做了那么多，就这样，都不算了？

"其实吧，这事做得挺绝的。你看现在大家一堆堆在那，说不定都是谈这事呢。这可不是我八卦才知道的，大家都知道了，说明什么？"卡门推了推眼镜，"说明那个人不想让学校把这事盖下去，所以故意要闹大。"

"所以，故意等公示贴出来了再去撕？"钱佳玥顺着想下去，只觉得不寒而栗。

卡门叹了口气："现在啊，肯定好多人等着看你肖涵哥哥的笑话呢。那句话怎么说来着，木秀于林，风必，风必什么来着？"

"木秀于林，风必摧之。"钱佳玥黯然补充。她现在非常想去安慰肖涵，但是，她又有什么资格去安慰他呢？陈末呢，知道这个消息了吗？

"钱佳玥，老实说，你开心吗？"卡门神秘兮兮的八卦劲上来了。

"开心？我为什么会开心？"钱佳玥愕然。

"谁让肖涵跟陈末……对吧？现在他总算知道代价了呀！"卡门歪着脑袋端详着钱佳玥的表情。

电光石火，钱佳玥忽然喊了起来："所以是赵婷婷！"她想明白了，都想明白了。三好学生是哪三好，学习好、品德好、身体好。身体好，学校名额上报后，市里不光要组织面试，还要参加体育考试，没有通过面试和体能测试的，还是拿不到那20分加分。

所以，怪不得，怪不得早上要练八百米！钱佳玥如梦初醒。

卡门叹了口气，钱佳玥的脑回路果然够长，到现在才反应过来。

49
成 人 仪 式

　　钱佳玥和卡门在食堂里叙旧的那个中午，陈末被吴春华叫到了教导处的会议室。一推门，七八个老师抬起头来，上下打量她。陈末看到了另一个角落里站着的肖涵，两人彼此望了一眼，陈末忽然有种大难临头的预感。

　　"早恋，学校是不提倡的，对于中学阶段的同学也是不合适的。"吴春华推了推眼镜，清了清嗓子，"肖涵，有人说你这样的三好学生早恋，我是很震惊的，我们很多熟悉你的老师到现在也不相信。"她透过镜片看着肖涵，183厘米的个子现在仿佛缩小了，有一种孩童般的弱不禁风。吴春华继续说："学校跟你们各自班主任也商量了，不能只听信一面之词，也想听听你们两个同学是怎么说的，要不要给自己辩解一下。"

　　肖涵没有说话，抿着唇，垂头站在那里。陈末忽然觉得有一种难过，从身体的每个细胞里往外涌着。从小到大，她站过各种办公室、教导处，写过各种检讨，念过各种反思，但从来没想过，自己会把肖涵这样的好学生也拖下水。更何况，那不是普通地被老师骂一骂，写个检查，哪怕记个过。那是 20 分加分，让肖涵努力了那么多年的加分。

"当然，我们也不会只听你们的一面之词。"团委的肖老师补充了一句，"按照有些同学的说法，你们还是很高调的，要查清楚也不难。"

肖涵还是没有说话。秒针分针嘀嗒嘀嗒，陈末的难过中，忽然多了一丝屈辱。她看了一眼肖涵，犟了犟："我们没早恋。"他不想承认也就算了，本来就不是一路人。"我成绩不好，肖涵是帮我补习。"她顺着说了下去，余光瞄着肖涵，只见他挪了挪左右脚的重心。

"哦？补习？你们又不是一个班，怎么那么巧在一起补习？你们自己班上没有可以结对子的人吗？"又有老师问。

陈末愣了愣，面红耳赤，一时想不到话说。

"青春期，男女同学之间有些朦胧的好感，也是人之常情，我们高一课本里就教《蒹葭》了嘛！"周围用指关节敲了敲桌子，"如果他们发乎情止乎礼，反而把这变成了学习上的动力，这也不是坏事，不能一概而论称为早恋。"

这个界限怎么划分？更何况这里还有一个示范效应问题，这对学生能把握住，不代表所有学生都能把握住，我们是要对所有学生负责的。"董老师反驳，"这样的学生当了三好学生，是鼓励其他学生都来效仿吗？出了问题谁负责？"

"董老师，我们就事论事，不要上纲上线。我们今天谈的是肖涵和陈末的问题，我说的是，不能因为男女同学走得稍微近了一些，就一定要说他们在早恋，就判断他们超出了普通同学的友谊。"周围转着手里胖大海的瓶子，慢悠悠说，"肖涵和陈末我都教过……"

"周老师。"忽然，周围被微弱的一声打断了。肖涵抬头望了陈末一眼，想笑，但是被严肃的余威牵制住了，变成了一个滑稽的尴尬脸。但这张滑稽的脸，用并不是很响的声音说："这个三好学生，我不报了。"

陈末呆住了，望着肖涵，心里想：肖涵吃错药了，脑子今天一定被枪开过了。慢慢地，有一丝丝喜悦泛了上来，然后哗啦啦往外涌着。

失去了市"三好"资格的肖涵，就这样，变成了二中学生里的传奇。他和陈末的关系很快被传成了各种版本。

对那场会议室里谈话的重现，变成了灰暗的高三生活中，为数不多的亮点。被各种倒计时、排名、模拟考压得喘不过气来的间隙，大家乐意在一起自发演绎，补充不知道从哪里听来的细节，发表各种千奇百怪的评论。而另一面，对之后获得市"三好"资格的赵婷婷，人人都仿佛有资格不屑一下。赵婷婷，仿佛变成了全校公敌，必须说两句她的坏话才能赢得二中同学的接纳。

钱佳玥听到这些描述的时候，心里有一种说不出的滋味。她想到小时候见到肖涵的样子，那个总是站在讲台上发言的大队委员，那个自己仿佛永远够不到的邻居哥哥，终于，再次变成了大家崇拜的对象。可让他再次成为被仰望者的那个人，不是自己，也不可能是自己，只能是陈末。想到这里的时候，钱佳玥有点儿怅然，但并不难过，隐隐约约，还多了点儿欣慰。

有一晚去教务处交班级工作日志的时候，钱佳玥和赵婷婷狭路相逢。那已经是四月了，赵婷婷通过了面试和体能测试，一切大事已定。她独来独往地从教务处那幢楼出来，和钱佳玥擦肩而过。

"你为什么要那么对肖涵哥哥？"钱佳玥一个激愤，忽然脱口而出。

"我怎么对他了？他不是自己都承认了？"赵婷婷停了下来，昂一昂头。

"你不觉得自己这样出卖同学很不道德吗？太不择手段了吧。"钱佳玥依旧气愤，语气不屑。

"我只是按规则办事，又没有诬陷他！"赵婷婷脸色微红，但并不示弱。

"大家都觉得你做得不对，觉得你很……"钱佳玥顿了顿，还是没把那两个字说出口。

"很什么？很卑鄙？"赵婷婷冷笑了一下，"今天说我的人，跟那时候嚼舌根说'肖涵凭什么当三好学生'的人，难道不是同一群人？我为什么要在乎他们怎么说？"赵婷婷嘴巴里说着不在乎，但是眼圈也有些红了，让钱佳玥愣了一愣。

赵婷婷的背影依旧孤傲，白天鹅一样脖颈依旧高高挺立。钱佳玥迷糊了。是的，她绝对不会去告发肖涵和陈末，但赵婷婷说的，为什么听起来还挺有道理呢？

站在十八岁的门槛上，钱佳玥很疑惑：为什么这个世界是非黑白不再那么分明？为什么每个人都可以把自己的故事讲得振振有词？为什么自己会同时喜欢一个人又为他伤心？为什么有人可以一边对你好一边伤害你？

是不是成年人的世界，都是这样概念模糊，让人无所适从呢？

四月底，第二次模拟考，钱佳玥考了470分，物理差点儿不及格，总分比第一次模拟低了快20分。赵婷婷考了548的最高分，肖涵考了522。再没有人叽叽歪歪三好学生的事了，大家都忙着各奔前程。高三上半学期刚开学时，周围让全班报一年后想考的大学。或许是受了周围高二最后一课的影响，每个人都信心满满。全班收上来只有五个志愿——复旦、交大、同济、华师大、上外。就连体育生林跃，也觉得自己拼一拼能够上同济。

但考卷复考卷，排名接排名。大半年下来，到终于要填志愿的时候，大家都明白过来：哪怕周围的鸡汤再好喝，也并不是所有人都能上那些名校的。这真是青春里，沉重的一课。

总有人要去上大，总有人上不了一本，甚至，总有人要落到本科线以下。王斌搞来一本前两年的高考志愿手册，课间大家都在传看。渐渐，那些民办大专的学校页，也被磨旧了。在这时候，重点班里三天两头传来谁谁谁考上了上外直升，谁谁谁考中了复旦交大的实验班，谁谁谁拿到了华师大的加分，就显得格外刺激人。

人是不是本来就分三六九等？

陈秀娥发现，钱佳玥在家说话越来越少，背越来越佝，在台灯下发呆的时间越来越长。超市买的白兰氏鸡精也好，美国寄回来的西洋参含片也罢，似乎，都不能让这个还没满十八岁的小姑娘打起精神来。甚至有一天，当陈秀娥进房间送苹果时，钱佳玥忽然问了一句："我当时选物理是不是一个错误？"

"要死咯，不要为了一个考试，人变戆掉哟？"陈秀娥躺在床上敷黄瓜，对钱康抱怨。

出租车司机钱康，旷工一天，去二中找了周围。

办公室里，周围翻着钱佳玥的成绩单，抬头低头地看了半天，忽然奇怪地问："除了这趟模拟考，你高三一年成绩都在提高呀，为什么会觉得自己选错物理了呢？"

钱佳玥低头："周老师，你一开始让我选文科的，我没听你话。"

周围笑："我的话又不是圣旨，我又不会拿你怎么样。再说了，你现在再转回去学文科，肯定时间来不及了，这个选项我们都不考虑了。现在的问题是，怎么让你的物理成绩保持在正常水平。"

钱佳玥捏着双拳："周老师，我觉得我大概不够聪明……"说完这半句，下半句却没有声音了。

周围眯起眼睛："你一次考得不好，就觉得自己不聪明；那你上两次考得好呢？这样你智商的振幅也太大了吧。"

"上两次都不算的，有几道大题老师上课时候说过。"钱佳玥的心很虚。笔记整理得再多又怎么样呢？依旧是只能保证错过不会再错的笨蛋。

"老师给你讲过，也给别人讲过呀，别人怎么又做错了呢？"周围叹口气，"钱佳玥啊，你高一刚开始选班干部我就跟你讲过了，要多想我是谁，我想干什么。你现在都当班长了，不能一直这样没自信。谁跟你讲，只有聪明人才能加物理？或者说，谁规定的，物理一次考不好就不聪明了？退一万步讲，好，你不聪明，那又怎么样呢？你是不是觉得，只有像常无忌那种才叫天赋？不是的，能够踏踏实实认认真真就是一种天赋。

"你以为人人想认真都能认真得起来吗？你看陈末，我把她屁股按在凳子上，她过不了两个钟头肯定要滑头跑掉。每个人都不一样，未必有谁好谁不好这种分法。你整理的那套笔记我看过了。这个整理笔记的办法，不是赵婷婷发明的，我以前当重点班班主任，规定每人都要做。结果呢？三个月后，只要我不说要交，基本上80%的人都停掉了，再过半年，基本没有人想得起来做。后来我也不高兴弄了。你们这届，我看到了高三还在做的，只有你跟赵婷婷。"

钱佳玥的心怦怦跳了一下。她能跟年级第一的赵婷婷相提并论吗？

"按你的说法，赵婷婷聪明吗？我看也未必。跟常无忌比起来，肖涵也未必有什么聪明的。但那又怎么样呢？常无忌这种小孩儿，一定要好好栽培，要放在一个适合他的环境里，他能蹿，蹿得很高，所以我一定要盯牢他。但你们这种有认真天赋的小孩不一样，不管把你们放到什么环境里，你们都能做得不错，不一定最好，但肯定不差。这不是天赋是什么呢？周老师那么相信你，你为什么不相信自己呢？"

钱佳玥蒙了。第一次，有人拿她和肖涵比，和赵婷婷比，甚至和常无忌比。跟那些她一直觉得遥不可及的人比。

"高考是场硬仗，打仗被敌人打死的多不多？多。但更多的是被自己吓死的，逃跑时候背面中枪的。"周围理理自己的衣服，"思想包袱不要那么大。你就想，我物理就算快要不及格了，不是照样470了吗？不是照样上一本线了吗？干吗给自己那么大压力。"

钱佳玥噙着眼泪点了点头。那颗因为和陈末置气而提起来的心，此时此刻，终于安安稳稳地落回了肚子里。不要再做钱佳玥，不要再做那个老好人钱佳玥，这个念头支撑她走过了快一年的时光。但不是钱佳玥，她又是谁呢？她在假扮谁呢？假的真得了吗？这一刻，终于，她不用再纠结了。

最后一次模拟考试之前，二中举行了高三成人仪式。全年级集中在大礼堂里，老师们轮流讲话，最后，赵婷婷代表学生发言。

"今天，我们十八岁了，踏着矫健的步伐，迈向人生的下一个阶段；今天，我们成年了，带着雀跃的心，迎接梦想的未来……"

赵婷婷的朗诵腔配着排比句，让整个礼堂都有一种甜腻腻的昏沉感。钱佳玥正在心里背着高考必背的古文，忽然，一张小字条被旁边人传到了手里。

打开一看，是熟悉的字迹——"放学后，葡萄架下见。"

钱佳玥合上字条，忽然发现礼堂外，春日阳光明媚。

"今天，我十八岁了，成年了。我宣誓——"五百多个人齐刷刷举着右手，对着国旗宣誓。虽然总觉得仪式流于表面很荒诞，但真的举起手的那一刻，却被相互感染。

十八岁，真的一下子就变成大人了吗？今天的我和昨天的我，真的不同了吗？

或许是的吧。当钱佳玥背着书包来到葡萄架下，见到陈末和卡门熟悉的背影，不由得有一种恍如隔世的感觉。

卡门正和陈末激烈争执着什么，望到钱佳玥，陈末拘谨地笑了笑，卡门上来一把拽住钱佳玥，仿佛一把把她拽回了旧时光。

"走，我们去西宫，今天我请客！"卡门兴高采烈。

"什么事情那么高兴？"钱佳玥好奇。

"我昨天收到了戏剧学院艺考合格的通知书。"卡门神秘兮兮地说。

"艺考？你去参加艺考了？"钱佳玥大惊失色。确实，这大半年来和卡门疏于联系，但无论如何，也想象不到卡门会去参加艺考，"你会什么艺术特长？我怎么从来不知道？"

"我要当演员了！"卡门笑嘻嘻。

"啊？演员？"钱佳玥惊呼起来，瞪着眼前这个胖姑娘。当演员，不是都得长成那样的吗？

卡门笑起来："好了，骗你的，我这样怎么可能当演员。"

"对不起，我不是那个意思。"钱佳玥在她的笑容里捕捉到了一丝不易察觉的伤感。

"演员算什么？咱们卡门以后比他们都牛，是导演，导演！专门管演员！"陈末用力拍了一下卡门的肩膀。

"你要当导演啊？真的啊？！"钱佳玥叫起来。

三个女孩叽叽喳喳围成一圈，讨论起卡门怎么考上的戏剧学院的导演系。原来，戏剧学院不光招演员，也招导演；艺考不光考什么跳舞唱歌画画，还可以考讲故事。

"我当场给他们编了一个娱乐圈编年史。"卡门唾液横飞，无比自豪，"单田芳知道吗？就学单田芳那样讲。"她清清嗓子，像模像样地学了起来："话说当年，歌坛有四大天王，一曰学友，一曰德华，一曰富城，最后一个，黎明是也……欸，各位看官，你道此人前女友是谁？正是聂小倩姓王名祖贤！……王菲，当年可不叫王菲，艺名靖雯二字，英文名Shirley。唱的可也不是《唱游》《寓言》，那是一本正经的苦情歌——《容易受伤的女人》……"

陈末一边听，一边还鼓掌起哄喊个"好"，只有钱佳玥一个人笑得蹲在那里抹眼泪。

卡门看不过去，一把搀起她："这位施主，不用行此大礼。"钱佳玥扯着她："你怎么一直没说啊？上次见你你也没说要考。你哪里来的消息啊？我都不知道戏剧学院还能去考导演！"

卡门腼腆地点了点头："我就是看了路垚带到学校里来的戏剧学院招生通知。横看竖看，也就导演系我能考。"

"哦，路垚！"陈末和钱佳玥同时喊了起来。两个人目光相逢，瞬间轻松了很多。

卡门脸红了："干吗，干吗！路垚算什么，我以后是导演了，什么明星见不到啊，还稀罕一个路垚！以后我拍电影，让谢霆锋来演男一号，郑伊健演男二号，周杰伦来唱主题歌，对，还有金城武，必须金城武！哦，还有张国荣！哎呀，怎么办，怎么办，排不过来了！"

记忆中那个高三的下午，太阳下山特别慢，像《大话西游》里，天边那个金色的蛋黄。西宫特别大特别好逛，笑声都特别恣意飞扬。卡门请喝了珍珠奶茶，拍了四份大头贴，买了一堆明信片，还有几大本同学录。等到华灯初上，送走了卡门，钱佳玥忽然觉得她和陈末之间，应该再说一些什么。

"陈末。"钱佳玥鼓起勇气，想告诉她，我们还是做朋友吧，却忽然被打断。

"钱佳玥。"陈末忽然一脸认真地说，"我把肖涵还给你好不好？"

50
加油，肖涵

肖涵觉得陈末不可理喻。尤其是在她单方面提分手以后。

几乎板上钉钉的 20 分加分，亲口被自己葬送后，肖涵的心里也是有很多难过的，但他在陈末面前不能表现。陈末像一个小孩儿一样的快乐、骄傲、甜蜜，大白天在学校里堂而皇之跟他手牵手。回到家，关爱萍问起来，肖涵只能含糊其词。但天下没有不透风的墙，很快，关爱萍和张启明都知道了原原本本的整个故事。

张启明一拍大腿："这个不行，这个我要去学校跟他们搞的，那个什么婷啊，欺负到我们头上来了！"关爱萍一把拉住，沉着脸："算啦，都已经这样了！还嫌不够丢人吗！"

丢人吗？关爱萍的脸前所未有地绷着，让肖涵心颤了一下。他从来没让关爱萍操过心，此刻，心里的愧疚如滔天洪水。肖涵只好保证："妈，你放心，我会靠自己实力考上交大的。"

交大是肖友光和肖涵从小的约定。肖友光问四岁的肖涵："涵涵，长大以后你去上交通大学好吗？那是上海最好的大学。"肖涵转过头问关爱萍："交通大学，出来以后是当警察叔叔，指挥交通吗？"可惜，这样无忧无虑天真的日子并没有持续太久，只有这个半真半假的玩笑，一直留在了那里。

一模，二模，成绩都很稳定，未必考得进电子信息学院，但是进交大总是没问题的吧？

但就在马上要填志愿的当口，在肖涵给陈末一个一个地分析哪个大学更适合她的时候，陈末却吞吞吐吐说："肖涵，我不想留在上海。"

有一道雷正好劈到了肖涵的头上。他下意识重复了一句："你不想留在上海念大学？"

陈末的眼神躲闪。

肖涵一下子愤怒了。在他为她放弃了那么多之后，她忽然告诉自己，不想跟自己待在一个地方上大学！为什么？

陈末虽然做好了肖涵愤怒的准备，但真的面对，还是心惊胆战。她犹豫过很多次要不要跟他说，什么时候跟他说，但每次话到嘴边，都又咽了回去。心里有一个侥幸的声音在申辩：或许，明天他的想法就不一样了，说不定肖涵也想考去外地呢？

"我知道，你是想有机会逃离你爸的魔爪是吗？"没等陈末回答，肖涵忽然自己想出了答案，"陈末，问题的解决不是靠逃避的，你逃到天边去，你爸还是你爸，你们之间的问题并没有解决啊！"

陈末心里有些委屈："不光是因为我爸。"

"那还能因为什么？"肖涵追问。

陈末站住了，不耐烦地说：“你不相信我算了。”

肖涵被她的态度激恼了：“好，那你说，不想考上海的大学想考哪里的？”

“北京的。”陈末脱口而出。

“北京的。”肖涵笑起来，一边嘴角上扬，似笑非笑，“原来你想考清华北大。”

那一抹轻蔑的笑容刺痛了陈末。年轻的自尊忽而上头，遮住了所有的思考：“是啊，我想考清华北大，我上不了清华北大，以后就找个清华北大的男朋友，你管得着吗？！”

“你什么意思啊？”肖涵的脸色变了。陈末没有说话，她怕再出口就是更不好听的话。

两个人都沉默，不言不语推着自行车，一前一后走。空气中的骄傲和委屈交错，快进黄梅的天沉沉压抑。压扁了，揉细了，钻进来，呼出去。肖涵很生气，觉得陈末背叛了自己。陈末很生气，觉得委屈与羞辱。

肖涵想：为什么陈末会这么没良心，为什么她永远那么自说自话自私自我？为什么自己瞎了眼，会喜欢这么一个人呢？她现在还走得那么快，还发脾气，她是什么意思呢！

陈末想：为什么肖涵那么蛮横不讲理，不让自己把话说完？为什么他就那么看不起自己，跟陈彭宇一样看扁自己？为什么自己会瞎了眼，会喜欢这么一个人呢？他还不追上来道歉，他到底想怎么样呢！

两个人一路走，一路百转千回在肚肠里闹别扭。最后陈末脑子一热，回头一嚷：“既然迟早要分开，不如早点儿分开算了。”她顿了顿，又顿了顿，发现肖涵并没有要追上来说什么的意思。一跺脚，跨上自行车，就骑走了。先是慢慢骑，然后越骑越快。

肖涵停在那里，看着陈末远去的背影，整个人颤抖着冷笑。这算什么？他想起第一次见陈末，高一军训时的那个夏天，她假装捂着额头当着一操场的人跟裴冬妮争论。演技那么差，但不讲理得那么理直气壮，和那天的太阳一样明晃晃。他胸口的气憋得快要炸开来了，于是也上了车，朝着另一条路骑了出去。

第一天，他还在生气，没有去找陈末。第二天，他还在生气。第六天，他没有那么生气了，开始觉得心里有点儿痛。路上的每间小店，校园里每个地方，仿佛都有陈末的影子在晃动。第十天，他开始觉得沮丧，不能动弹的沮丧。就算找了陈末又怎么样呢？那个不讲理的陈末，会迁就别人，会为了别人改变吗？

接着，就是成人仪式。肖涵不再是那个可以上台发言的学生代表，他一直仰望着台上，仿佛听得很认真。走在校园里，还有高一高二的学生指指点点："这就是那个肖涵！高三的那个肖涵！"那些窃窃私语，让肖涵觉得自己更像一个傻瓜。

但生活还是要继续的。理智的肖涵，哪怕心碎了，也按部就班地完成着他好学生的本分。直到志愿表发下来的那一天，在家里的台灯下，肖涵忽然想：陈末现在，应该在上面都填的北京吧？肖涵翻着发下来的志愿填报指南，在北京的那几页来回看。

第二天一早，肖涵到了楼梯口，忽然发现一个久违了的身影。

钱佳玥对他笑了笑："肖涵哥哥。"肖涵的脚步停了一停。如果一个人有心避另一个人，同住在一幢楼，也能见不到。如果一个人有心等另一个人，总能等到。

"陈末说，你们吵架了。"从什么时候开始，钱佳玥说话也那么直接了。

肖涵苦笑了一下："她还说了什么？"

良久没有等到答案。但眼前的钱佳玥仿佛鼓起了勇气，握住肖涵的手。肖涵像被烫了一下，僵在了那里。

"肖涵哥哥，如果我说，喜欢你是我还没来得及改掉的习惯，我会一直留在上海，你会怎么回答我？"钱佳玥的眼睛闪闪发光，望住肖涵，用力望过去，用十几年的力气望过去。

肖涵的脸色有一丝慌乱，手下意识地往后撤了一下。

哪怕是早预料到，但这样的反应，还是让钱佳玥心纠了一下。但是，她宽慰自己，这样，也总算是认真表白过了吧。

这样，也算是画上了一个圆满的句号了吧。

"钱佳玥，我其实一直拿你当一个小妹妹，可能就像，就像你对毛头的感情……"肖涵的措辞有些慌乱。

"就是跟你对陈末的感觉完全不一样？"钱佳玥问。

肖涵顿了顿，回答："对。"

"那你为什么要让陈末走呢？"钱佳玥反问。

"不是我让她走，是她自己要走，我拦不住的。"肖涵分辩。

"那你为什么不跟她一起走呢？"钱佳玥沉着地反问。

肖涵愣住了，望着钱佳玥。

"陈末说，她看五十周年阅兵的时候就想去北京了，首都是什么样子，她想去看一看。说北京和上海可不一样了，天特别高，风特别大，建筑格局都特别开阔。都说天子脚下，有皇家气派，特别想去看一看，住一住，待一待，是什么样子的。"钱佳玥缓缓地，一字一句复述着陈末的话。

"陈末还说，想离家远远的，不光是为了躲她爸爸，还特别想知道，自己一个人能过成什么样。把自己摔到外面，不知道最后能变成什么样，几年后，十年后，二十年后，都是什么样。开心也好，不开心也好，后悔也好，不后悔也好，总想去试一试自己的能力，总觉得只有那样，才是真正活过了。其实听她说完，我都有点儿动心了。"钱佳玥的声音又低了下去，"你呢，肖涵哥哥，你动心吗？"

肖涵抿着嘴，心情有些激荡。他从来没想过去外地上大学。他的人生路径早就一遍遍为自己规划好，从来没想过有别的选项和别的可能。让爸爸骄傲，让妈妈过上好日子，为了这个目标，只有这个目标。

但是，他真的不动心吗？

"陈末她为什么不自己来跟我讲这些？"肖涵已经明白过来，钱佳玥是来当说客的。

"我觉得陈末，可能有点儿害怕吧。"钱佳玥想了想。

"有什么好怕的？我可怕吗？"肖涵不解。

"你有时候还挺凶的。"钱佳玥老老实实回答，"我跟毛头，小时候都还挺怕你的。不是那种害怕，就是特别怕你失望，特别怕你生气。"

"现在还怕？"肖涵有些啼笑皆非。

"以前怕，现在不怕了。"钱佳玥抬起头，平视肖涵，笑了笑，"但你在我心里，一直是个英雄，特别勇敢。"

阳光从铁门的缝隙里钻进来，打在钱佳玥脸上，肉嘟嘟的圆脸上有了明媚的线条，眼角眉梢也不再是一团稚气。虽然肖涵只比钱佳玥大半年，但是一直觉得钱佳玥是跟毛头一样的小孩儿。但忽然之间，肖涵觉得她长大了。

钱佳玥推开铁门，向外面的阳光里走去，回过头，灿烂地笑了一下："肖涵，加油！"

肖涵，他是肖涵。不再是肖涵哥哥，不再是那个永远要让她仰望的人。钱佳玥的心，忽然觉得欢快了起来。

"钱佳玥，加油！"肖涵在楼里，也露出了笑容，向她挥了挥手。

那一晚，要交志愿表前的最后一晚，肖涵敲了关爱萍的房门。他把填好的志愿表递给了关爱萍，只轻轻说了一句："妈，我想考北京的大学。你同意吗？"

关爱萍拿过表，仔细端详着，一言不发。

"妈，你要是不放心……"肖涵见关爱萍不说话，搬出第二套方案的说辞。

"我有很多年一直在想，你爸爸那时候跑去救火，到底在想什么。"关爱萍突然说，"老实说，有好几年我其实都在怪他。他到底是怎么想的，抛下我们母子，去救两台机器。那时候不觉得，后来砸锭了，越想越不甘心，越想越怪他。但后来我想明白了，你爸爸可能，什么都没想。他没想当英雄，也没想当烈士，甚至大概都没想值得不值得这件事。当时他觉得这是件对的事，就什么都没想，就去做了。涵涵，那天你张叔叔跟我说，你放弃了市'三好'，我就在想，你还真是你爸爸的儿子，关键时候都不管不顾的。你告诉我，你那时候想什么了？"

"你还真是你爸爸的儿子"这一句话，突然击中了肖涵的心，一下子红了眼眶。

"我也没想什么。"肖涵回忆了一下，"就看到陈末站在那里，然后那些老师你一句我一句。我也不知道我怎么想的，我突然就说了。"

关爱萍站起来，儿子已经比她高一个多头了。他长大了，快跟自己当年认识他爸爸的时候一样大了。

"你想做什么就去做吧，妈妈支持你。"关爱萍露出了笑容，把志愿表递还给肖涵，"别担心妈妈，给你张叔叔一个表现机会。"

2002 年，是最后一次在七月的高考。

高考前两周，学校教学活动全部结束，学生自己在家自习。最后的一次年级大会，校长、教导主任、年级组长、金牌老师，各个唾液横飞地给台下五百多个孩子打气。轮到周围："我讲两件事情。第一件，每个同学，都抽个时间到考场去转一圈，不光是熟悉交通，还是熟悉考场氛围，只有熟悉了，才不会紧张。第二件，最后两个礼拜，怎么复习。前面老师都讲了很多啊，照我讲，不用再怎么复习了，复习了一年还没复习够啊？每天在家，开开冰箱，吃点儿绿豆棒冰，防暑降温最重要。吃绿豆棒冰的时候再想点儿什么呢？考卷不要去想了，想想看，考场的环境是什么样的，教室里面是什么样的，想象一下，自己坐下去开始发考卷了，然后题目全部做出来了，最后高考录取结果出来，果然被你考上了第一志愿！"

台下哄堂大笑。

"每天没事就想一想，早中晚想三趟，想两个礼拜，这个叫什么啊？你们语文课上学过的。"周围很期待地望着下面，但没有一个学生喊出他想要的答案。"精神胜利法呀！"周围"唉"一声，"老祖宗智慧的结晶你们都忘掉啦！"台下是更大声的哄笑。

无论笑得多大声，还是深夜哭过几回，时间，总是这样分分秒秒地过着。一转眼，7月7日，如期来临。

张启明、陈秀娥、关爱萍、赵榕芳一干家长站在校门口。从你女儿，谈到我儿子，从大学专业，谈到股市行情。一双双眼睛都焦灼地、透亮地望着校门里紧闭的世界。

肖涵、陈末、钱佳玥、卡门、裴冬妮、路垚、赵婷婷……一个个踏进了考场。深呼吸，再深呼吸；打气，相互打气。十二年成败，在此一搏。虽然之后会明白，未来要搏的场合还千千万万。

监考老师打开封胶带，把厚厚一沓试卷往下发。钱佳玥的手心出汗，考卷上有她喜欢闻的油墨味道。所有人的眼睛，都望着考场前方的钟。分针秒针，一格一格地移动。终于，考试铃声响，监考老师说了一声："开始！"

钱佳玥闭上眼睛，用精神胜利法幻想了一下，神采飞扬地踏出考场的自己，接到录取通知书的自己，昂首挺胸走在大学校园里的自己。未来五年后的自己，未来十年后的自己，距离十五岁后二十年的自己。

自己会变成什么样的大人呢？请千万不要让现在的我失望啊。

她睁开眼睛，带着笑容，考试，开始了。

（全文终）

番外

二十年后的偶遇

台风临境，上海暴雨，天地惨淡。

卡门在酒店门口，伸长了脖颈在一片雾水茫茫中辨认来车的车牌。身边摩登漂亮的男男女女争先恐后上了车，溅起来的水花让卡门的小腿一凉，于是卡门越发焦急起来。正在这时，手机忽然振动了一下——"您的专车司机已经取消订单"。

"搞什么啊！"卡门怒了。天地变色，连一个专车司机都抛弃她。果然男人都靠不住。

已经很久没有坐过地铁了，确切说，自从常驻北京后，就不再有坐地铁的习惯。卡门想到上海地铁一号线刚开通时，还算个旅游景点，中小学生春秋游学校还特意组织去坐了一次地铁。她跟钱佳玥手拉手："哎呀，外面好暗啊！""啊？这样就到了啊？"现在呢，有几条线？十三条？十五条？千疮百孔的地下。

高中时候读小说，说地铁就是现代人的黄泉，黑漆漆，惨淡淡，身边贴着没有温度的人。那描述的可不是现在的地铁。现在的地铁虽然也是前胸贴后背，但人没有温度，手机却有。卡门无论转到哪个方向，都能无缝衔接地在旁边人手机上看完刚上线的热播剧。

看来这个剧热播不假啊，卡门在心里把剧里那些演员都盘算了一遍。

正在这时，一条粗壮的手臂从卡门的腋下伸到前胸，搭在旁边的把手上。这个位置很有意味，虽然蹭到了卡门的胸，但手主人可以无辜地宣布地铁太挤了，他只是想拉住把手。卡门换了换姿势，鄙夷地看了身后一眼，但没有骂人。骂人太消耗精力了，留在工作里吧。三十多岁的女人，在地铁里破口骂人，怎么想，怎么像以前工人新村的阿姨妈妈们。其实想一想，自己高中时，父母也不过四十多岁。

原来当年父母也没那么老。卡门突然震动了一下。

面前座位上的男人站起来，对卡门说："你来坐。"卡门以为他要下车，谢了一谢就坐了下来。没料到让座的那个男人没走，而是一边用背顶住那只咸猪手，一边继续刷手机。

原来是英雄救美啊，卡门笑起来。这种都市传说现在拍得不多了。现在剧里的男女相识，要么是把盒饭扔对方脸上，要么是女主掉落悬崖后男主去救。没有这种平平常常的好意和普普通通的英雄。

卡门饶有兴致地打量起眼前这个四眼英雄。也是三四十岁的样子，眼镜是老派的黑框，头发是老派的三七开，衬衫西裤都是半新，也不是名牌，看来收入普通。但这种高温天还衬衫西裤的，估计是金融法律之类的"装十三"行业。可在这两行混到三四十还要坐地铁，也实在混得一般。至于那张脸……

那张脸卡门越看越疑惑，电光石火，一个名字从心底里冒了出来。她大叫："刘剑锋！"

刘剑锋愣了一愣，放下手机，看着座位上的时髦女郎。

那个纤瘦白皙，背着大红香奈儿的美女，正把玉手搭在自己的衬衫上。

"刘剑锋！你不认识我了啊！我是卡门啊，我们是高中同班同学！"眼前的美女不说话时斯斯文文，一张嘴就有种掀翻车厢的活力。

卡门？刘剑锋张着嘴不敢置信。"你是卡门？"那个胖胖的，号称胖得卡住门的卡门？那个跟钱佳玥、陈末在一块的卡门？

"你是卡门？"刘剑锋再次不敢置信地确认。

地铁到了静安寺，卡门抓起刘剑锋下车，一路上叽叽喳喳："我大学就瘦了啊，当然没现在这么瘦，我现在锻炼了啊。""对啊，我后来念了导演系，不过毕业没当导演，当经纪人。对啊对啊，路垚现在也在我们工作室。他这两年休息了一下，前几年拼得太累了，下半年会上一个真人秀。""是啊是啊，我现在常驻北京，影视行业资源还是都在北京。"

卡门一张嘴，话像连珠炮那样汹涌而出。音符字节都在不断跳动，变成活泼的旋律。机枪说了一长串，再感叹一声："搞什么啊，怎么吃饭的店都爆满！"

刘剑锋看看表："现在是吃饭的点。上海商场里现在就吃饭的店火，其他店都没生意。今天大暴雨，很多人在等雨小了再走。"

走了好几家，都要等位。

"要不，"刘剑锋犹豫了一下，"我家就在附近，去我家随便吃点儿？"邀请女性回家，意义暧昧，但……他真的只想和老同学聊聊天啊。

"我没意见啊，你老婆别多想就行。"卡门很豪爽。刘剑锋念书时候就老实，现在看起来也没大变化。

"还没结婚呢。"刘剑锋笑笑，"几年前有次差点儿结，不过最后没结成。"

"没事，结了说不定也该离了，一结一离多麻烦啊。"卡门大大咧咧。

但走进静安寺那个闹中取静的小区，卡门挪不动道了："刘剑锋，你住这里？！你买的房啊？"

刘剑锋点点头："前年买的。"

"行啊！看不出来啊！发达了啊！"卡门八卦的热情被瞬间点燃，"得两三千万了吧？"

刘剑锋笑笑："前两年发了笔小财。"

卡门打量他："你发了财还在银行打卡上下班？你疯了啊。"

刘剑锋"哎"了两声："上班总归要上的咯，不上班我干吗啊？人不要废掉的啊。"

"有钱了干什么不行？环游世界啊，比你每天上下班打卡有意思吧？"

"上班还是要上的。"刘剑锋再次重复。

真行，全世界都在想财务自由别上班，只有他住几千万的豪宅拿三十万的年薪。

卡门这几年也是见过世面的人。参观完刘剑锋家后一屁股坐在宜家沙发上："你说吧，什么择偶标准，我帮你想想。干我们这行，别的不说，俊男美女一抓一把，老同学的忙肯定要帮。"

刘剑锋被水呛了一口，摆着手："算了算了，我可不是煤老板。"

老实讲，他对结婚欲望不大。很多年前他辛辛苦苦凑了首付准备结婚买房，但未婚妻的前男友特意跑来，甩了一沓床照。刘剑锋和她在一起三年，但照片上的日期是连续的。也算因祸得福，一气之下，首付的钱全买了哥们推荐的比特币，反正也就十几块一个。当时买的时候，比女人买包还绝望。

"对了。"卡门一拍大腿，"钱佳玥要回国了，她刚离婚呗，要不你们俩凑凑？钱佳玥人品你放心的吧。"

这次，刘剑锋的水从鼻孔里喷了出来。

只是这人生

天太热，35 摄氏度的高温天，一瓶冰水从新村捂出来，到了人民公园拿出来喝，已经没有凉气了。陈秀娥的一双凤眼在一排排阳伞上瞄来瞄去，若无其事，又流连忘返。

滑稽伐，现在相亲资料都贴在阳伞上的？这个条件好像不错，陈秀娥扒开前面两个人，眼睛凑上去看：年薪三十万……多是不多哟；年纪 35……年纪倒差不多呀；有车有房……有车有房好的呀，不知道车在哪里房在哪里？身高……哦哟，身高坍台了，170，跟宝宝穿高跟鞋差不多。不过话说回来，男人有魅力，也不只身高一个因素，两个人先碰碰看咯。

陈秀娥一本正经地在看别人，也自有人一本正经地在看她。对方也是个 60 岁开外的爷叔，眼镜一副，短袖衬衫卡其裤，一把折扇慢悠悠摇着。见陈秀娥看得差不多了，眯起眼笑嘻嘻："你家里是女儿啊？有简历吧？"

简历是有的，陈秀娥特地领了行情去小区门口打印店做的，还特地塑封起来。对方笑眯眯地接过去，很快，纸扇也不摇了，笑眯眯也尴尬了。塑封简历再递回来。

"啥意思？"陈秀娥愣了一愣，"你还看不中我女儿啊？"

对方笑笑："不大合适啊。"旁边又挤过来几个看热闹的，其中有一个嚷起来："哦哟，郊区二手房。"

陈秀娥一把揪住他："你话讲讲清楚，什么郊区二手房？"

那个人推开陈秀娥的手，咳嗽一声："阿妹啊，我们说行话，你不要激动，动手动脚多少不好。你看啊，你女儿，对吧，学历，学历硬的，没话讲；工作，工作也好的，什么运营官，哦，听着就蛮好。卖相也没话讲，这个照片没美颜过咯？但就是咯，就是年纪，你看看，别的小姑娘，都是二十四五，二十八在我们这里已经算大龄剩女咪，你倒好，搞个三十四的咪。按房子来说，户型什么都好，就是地段不好，要跑到郊区去咪。你懂的呀，市区的房子跟郊区的房子，这个房价差得多咪。还有，你看，离异。离异，这么就不是毛坯房变成二手房了。所以我说，郊区二手房，又一点儿没说错咯。"

陈秀娥"哇啦"一声叫起来："捶扁你的头咯！还郊区二手房！我女儿轮得到你指手画脚啊？我女儿美国NBA，NBA你懂伐？华尔街上班，华尔街知道伐？！30万人民币了不起死啦？我女儿赚30万美金咘，美金咘！我是不写上去，写上去怕吓死你们晓得伐！还郊区二手房，阿拉是美国旧金山市中心曼哈顿的房子！帮帮忙咯，跟你们一帮瘪三搞！"

"你女儿在美国的啊？身份有伐啦？可以带我儿子出去伐啦？"短袖衬衫老头的眼睛亮了起来。

陈秀娥在围观的人群里涨红了脸，气鼓鼓地瞪了之前说"郊区二手房"的一眼，扬长而去。

"郊区二手房"对老头说："你听她的？吹牛，豁胖。还年薪30万美金咪，懂都不懂的。旧金山跟曼哈顿是一个地方啊？瞎讲有什么讲头。"

要死。陈秀娥心里又一跳。地理没学好又吃苦头了。

坐到地铁上，越想越窝气。赤日炎炎跑出来，吃一肚皮气回去。又不能跟钱佳玥和钱康说，一说自己肯定又要被骂十三点。想来想去，只好给关爱萍打电话。

关爱萍说："你也是的，钱佳玥人又没回国。再说了，她都几岁了啊？三十五了，又不是十五岁，你就算从人民广场相亲角找回来一个，你叫她见她就见啊？"

陈秀娥很委屈："那我也是帮她急呀。你看看你们家肖涵，孙子孙女都帮你生好，一家人其乐融融，我呢？"

关爱萍没说话，张启明在那边嚷："你么继续跳广场舞呀！你是我的小呀么小苹果。"

陈秀娥大叫："喂，张启明，你骨头不要轻啊。你想想你自己！你们毛头问题解决了伐？女朋友都不谈一个，我们钱佳玥好歹结过一次婚好伐！"

张启明起劲了，直接把电话从关爱萍手里拿过来："毛头我又不担心的，他上班忙呀。再说了，男人三十一枝花，早咪。"

陈秀娥："搞不好过两天给你带个男朋友回来。"

张启明哈哈大笑。挂了电话，一个人坐在那里开始翻来覆去地想，跟在关爱萍屁股后面："你说会吧？前两年好像还有这个女的那个女的，这两年真的没看到哟。会不会真的变掉了啊？"

孙子三盒乐高摊了一地，洗澡又皮了一身的水，此刻关爱萍正满屋子抓他穿衣服。三番四次回头看到张启明跟在屁股后面又不帮忙，恨得要死："这个礼拜他回来你自己问他呀！"

张启明喃喃："这个怎么问啦？"

关爱萍看他一眼，又好气又好笑："就算是，你也没办法，都什么年代了。"

过了两个小时，陈末接了上完思维训练班的女儿来吃饭，听得目瞪口呆："人民广场相亲角？还要做简历？"

张启明笑："陈秀娥急死了，打定主意叫她女儿海归了。回国她好监控。"

陈末越想越好笑："钱佳玥妈妈真是有空。"

好不容易离婚了，干吗还要结啊！陈末看着吃手吃得口水嗒嗒滴的儿子，以及被奥数老师宣判不是学数学料的女儿，叹了一大口气。谁能想到，乖乖女钱佳玥二十年来越走越远，恋爱一场接一场谈，现在干脆连婚都离了；而像孙悟空一样蹦跶的陈末，被肖涵一个紧箍咒套到了无名指上，初恋就结婚，天长地久，白板对煞。儿女双全的中年中产生活，想想就窝气啊。她要是钱佳玥，死都不回来，天高海阔，纵情高歌。

中年妇女想要什么？——自由啊！

自由的天敌是什么？——娃。

陈末努力压抑了一下胸口蹿上来的怒气，再次微笑看着女儿："为什么'18+22'跟'12+28'答案不一样呢？"

女儿想了想，认真地说："因为18跟12不一样，22跟28不一样。"

陈末定了定心神，拿出草稿纸，重新列一遍竖式："你看你看。"

多看有什么好看，又不是小马宝莉。女儿盯着看了20分钟，换来陈末一声大吼："怎么说了半天还不会？！！"

陈彭宇闻声进来，一把搂住外孙女："凶什么凶！凶是家长的无能！你想想看你小时候，我们对你多耐心！现在你就这么教育孩子吗？"

陈末望着陈彭宇的慈祥外公脸，忽然觉得时空错乱。

——你？耐心？还我小时候？

她的回忆倒转再倒转。要不是十五岁那晚上的一巴掌，她就不会离家出走，就不会遇到肖涵，就不会变成有两娃的中年妇女。她就能跟钱佳玥一起，红尘做伴，活得潇潇洒洒。

啊，陈末简直眼前一黑，看着女儿，心中突然充满了慈悲。

我错了，绝对不凶你，不让你离家出走，不让你未来变成教小孩儿的中年妇女。

这一晚，肖涵开会开得心神不宁。手机"叮叮当当"，都是信用卡公司短信提醒。"尊敬的客户，您又消费了多少多少。"在事态发展到不可收拾之前，肖涵赶紧要求休会，打电话回家。

"心情不好啊？可以可以，当然可以，买买买。行行行，我回来教我回来教。好好好，你去找工作找工作，明天就去找。"

　　只是这人生——三十五岁的结局，永远不会在十五岁时预料到啊。

同 学 少 年

飞机降落浦东国际机场，排队出关的人乌泱乌泱。地勤说着上海口音的普通话："往这边走往这边走，中国护照往这边走。"几句乡音，让钱佳玥立刻鼻子酸了起来。

想到高中时候背过的诗——"少小离家老大回，乡音无改鬓毛衰。"当时背的时候只觉得烦，为什么每周要背诗，为什么总要"全文背诵"，为什么要问"这段的中心思想是什么"，唯一的乐趣是几个男生嘻嘻哈哈起哄，喊毛发旺盛的刘剑锋"鬓毛人""鬓毛人"。现在才知道，千言万语说不清的感受，古人早就为你写好了。此情此景，栏杆拍遍，要是没有这几句切中心境的诗，人生要有多遗憾。

走到了候机厅，只见早就等在那里的钱康和张启明，手里还举着一块硕大的接机牌。

不见陈秀娥。钱佳玥在心里笑，估计不知道在家布置什么呢。

刚接到陈秀娥可怜巴巴"生病了"的电话时，钱佳玥心里还是非常担心的。但电话听到后面，越听越不着调。问她病情结结巴巴，医生诊断说不清楚，讲起钱佳玥离婚来倒是一套一套的。

"宝宝啊，我跟你爸爸商量了一下，你这婚离得好。那个什么死地分，哦哟讲英文呱啦呱啦我们又听不懂的，以后万一你们生个小孩儿，也叽里呱啦讲英文，我们怎么吃得消啊。还有，我们上次到你们那里哟，你们火都不开的哟，不是三明治色拉就是后院什么BBQ，这种东西多吃有什么吃头啦。我烧点儿油氽排骨，那个死地分还眼睛朝我看呀看呀，有什么好看的啦，我灶头不是都帮他擦干净的啊！你下次再找，千万不要再找外国人了，我们回上海，找个中国人，对伐，多好，早点儿生个小孩，我帮你们带带。"

钱佳玥问："你不是说你重病了吗？怎么又想到带小孩儿？"

陈秀娥一时语塞："病么……病么是有的呀，你回来就知道了呀。哎哟，哎哟，真的……不能说，说了气就喘不上来……我挂掉了咯，你早点儿买飞机票回来哟……"

钱佳玥立刻微信上问毛头："你爸那时候装癌症的绝招是不是传给我妈了？"

毛头回了个大拇指："娘娘英明。"

钱佳玥感叹："江山易改啊。"

毛头发羞涩笑脸："万望娘娘体恤这一片苦心啊。你也太久没有回国了吧？"

钱佳玥想脱口而出——有很久吗？屈指一算，确实，快七年了呗。

回上海第二天就和陈末卡门聚会。卡门一扭一扭进包厢时，钱佳玥差一点儿就把茶喷出来。

"你现在也太瘦了吧！"钱佳玥伸手去摸卡门的手臂。

"她已经瘦了很久了好吧，你多少年没见过她了？就算没见过，朋友圈照片你没看到吗？"陈末愤恨地捏了捏自己肚子上的游泳圈。

"我以为她是P的啊，不都说东方妖术吗？"钱佳玥老老实实回答。

卡门心里很舒爽，把上衣一撩，露出马甲线来："来来来，随便摸随便摸。陈末，来来，体会下没生过孩子的腹部，如此平坦，如此紧致，有没有一种久违了的感觉？不要压抑自己，想不想搞基？"

"要死了。"陈末打她一下，"看来娱乐圈就是妖风邪气，你这种妖孽还在到处蹦跶。查税查死你！"

"我很清白的好吧，我就是个打工的，帮帮忙好吧。"卡门一甩头发，对着钱佳玥一挤眼睛，"她心理不平衡很久了，不要理她，产后持续抑郁六年了。"

"就是呀。"陈末一脸艳羡地看着钱佳玥，"你看你都离婚了，太羡慕你了，看你离了我也好想离啊。"

钱佳玥这下一口茶真的喷出来了："陈末，这样，你离婚不离婚我管不着，但你千万不要跟你老公说，你是从我这里得到灵感的。"

卡门哈哈大笑："你听她的！她就是生活太安逸了，那句话怎么说来着？这位妇女，你的心思又活络了是伐？叫我说，要么让肖涵动个歪心思，你就有事情做了，省得每天作死作活。"

"我怕他？"陈末筷子敲得如剁刀。

"你不要看不起人好吧。前几天不是有篇帖子嘛，年薪百万的阿里人和腾讯人。肖涵现在都总监了吧？条件很好了好吧。"

"他条件好？凤凰男一个！抠得要死，挣多少钱都不肯花，一天到晚哭穷，孩子上个早教班要肉痛，出去旅游一次又耷拉脸。肖老抠！"

"陈末，你这就不对了，肖涵还不老嘛！怎么能叫他老抠呢？"卡门笑。

"是，他年纪是不大，但他抠龄长啊！我想来想去，谈恋爱时候他就没给我花过什么钱，不是看星星，就是出去爬山野炊。年轻的时候真是不懂哟，怎么没个咪蒙告诉我，男人爱不爱你就看愿不愿意为你花钱呢？我仔细想过了，大概就是千禧年跨年那次，我们一起去外滩卖充气棒，他主动买过一点安全烟花。其他没了，真的没了！"

钱佳玥看着陈末激动的表情，嗫嚅："陈末，那个，当年的安全烟花，肖涵是问我拿钱去买的……"

卡门拍桌大笑，陈末一声不吭，咬了咬嘴唇，拿起桌上的手机，打开了淘宝。

"算了算了，你就当包养了一个小鲜肉，你看肖涵这些年，又没胖又没秃，还给你生了两个娃。"卡门不怀好意地笑。

"你们这种混娱乐圈的就是太肤浅了，没内涵，shallow。"陈末瞪着她"哼"了一声。

"虽然我肤浅，但是我好看啊。"卡门眨眨人畜无害的美瞳眼。

钱佳玥抿着嘴看着两人斗嘴。太亲切了。上次这样聚会，差不多还是大学刚毕业的时候。那年陈末还在北京当摄影师助理，卡门还在混剧组依旧梦想当导演，而自己刚刚做管理培训生，每天兢兢业业跑店。小时候，未来天高海阔，总天真地以为同行的人就像风筝，不管飞到多远最后仍会相聚。后来才知道，人生不相见，动如参与商。

"话说回来，你真的打算回国了啊？"卡门问。

粤式馆子，先上来一碗汤。

"是啊。"钱佳玥想到陈秀娥那张又扭捏又委屈的脸，"这次回来正好面试，看一些机会。"

"为什么非要回？"陈末摇头。

钱佳玥叹口气："怎么办呢？独生子女，真的一生一世飞在外面吗？我妈天天给我转文章，说来说去就羡慕关阿姨，说她年轻时候吃苦，老来享福，每天含饴弄孙。这次她装病，谁知道下次怎么样。"

讲到现实问题，话题未免有些沉重。

"话说我们高中时候还有挺多人在美国的吧？"卡门八卦起来，"常无忌不是也在美国？"

"他在硅谷呢，谷歌科学家，前两年去旧金山玩见过一次。"

"谷歌科学家，真高级！"陈末惊呼，"听着就是比产品经理强。"

"战胜柯洁的 AlphaGo，那块芯片好像就是他们组做的，论文上好像还有他的名字。"钱佳玥也一脸崇拜。

"啧啧啧，太牛了。"卡门摇头，"你跟那么高级的人才还有共同话题吗？"

"有啊。"钱佳玥笑，"我跟他说瑞虹新城现在的房价啊。"

"哈哈哈，他说什么？"

"在红龙虾的灯光下，常无忌呆坐了一会儿，面前那块牛排没吃完，打包带回家了。"

"哦，赵婷婷之前也在美国，现在回国了。"钱佳玥又补充。

"不会吧，你跟她还有联系？"陈末嫌恶地皱着眉头。

"之前都在纽约嘛，老同学总要约了见一见啊。她很牛啊，本科就交换去了香港，毕业进投行，我们见面那会儿她在高盛。特别精英，英语特别好，气场特别强大。"

"有什么了不起？你不是也在华尔街，又不比她差！"陈末还是愤愤。

"这个。"钱佳玥迟疑了一下，"确切说我不在华尔街，我是做供应链运营的，跟投行差距还是挺大的。"

卡门跟陈末对视了一眼："大姐，你这么实诚，回国怎么忽悠啊？你就说你之前在华尔街不行吗？我保证，赵婷婷肯定就把自己吹得天花乱坠。"

"那她确实挺厉害啊，之前美国评亚裔版 30 Under 30，她好像还上榜了。"钱佳玥的赞扬很真心，"她前两年回国创业了啊，公司好像马上要去美国上市了。"钱佳玥掏出手机一通翻，最后找到一篇微信文章——《学霸—高盛—独角兽创始人，都说她是柳青第二，她却说，只是想为理想的世界做一点儿自己的努力。专访亿千（E-change）联合创始人赵婷婷》。

"哎哟喂，人家都混成女性楷模，朋友圈鸡汤了啊！"卡门惊呼。

"赵婷婷说的话你也信？"陈末装作不在意，但斜着眼看卡门手上的手机。

"你这话就酸了啊，"卡门笑，"小时候不懂，但你现在想想，赵婷婷这种人就是注定要成功的。你别不服气。我们傻乎乎摸爬滚打那么久才学会的一些东西，人家十五岁就懂了，这就是人跟人之间的差距。"

陈末依旧不屑一顾："那我宁愿不要成功，也不想跟她成为一种人。"

三个人正你一言我一语地讨论赵婷婷的照片有没有 P 过，服务员推门而入，端进来三只大乳鸽，每只切了四大块，密密麻麻放了一桌子。

卡门愣了愣："你上错了吧？"

小妹看了看单子："没上错，是你们点的，三只乳鸽。"

卡门和陈末看向一脸尴尬的钱佳玥："是你点的？一点点三只？"

钱佳玥不好意思："我没想到一份那么大，我看点评上说他家招牌菜是乳鸽，那就想一人一只咯。"

陈末点点头："果然是国外回来的同学，太实诚了！真的，你这样回国怎么混啊？"

再见十五岁

周围 65 岁了，几年前就该退休，但几任校长轮着劝："周老师，你是我们的王牌，再返聘一年吧。"以前奥数确实是王牌，现在，队伍不好带了啊。

吃了一辈子粉笔灰，周围经常回忆起几个得意弟子，印象最深的是 2002 届的常无忌。别人多多少少都是训练过的，但常无忌是一块璞玉，当年自己看他在分班考卷上推公式就乐得拍大腿。但现在没有了，前几年不管阿猫阿狗都在学奥数，学生苦死，家长苦死，他这样的竞赛老师也苦死。根本挑不出真正的苗子啊！

干什么都要去学奥数呢？做什么每个学生都要一个模子里一模一样刻出来呢？他这段感慨曾经发在朋友圈，裴冬妮给他留言：周老师，今时不同往日，现在小孩儿的压力跟我们那时候可不一样了。

说来奇怪，教了那么多年书，只带过一届普通班，偏偏是这届普通班让他印象最深，现在和他也关系最好。他现在还能回忆起他们高一刚刚进校的样子，一张张青涩的脸，跟重点班的"精英"比起来，少了那么些自信和霸气，但每个人都充满个性，脸上写着无限可能。

　　他记得那个总爱闯祸的陈末，表面看着是个野丫头，但上课自己一看她就把头躲到书后面。敢带着全班跟教导主任闹事，二中历史上也是绝无仅有了。后来还跟学生会主席早恋，那个主席也是个愣头青，市"三好"加分都不要，两个人考到北京去了。吴春华那张脸臭得哟，周围想想就好笑。当然现在吴老师已经调到外区去当区重点校长了，有次开会碰到还说："现在的学生啊，太成熟，太知道自己要什么。不像以前，傻乎乎很单纯，有什么说什么，你们班那个陈末，你还记得吧？现在像这样的小孩儿少哟。"周围对她讲："吴校长，开始发这种一代不如一代的论调，你老了。"

　　陈末有个要好的同桌，叫钱佳玥，总是怯生生的。选班干部的时候往讲台上一站，脸涨红话说得结结巴巴，但心是真细，人也单纯，从来不争争抢抢什么。周围那时候总是想，自己要是没有那么个讨债鬼儿子，假使生个女儿，像钱佳玥这样就挺好。想到讨债鬼儿子就一肚皮气，什么不好喜欢，喜欢化学。高中时候在家里做实验，房子差点点着两次。喜欢数学多好啊？给一支笔一沓草稿纸就太平了嘛！

　　还有个跟她们一直在一块的胖胖的女生，老是被他们叫卡门。前两年回学校，吓得周围不敢认。"柳婉晴，其实你以前很健康很可爱的，还是身体要紧啊。"周围斗争了很久，最后还是私下跟她讲。卡门倒是依旧很爽气，哈哈笑，说："我现在也觉得，不管胖瘦，只要走路带风，都是很好看的。"办公室的女老师都围过来："路垚的签名照多给我们几张啊！"卡门手一挥："一句话啊，自己老师，要多少给多少。"路垚，现在名字前面都要加"一线巨星"了，当年刚刚转校转进来，也不过电视台上傻乎乎主持个节目。

周围65岁了，吃了一辈子粉笔灰，终于要退休了。他记得当年把自己带回上海的那场高考，记得刚刚毕业踏进二中的那一片蓝天，记得许许多多鲜嫩的明朗的面孔，记得无数次自己在高三动员大会上叫孩子们回去"吃吃棒冰，轻松迎考"。但这一切，终于要画上句号了。

周围的最后一个教师节，依旧平平常常骑着自行车进了二中校门。他已经不教高三了，在新教学楼里给高一新生讲课，讲到一半，就看到门外有鬼鬼祟祟的影子。果然下课铃响，教室门一开，一捧巨型百合送了进来。裴冬妮笑着大叫："周老师，教师节快乐！"

周围也笑："又不是结婚，买百合干吗？"但顺着裴冬妮身后看过去，忽然眼眶就热了一下。

门口密密麻麻，站着五班二三十个学生，一下子一起叫起来："周老师，教师节快乐！"

裴冬妮把百合往周围怀里一送："周老师，这是我自己掏钱买的啊，没有动用班会费！但等下吃饭我们说好的，大家平摊，都同意的。"

陈末的声音叫出来:"谁说平摊?刘总请客!"

周围笑眯眯:"哪个刘总?"

人群嘻嘻哈哈,推出一个高高瘦瘦的人来。刘剑锋不好意思地笑:"周老师好。"

周围被这群学生簇拥着往外走,每走一步,都会有人叫起来:"啊呀,这不是我们当年×××的地方吗?"周围一张张脸辨认着,努力从这些成年的表情里辨认当年青涩的模样。

同学们,今天你们来了二十几个人,这一张张面孔忽然让我回到了二十年前。看到你们,我就看到了时间,看到了时间的残忍与慷慨,看到了人生的无常和壮阔。

今天,刘剑锋变成了"刘总",裴冬妮变成了"裴科长",钱佳玥变成了商界女强人,卡门是金牌经纪人,陈末是人生赢家,常无忌变成了科学家。同学们,我其实也很想知道,你们剩下的那些同学都在哪里。那些混得可能不如意的同学,那些暂时不得志的同学,他们都在哪里。老师吃了一辈子粉笔灰,没有资格来告诉你们现在这个时代怎么样才能当一个成功者,但在我的脑海里,你们十五岁时候的样子都历历在目。每次看到那些十五岁的面孔,我都在想,他们都会长成什么样的大人呢?当他们人到中年,还会像现在一样,写满了对人生的困惑与热情吗?还会不会辩论什么是正义和理想?再遇到不公平会不会挺身而出?会不会依旧有信任的伙伴和知己?还是不是相信和憧憬爱情?

他们会不会遇到跟他们父辈一样的人生挫折?有没有能力像父

辈一样咬牙坚持下来？他们会怎么教育自己的孩子？会不会担负起社会栋梁的责任？

同学们，不管你们现在是某某总，还是某某长，或者根本不想见老同学参加昔日的同学聚会，我都希望你们永远记得自己的十五岁。记得那个十五岁少年的理想，记得那个少年当年对世界有怎样的想象。然后，哪怕你现在只是一个普通人，都能挺起胸膛和脊梁，堂堂正正告诉当年那个少年：我没有辜负你。

吃完饭之后总想着不尽兴，要再来第二场。

卡门大叫："去酒吧！"陈末热烈响应："走啊走啊，我好久没去酒吧了！"但刘剑锋面露难色："酒有什么好喝。""那KTV？"又有人提议。"KTV太吵了吧，咱们大家找个地方说说话不挺好吗？"刘剑锋说。"不会吧，财务自由以后的人生就这样？"王斌大叫起来。"要不一起去捏脚吧！捏脚养生啊。"裴冬妮提议。"也好啊也好啊！"陈末继续响应，反正只要不让她回家带娃，干什么她都有热情。

一群人还在吵吵嚷嚷，钱佳玥先告退："我就不去了，还有事。"

"这么晚还有什么事？你不刚刚回国吗？"卡门敏锐地嗅到了八卦的气息。

"约了个人。"钱佳玥勉强透露。

"谁？晚上十点见谁？"陈末也冲过来。

"一个网友。"钱佳玥在众人的注视下很无奈。

"网友有什么好见的！"卡门捅她一下，指指刘剑锋，"财务自由的单身老同学在这，见什么网友！"

"留给你留给你，"钱佳玥无奈地好笑，"几十年的网友了。"

"几十年？什么网友啊？"

你一言我一语，钱佳玥在血滴子的包围里赶紧上了网约车。

见网友，钱佳玥想到，忽然心也动了一下。

大学之后开始用MSN，QQ就上得少了，之后转战开心网、Facebook、微信，每一次通信工具的迁徙就是一次朋友大清洗，不知不觉，从前那些热络的人都失去了踪影。只有这个扬帆还在。逢年过节两个人发封E-mail。东方网的E-mail，为了这一年两次的E-mail交流还去登录一下。早就不是十几岁的小孩了，早就不谈什么人生哲学感情波澜，但每次看到一封问候邮件，心里还是会温暖下。

这次回国前，鬼使神差又登录了一下邮箱，竟然发现扬帆的邮件——其实那么多年了，有没有机会见个面呢？

有没有机会见面呢？当年自己十五岁，对方已经二十二，现在应该是个四十多岁的中年人了吧？要不要见面呢？

钱佳玥怀着这样的忐忑踏进了咖啡店。上海真是不夜城，这么晚还开着咖啡馆，周围写字楼依旧灯火通明。钱佳玥向玻璃窗外张望着，等待一个加班赶来的四十多岁的中年人。

"钱佳玥！"忽然一声熟悉的叫声在耳边响起。

钱佳玥一转头，看到了毛头。哎呀，是什么时候这个小屁孩儿不喊自己"佳玥姐姐"了呢？不过小屁孩也三十多了，怎么能逼着他继续喊姐姐？

"毛头，你在这附近上班？"钱佳玥还是坚持叫他毛头。

毛头笑起来，眼角眉梢像极了张启明的滑头："对呀，我办公室就在旁边，加班来给同事买咖啡。你等人啊？等谁啊？"

上大学后跟毛头接触的机会骤然减少，两个人的互动模式还停留在小时候。钱佳玥想当然翻了个白眼："要你管？"

毛头探头探脑："人还没来咯？正好，你帮我个忙，我们公司新出了一款游戏，还在测试阶段，针对白领女性的，你玩玩看，提提意见。"

张启明以前骂毛头，打游戏能吃饱饭吗？现在毛头变成游戏公司合伙人，让张启明下巴掉了下来。

钱佳玥有点儿嫌毛头碍事，心里隐约期待那个扬帆就是踏着风火轮来的孙悟空的，因此特别看重他第一次出场。但毛头没羞没臊地一屁股在她对面坐下，手机直接伸了过来："不会打扰你约会的，玩起来很快的，看看界面喜欢不喜欢。"

钱佳玥很无奈，又不愿意显得自己太过重视即将到来的约会。

似乎是个角色扮演游戏。走进一个心理咨询室，出现一封信，点开。

"我听了你在《篇篇情》上的故事，很感动，能跟你交个朋友吗？"

电光石火，钱佳玥抬起头来。

眼前那张嬉皮笑脸的脸严肃了起来："能跟你交个朋友吗？自我介绍一下，我就是扬帆。"

钱佳玥心里一时百感交集，捂着嘴笑起来，笑着笑着两行眼泪落下来。她甩甩头："毛头，你要知道，我已经不是当年那个钱佳玥了。"

毛头点点头："当然，我也不是当年那个小屁孩儿了。再重新自我介绍一下，我叫张杨。"

后记

一

　　《致1999年的自己》是我2017年至2018年在微信公众号（虎皮妈的夜航船）上连载的一部小说，当时的名字是《致15岁》。刚开始连载的时候，想的只是写一个两三万字的中短篇，但写着写着，自己中学时代的许多细节记忆被唤醒，于是越写越长，最后收在了20多万字。

　　从小说名字就能猜到，这是一个青春故事，而且是一个回忆里的青春故事。1999年至2002年，这是主人公钱佳玥、肖涵、陈末们的高中三年，也是我自己的高中三年。老歌《似是故人来》里有句歌词："人在少年，梦中不觉，醒后要归去。"梦里和梦醒后，看到的东西不一样，记住和理解的东西也不一样。

比如，我现在站在 40 岁的门槛上，会觉得 15 岁是最宝贵的，那个年龄会有无数关于成长的疑问：我是谁？我聪明吗？我漂亮吗？我讨人喜欢吗？为什么他 / 她不喜欢我？我会成功吗？为什么我辛辛苦苦努力依然得不到的，对别人来说却唾手可得？为什么人和人之间有那么大差别？这个世界到底依照什么规则在运行？什么是真正的爱情？什么又是真正的友情？直到最后，遇到人生终极问题——死亡是什么？人生意义又是什么？这些疑问和少年们对疑问的回答就形成了所谓"三观"。

　　故事的开始，钱佳玥刚刚考入优等生扎堆的二中，终于和自己仰望崇拜的肖涵同校。一个似乎励志的开头，却立刻将她卷入了上述所有问题的乱麻。钱佳玥是一个不被偏爱的普通女孩，智商、样貌、性格，都普普通通。在小说影视化的过程中，有人一遍遍地说，这不是一个女主角该有的人设。大家都和肖涵一样，觉得陈末才是天生女主角。

　　但我就想展现一个关于普通女孩的成长故事。当故事的最后，她不再把肖涵哥哥当成偶像，而是平等地喊出"肖涵加油"的时候，我作为作者都很感动。一个人可以接受自己的平凡，但他终究不需仰望。这也是人到中年的我，想对 15 岁的自己说的一句话。

二

　　小说影视化的过程中，除了被问"为什么要有这样一个女主角"之外，第二个被问得最多的问题是："为什么男一女一不是一对"？

我先是一愣：男一女一必须是一对吗？

肖涵当然是符合一般青春剧男一应具备的特质，但他在故事里作为男一的意义，并不是和女一配平。因为《致1999年的自己》并不仅仅是一个青春故事。

从2017年开始写这个故事，到今天影视化后剧集和大家见面，我最珍惜的角色，一直是那一群下岗后的中年人。我的中学时代，正好遇上20世纪90年代上海的"大下岗"潮。当时的每条弄堂、每个工人新村、每个家庭，似乎都有人下岗，或者夫妻双双下岗。15岁的时候，大人们的苦恼并不在孩子的考虑之中，但今天我自己到了陈秀娥们的年纪，却觉得有责任留下他们的故事，记录他们如何在时代的潮汐中生活。

比起小说，电视剧里拓展了一些人物，还有时代事件。比如经营小餐馆的阿佩和柳松明，比如妈妈们一起去考空嫂，再比如他们回忆自己年轻时在厂里的岁月。

关于九厂、关于他们这一代人、关于如何评价他们的付出和失落，他们的下一代应该有一个态度。肖涵担负的，就是这个视角，就是这个态度，这是他作为男一的一个重要使命。东北的下岗潮已经被一再书写，上海这座城市除了"繁华精致"的标签外，也应该有这些普通人留下的印记。

三

2018年的夏天，当小说写到结局番外的时候，黎志导演喜欢并选中了这个故事，于是开始了这部小说影视化的进程。在疏影和其他编剧同事的帮助下，我开始了自己人生第一个电视剧剧本的创作，也开始从一个小说作者转型为影视剧编剧。

之后的五年时间，这个项目兜兜转转，走走停停，终于在2023年4月开机了。所有的角色都遇上了最适合的演员，所有美术场景的搭建，都比我想象中更好更逼真。虽然这个故事的缘起带着我个人深深的情意结，但作为一部影视作品，却是所有创作者共同心血的结晶。梦想成真的时刻，我深深感激。

回到缘起，也就是这本小说，能在多年后出版，需要特别感谢我的编辑汤汤（汤曼莉），还有长江文艺出版社。

我想，如果15岁的自己穿越而来，看到我现在40岁的样子，应该不至于失望吧。

愿好运与所有人同在。

加油，钱佳玥们。

陈琛

2024年4月于上海家中

图书在版编目（CIP）数据

致 1999 年的自己 / 陈琛著 . -- 武汉：长江文艺出

版社，2025. 2. -- ISBN 978-7-5702-3760-9

Ⅰ . I247.5

中国国家版本馆 CIP 数据核字第 20247NM294 号

致 1999 年的自己

ZHI 1999 NIAN DE ZIJI

陈琛　著

选题产品策划生产机构 | 北京长江新世纪文化传媒有限公司

总 策 划 | 金丽红　黎　波　特约策划 | 汤曼莉

责任编辑 | 张　维　　　　装帧设计 | 郭　璐　　　　责任印制 | 张志杰　王会利

助理编辑 | 武　斐　　　　内文制作 | 张景莹　　　　内文插图 | 张从正

法律顾问 | 梁　飞　　　　媒体运营 | 刘　冲　刘　峥　洪振宇

版权代理 | 何　红

总 发 行 | 北京长江新世纪文化传媒有限公司

电　　话 | 010-58678881　　　　　　　传　　真 | 010-58677346

地　　址 | 北京市朝阳区曙光西里甲 6 号时间国际大厦 A 座 1905 室　　　邮　　编 | 100028

出　　版 | 武汉出版传媒　长江文艺出版社

地　　址 | 湖北省武汉市雄楚大街 268 号湖北出版文化城 B 座 9-11 楼　　　邮　　编 | 430070

印　　刷 | 天津盛辉印刷有限公司

开　　本 | 14.5 cm×21.0 cm　1/32　　　　印　　张 | 15.25

版　　次 | 2025 年 2 月第 1 版　　　　　　印　　次 | 2025 年 2 月第 1 次印刷

字　　数 | 340 千字

定　　价 | 59.00 元